Elizabeth McKenzie

DER HUND DES NORDENS

Elizabeth McKenzie

DER HUND DES NORDENS

Roman

Aus dem Englischen
von Stefanie Ochel

DUMONT

Von Elizabeth McKenzie ist bei DuMont außerdem erschienen:
Im Kern eine Liebesgeschichte

FSC www.fsc.org
MIX
Papier | Fördert gute Waldnutzung
FSC® C083411

Das bei der Produktion dieses Buches entstandene CO_2 wurde durch die Finanzierung von Klimaschutzprojekten kompensiert:
climate-id.com/17531-2110-1001/de

Die amerikanische Originalausgabe erschien 2023 unter dem Titel ›The Dog of the North‹ bei Penguin Press, New York.

1. Auflage 2024

Übersetzung: Stefanie Ochel
Umschlaggestaltung: Lübbeke Naumann Thoben, Köln
Satz: Fagott, Ffm
Gesetzt aus der Arno Pro
Druck und Verarbeitung: CPI books GmbH, Leck
Gedruckt auf säurefreiem und chlorfrei gebleichtem Papier
Printed in Germany
ISBN 978-3-8321-6804-9

www.dumont-buchverlag.de

Für C. E. R.

Eine Weile drehte ich völlig frei
und hoffte, es ginge nie mehr vorbei.

Teil I

1

Mein Plan sah so aus: Da ich kein Auto mehr und in Santa Barbara ein paar Probleme zu lösen hatte, würde ich mit dem Zehn-Uhr-Zug von Salinas dorthin fahren. Kalifornien ohne Auto ist nie ein Vergnügen, aber bestimmt würde Großvater mir den Honda Kombi leihen, wenn ich erst mal angekommen war. Und Burt Lampey wollte mich vom Bahnhof abholen. So überstürzt ich hatte aufbrechen müssen, konnte das Timing kaum besser sein, nachdem ich die letzten drei Wochen im Motel verbracht und nur nach dem passenden Vorwand gesucht hatte, um meinen Job zu kündigen. Insofern kamen die Santa-Barbara-Krisen wie gerufen. Die Trennung von Santa Cruz, Schauplatz meines letzten Scheiterns, war mehr als willkommen, buchstäblich eine Befreiung. Ich nahm also den Bus nach Watsonville, stieg dort um in den nächsten, der mich über Castroville zum Bahnhof in Salinas bringen würde, und angesichts der chaotischen letzten Wochen erfüllte mich der Gedanke an einen Tag lang nur Rumsitzen und Chauffiertwerden mit Vorfreude.

Trotzdem fand ich keine Ruhe. Immerhin standen mir gleich zwei unschöne Situationen bevor, und in beiden Fällen würde ich eine geballte Ladung Wut abbekommen. Dass das in letzter Zeit öfter passierte, machte es nicht unbedingt leichter. In dieses allgemeine Unbehagen mischten sich Gedanken an die Brücken, die ich hinter mir abgebrochen hatte. In den letzten vierundzwanzig Stunden hatte ich meinen Job gekündigt und meinen Mann Sherman zur Rede gestellt: *Ich weiß Bescheid über Bebe Sinatra und das Koks.*

Gut, ich war feige und tat beides per E-Mail, dafür waren meine E-Mails Meisterwerke der Verschleierung. An keiner Stelle offenbarten sie das wahre Ausmaß meiner Empörung über das, was den jeweiligen Bruch herbeigeführt hatte. So endete meine Welt mit einem Winseln statt mit einem großen Knall, aber wenn ich wirklich einen Neuanfang wollte, musste ich meine Gefühle in Schach halten.

Kurz vor Salinas wurde mein Atem gleichmäßiger. Ein langes Haar glitzerte auf meinem Ärmel; ich zupfte es ab und ließ es durch den schmalen Fensterspalt fliegen, hinaus auf die Felder voll Rosenkohl und Artischocken, die den Highway säumten. Ein fauliger Geruch wehte hinein, ähnlich dem im verwaisten Gemüsefach in unserem alten Kühlschrank. Obwohl es mit uns aus war, fragte ich mich, wo Sherman gerade war, was er wohl machte und ob ich mich das bis in alle Ewigkeit fragen würde, so demütigend das Ende auch gewesen war. Zum Beispiel letzten Monat, als ich Shermans Schmutzwäsche in die Waschmaschine packte und einen halb ausgeleierten rosa Tanga entdeckte. »Irgs, was ist das denn?«, fragte ich.

»Oh. Da stand so eine Tasche mit Kleidern an der Bushaltestelle. Ich dachte, der gefällt dir vielleicht.«

Angewidert hielt ich den Fetzen hoch. »Aber der hat schon in einer Gesäßspalte gesteckt.«

»Kannst du nicht Arschritze sagen wie jeder normale Mensch?«, sagte Sherman voll Abscheu, womit er wieder eine Schicht seiner wahren Gefühle für mich freilegte.

»Klar. Und wessen Arschritze war es?« Nur schiere Verzweiflung konnte mich dazu bringen, so etwas zu sagen.

Kurze Zeit später stieg ich in den Zug und machte es mir auf einem freien Platz bequem. Der Zephyr war gerade aus dem Bahnhof gerollt, als die Tür aufging und der Wagen von einer Patschuliwolke und metallischem Klingeling erfüllt wurde. Eine Frau kam durch den Gang und ließ sich entschlossen auf den Platz neben mir fallen. An ihrem wogenden Flickenrock waren Blechglöckchen und Münzen festgenäht. Sie nahm Blickkontakt auf und fragte, ob sie mir für zwanzig Dollar die Hand lesen dürfe.

Es war ein stolzer Preis, aber ich befand mich immerhin auf einer Reise ins Ungewisse. Sobald sich die Dinge in Santa Barbara geklärt hatten, war meine Zukunft ein weißes Blatt. Ich war wie das Haar, das aus dem Fenster entschwebt war, entwurzelt, allein. Wahrscheinlich gab es keinen besseren Zeitpunkt zum Handlesen. Ich stimmte also zu, woraufhin sie meine rechte Hand nahm und als Erstes die fleischige Seite untersuchte. Während sie mit dem Finger die Linien entlangfuhr, sagte sie: »Ich sehe in ihren früheren Leben viel Aggression. Hier …«, sie zeigte auf eine Stelle, an der sich zwei Linien kreuzten, »zum Beispiel sehe ich, dass Sie mal geköpft wurden und auch einmal erwürgt.« Sie blickte auf, um meine Reaktion zu sehen. Weil ich meine Gefühle immer gut kaschiere, fuhr sie ungerührt fort. »Und Sie lassen sich leicht ausnutzen.«

Den Rest kann ich nicht wiedergeben, da mich diese Erkenntnisse bereits voll in Beschlag nahmen. Vielleicht verspottete sie mich, weil ich ihre Dienste in Anspruch genommen hatte, aber ich wollte auch nicht ausschließen, dass es sich um wertvolle Einsichten handelte. Das Hauptproblem war, dass die Leute vor mir sich so laut unterhielten, dass ich alles mithörte. Auf zwei Gespräche gleichzeitig kann ich mich nicht konzentrieren, und mir war schnell klar, dass ich viel lieber den beiden lauschen würde als dieser düsteren Chronik der Körperqualen. Ich drückte ihr die zwanzig Dollar in die Hand und sagte Danke, das reiche schon.

Das Paar vor mir redete über Alltagsdinge, aber ich hörte ihnen gerne zu. Sie mussten sich einen neuen Abfallzerkleinerer anschaffen, weil ihr Teenie-Sohn den alten mit Avocadokernen gefüttert hatte. Am Abend hatten sie einen Tisch in ihrem Lieblingsrestaurant in L. A. reserviert. Morgen hatten sie einen Termin wegen einer Steuersache, schienen aber nicht weiter besorgt. Zwischendurch Lachen.

Auf einmal fühlte ich mich zurückkatapultiert auf den Rücksitz unserer Familienkutsche, die Eltern vorne ins Gespräch vertieft. Autoreisen brachten die besten Seiten an meiner Mutter zum Vorschein, die Geologin von Beruf war und zu Hause oft rastlos und launisch. Diese Fahrten, die ich neben meiner Schwester auf dem Rücksitz verbrachte, gehören zu den schönsten Erinnerungen an meine Eltern, immer wieder überschattet von der grausamen Ironie, dass die beiden Jahre später auf eben so einer Autofahrt spurlos vom Erdboden verschwanden.

Im ersten Schritt hatten meine Eltern die Nordhalbkugel geräumt und sich in Australien ein neues Leben aufgebaut, angeblich weil ihnen dort Klima und Geomorphologie mehr zusagten, weil sie Lust auf ein Abenteuer hatten und der Wechselkurs günstig stand. Genau so wahr ist aber wohl, dass sie den amerikanischen Traum aufkündigten und bestimmten Menschen aus dem Weg gehen wollten, die ihnen das Leben ruiniert hatten. Wir – meine Schwester und ich – hatten die Auswanderung gut weggesteckt. Meine Schwester war sogar mitgegangen. Doch dann mussten sie noch einen draufsetzen und vollends verschollen gehen. Mein Vater, auch bekannt als mein Stiefvater, auch bekannt als Hugh, war ein überaus fürsorglicher und sorgfältiger Mann. Meine Eltern überließen nichts dem Zufall, hatten jeden Tag ihrer Reise minutiös geplant und uns vorher sogar die genaue Route durchgegeben, samt Telefonnummern und Adressen aller Zwischenstationen. Zuletzt lebend gesehen wurden sie an einer Tankstelle in Mount Isa, wobei den Zeugen nichts Ungewöhnliches aufgefallen war. Bloß ein Pärchen mittleren Alters, das tankte und den Luftdruck in den Reifen überprüfte. Meine Schwester und ich erfuhren erst ein paar Tage später, dass sie an ihrem nächsten Zielort nie angekommen waren. Auch das Auto wurde nie gefunden. Suchteams durchkämmten wochenlang die Gegend, ohne Erfolg.

Das Ganze war jetzt fast fünf Jahre her, aber ich konnte mich immer noch nicht damit abfinden, und schon der Gedanke daran war schwer erträglich.

Am späten Nachmittag stand ich mit meinem Koffer vor dem Bahnhof Santa Barbara und wartete auf Burt Lampey. Er wollte mich nicht nur abholen, sondern hatte mir auch einen Schlafplatz angeboten, außerdem wollten wir beim gemeinsamen Abendessen unseren Plan für den kommenden Tag bezüglich meiner Großmutter Dr. Pincer durchsprechen. Burt und ich kannten uns nicht persönlich, hatten aber schon öfter telefoniert. Als Pincers Steuerberater war er einer der wenigen Menschen, denen sie über den Weg traute. Was sie nicht ahnte: Nach jedem Besuch bei ihr rief Burt mich heimlich an, um mich über ihre Verfassung auf dem Laufenden zu halten.

Die Sonne schien immer noch hell und warm. Als Kind hatte ich hier Wochen am Stück mit meinen Großeltern verbracht und verband trotz allem schöne Erinnerungen mit diesem Ort. Ich hatte ihn unzählige Male besucht, aber nie zuvor mit dem Zug. Jetzt lief ich vor dem Bahnhof auf und ab, hielt Ausschau nach Burt und hoffte, er hatte mich nicht vergessen. Schließlich rollte ein alter meeresgrüner Kleintransporter auf den Parkplatz und kam vor mir zum Stehen. Er war voller Kratzer und Beulen und hatte etwas leicht Finsteres an sich. Der Fahrer lehnte sich über den Beifahrersitz und kurbelte das Fenster runter. »Penny?«

Das war Burt. Am Telefon hatte seine Stimme mir Zuversicht gegeben.

Er schaltete in Parkstellung, sprang raus und umrundete die verbeulte Schnauze des Vans, um mich zu begrüßen. Ein heißer Schreck durchfuhr mich. Das passierte manchmal, wenn mir klar wurde, dass ich mich mit jemandem unterhalten musste, dem etwas Unangenehmes an mir auffallen könnte.

Burt nahm meine Hand. Er war ein großer, schwerer Mann mit einer beachtlichen braunen Mähne und einem lieben Gesicht, in weiten grünen Shorts, einem weißen T-Shirt mit einem Brauerei-Logo und hohen weißen Nikes mit schwarzen Socken.

»Wie war die Fahrt?«, fragte er.

Ich beschloss, das mit der Handleserin unter den Tisch fallen zu lassen. Burt sollte nicht den Eindruck bekommen, ich würde Geld zum Fenster rauswerfen. In Wahrheit war ich mit Geld sehr umsichtig, wo ich schon so wenig davon hatte. Das Handlesen war eine kleine Extravaganz gewesen, ein Impulskauf, um meine erfolgreiche Flucht aus Santa Cruz zu feiern, und eine nützliche Erinnerung, dass man Impulskäufe lieber sein ließ.

»Gut«, antwortete ich redegewandt wie immer, überfordert von der Small-Talk-Situation. Weil ich ahnte, dass irgendein normaler Satz von mir erwartet wurde, schob ich angestrengt hinterher: »Ich bin schon seit Jahren nicht mehr Zug gefahren.«

»Rein mit dir«, sagte er und hielt mir die Tür auf.

Mit dieser Geste machte er klar, dass er den beherzt mit Panzerband geflickten Beifahrersitz für mich vorgesehen hatte. Ich nahm meinen Platz ein, und er knallte die Tür mit solcher Wucht zu, dass mir das Trommelfell ploppte. Zwischen uns, unter einer wattierten blauen Plastikhülle, erhob sich ein großer, rumpelnder Höcker. Der Motor, sagte Burt. Ich drehte mich um und entdeckte im Laderaum einen Wust von Gegenständen – einen Gartenschlauch, ein Fahrrad, mehrere Kisten und Koffer, ein altes Bügelbrett, eine verstaubte eselförmige Piñata, einen Autoreifen.

Burt setzte sich ans Steuer. »Entschuldige das Chaos«, sagte er, »bin gerade in einer Übergangsphase.«

Da ich nichts über Burts Privatleben wusste, sagte ich nur: »Ah, verstehe. Leuchtet ein.«

»Wollte keine radikalen Entscheidungen treffen, bevor das mit deiner Großmutter geklärt ist.«

Radikal? Mir war nicht klar, was er damit meinte. Oder was meine Großmutter damit zu tun haben sollte.

In dem quietschenden Van bogen wir auf die State Street ein. Unwillkürlich musste ich an meine Kindertage in Santa Barbara denken, als wir hierherkamen, um die alljährliche Fiesta zu bestaunen, bei der prächtige weiße Pferde mit wunderschönen Reiterinnen die gesperrte State Street entlangtrabten. Die Frauen hatten Blüten im Haar, und die weißen Kruppen der Pferde glänzten in der Sonne. Meine Großeltern waren noch verheiratet, hassten einander aber wahrscheinlich schon. So etwas überstieg damals meine Vorstellungskraft. Die Fiesta verpuffte, als wir auf den Parkplatz eines modernen Bürohauses einbogen und Burt den Transporter parkte.

»Hier?«

»Ja, wir sind da. Aussteigen bitte.«

Ich nahm meinen Koffer und folgte ihm ins Gebäude. In der Mitte der Lobby stand eine Freitreppe aus Betonplatten, an Stahlträgern befestigt, unter der ein Garten aus Farnen und anderen tapferen Zimmerpflanzen die Aufgabe hatte, eine Grotte vorzutäuschen. Ich folgte Burt in den zweiten Stock und durch einen langen Flur bis zu einer Tür, an der sein Namensschild hing: Burton Lampey, CPA.

Als er die Tür aufschloss und ich den Raum sah, begriff ich zu meinem Entsetzen, dass er darin wohnte. »Oh Gott, Burt«, stammelte ich. »Das kann ich dir nicht zumuten. Ich gehe besser ins Motel.«

»Überhaupt keine Zumutung«, sagte er.

Es war stickig, in der Luft hing eine reife Melange aus maskulinen Aromen. Das Zimmer hatte etwas von Studentenwohnheim – Schlafsack auf dem Sofa, ein Stapel Pizzakartons auf dem Schreibtisch,

Kleiderbügel mit Hemden an Regalbrettern, auf denen Deoroller und Mundwasser standen.

»Du kannst die Couch nehmen«, sagte er großzügig. Aber ich konnte wohl schlecht mit Burt Lampey in einem Zimmer schlafen? Bei dem Gedanken wurde mir mulmig. Gut, er war ein langjähriger Vertrauter der Familie. Aber wie sollte ich mich hier entspannen? Und ging das Fenster überhaupt auf, gab es irgendwo frische Luft?

»Aber was ist mit dir?«, brachte ich hervor.

»Ich schlaf hier«, sagte er und zeigte hinter seinen Schreibtisch. »Das ist richtig gemütlich.«

Ich reckte den Hals und sah, dass er vorgesorgt hatte: Auf dem Boden lagen ein zweiter Schlafsack und ein Kissen.

»Wir brauchen uns nicht hier aufzuhalten, wollen wir mal etwas essen gehen?«, fragte er.

Damit war es wohl besiegelt. Derzeit verfügte ich über knapp achthundertfünfzig Dollar aus dem Verkauf meiner 1987er Chevette und keinerlei Ersparnisse, da sich Shermans Firma als gefräßige Geldschluckmaschine entpuppt hatte. Je weniger Ausgaben ich hatte, desto besser.

Wir schlenderten die State Street entlang zu Burts Lieblingsmexikaner, wo uns netterweise eine große Sitznische zugewiesen wurde. Meine Laune besserte sich schlagartig. Das Restaurant war voll und die Stimmung festlich, und die Düfte von den Nebentischen lösten Heißhunger bei mir aus. Bevor ich etwas sagen konnte, bestellte Burt einen Pitcher Margarita. Ich sah keinen Grund, ihn davon abzuhalten.

»Dann lernen wir uns also endlich kennen«, sagte Burt. »Wie lange geht das jetzt schon, zwei Jahre?«

»Ich kann dir gar nicht sagen, wie dankbar wir dir sind, dass du sie so unterstützt.«

»Ich hab eine Schwäche für störrische alte Esel.«

Ich nickte und lachte, um ihm zu signalisieren, dass er meine Großmutter gerne einen alten Esel nennen durfte.

»Und du hast sie noch nicht gegen dich aufgebracht?«, fragte ich und musste an die verhängnisvolle Reise denken, die ich mit ihr vor ein paar Jahren unternommen hatte.

»Nur einmal«, sagte Burt mit einem Anflug von Stolz und erzählte. Eines Tages, als er sie zum Mittagessen abgeholt hatte, fiel ihr während der Fahrt plötzlich ein Brief ein, den sie vergessen hatte und dringend aufgeben musste, woraufhin sie ihm befahl umzukehren. Burt sagte, das gehe leider nicht, da er nach dem Mittagessen noch einen Termin hätte; er würde den Brief aber auf dem Rückweg für sie mitnehmen. Daraufhin drohte sie, ihn wegen Entführung bei der Polizei anzuzeigen, sollte er nicht unverzüglich kehrtmachen. Alle Beschwichtigungsversuche schlugen fehl, und sie drehte richtig auf: Sie hätte ihn sowieso nie ausstehen können, seinen Kleidungsstil nicht, sein ganzes Äußeres. Weiter beschuldigte sie ihn der Veruntreuung und bezeichnete ihn als den hässlichsten Mann, den sie je gesehen hatte. Sowieso hätte sie es nur mit ihm ausgehalten, weil er ein nützlicher Idiot war.

»Meine Fähigkeiten als Steuerberater seien auch nicht berauschend, sie selbst könne meine Arbeit notfalls im Schlaf erledigen. Und dass ich nicht nur unfähig und unattraktiv sei, sondern der langweiligste Mann, den sie je kennengelernt habe. Die hat vielleicht vom Leder gezogen. So was hatte ich noch nie erlebt, nicht mal von meiner Ex-Frau.«

»Wie habt ihr euch dann wieder zusammengerauft?«

»Beim nächsten Treffen war es, als wäre nichts geschehen. Mir tut der alte Stinkstiefel leid«, sagte Burt. »Ich glaube jedenfalls nicht, dass ein Tag ausreichen wird, um da irgendwas zu reißen. Wahrscheinlich müssten wir sie mit Gewalt rausholen lassen und das Haus mit dem Bulldozer räumen.«

Das wollte ich auf keinen Fall. »Das Haus bedeutet ihr alles.«

»Als Erstes müssen wir die Waffe rausschaffen«, sagte Burt, »sonst geht gar nichts. Solange wir die nicht haben, kann niemand da drin was ausrichten.«

Ich nickte grimmig. Was die Situation so brenzlig machte, war der Vorfall mit dem Team von Essen auf Rädern. Vorletzte Woche hatte ich den Menüservice in Pincers Namen beauftragt, aber als sie dann bei ihr vor der Tür standen, drohte sie zu schießen, sollten sie das Grundstück nicht auf der Stelle verlassen. Einem Zeugen zufolge schwenkte sie dabei ein bazookaähnliches Objekt, was erst die Polizei, dann den Sozialpsychiatrischen Dienst und dann eine gewisse Ruth Perry auf den Plan rief, die mich vor ernsten Konsequenzen warnte, sollten wir Pincer nicht umgehend entwaffnen und uns um sie kümmern.

Jetzt wurde der Pitcher gebracht, dazu zwei Gläser mit Salzkruste. Burt schenkte ein, und schon stießen wir an und prosteten uns kameradschaftlich zu wie zwei Soldaten am Vorabend einer Schlacht. Die Margarita war köstlich und dringend notwendig. Ein Glück, dass Burt das erkannt hatte. Er hatte außerdem Nachos mit Guacamole als Vorspeise bestellt und langte genüsslich zu.

Angeschickert fing Burt bald an, das Loblied meiner Großmutter zu singen. »Eine große Frau, trotz allem«, sagte er. »Eine ganz große Frau. Ich habe viel von ihr gelernt. Eine große Persönlichkeit, so jemanden trifft man nicht oft«, fügte er zu meiner Überraschung hinzu.

»Was magst du an ihr?«

»Dass sie nicht in vorgegebenen Bahnen denkt. Sie hat ihre eigene Meinung und geht Dummschwätzern nicht auf den Leim. Nimmt kein Blatt vor den Mund. Und die hat Power, sag ich dir. Du solltest mal sehen, wie sie in den Nordhund hopst.«

Ich hatte Fragen.

»Mein Van, der Hund des Nordens. Alles, was mir nach der Scheidung geblieben ist.«

»Echt, mehr nicht?«

»Tja, die Frau war einfach gierig. Fand ich auch gut, als sie noch gierig auf mich war.«

»Wie alt bist du eigentlich, Burt?«, fragte ich, durch den köstlichen Drink enthemmt.

»Rate mal.«

»Fünfundsechzig.«

»Was? Autsch. Ich bin siebenundfünfzig! Danke auch.«

»Ich bin ganz schlecht in so was!«, sagte ich entschuldigend.

»Sogar mit der Matte hier? Ist ein Toupet, allerdings. Ein sehr teures.«

Das war mir nicht aufgefallen, aber tatsächlich wirkte sein Haar ungewöhnlich voll und nerzähnlich.

»Sei froh, dass du mich diesen Monat kennenlernst«, sagte er. »Nächsten Monat würdest du mich auf neunzig schätzen.«

»Was ist denn nächsten Monat?«

»Dann bekommt es mein Bruder. Wir wechseln uns ab.«

Hatte er gerade gesagt, er und sein Bruder teilten sich das Toupet? Wie war das möglich? Ich hasste es, wenn ich nicht verstand, was mir jemand sagen wollte, und hielt es immer für meine Schuld, ein Problem mit der auditiven Informationsverarbeitung. Also sagte ich »cool« und hoffte, dass es die richtige Reaktion war. »Aber ist es nicht unpraktisch – also, wenn du es nicht hast?«

»Doch natürlich. Aber es gibt ja noch Hüte.«

»Klar, die gibt es«, sagte ich, immer noch nicht sicher, ob ich ihn richtig verstanden hatte.

»Und du? Wie alt bist du? Ich rate mal – dreißig«, sagte Burt.

Ich seufzte. »Sehr galant. Fünfunddreißig.«

»Fantastisches Alter. Oh Mann, wenn ich an damals zurückdenke. Nach der Hochzeit haben wir mit dem Van jeden Sommer einen Roadtrip nach Norden gemacht und ein paar Wochen in Washington State und British Columbia gezeltet. Eigentlich wollten wir unseren Ruhestand in Washington auf den San Juan Islands verbringen. Mein ganzes Leben hab ich davon geträumt, ein kleines Stückchen Strand und ein eigenes Kanu zu haben. Panamahut, Cocktail in der Hand, das wärs doch. So oft, wie ich mir das ausgemalt habe, kommt es mir manchmal vor, als wäre es wirklich so gelaufen.«

Warum er seinen Transporter Hund des Nordens getauft hatte, wollte ich wissen, und er sagte, seine Ex habe ihn nach einem ihrer Lieblingsromane benannt, der so ähnlich hieß. Von den literarischen Bezügen abgesehen vereine der Name das, was er am liebsten hatte: Hunde und den Norden.

Dann wurde aufgetischt, heiße Teller unter einem Berg von Bohnen, Reis und Enchiladas. Burt schaufelte das Essen gierig in sich hinein. Es machte mich traurig, über seine geplatzten Träume von der Ehe und der Zukunft nachzudenken, davon konnte ich selbst ein Lied singen.

»Nimm noch eine!«, sagte Burt und füllte mein Glas nach. »Jetzt aber genug von mir. Deine Großmutter hat erzählt, du hättest dich von deinem Mann getrennt, und sie ist schwer enttäuscht.«

»Ich weiß«, sagte ich. »Sherman war immer sehr nett zu ihr, aber sie hat keine Ahnung, wie er wirklich ist.«

»Wie auch? Wir finden Dinge über unseren Partner heraus, die allen anderen für immer verborgen bleiben. Die Ehe ist ein einziger langer Seelenstriptease.«

»Stimmt.« Ich nahm einen großen Schluck von meiner Margarita. »So wahr. Das trifft es genau.«

»Eher friert die Hölle zu, als dass ich noch mal heirate«, sagte Burt.

»Ich würds mir auch zweimal überlegen«, sagte ich.

Wir stießen wieder an.

»Weißt du, was ich über meine Frau rausgefunden habe?«, fragte Burt und schlang einen Löffel Bohnen runter.

»Was denn?«

»Dass sie den Sex mit mir nicht ausstehen konnte. Kam in der Paartherapie raus. Hätte ja mal vorher was sagen können.«

»Uff, daran kann eine Beziehung kaputtgehen.«

»Und ich hatte viele Freundinnen vor ihr. Da gab es nie Beschwerden.«

Mir war der erotische Unterton der Bemerkung nicht entgangen, und ich fühlte mich außerstande, etwas zu erwidern. Und Burt lehnte sich zurück, stolz wie ein Pfau, der soeben ein Rad geschlagen hatte, als wäre die Prahlerei gleichbedeutend mit einer Eroberung. Wobei nicht klar war, ob es dabei um mich ging oder um die etlichen Ex-Freundinnen, die sich nicht beschwert hatten.

Burt war keine unattraktive Erscheinung. Er hatte breite Schultern und markante Züge. Mit Glatze würde er wahrscheinlich besser aussehen als mit Toupet. Leidlich gepflegt wirkte er auch. Widerstrebend stellte ich mir vor, wie es wäre, mich neben ihn zu setzen und in der Nische mit ihm rumzumachen, was wiederum die Frage aufwarf, ob ich in meinem Begehren flexibler geworden war – oder werden sollte.

»Und was ist bei euch schiefgegangen?«, fragte er gerade.

Nicht mein Lieblingsthema, aber durch die Margarita fühlte ich mich gelöst und unbeschwert.

»Tja.« Verstörende Erinnerungsfetzen flirrten vor meinem inneren Auge vorbei, und ich musste lachen, leise, dann lauter, umgekehrt proportional zum Humorgehalt der Erinnerung. »Hahaha! Hahaha!« Dann zog sich mir der Magen zusammen, und die Tränen fingen an zu kullern. Burt beugte sich näher heran. »Sorry, tut mir leid«, sagte ich und atmete tief durch, wie ich es für solche Momente beigebracht bekommen hatte. Stotternd gab ich einen knappen Abriss der letzten Jahre – Shermans wachsender Frust über den Unibetrieb während der Promotion, dann sein plötzlicher Kauf einer mobilen Messerschleiferei, die immer häufigeren Dienstreisen, meine Blauäugigkeit. »Und nach dem Verschwinden meiner Eltern wurde alles nur schlimmer. Anstatt mich zu unterstützen, war er wütend.«

»Krass«, sagte Burt, »wie Menschen so ticken.«

Zum Glück schien seine Neugier damit befriedigt, und wir konnten uns über andere Dinge überhalten. Burt erzählte, dass er eine Tochter hätte, die aber in Montreal wohnte und die er nur selten zu Gesicht bekam. Sein engster Vertrauter war sein Bruder in San Francisco, ein Anwalt. Um mich für seine Offenheit zu revanchieren, erzählte ich ihm von meinem biologischen Vater Gaspard, der hauptsächlich Probleme machte.

»Das hat dir ja noch gefehlt, mehr Probleme!«, sagte Burt und hielt sich plötzlich den Bauch. »Vielleicht reichts dann für heute. Sollen wir mal los und uns aufs Ohr hauen, vor dem großen Tag?«

Als ich mein Portemonnaie zückte, winkte Burt ab. »Auf keinen Fall, Penny, das geht auf mich.«

»Nein, nein, nein«, protestierte ich schwach.

»Doch, bitte.«

»Na gut. Vielen Dank.«

Bevor die Rechnung kam, gingen wir den Plan für den nächsten Tag noch einmal durch. Burt würde mit Pincer wegfahren, und etwa eine Stunde später würde die von mir bestellte Putzfirma eintreffen. Ich würde die Waffe suchen und die Reinigungsarbeiten koordinieren, also Entrümpeln, Staubsaugen, Wischen, Desinfizieren und was angesichts der vermutlich verheerenden Lage vor Ort sonst noch so anfallen würde. Burt hatte einen Ausflug geplant, der Pincer für mindestens sieben Stunden vom Haus fernhalten sollte. Wie sie bei der Rückkehr reagieren würde, war völlig unberechenbar, aber wir mussten das Risiko eingehen.

Burt wankte beim Aufstehen. War er etwa betrunken? Mit einem betrunkenen Mann wollte ich nicht zurück in sein Büro. Beim Verlassen des Restaurants lief er in die falsche Richtung.

»Hier lang, Burt, oder?«

Er machte auf dem Absatz kehrt, und wir schlurften ein paar Minuten den Bürgersteig entlang. Dabei schnaufte er hörbar durch den Mund.

»Entschuldige, Penny, ich bin gleich wieder da«, sagte er auf einmal, als wir an eine Tankstelle kamen, rannte los und verschwand im Shop.

Ich blieb neben einem Büschel Sternjasmin am Bürgersteig stehen und wartete. Der Blütenduft vermischte sich mit dem Geruch von Benzin und Motoröl, der mich an meinen Großvater Arlo erinnerte, einer meiner Lieblingsmenschen, den ich sofort nach der Pincer-Aktion besuchen wollte. Er hatte früher einen Jeep aus Kriegszeiten besessen, den er hingebungsvoll pflegte und frisierte, und wenn ich dabei war, drückte er mir manchmal irgendwelche verölten Teile in die Hand und erläuterte ihre Funktionsweise. Alles, was er mir erklärte, erschien mir wertvoll. Jetzt hatte ich vier Nachrichten von seiner Frau Doris auf dem Handy, in denen sie sich über den ambulanten Pflegedienst beschwerte, der seit Arlos Sturz ins Haus kam.

Minuten vergingen. Als Burt nach einer gefühlten Ewigkeit nicht zurückgekehrt war, lief ich an den Zapfsäulen vorbei und in den Tankshop. Drinnen, auf dem Boden neben dem Chipsregal, kauerte Burt. Ein Mitarbeiter mit Wischmopp war gerade in der Herrentoilette zugange, vor der ein Hinweisschild darüber informierte, dass sie außer Betrieb war. Der ganze Laden roch nach Kloake.

»Alles in Ordnung?«, fragte ich und kniete mich neben ihn.

»Ja, alles gut«, sagte Burt roboterhaft.

»Kannst du aufstehen?«

»Natürlich«, sagte er und blieb auf dem Linoleum sitzen. Von oben war das Toupet gut zu erkennen. Das Haar war an einer Stelle so dicht, dass die Kopfhaut sich darunter nicht mal erahnen ließ. Außerdem saß es schief, wahrscheinlich hatte er es auf dem Klo abgenommen und hastig wieder aufgesetzt.

Der Filialleiter, ein kleiner Mann mit schwarzen Haaren und dicken Armen, die ihm wie zwei Trophäenfische am Haken von den Schultern herabbaumelten, winkte mich mit nach draußen.

»Sie kennen diesen Mann?«

Ich nickte.

»Er ist nicht ganz gesund.«

»Was ist passiert?«

»Der hat da drin gerade das Klo mit Kacke geflutet, so einen Gestank habe ich in meinem ganzen Leben noch nicht erlebt. Und das will was heißen. Definitiv nicht normal. Sie müssen ihn zum Arzt bringen.«

»Oh wow«, sagte ich. »Das tut mir leid.«

»Ich kanns gar nicht beschreiben.«

»Danke fürs Bescheidsagen.«

»Es war auch keine normale Farbe.«

»Ist ja gut! Danke.«

Ich folgte ihm zurück in den Shop, wo Burt noch immer auf dem Boden saß. Nachdem ich mehrere Flaschen Wasser, eine Packung Immodium und ein paar Salzcracker gekauft hatte, half ich Burt hoch und führte ihn nach draußen.

»Burt, ich rufe uns jetzt ein Taxi, okay?«

»Ich brauche kein Taxi«, sagte Burt. »Mir geht es gut.«

»Der Mann von der Tankstelle meint, du wärst vielleicht ernsthaft krank. Bist du dir sicher?«

»Der Mann von der Tankstelle sagt was? Was weiß dieser Arsch schon, mit Verlaub?«

»Er hat wohl etwas gesehen, was ihm Sorgen bereitet hat.«

»Mir bereitet auch vieles Sorgen, trotzdem mische ich mich nicht in anderer Leute Angelegenheiten«, sagte Burt. »Herrgott. Ich habe ein bisschen viel gegessen. Asche auf mein Haupt.«

»Schon gut«, sagte ich. »Für den Fall der Fälle habe ich ein paar Hilfsmittel besorgt.«

»Was für Hilfsmittel?«

»Cracker, Immodium, so Zeug.«

»Scheiße.«

Wir zuckelten zum Bürohaus zurück, wo er unter schwerem Schnaufen die Treppe bewältigte. Als wir endlich sein Büro betraten, war er ziemlich außer Atem.

»Burt, sicher, dass ich dich nicht zum Arzt bringen soll?«

»Ich hau mich jetzt aufs Ohr und ruhe mich aus. Bloß eine kleine Magenverstimmung. Kein Grund zur Sorge, ehrlich«, sagte Burt und sackte hinter seinem Schreibtisch in die Knie.

»In Ordnung. Falls du in der Nacht irgendwas brauchst, ich bin hier.«

»Gut zu wissen, danke.«

»Hoffe, es geht dir morgen besser«, sagte ich.

Über die Nacht auf der Couch in Burt Lampeys Büro will ich mich nicht zu sehr auslassen, aber unterschlagen kann ich sie auch nicht. Die Eruptionen begannen fast unmittelbar, nachdem Burt sich hingelegt hatte. Als Erstes kam die rasselnde Atmung, an und für sich nicht so ungewöhnlich, nur dass das Einatmen klang wie ein gigantischer Siphon beim Ansaugen, gefolgt von Auspufflauten. Dabei war ich Schnarchen sogar gewohnt. Sherman, mit seinem fassrunden Oberkörper und seiner Neigung, es mit dem Rauchen und Essen zu übertreiben, zersägte nachts Wälder. In einer Ratgeberkolumne hatte ich mal gelesen, dass man Schnarchen auch als etwas Schönes betrachten konnte. Eine Witwe hatte geschrieben, dass sie jetzt, nach dem Tod ihres Mannes, alles drum geben würde, das geliebte Schnarchen noch einmal zu hören. Allerdings war ich mir nicht sicher, ob man das, was Burt da machte, überhaupt Schnarchen nennen konnte. Es klang mehr wie ein Überlebenskampf, als müsste er um jeden Atemzug ringen. Sein Körper zuckte hin und her, Krämpfe seiner kapitulierenden Muskeln. Mehr als einmal knallte ein Arm oder Bein gegen den Schreibtisch und ließ ihn erzittern. Jeder Atemzug von ihm schien die Luft zu zerreißen. Das in Verbindung mit dem Tankstellen-Vorfall nährte meine Zweifel, ob mit Burt wirklich alles in Ordnung war. Einmal stieß er einen Rülpser aus, der ihn eigentlich hätte wecken müssen, aber Fehlanzeige. Nach etlichen krachenden Trompetenfürzen vergrub ich mich tief in meinem Schlafsack. Mir war so elend zumute wie schon lange nicht mehr.

Besonders schlimm war, dass ich in einem dieser Mumiensäcke steckte, die unten spitz zulaufen. Das Gefühl, an den Füßen gefesselt zu sein wie ein Tier, kurz bevor es an den Schlachterhaken kommt, reichte aus, um mich in stille Panik zu versetzen. Am liebsten hätte ich mich frei gestrampelt und den Schlafsack nur zum Zudecken benutzt, aber der glatte Stoff würde früher oder später vermutlich runterrutschen und mich entblößen.

Irgendwann überwand ich mich, den Kopf rauszustecken, um zu prüfen, ob die Luft rein war. Selbstverständlich würde ich keine zweite Nacht hier verbringen. Kurz erwog ich sogar, mit dem Schlafsack in die falsche Grotte unter der Treppe umzuziehen und mich zwischen die Pflanzen zu kuscheln.

Burts Höllenritt nach Schlummerland schien fürs Erste vorbei zu sein, das grausame Geröchel hatte einem gleichmäßigen Brummton Platz gemacht. Doch anstatt erleichtert darüber zu sein, wurde mir bewusst, dass es mir hier genauso dreckig ging wie in Santa Cruz, dass mir der Schmerz zumindest auf absehbare Zeit überallhin folgen würde und Sherman nur ein Werkzeug zum Ausloten meiner Untiefen gewesen war, das meine geballte Unzulänglichkeit und Armseligkeit offengelegt hatte. Viel zu lange hatte ich mich an Sherman geklammert; hätten wir es früher beendet, wäre jetzt vielleicht alles nur halb so schlimm.

Mitten in der Nacht wachte ich schweißgebadet auf.

Gott, wo war ich? Ich steckte in einer ranzigen Tasche, halb schwebend an der Kante einer steinharten Platte. Unerträgliches Jucken am ganzen Körper. Seltsame kleine Lichter in Grün und Rot blinkten im Stockdunkel. Auf einmal hörte ich ein Rascheln, kurz darauf krauchte ein gespenstisches vierbeiniges Wesen an mir vorbei. Ich stieß einen spitzen Schrei aus.

»Penny, ich bins nur!«, rief Burt. »Muss auf Klo. Wollte dich nicht wecken.«

Im nächsten Moment schwang die Bürotür in den grell erleuchteten Korridor auf, ich war kurz geblendet und sah dann Burts gebückte Gestalt in Shorts und Unterhemd davonhuschen.

Ich schaute auf mein Telefon. 3:30 Uhr. Mich grauste bei der Vorstellung, Burt ein zweites Mal beim Einschlafen zuzuhören, doch eine Flucht ins Ungewisse war auch keine Option. Erneut vergrub ich mich im Schlafsack und wälzte mich mit dem Kopf zur Wand, und als Burt schließlich zurückkam, dabei die Tür ungeschickt zuknallte und in sein Nest unterm Schreibtisch stolperte, quittierte ich sein »Gute Nacht« mit Schweigen.

2

Den Rest der Nacht war an Schlaf nicht zu denken. Ich fühlte mich von innen wie von außen malträtiert. Burts Verdauungsapparat gluckste wie die schwefeldampfenden Geysire im Yellowstone Park. Außerdem war ich nervös angesichts des neuen Tags, ich erinnerte mich nur zu gut an das letzte Mal, als ich Pincer helfen wollte, und was daraus wurde.

Vor ein paar Jahren verfolgte Pincer das Vorhaben, in ihre texanische Heimatstadt Tyler zurückzuziehen, wo ihr geliebter Vater einst Bürgermeister und ihre Mutter Stadtdichterin gewesen war, wo die Familie einen Namen hatte, der sich bis zu den ersten europäischen Siedlern und den Anfängen der Republik Texas zurückverfolgen ließ. Als gebürtige Kalifornierin hatte sich mir der Stolz der Texaner nie vollends erschlossen. Denn der Stolz der Texaner saß tief. Den Akzent hatte Pincer immer noch. Ihr Haus stand voll mit den massiven Möbeln ihrer Vorfahren, und zu jedem Stück gab es eine Geschichte. Ihrem Urgroßvater gehörten einst Tausende Hektar Land. Ihr Großvater war Historiker und Landvermesser gewesen. Früher besaß die Familie in den Hügeln vor der Stadt eine Ranch namens Seven Springs. Wer konnte ahnen, dass sie dort Ölvorkommen finden und die ganze Landschaft mit Bohrtürmen vollstellen würden? Wer konnte ahnen, dass Fracking die sieben Quellen für immer verschütten würde?

Zur Planung ihrer Rückkehr baute Pincer auf die Unterstützung einer entfernten Cousine namens Frances und unternahm mehrere

Pilgerreisen nach Tyler, um sich vor Ort nach einer Immobilie umzuschauen. Dafür nahm sie die Dienste eines anderen entfernten Cousins namens Tom in Anspruch, der zufällig Makler war und ihr im Handumdrehen ein großes Haus in einer schicken Neubausiedlung verkaufte. Es verfügte über den modernsten Komfort, Whirlpool inbegriffen. Unverzüglich schickte Pincer einen Umzugs-Lkw voll mit antiken Eastlake-Möbeln, die ursprünglich aus ihrem Elternhaus in Tyler stammten, von Santa Barbara zurück nach Tyler. Doch kurz nach diesem Schnellschuss verkrachte sie sich mit Cousine Frances. Die Frau sei eine falsche Schlange, der man nicht über den Weg trauen könne, teilte sie mir am Telefon mit. Dann kam ihr die Idee, Sherman und ich könnten doch mit ihr zusammen nach Tyler ziehen. Als daraus nichts wurde, bat Pincer mich um Hilfe beim Packen und Organisieren des Rückumzugs nach Santa Barbara.

Das klang erst mal vernünftig, und so flogen Pincer und ich gemeinsam über Dallas nach Tyler. An einem Frühlingsabend erreichten wir das prächtige Haus, wo sich mir Pincers gescheiterter Plan mit bitterer Klarheit offenbarte. Ich sah das neue Leben, das sie sich erträumt hatte, die riesigen Zimmer, in denen einzelne ihrer stattlichen Möbelstücke ausgestellt waren. Keine Ratten mehr! Kein Gerümpel! Neue Freunde! Alte Pfründe! In der Küche standen halb ausgepackte Kisten voll Porzellan, Kleiderkartons im Schlafzimmer, prall gefüllt mit Festtagsgarderobe. Nerzstolen, Abendkleider. Ein tragischer Anblick.

Das ganze Haus war mit nagelneuem, weichem Berberteppichboden ausgelegt. Für die Nacht öffneten wir eine Kiste mit Bettwäsche und bauten uns daraus Nester zum Schlafen. Ich war froh, ihr helfen zu können. Trotz allem empfand ich eine schmerzhafte Zuneigung zu meiner Großmutter mitsamt ihren Wahnideen. In ihrer Weltfremdheit gab sie ein Musterbeispiel dafür ab, wie man möglichst nicht leben sollte, wodurch ich sie nur noch inniger liebte.

Am nächsten Morgen wachte ich früh auf und machte mich ans Packen. Gerade wickelte ich in der Küche Geschirr in Zeitungspapier, als ich bemerkte, dass Pincer im Türrahmen stand und mich anstarrte. »Was zur Hölle tust du da?«, fragte sie.

»Ich packe das Geschirr ein.«

»Das wird dir noch leidtun.«

»Was, wie?«

Zu meiner Erleichterung klingelte es in diesem Moment an der Tür.

Es war Cousin Tom, der Makler, und, wie ich jetzt erkannte, ein Klon von Lyndon B. Johnson. Wir hatten ihn vor der Abreise kontaktiert und ihm die Verkaufsabsicht mitgeteilt, woran Pincer sich aber offenbar nicht mehr erinnern konnte.

»Ich weiß nicht, was ihr beiden da im Schilde führt«, sagte sie, nachdem er reingekommen war, in der Hand seine Aktentasche samt den unterschriftsreifen Papieren.

Noch selig ahnungslos, was Pincers gewandelten Geisteszustand betraf, machten Tom und ich Witze miteinander und übten uns im Small-Talk. Tom bestätigte, der Zeitpunkt zum Verkauf könne günstiger nicht sein, es sei eine heiß begehrte Wohnlage in einem heiß laufenden Markt. Ich sagte, es bleibe auch gar nicht viel zu tun; die Umzugsleute seien für den nächsten Tag bestellt.

»Ihr beiden habt euch also hinter meinem Rücken abgesprochen?«, sagte Pincer.

»Würden wir nie wagen«, scherzte Tom. »Oder, Penny? Louise, ich habe die Dokumente dabei. Sollen wir alles noch mal durchgehen? Dann zeig ich dir die Vergleichsangebote und was ich mir preislich vorstellen würde.«

Pincer blaffte ihn an, nannte ihn einen verdammten Hundesohn, einen skrupellosen Verbrecher, eine Schande für die Menschheit und so manches mehr. Als ich ihr zur Beruhigung die Hand auf die

Schulter legte, gab sie mir einen so festen Schubs, dass ich fast zu Boden ging.

In dem Moment dämmerte mir, dass etwas nicht stimmte.

Da war Pincer zweiundachtzig Jahre alt. Sie hatte dicke knorrige Handknöchel von der Arthritis. Sie hatte einen Stent gesetzt bekommen. Doch ansonsten war ihr Körper robust und solide, gebrochen hatte sie sich noch nie etwas.

Ihre Haut strahlte noch und ließ sie jünger aussehen, und ihre Augen waren noch immer leuchtend blau. Als junge Frau eine waschechte texanische Schönheit, war sie einst zur Rosenkönigin von Tyler gekürt worden und hatte Reitturniere für die Universität von Austin bestritten. Später wurde sie Ärztin für Pädiatrie und verbrachte Zeit in Nagasaki, wo sie Strahlenopfer untersuchte. Belesen, wie sie war, konnte sie sich zu allen möglichen Themen eloquent äußern, sei es Geschichte, Wirtschaft oder Anthropologie.

Tom wich zurück und hob beschwichtigend die Hände. »Kein Problem, Louise. Wenn jetzt nicht der richtige Zeitpunkt ist, warten wir einfach ab. Meld dich, wenn es passt.« Er verabschiedete sich, drehte sich zur Tür und beging dann einen verhängnisvollen Fehler, indem er zu mir sagte: »Wir hören voneinander.«

Damit brachte er das Fass zum Überlaufen. Pincer schnappte sich das Telefon, wählte den Notruf und bezichtigte Tom des Einbruchs; mir blieb keine Wahl, als rauszulaufen, um ihn zu warnen.

»Tut mir leid!«, rief ich.

Er stand kopfschüttelnd neben seinem Auto. »Die Frau ist gemeingefährlich!«

Fast unmittelbar danach fuhr ein Polizeiwagen vor. Als der Beamte näher kam, nickte Tom und grüßte: »Hey, Grady.«

»Hey, Tom.«

Tom gab Grady einen kurzen Lagebericht.

»Das sind die zwei, Kommissar!«, rief Pincer von der Haustür aus. »Die wollen mich über den Tisch ziehen! Mich ausrauben, mich schröpfen! Ich gehe nirgendwohin, niemand kann mich zwingen.«

»Aber es war doch dein Plan!«, rief ich zurück.

Pincer knallte die Tür zu. Tom und Grady unterhielten sich mit gedämpfter Stimme und beschlossen, sich fürs Erste zurückzuziehen. Tom bat mich, ihn auf dem Laufenden zu halten, und nachdem sie weggefahren waren, setzte ich mich auf die Eingangstreppe. Alle paar Minuten hörte ich sie drinnen herumpoltern und irgendwas murmeln, ob zu sich selbst oder einem eingebildeten Feind, war schwer zu sagen. Obwohl ich wusste, dass sich Pincer früher oder später mit allen anlegte, war ich erschrocken, dass es nun mich getroffen hatte.

Nach gut einer Stunde ging die Haustür hinter mir auf. Ich drehte mich um und blickte auf ein zerzaustes Wrack. Die Haare standen ihr in alle Richtungen ab, Augen und Nase waren rot, die Stretchhose saß schief, die Bluse hing halb offen aus dem Bund.

»Was machst du hier draußen?«, krächzte sie heiser.

»Nachdenken«, sagte ich.

»Was essen wir zu Abend?«, fragte sie.

Wir gingen zu ihrem Lieblingsimbiss mit Büfett. Pincer entschied sich für Brathähnchen, Rahmspinat, Maisgrütze, Maisbrot und ein Stück Pekannuss-Kuchen. Ich hatte ein paniertes Schnitzel, Grünkohl, Macaroni and Cheese und ein Stück Kirsch-Pie. Pincer fand zu innerem Gleichgewicht zurück, indem sie mir von allen möglichen Männern erzählte, die vor, während und nach ihrer langen schrecklichen Ehe mit meinem Großvater in sie verliebt gewesen waren. Ein junger Mann von der UC Santa Barbara, nur halb so alt wie sie, hatte ihr sogar einen Antrag gemacht. Das waren noch Zeiten!

Gut, dachte ich, dann würden wir den Hausverkauf eben nicht bei diesem Besuch über die Bühne bringen, das ließe sich auch alles später telefonisch regeln. Drei Jahre war das jetzt her und das

Haus noch immer unbewohnt, denn sobald man Pincer auf das Thema ansprach, tat sich ein Höllenschlund auf. Und wenn es um ihre Lebenssituation hier in Santa Barbara ging, das Gleiche. Anscheinend traute sie tief im Innern niemandem. Wie war das passiert, wie kommt ein Mensch dazu, niemandem zu trauen?

Schlag sieben klingelte Burts Wecker. Als er keine Anstalten machte ihn auszuschalten, rief ich: »Burt? Alles in Ordnung?«

Da krächzte es von hinter dem Schreibtisch: »Guten Morgen, Penny. Noch etwas langsam.« Endlich hörte das Klingeln auf.

»Keine gute Nacht?«, sagte ich mitfühlend.

»Hatte schon bessere.«

»Wie geht es dir jetzt?«

»Ich brauch Kaffee.«

»Sollen wir zu diesem richtig guten Donut-Laden gehen?«

»Gebongt.«

Da ich angezogen geschlafen hatte, konnte ich mich einfach aufsetzen und den Schlafsack an meinen Beinen runterrutschen lassen. Wie harmlos er jetzt aussah. Ich warf einen sehnsuchtsvollen Blick auf das Fenster hinter Burts Schreibtisch. Alles in mir lechzte danach, es aufzureißen, sperrangelweit. Durch die Jalousie sah ich muntere Wölkchen über den Bergen. Ich sagte zu Burt, ich würde draußen warten, damit er sich in Ruhe anziehen konnte.

»Hier, nimm den mit«, sagte er und drückte mir seinen Schlüsselbund in die Hand.

Das Gebäude erwachte gerade zum Leben, Menschen mit Kaffeebechern in der Hand strömten in ihre Büros. Ich polterte die Treppe runter und fand auf dem Parkplatz Burts ramponierten Econoline, der von Rostflecken und Spachtelmasse ganz scheckig war. Ich fragte mich, warum er so ein scheußliches Teil fuhr und was meine Großmutter davon hielt, darin kutschiert zu werden. Nicht dass ich fand, dass Autos Leute machen, im Gegenteil: Ich bewunderte Menschen, die sich nicht darum scherten, wie ihr Wagen aussah. Blieb bloß zu hoffen, dass Burt sich fit genug fühlte, um einen ganzen Tag mit Pincer durchzustehen. Und dass ich die folgende Nacht besser schlafen würde. In meiner Fantasie lag ich schon mit einem guten Buch unter einer guten Leselampe in einem frisch bezogenen Bett. Endlich kam Burt über den Parkplatz angelaufen. Er sah schrecklich aus.

»Donuts also«, sagte Burt.

»Wenn das in Ordnung ist. Ich ess sie immer nur, wenn ich hier bin.« Ich warf einen Blick auf die Uhr – erst halb acht. Mein Bedürfnis, den Tag mit diesen ganz bestimmten Donuts zu beginnen, war übermächtig und in diesem Fall wichtiger als Burts Verfassung.

Als Burt auf dem Weg zum Donut-Laden kein Wort sagte, schnürte mir die Angst die Kehle zu. Ich fürchtete, er könnte unseren gemeinsamen Plan längst bereuen und einen Groll gegen mich hegen. Sooft ich mir ausmalte, ich hätte mein Gegenüber gegen mich aufgebracht, hatte ich immer noch keine vorbeugenden Strategien entwickelt. Stattdessen verließ ich mich auf meinen Fluchtinstinkt. Weshalb ich jetzt in den Donut-Laden stürzte und mir extra viel Zeit beim Befüllen eines XL rosa Kartons ließ, bei dessen Anblick wohl niemand brummig bleiben konnte. Als ich zum Van zurückkam, hing Burt wie ein nasser Sack über dem Lenkrad.

»Burt? Ich hab dir einen Apfeldonut mitgebracht. Burt?«

Er rappelte sich auf. »Danke, Penny.« Als Erstes drückte ich ihm seinen Kaffee in die Hand, den er praktisch runterstürzte.

»Willst du es wirklich durchziehen?«

»Na klar.« Er startete den Wagen. »Bin nur ein bisschen angeschlagen. Aber ich muss gleich ja nicht reden. Pincer quatscht, ich hör zu. So läuft das bei uns.«

»Okay. Aber wir können es auch verschieben. Ernsthaft.«

Burt schüttelte den Kopf. »Bringen wir es hinter uns.«

Wir fuhren nach Westen und überquerten den Freeway in Richtung der ländlichen Gegend, in der Pincer wohnte. Hier waren die Grundstücke groß, auf manchen grasten sogar Pferde. Da wohnt die Pferderia, hatte meine Mutter früher gelästert. Aber was könnte besser sein, als ein Pferd zu besitzen? Meine Mutter vertrat oft verblüffende Standpunkte, meistens kritische. Der Golfplatz am See erinnerte mich an ihren Hass auf Golfer. Der Rest der Gegend war mit Palmen, Kiefern und langen Streifen Kap-Geißblatt zugewuchert, hier gab es nichts auszusetzen. Pincers Haus befand sich in einer Sackgasse, ihre Einfahrt war mit einem hohen Stahltor gesichert. Burt hatte den Schlüssel. Kurz vor dem Tor hielt er an, um mich rauszulassen, und sagte seufzend: »Gott steh uns bei.«

Obwohl Burt wirklich elend aussah, musste ich lachen. »Dinner heute geht auf mich.«

»Kann. Noch nicht. An Essen denken. Später«, sagte Burt in sonoren Rülpsern.

Burt ging zum Tor, während ich mich ins dichte Gestrüpp entlang des Zauns schlug, wo ich ausharren würde, bis Burt mit Pincer wieder herausfuhr. So lächerlich es mir vorkam, dass ich mich am Haus meiner Großmutter ins Gebüsch verkroch – uns war tatsächlich nichts Besseres eingefallen. Wenigstens hörte ich hier rings um mich herum die Vögel und Insekten, das war schön. Und es duftete nach Kiefernharz. Wenn ich das Gewicht verlagerte, knurspelte das trockene Laub behaglich unter den Füßen. Zum Schutz vor Kratzern hatte ich wohlweislich etwas Langärmliges angezogen, an eine Kappe aber hatte ich nicht gedacht, wie mir jetzt auffiel, als sich Zweige in meine Kopfhaut bohrten. Wenn ich mich weiter vorkämpfte, immer auf der Hut, die stachligen Arme der Agaven zu meiden, die durch den Zaun nach mir stocherten, konnte ich das hintere Ende von Pincers Garten ausmachen. In den fünfundzwanzig Jahren, seit mein Großvater ausgezogen war, hatte sie alles überwuchern lassen. Von meinem Beobachtungsposten aus war das Haus komplett verdeckt.

Eine Wespe landete auf meiner Hand. Ich schnipste sie weg und klemmte die Hände in die Achselhöhlen, aber nicht, ohne einen Blick auf die Uhr zu werfen – noch eine Stunde bis zum Eintreffen der Putzfirma. In Gedanken ging ich noch einmal die Schritte durch: *Schlafzimmer durchkämmen, Waffe suchen, Flächen freiräumen, alles auf einen Haufen werfen, damit die Putzleute durchkommen, waschen, entrümpeln, Müll wegbringen.*

Je länger ich wartete, desto klarer wurde mir: Falls etwas schiefgehen sollte, hatten Burt und ich keinen Plan B. War etwas schiefgegangen? Pincer war ein ungeduldiger Mensch, und halb hatte ich erwartet, sie würde gleich bei Burts Ankunft in den Van springen. Verschiedene Szenarien kamen mir in den Sinn. Dass sie ihre Sonnenbrille nicht finden konnte. Dass ein Anruf sie aufgehalten hatte. Oder Burt bei irgendwas im Haus helfen musste.

In diesem Moment hörte ich, wie sich jemand von der Straßenseite näherte – durch die Blätter konnte ich ein Mädchen ausmachen, mit einem tiefergelegten Jagdhund an der Leine. Ich fragte mich, wie gut ich zu sehen war und ob ich mich lieber zeigen sollte, um ihr keinen Schreck einzujagen. Andererseits konnten Burt und Pincer wirklich jeden Moment die Einfahrt runterkommen. Das Mädchen kam immer näher, und der Hund zerrte wild schnüffelnd in meine Richtung. Auf einmal durchzuckte es den wurstförmigen Körper, er hatte mich bemerkt. Unter Knurren und Bellen stürzte er sich ins Gebüsch, mit jedem Satz kam die verkniffene Schnauze bedrohlich näher.

»Ich kann dich sehen«, sagte das Mädchen.

Ich trat aus dem Gebüsch auf die Straße.

»Casper! Aus!« Sie riss Casper zurück, und im selben Moment fuhr mir ein stechender Schmerz in die Hand. Als ich runterschaute, sah ich gerade noch, wie sich der schlanke schwarze Unterleib einer Wespe aus meinem Fleisch löste. Ich schnippte die Wespe zu Boden, wo ich mehrmals drauf stampfte, bis nichts mehr von ihr übrig war.

»Die hat mich gestochen«, wimmerte ich.

»Warum verstecken Sie sich?«, fragte das Mädchen verständlicherweise.

Sie war etwa zwölf Jahre alt und trug unmodische knielange erbsengrüne Shorts mit einem weiten T-Shirt darüber und kurze weiße Socken zu altmodischen blauen Keds-Sneakers, mit denen ich in dem Alter auch rumgelaufen war.

»Seltsam, ich weiß«, sagte ich. »Also, es ist eine Überraschung für meine Großmutter. Sie wohnt hier.« Ich horchte aufmerksam auf mögliche Geräusche aus der Einfahrt.

»Sind Sie mit Dr. Pincer verwandt?«

Ich nickte. »Du kennst sie?«

»Eigentlich nicht«, sagte sie, »aber alle reden über sie. Ich wusste gar nicht, dass sie Familie hat.«

»Sie wird immer älter, also wollen wir sie unterstützen«, sagte ich und pustete zur Kühlung auf meinen Stich.

»Was für eine Überraschung?«, fragte sie.

»Wir machen ihr heute das Haus sauber, während sie unterwegs ist.«

»Ach so. Ich dachte, du meinst eine Party mit Kuchen und so.«

Casper hatte mich inzwischen akzeptiert und leckte sich ausgelassen den langen Bauch.

»Also dann, hat mich gefreut«, sagte ich. »Ich geh jetzt mal besser zurück in mein Versteck.«

»Da drüben wohne ich, drei Häuser weiter«, sagte sie. »Alle finden sie komisch, aber als sie mal mit mir geredet hat, war sie gar nicht so komisch. Sie meinte: Du bist ein Mädchen, und du kannst alles schaffen, lass dir bloß von keinem Mann in die Quere kommen! Fand ich ziemlich cool. Tschüss dann!«

Genau das hatte sie mir auch immer gesagt, als ich klein gewesen war.

Zurück im Buschversteck wurde mir bald klar, dass ich der Sache auf den Grund gehen musste. Das Ganze dauerte schon viel zu lange. Ich also wieder raus und durchs Tor. Mit gespitzten Ohren schlich ich seitlich an den Sträuchern entlang, die Hand angewinkelt wie eine verletzte Pfote. Wenn man das Grundstück betrat, war das Erste, was man vom Haus sah, das Garagentor, von dem die Farbe in tellergroßen Fetzen abblätterte. Ein mit Backsteinen gepflasterter Weg führte um die Garage herum und entlang Pincers früherer Arztpraxis. Es war verdächtig still. Burt hätte mich doch geholt, falls irgendwas nicht stimmte, oder?

Während ich in der Hocke vor dem Praxisfenster lauerte, bemerkte ich, dass sich drinnen etwas tat. Ich richtete mich vorsichtig auf und lugte hinein.

Im Vordergrund türmten sich Kartons, Werkzeuge und Wäschestapel. Dahinter sah ich das alte Untersuchungszimmer. Ich kniff die Augen zusammen, um mich des Anblicks zu vergewissern. Dem Anschein nach lag dort Burt Lampey ausgestreckt und in Unterhose auf dem Untersuchungstisch. Pincer stand über seinen fast nackten Körper gebeugt, ein silbernes Instrument in der Hand.

»Großmutter! Hallo! Ich bins! Mach auf!«

Pincer drehte sich um und erkannte mich durch das Fenster. »Penny? Komm rein!« Ich watete durch das Buschwerk zur Tür. Drinnen bahnte ich mir einen Weg zwischen Kisten und Gerümpel in die Praxis.

»Was machst du mit ihm?«, brüllte ich, als ich vor ihr stand. Burt war offenbar ohnmächtig. Sein Oberkörper war überraschend blass und behaart.

»Die Vitalfunktionen prüfen. Ein Glück, dass ich ihn auf dem Tisch hatte, bevor er bewusstlos geworden ist. Blutdruck im Keller, abdominale Schwellung, ich vermute eine Blutung irgendwo. Habe den Rettungswagen gerufen.«

Meine Großmutter sprach mit Autorität. Sie trug eine petrolgrüne Bluse mit einer edelsteinbesetzten Brosche am Kragen, darüber einen weichen grauen Pullover, und einen karierten Wollrock. Sie hatte ein Stethoskop um den Hals, unter den Latexhandschuhen zeichneten sich ihre knorrigen Finger ab.

»Ich dachte, du kommst erst Ende der Woche«, sagte Pincer. »Wenn Burt nicht kollabiert wäre, hätten wir uns verpasst.«

»Tja, mein Glück.«

»Wir hatten einen Ausflug geplant. Aber als er hier reinkam, war mir sofort klar, das ist ein Notfall. Ich habe ja meine Approbation noch, wusstest du das?«

»Du hast es erwähnt.«

Ein Sirenenheulen kam näher. »Geh raus und zeig denen, wo lang«, wies Pincer mich an.

Kaum war ich wieder auf dem Backsteinweg, preschte auch schon der Rettungswagen durchs Tor. Drei Sanitäter sprangen raus, und ich führte sie in die Praxis.

Wahrscheinlich stand ich unter Schock. Hätte ich Burt am Abend noch in die Notaufnahme gebracht, wäre er jetzt nicht bewusstlos. Und Pincer könnte nicht ihr Comeback inszenieren.

Alle Blicke waren auf sie gerichtet, während sie erst ihre Qualifikationen, dann Burts Vitalparameter auflistete. Zwei Sanis hoben Burt auf eine Trage und brachten ihn nach draußen, wo ich sie ermahnte, auf Burts Toupet aufzupassen, das sei teuer gewesen. Woraufhin der eine von den beiden, ein kräftiger Bursche, zufällig mit Glatze, einfach rüberlangte und Burt das Toupet vom Kopf zog, der darunter kahl war. »Behalten Sie es«, sagte er. »So ist es sicherer.« Burts Klamotten, sein Portemonnaie und sein Handy hatten sie schon in einem Plastikbeutel verstaut.

Ich öffnete die Beifahrertür des Vans und legte Burts Haarteil auf den Sitz. Als ich mich umdrehte, sah ich zu meiner Überraschung, wie ein Sanitäter Pincer in den Rettungswagen half.

»Fahr uns hinterher zum Krankenhaus«, befahl sie. »Ich geh mit, damit die da keinen Mist bauen.«

Ich zwang mich zu nicken. Die Hecktür des Rettungswagens ging zu, und ich sah dem Wagen nach, wie er aus der Einfahrt rollte.

Ich brauchte einen Moment, um meine Gedanken zu sortieren. Ich hatte ein furchtbar schlechtes Gewissen wegen Burt. Mein Gott, ich hatte noch versucht, einem innerlich verblutenden Mann einen Apfeldonut einzuflößen. Wer macht so was? Nun gab es aber auch keinen Grund, gleichzeitig mit den beiden am Krankenhaus aufzukreuzen. Burt würde wollen, dass ich reingehe und die Waffe suche, wie wir es abgemacht hatten. Ganz bestimmt. Das hatte Priorität.

Pincer hatte die Haustür zwar abgeschlossen, aber ich besaß noch einen Schlüssel. Seit meinem letzten Besuch hatte sich kaum etwas verändert. Die Arbeitsflächen in der Küche standen voll mit Gläsern und Plastikbehältern mit einer zähflüssigen braunen Substanz. Auf einmal knirschte es unter meinem Schuh: ein kleiner Glaszylinder wie für ein Parfümpröbchen, zerdrückt in winzige feuchte Splitter. Als ich mich bückte, entdeckte ich ein Etikett mit der Aufschrift *Polio-Lebend-Impfstoff,* was bedeutete, dass sich jetzt aktive Polioviren auf dem Küchenboden tummelten. Wobei das eventuell nicht mal das Schlimmste war, was die Küche zu bieten hatte. In diversen Behältern im Kühlschrank hatte sich unter einem dichten Pelz aus orangem, grünem, schwarzem und blauem Schimmel eine vollständige Verschmelzung von Gefäß und Inhalt vollzogen.

Das Wohnzimmer sah aus wie nach einem Jahrmarkt. Zerkrumpelte Chipstüten, Eisstiele, Fetzen von Crackerpackungen und anderen Lebensmittelkartons übersäten den Boden. Bei dem grauen Klumpen auf dem Teppich handelte es sich möglicherweise um einen Kohlkopf. Unter dem alten Diwan ragte ein Federbüschel hervor.

Konzentration, such die Waffe! Ich lief in Windeseile ins Schlafzimmer und wühlte mich durch einen Wust aus Kisten und Unterlagen bis zu Pincers Bett durch. Leider muss ich berichten, dass der Gestank meine Befürchtungen noch übertraf. Der Nachttisch war mit Rattenköteln übersät. In der obersten Schublade entdeckte ich ein kreisrundes Nest aus Taschentüchern und in dessen Zentrum drei lebendige Rattenbabys, die Augen noch zu, die kleinen Nasen zum Licht gereckt. Mir entfuhr ein Kreischen.

Waren bei meinen früheren Besuchen Pincers Schlafräume für gewöhnlich tabu gewesen, so hatte ich jetzt freie Hand. Diese Aufgabe erforderte ein professionelles Vorgehen, und so machte ich mich ungerührt und ohne einen Gedanken an Pincers Privatsphäre daran, alles, was nicht niet- und nagelfest war und als Waffenversteck infrage kam, aufzureißen, anzuheben, umzudrehen und auszukippen. Schließlich stieß ich in der untersten Schublade einer Kommode, verborgen unter angegilbten Negligés, auf etwas, was dem fraglichen Gegenstand wohl nahekam. Oh Gott. Ein gedrungenes silbernes Instrument, das an einen zu klein geratenen Raketenwerfer erinnerte. *Szintillator* war auf der Seite eingraviert. Konnte es sich um die fragliche Waffe handeln? Wofür war sie gut? Konnte sie etwa die Molekularstruktur des Opfers zerstören? Das Gerät verfügte über eine schlichte Messanzeige und das Gehäuse war oben mit einer Metallkappe verschlossen. Wie eine Bazooka hätte die Waffe ausgesehen, hatten die Essen-auf-Rädern-Leute gesagt. Aus der Entfernung sah das Ding hier bestimmt bedrohlich aus, keine Frage. Ich wickelte es in eines der alten Nachthemden und verknotete das Bündel. Dann klopfte es.

Ich hatte vergessen, den Putzdienst abzubestellen.

Mit dem Bündel unterm Arm eilte ich zur Tür. Als ich aufmachte, standen sechs Frauen vor mir, ausgestattet mit Wischmopps, Staubsaugern und Putzwägelchen. Die Teamleiterin stellte sich als Ramona vor. Ich wollte sie schon wieder wegschicken, als mir der Gedanke kam: Warum eigentlich nicht? Jede geputzte Stelle wäre ein Fortschritt. Und wieso sollte ich Pincer nicht selbst fernhalten können? Wir könnten ja zusammen Mittag essen. Oder einfach im Krankenhaus abhängen. Das hier war immer noch eine einzigartige Gelegenheit.

Als ich die Frauen ins Haus führte, wurden sie still, vielleicht war es der Schock. Ich selbst war, was das Haus betraf, offenbar schon abgestumpft. Die Frauen begannen zu flüstern. Ich sagte: »Hören Sie, ich weiß, es ist schlimm. Machen Sie heute einfach nur, was möglich ist. Vielen Dank schon mal. Ich – meine ganze Familie – weiß Ihren Einsatz sehr zu schätzen.«

»Aber das kostet mehr.«

»Natürlich. Das verstehe ich«, sagte ich. »Also, um halb drei müssten Sie hier raus sein.« Wer weiß, wie lange ich Pincer beschäftigen konnte.

Ich ging noch schnell in die Küche, kippte Bleiche auf das zersplitterte Polioпröbchen, wischte das Ganze mit einem Handtuch auf und warf es in den Müll. Dann stieg ich in den Van und verstaute den eingewickelten Szintillator unterm Fahrersitz. Burts Toupet lag auf dem Beifahrersitz, ein kläglicher Anblick. Als ob der Rest von Burt weggeschmolzen wäre. Auf dem Boden stand die Box mit den Donuts, immer noch genauso rosa und Frohsinn versprühend. In einem Anfall von Heißhunger schlang ich gierig einen Zimtdonut herunter und krümelte alles voll. Dann erst fiel mir ein, dass ich die Donuts eigentlich gekauft hatte, um der Putzcrew welche anzubieten, also lief ich mit der Kiste zurück ins Haus. Die Frauen hatten sich schon auf die Zimmer verteilt, und ihre verzweifelten Ausrufe hallten durchs Haus, hier und da spitze Schreie, Lachen. Ich stellte die Box am Eingang ab und ging.

Burts Van fuhr sich wie ein alter Omnibus, vermittelte aber ein einigermaßen sicheres Gefühl. Die Stoßdämpfer waren zu fest angezogen, und jeder Hubbel rüttelte mich ordentlich durch. Auch die Lenksäule saß stramm und gab in den Kurven einen hohen, wimmernden Ton ab. Doch alles in allem war der Van vermutlich besser in Schuss als der alte Lieferwagen, den Sherman für seinen mobilen Schleif-und-Polier-Service angeschafft hatte.

Am Krankenhaus angekommen, versteckte ich als Erstes Burts Toupet neben dem Szintillator unter dem Sitz. Pincer wäre über den Anblick bestimmt nicht erfreut, außerdem wollte ich Burt nicht bloßstellen und hatte keine Lust auf das Gespräch.

Von den nächsten Stunden möchte ich lieber nicht in allen Einzelheiten berichten. Nur so viel: Pincer hatte darauf bestanden, der Operation beizuwohnen, bei der die innere Blutung verödet und Burts Magen ausgepumpt wurde. Und tat zu allen Vorgängen ihre Meinung kund. Das chirurgische Team brachte ihr die professionelle Zuvorkommenheit entgegen, von der sie fand, dass sie ihr zustünde. Offenbar hatte nicht mehr viel gefehlt, und sie hätte sich die Instrumente geschnappt und selbst drauflosgeschnippelt. All das erfuhr ich später von einem der anwesenden Krankenpfleger. Bis dahin jedoch harrte ich in der Notaufnahme aus, die etwa im Zwanzigminutentakt von einer neuen menschlichen Katastrophe heimgesucht wurde. Fast noch schlimmer als der Anblick all der Verletzten und Kranken war der ihrer auf Nachricht wartenden Angehörigen. Derweil spürte ich im Internet einen Anwalt namens Lampey auf, der in San Francisco wohnte, wählte die Nummer und hinterließ eine Nachricht, in der ich ihm so unaufgeregt wie möglich die

Lage schilderte. In Montreal fand ich niemanden mit dem Namen Lampey. Zwischen meinen Suchanfragen gingen mehrere Nachrichten meiner Schwester Margaret ein sowie von Doris Roofla Reshnappet, der Frau meines Großvaters, die mir vom, wie sie es ausdrückte, neuesten Pflegedienst-Fiasko berichten wollte. Bei ihr würde ich mich bald melden müssen. Kurz überlegte ich, Sherman anzurufen, dann fiel mir ein, dass wir getrennt waren und warum.

Endlich, gegen kurz vor Mittag, nachdem ich schon zigmal nach Burt gefragt hatte, kam ein junger Mann mit Lockenkopf und im weißen Kittel heraus und sprach mich an.

»In welcher Beziehung stehen Sie zu Mr Lampey?«

»Er ist der Steuerberater meiner Großmutter«, sagte ich. »Und ein Freund.«

»Ist Dr. Pincer Ihre Großmutter?«

Ich nickte.

»Wissen Sie etwas über seine Familie?«

»Dass er eine Tochter in Montreal hat und einen Bruder in San Francisco.«

»Haben Sie da die Kontaktdaten?«

»Seinen Bruder habe ich ausfindig gemacht und ihm aufs Band gesprochen.«

»Mr Lampey ist ernstlich erkrankt. Ob es ihm recht wäre, dass ich mit Ihnen darüber spreche?«

»Ich glaube nicht, dass es ihm etwas ausmachen würde. Er ist da ganz offen.«

Der junge Arzt räusperte sich. »Verstehe. Also. Bei Mr Lampey ist ein Geschwür im Zwölffingerdarm geplatzt. Da muss schon seit einer Weile Flüssigkeit ausgetreten sein, im Magen-Darm-Trakt befand sich eine Menge Blut. Er brauchte drei Blutkonserven und war bei der Aufnahme im Schockzustand. Wir haben eine laporoskopische Operation durchgeführt, die Perforation mit einem Graham-

Patch verschlossen und eine gründliche Spülung des Bauchraums vorgenommen. Wir hatten es mit einem ziemlich großen Riss zu tun. Mr Lampey bekommt jetzt ein Breitbandantibiotikum gegen eine Bauchfellentzündung, wobei wir vorerst davon ausgehen, dass es sich um die Spätfolge einer Helicobacter-Pylori-Infektion handelt, also haben wir Kulturen angelegt und werden die entsprechende Behandlung einleiten. Seine Werte normalisieren sich allmählich, aber er muss auf jeden Fall noch ein paar Tage auf der Intensiv bleiben.«

»Wird er wieder gesund?«

»Die Prognose ist gut, jetzt, wo die Blutung gestoppt ist. Wäre er etwas später gekommen, sähe es jetzt anders aus.«

»Darf er Besuch haben?«

»Im Moment noch nicht. Er braucht erst mal Ruhe. Sie können gerne später wiederkommen, und bitte versuchen Sie es weiter bei seinen Angehörigen.«

»Klar, mache ich«, sagte ich. »Und wo finde ich jetzt meine Großmutter?«

»Dr. Pincer ist auf Streifzug durch die Station. Ob Sie sie womöglich herauslocken könnten? Das wäre eine Hilfe.«

»Sagen Sie ihr doch, dass ich hier bin und sie zum Mittagessen ausführen möchte.«

»Eine hervorragende Idee«, sagte er.

3

So froh ich war, das Krankenhaus zu verlassen, merkte ich zu meiner Überraschung, dass ich mich nur ungern von Burt entfernte. Nicht mal vierundzwanzig Stunden hatte ich mit dem Mann verbracht, aber wir hatten schon einiges zusammen durchgemacht. Pincer hatte es überraschend eilig rauszukommen und sauste nur so durch die Lobby. Ich sah, wie sie sich an die Bluse fasste und ihre Brosche auffing, die sich vermutlich durch die Erschütterungen ihrer Schritte gelöst hatte. »Bring mich nach Hause«, befahl sie. »Ich muss mich dringend umziehen.«

»Mach ich. Aber ich dachte, wir könnten erst mal was zu Mittag essen, du hast doch bestimmt Hunger«, sagte ich.

»Wo?«

Als wir aus dem klimatisierten Gebäude in die brütende, grelle Sonne traten, glitzerten feine Schweißperlen auf Pincers Stirn.

»Ich dachte an das Scandia«, sagte ich. Ihr Favorit, wie ich wusste.

Sofort hellte sich ihre Miene auf. »Das ist ein erstklassiges Restaurant.«

»Das Büfett ist fantastisch«, log ich.

»Das heißt *Smörgåsbord*«, verbesserte sie mich. »Vorzügliche Küche.«

»Das Essen geht auf mich.« Damit spielte ich meine letzte Karte aus.

»Gutes Mädchen!«

Erleichtert hielt ich Pincer die Beifahrertür auf, half ihr beim Einsteigen, dann machten wir uns auf den Weg. Im Großen und Ganzen schien sie froh über die spontane Einladung, bedauerte lediglich, dass sie keine Tupperdose dabeihatte, falls was übrig bleiben sollte. Das Sonnenlicht blitzte von allen Autos und Schaufenstern, während unter dem Armaturenbrett die Hitze hervorquoll und meine Haut auf einmal anfing zu jucken. Hoffentlich hatte ich mir auf Burts Couch keine Flöhe geholt. Wir hatten noch über eine Stunde totzuschlagen, bis die Putztruppe fertig war, also musste ich Zeit schinden.

»Was machst du da eigentlich?«, fragte Pincer, als ich den Parkplatz zum dritten Mal umrundete.

»Ich such nur eine gute Lücke.«

»Da ist doch eine. Stell dich da hin.«

»Ich glaub nicht, dass das passt«, sagte ich, noch nicht bereit, meine Verschleppungstaktik aufzugeben.

»Da im Schatten ist noch eine.« Sie zeigte darauf. »Mach schon. Ich hab Hunger!«

Also parkte ich, stieg aus und hielt Pincer die Tür auf. Als ich sie vom Sitz rutschen sah, bemerkte ich ihre Schuhe und Strumpfhose und war beeindruckt, dass sie in ihrem verlotterten Zuhause ein so herzeigbares Outfit zustande gebracht hatte. Einzig die Brosche fiel aus dem Rahmen – ich kannte sie von früheren Besuchen und hatte mich immer gefragt, was sie daran fand. Sie bestand aus einem goldenen Hexagon, darauf ein Rennkuckuck im Profil – knorrige rückwärtsverdrehte Knie, grässliche Füße mit zwei nach vorne und zwei nach hinten zeigenden Zehen, ausladender Schwanz, grimmiger Schnabel, blutunterlaufenes Auge. Das Auge sah besonders bösartig aus, weil es mit einem winzigen roten Rubin gespickt war. Die restlichen kleinen Edelsteine folgten der Rückenlinie des Vogels.

»Du hältst wohl große Stücke auf den Rennkuckuck?«

»Ja, das trifft es«, sagte sie. »Er ist ein flinker Vogel.«

»Ist das der einzige Grund?«

»Reicht doch. Außerdem sind Kuckucke Einzelgänger.«

»Ist der Rennkuckuck dein Alter Ego?«

»Nein, der Rennkuckuck ist nicht mein Alter Ego«, sagte sie, wobei ich nicht glaubte, dass die Frage zu ihr durchgedrungen war, denn sie fixierte bereits mit Laserblick das Büfett.

In dem schlauchförmigen Restaurant herrschte reges Mittagstreiben. Das Besteckgeklapper kam mir schon am Eingang ungewöhnlich laut vor und wuchs auf dem Weg zu unserem Tisch zu einem ohrenbetäubenden Krach an; wie ein Heuschreckenschwarm, der sich über einen Vorgarten hermacht. Während Pincer direkt auf das Essen zusteuerte, bestellte ich mir einen Eistee und blieb einen Moment sitzen, musste mich für Lärm und Gewusel wappnen. An den Wänden hingen großformatige Aufnahmen schwedischer Landschaften – fransige gelbe Kornfelder, schmale Straßen durch zarte Wäldchen, schlichte rote Holzhäuser in hügligem Ackerland. Bilder, die dazu angetan waren, Sehnsucht nach einem Leben zu wecken, das nie das eigene sein würde, außer man aß von diesem Büfett. Ich gab mich geschlagen und gesellte mich zu Pincer an den langen, voll beladenen Tisch. Sie häufte sich Graved Lachs, Hering, Scheibenkäse, Kartoffelsalat, eingelegtes Gemüse, Fleischbällchen und Knäckebrot auf den Teller und noch einiges mehr. »Die skandinavische Küche ist mit die gesündeste«, verkündete sie. »In Skandinavien gibt es praktisch keine Allergien. Mütterlicherseits bin ich ja halbe Schwedin, wie du weißt. Und du hast durch deinen Vater norwegisches Blut. Robuste Gene also, kannst stolz sein.«

Was wollte sie damit sagen? Ihre Ansichten zur Genetik gingen mir schon immer gegen den Strich. Ich nahm ein paar Scheiben dunkles pumpernickelartiges Brot, irgendeinen Weichkäse, Schinken und ein paar Salatblätter. Das letzte Mal, als wir im Scandia essen waren, hatte ich mich von Pincer dazu verleiten lassen, alles in mich hineinzustopfen, und es später bereut. Kaum saßen wir an unserem Tisch, verkündete Pincer, sie wolle schnell essen, da sie ihr Haus nicht gerne unbeaufsichtigt lasse.

»Aber eigentlich wolltest du doch mit Burt einen Tagesausflug machen.«

»Es gab da ein paar Vorkommnisse in letzter Zeit. Keine Ahnung, was genau vor sich geht, aber alles spricht für Diebstahl.«

»Oha. Was fehlt denn?«

»Frag mich lieber, was nicht fehlt. Meine Silbertabletts, Hochzeitsgeschenke, alles weg. Maine Seidenkimonos aus Japan, weg. Das komplette Staffordshire-Porzellan-Service ist futsch. Skrupellose Gangster, ich sags dir.«

»Aber hattest du dein Porzellan nicht in einer Kiste in der Garage verstaut?«

»Ich weiß nicht, wie du darauf kommst.«

»Ich dachte, das hättest du mal erwähnt.«

»Mag sein, das erklärt aber weder die verschwundenen Tabletts noch die Kimonos.«

»Nein, das stimmt.« Ich fragte mich, wann Pincer die Sachen wohl zuletzt gesehen hatte. »Willst du die Polizei verständigen?«

»Mache ich vielleicht noch. Ja, vielleicht. Es ist unheimlich.«

Es tat gut, mir das Wasserglas an den Wespenstich zu halten. Um das Thema zu wechseln, fragte ich Pincer, wie lange sie Burt schon kannte.

»Schon eine Weile. Und seit Tag eins versucht er, mich ins Bett zu kriegen.«

»Dein Ernst?« Mir fiel es schwer, das zu glauben, aber ich musste Pincer bei Laune halten. »Was hat dich daran gehindert?«

»Er sieht schon ganz gut aus. Aber wenn ich wirklich noch mal was mit einem Mann anfangen würde, das wäre eine ganz andere Liga.«

»Ich finde ihn keine so schlechte Partie.« Irgendwie hatte ich das Gefühl, Burt in Schutz nehmen zu müssen.

»Außerdem – wer sagt mir, dass nicht er hinter dem Diebstahl steckt.«

»Na, halb tot, wie er ist, wird er dir wohl heute nichts mehr klauen.«

In diesem Moment wurde ich mir plötzlich ihrer Erscheinung gewahr, so als würde ich meine Großmutter zum allerersten Mal sehen. Gut, ich war übernächtigt, aber die Frau hatte etwas unbestreitbar Teuflisches an sich. Wie sich ihre Finger klauenartig um das Besteck krallten und sie sich das Essen in die schmale Öffnung in ihrem Gesicht schaufelte, einer Raupe gleich, die zur Verdopplung ihres Umfangs alles verputzt, was ihr in die Quere kommt. Während ich sie weiter wie gebannt anstarrte, ertappte ich mich bei der Vorstellung, ich könnte selbst eines Tages derart schlingend vor meinem Enkelkind sitzen und es mit Grauen erfüllen. Hinzu kam, dass Pincer zurückstarrte, als wollte sie mir trotzig zu verstehen geben, dass sie verdrücken konnte, was und so viel sie wollte, im Zweifel auch mich und den Rest der Welt. Mir wurde bewusst, dass ich einen tiefen Groll gegen meine Großmutter hegte, nicht zuletzt, weil sie keinen Funken Trost oder Mitleid für mich übrig gehabt hatte, als meine Eltern verschwanden. Ihre eigene Tochter war wie vom Erdboden verschluckt, und sie nahm es einfach hin. Einmal mutmaßte sie sogar, meine Eltern könnten die Sache von langer Hand geplant haben. Diese grausame Bemerkung ging mir bis heute nicht aus dem Kopf.

Nachdem sie ihren Teller bis auf den letzten Krümel leer gespachtelt hatte, widmete sie sich dem Desserttisch, wo sie Mandel-, Ingwer- und Schokocookies einsammelte, diese zurück an ihren Platz brachte, in Servietten wickelte und in den Fächern ihrer Handtasche verstaute. Dann erklärte sie sich zum Aufbruch bereit, um sich endlich der unbequemen Kleider, die sie schon den ganzen Tag einschnürten, zu entledigen. Ich unternahm einen halbherzigen Versuch, eine Bedienung herbeizurufen, bevor Pincer sich durch forsches Tisch- und Stühlerücken zur Kasse durchrempelte und die Rechnung orderte. Einen Moment lang hegte ich die Hoffnung, sie würde mein Angebot vergessen und selbst zahlen, doch da war sie schon zurück am Tisch und legte den Bon vor mir ab. Ich wühlte unbeholfen in meiner Tasche, teils um Zeit zu schinden und teils weil meine Hand pochte und ich gestresst war. Ich hatte zu viel Eistee getrunken und zitterte. Von der Nacht auf der harten Couch tat mir der Rücken weh, und der Ganzkörperjuckreiz war auch noch da. Und mich beunruhigte die Frage, wie sie reagieren würde, wenn sie das frisch geputzte Haus betrat. Auf einmal war ich überzeugt, es keine Sekunde länger mit ihr aushalten zu können.

Wir verließen das Scandia. Ich checkte mein Telefon, um zu sehen, ob Burts Bruder Dale Lampey zurückgerufen hatte, aber Fehlanzeige. Dann half ich Pincer in den Van, umrundete ihn und stieg auf der Fahrerseite ein. Kaum hatte ich die Tür zugemacht, fragte Pincer: »Was macht das denn hier?« Sie zeigte auf den Boden unter meinem Sitz, aber ich sah nicht, was sie meinte.

»Was denn?«

»Warum liegt da mein altes Nachthemd?«

Ich beförderte es mit einem Tritt nach hinten.

»Das erkenne ich doch. Das ist noch von früher. Das Stoffknäuel da, gib mir das mal.«

»Das kann nicht von dir sein«, sagte ich und verfluchte mich innerlich dafür, dass ich den Szintillator nicht besser versteckt hatte, und Pincer für ihre Unausstehlichkeit.

»Weißt du, was ich von Menschen halte, die nicht auf mich hören?«, knurrte sie.

»Mir ist egal, was du von ihnen hältst.«

Auf einen Schlag nahm dieser Tag vor meinem geistigen Auge eine radikale Wendung. Ich beschloss in diesem Moment, dass ich mit Pincer zum Haus zurückkehren wollte, bevor die Putzcrew fertig war. Dann würde endlich Chaos walten. Zeit für einen Showdown. Hier einen auf heile Welt zu machen, hatte sowieso keinen Zweck mehr. Ich wollte, dass Pincer sich den Tatsachen stellte, dass sie kapierte, in was für einem Schlamassel sie steckte, ich wollte, dass sie Gift und Galle spuckte, damit ich zurückspucken konnte. Ich bog vom Parkplatz auf die Straße, dann trat ich das Gaspedal des Vans bis zum Anschlag durch. Der würd ich's zeigen!

»Was ist in dich gefahren?«, fragte Pincer, die gerade versuchte, die Rennkuckuck-Brosche wieder an ihrer Bluse zu befestigen. Aber ihre Finger waren knorrig und ungeschickt, sodass die Brosche ihr immer wieder in den Schoß fiel. Wir überquerten den Freeway und jagten vorbei an den Pferden, dem Golfplatz, dem See. Als ich kurz vor ihrem Haus ein Stoppschild übersah und scharf bremsen musste, schoss das Bündel unter dem Sitz hervor.

»Da!«, rief sie. »Ich wusste es. Gib mir mein Nachthemd! Sofort!«

»Ich bin am Fahren«, sagte ich und kickte es wieder unter den Sitz.

»Fahr rechts ran. Das ist der Beweis, der Mann ist ein Perversling.«

»Glaubst du, der läuft heimlich in deinem Nachthemd durch die Gegend?«

»Sei nicht so naiv, es gibt viele verkommene Verwendungsmöglichkeiten für ein Frauennachthemd.«

Wir waren fast da. »Beruhig dich«, sagte ich. »Das ist nur irgendein Lumpen.«

»Ich geb dir gleich Lumpen! Halt sofort an, oder ich schreie!«

Zu glauben, dass ich Pincer ignorieren könnte, stellte sich als Irrtum heraus. Der Stich der Wespe war nichts gewesen im Vergleich zu dem von Pincers Rennkuckuck-Brosche in meinem Oberschenkel.

»Oh mein Gott! Was hast du getan?«, wimmerte ich.

Ich schaute zu der Frau auf dem Sitz neben mir, die mit ihrer offenen Brosche herumfuchtelte wie mit einem winzigen Degen, ihr Gesicht eine wütende Fratze. Ein brennender Schmerz strahlte von der Stichstelle aus. Ich konnte es nicht fassen. Für den letzten Teil der Strecke drückte ich aufs Gas, bog schließlich in die Einfahrt zum Haus und brauste durchs Tor.

Vor dem Haus standen drei Polizeiwagen. Vor dem abblätternden Garagentor sah ich einen Polizisten am Telefon. Ein weiterer redete gerade mit Ramona, die den Arm um eine ihrer Mitarbeiterinnen gelegt hatte.

Pincer kurbelte das Fenster runter und brüllte: »Das ist mein Haus. Was geht hier vor sich?«

4

Beim Aussteigen aus dem Van, unschlüssig, was schlimmer war, der Nadel- oder der Wespenstich, konnte ich mir das Geschehen nur so zusammenreimen, dass ein Nachbar die Polizei gerufen haben musste, vielleicht weil er Ramona und ihre Crew für Einbrecher hielt. Oder vielleicht hatte Ramona selbst Alarm geschlagen, nachdem sie den Grad der Verwahrlosung vor Ort für kriminell befunden hatte. Dann passierten einige Dinge in schneller Folge, die ich nach bestem Wissen und Gewissen wiedergeben werde – allerdings neige ich leider zu Aussetzern, sobald mehr als eine Person gleichzeitig spricht.

Worin:

ein rothaariger Ermittler namens Ron Storke mich nach dem Ausweis fragt,
Ramona eine weinende Mitarbeiterin tröstet,
Pincer mit einem Polizisten plauscht,
ein Behördenwagen vorfährt, aus dem drei Personen mit Kameras und amtlich aussehenden Metallkoffern steigen,
Pincer sich aufführt, als würde sie Herrenbesuch empfangen, und sagt: »Meine Güte, die halbe Stadt ist hier. Drinnen gibt es Whiskey, der wird die Stimmung ein bisschen auflockern«,
Pincer und ich einmal ums Haus herum zu dem alten Schuppen geführt werden, in dem mein Großvater früher das Feuerholz lagerte und der durch eine Tür mit dem Kaminzimmer verbunden ist,
wir in den Schuppen lugen,

dort Teile eines menschlichen Skeletts einschließlich Schädel entdecken, das Pincer anhand des schmalen Beckens und der Handgröße als männlich identifiziert,
weitere Behördenvertreter dazukommen und sich im Haus umsehen,
Pincer sich veranlasst sieht, von ein paar früheren Verehrern zu erzählen,
die Polizei sie weiter vernehmen will und nach der Aussage der Putzkräfte zum Zustand des Hauses den Sozialpsychiatrischen Dienst einbestellt,
dieser Pincer für ein ärztliches Gutachten mitnehmen will,
die Kamera- und Metallkofferträger sich als Mitarbeiter der Spurensicherung herausstellen,
der Schuppen aus allen erdenklichen Winkeln fotografiert wird,
die Beamten Bodenproben vom Schuppen entnehmen,
die Skelettteile auf einer Bahre angeordnet werden,
zum zweiten Mal an diesem Tag ein Rettungswagen vorfährt,
Ron Storke sich von mir die Lebensumstände meiner Großmutter erklären lassen will und wir reingehen,
Pincer mit dem Rettungswagen weggebracht werden soll und ich nichts dagegen tun kann,
ihr Gebrüll uns bis ins Haus verfolgt.

Ratten konnten offenbar auf vielfältige Weise verwesen. Sie konnten zu kleinen harten Brocken mumifizieren oder bis aufs Skelett vollständig verrotten. Sonderbarerweise konnte eine Ratte auch innerlich komplett zerfallen und dabei einen intakten, ledrig durchscheinenden Hautballon in Rattenform hinterlassen. All dies lernte ich beim Betrachten des umfangreichen Anschauungsmaterials, das die Frauen von der Reinigungsfirma auf einem Laken auf dem Wohnzimmerboden zusammengetragen hatten.

Kommissar Storke war etwa Mitte fünfzig und hatte lange, rote spinnöse Augenbrauen, die beim Sprechen über den Brillenrand tanzten. Unter seiner großen spitzen Nase wuchs ihm ein rostfarbener Schnurrbart, der seltsam undurchdringlich wirkte. Seine Lippen waren spröde und wie zum Kuss gespitzt. Sein Kinn war klein und im Zickzackmuster von roten, nah der Hautoberfläche geplatzten Äderchen überzogen, und ungeachtet seiner schmalen Statur hatte er mehrere ockerblond gestoppelte Doppelkinne. Er trug eine schwarze Hose mit schwarzem Ledergürtel, der um die Löcher herum vom vielen Stochern schon grau geworden war, und ein kurzärmliges blaues Hemd mit Brusttasche, in der einige angekaut aussehende Stifte steckten. Aus dem Hemd ragten knochige Arme mit Sommersprossen und dichten rötlichen Haarbüscheln, in die das Edelstahlband seiner Uhr eine Schneise gegraben hatte.

Seine Stimme klang wie eine Bandansage: »Um zwölf Uhr sieben ging in der Notrufzentrale ein Anruf von Mrs Williams ein, die angab, bei einem Reinigungseinsatz auf menschliche Überreste gestoßen zu sein, woraufhin zwei Beamte zum Fundort entsandt wurden. Die weitere Befragung ergab, dass Mrs Williams aufgrund eines Nagerbefalls zuvor ihre Mitarbeiterinnen angewiesen hatte, das Gebäude auf mögliche Eintrittsstellen zu durchsuchen. Im Zuge dessen überprüfte eine Mitarbeiterin die Außenseite einschließlich der Dachrinnen, Luftschächte, Fenster und Fliegengitter und entdeckte schließlich einen kleinen, an das Wohnhaus angrenzenden Schuppen mit einer verwitterten Tür, die mehrere größere Ritzen und Löcher aufwies. In der Annahme, die Eintrittsstelle gefunden zu haben, wollte sie einen Blick hineinwerfen, wobei sie den verrosteten Riegel erst nach einigen Versuchen aufbekam, entdeckte dann die Knochen und meldete den Fund ihrer Chefin, die sich an uns wandte.«

»Eine gute Zusammenfassung, vielen Dank«, sagte ich, weil ich aus irgendeinem Grund das Gefühl hatte, er könnte Bestätigung gebrauchen. Der Mann hatte eine Verlorenheit an sich, als hätte er nie Liebe erfahren.

»Sie dürfte fürs Erste ausreichend sein«, sagte er. »Wenn auch nicht vollständig. Bitte folgen Sie mir.« Mit diesen Worten führte er mich aus dem Wohnzimmer, vorbei an Küche und Esszimmer, in den Seitenflügel mit Pincers Praxisräumen. Dort steuerte er direkt die Liege an, auf der Pincer an diesem Morgen den bewusstlosen Burt untersucht hatte. Am Kopfende bemerkte ich einen feuchten Lappen und Pincers Latexhandschuhe. Storke sagte: »Was können Sie mir über diesen Raum und seine Nutzung durch Ihre Großmutter erzählen?«

So ganz genau wusste ich das tatsächlich nicht, also zögerte ich. »Meine Großmutter hat ihre Approbation noch«, sagte ich schließlich. »Aber meines Wissens praktiziert sie nicht mehr.«

Storke blätterte hastig in seinem Notizbuch. »Uns liegt auch ein Bericht vor, dass heute früh ein Rettungswagen an diese Adresse bestellt wurde und einen siebenundfünfzigjährigen Mann, einen gewissen Mr Burt Lampey, ins Krankenhaus gebracht hat. Wissen Sie mehr darüber?«

Ich nickte eifrig, denn ich wollte ihn möglichst schnell beruhigen. »Ja, ich war dabei.« Ich schilderte ihm, was ich wusste, erzählte sogar vom Szintillator, von der geheimen Putzaktion, von Burts Gesundheitszustand, davon, wie meine Großmutter ihn untersucht und dann den Rettungsdienst gerufen hatte. »Sie hat also keine Versuche an ihm durchgeführt oder so«, entfuhr es mir noch.

Der Kommissar schaute mich besorgt an. »Haben Sie Grund zu der Annahme, dass sie Menschenversuche durchführt?«

»Nein, natürlich nicht«, sagte ich. Womöglich war Humor in diesem Moment eher nicht angebracht. Aber eigentlich war mein Ziel, einen Draht zu ihm zu knüpfen, weshalb ich fortfuhr: »Ich dachte nur, Sie würden vielleicht denken, dass sich hier drin so was abspielt, wie in einem Gruselfilm. Oder wie in *Die Insel des Dr. Moreau*. Haben Sie das gelesen?«

»Nein.«

»Also, ich wollte damit nur sagen, hier ist es *nicht* wie bei Dr. Moreau. So was ist mir höchstens zwischendurch mal als Horrorvision in den Sinn gekommen, aber das ist typisch für mich. In dem Buch geht es um einen Arzt, der Experimente an Tieren und Menschen vornimmt und monsterartige Hybridwesen züchtet. Großartige Story. Die aber nicht hier spielt!«, sagte ich. Bestimmt hatte ich ihn nur noch mehr verstört. Dann muss ich das Gesicht vor Schmerz verzogen haben, denn der Polizist fragte plötzlich, ob mit mir alles in Ordnung sei. Ich beschloss, ihm nichts von der Stichattacke zu erzählen.

Storke machte sich Notizen und blätterte erneut in seinem Büchlein. »Dann also weiter. Kurz vor dem Eintreffen des Rettungswagens heute Morgen soll sich eine Frau, deren Beschreibung auf Sie passt, im Gebüsch vor dem Haus versteckt gehalten haben. Was können Sie mir dazu sagen?«

»Das stimmt!«, sagte ich. »Das war ich. Das hätte ich vorher erwähnen sollen.«

Er starrte mich unter seinen Spinnenbeinbrauen hinweg an. »Warum lachen Sie jetzt?«, fragte er.

»Entschuldigung.« Ich riss mich zusammen und setzte ein ernstes Gesicht auf; ich musste wohl einsehen, dass wir keinen Draht zueinanderfinden würden. Aus irgendeinem, mir selbst unerfindlichen Grund fragte ich ihn dann: »Waren Sie früher schon mal hier im Haus?«

»Nein, noch nie. Warum sollte ich hier gewesen sein?«

»Ach, nur so.« Ich bemerkte einen Anflug von Zweifel und Vorwurf in meiner Stimme.

»Ich fürchte, mir ist nicht klar, worauf Sie hinauswollen«, sagte er. »War das Haus Gegenstand früherer Ermittlungen?«

»Nicht dass ich wüsste«, sagte ich, ohne weiter darauf einzugehen, fügte dann aber hinzu: »Sie wohnt seit über zwanzig Jahren allein«, als würde das irgendwas erklären.

Wahrscheinlich war es der Stress, der mir seltsame Worte in den Mund legte. Vielleicht war es ein bekanntes Muster, vielleicht hatte der Polizist derartiges Verhalten schon oft gesehen und wusste es einzuordnen. Dann wollte er den Namen meines Großvaters wissen und stellte ein paar Fragen zu seiner Person. Zum Schluss drückte er mir seine Visitenkarte in die Hand und sagte, er würde mich auf dem Laufenden halten, ich könne jetzt gehen. Aber wohin? Mir fiel nichts Besseres ein, als zurück in Burts Büro zu fahren, wo all meine Sachen waren.

5

So seltsam es klingt: Der Gedanke an Burts Büro erschien mir in diesem Moment als Luxus, und als ich endlich zurückgefahren war, den Van vor dem Gebäude geparkt, die Treppe in den zweiten Stock genommen, die Tür zum Büro aufgeschlossen und die Außenwelt ausgesperrt hatte, ließ ich mich unbeschreiblich erleichtert auf die orangefarbene Couch plumpsen. Eine gefühlte Ewigkeit lag ich regloss da, als müsste sich mein Körper von der Zellebene aufwärts neu zusammensetzen. War es denkbar, dass Pincer seit Jahren keinen Blick mehr in den Schuppen geworfen und mit der ganzen Sache nichts zu tun hatte? Konnte es sich bei dem Mann womöglich einfach um einen Unglücksraben handeln, einen Obdachlosen, der sich einen Schlafplatz gesucht hatte und dann nicht mehr aufgewacht war? Irgendwann wurde ich von einem Weinkrampf erfasst, vollkommen überwältigt und erfüllt von dem Wunsch, mit meiner Mutter über die letzten Tage sprechen zu können. Dabei wusste ich, was sie mir just in diesem Moment geraten hätte: Wunden sterilisieren! Hastig zog ich mir die Hose aus und begutachtete meinen Oberschenkel. Der Stich hatte etwas geblutet, aber nicht doll. Die Eintrittsstelle war rot und die Umgebung, eine etwa münzgroße Fläche, geschwollen und entzündet. Vielleicht hatte Burt ja irgendwo Alkohol zum Desinfizieren. Als ich den Schreibtisch durchsuchte, fand ich in der untersten Schublade zu meiner Überraschung ein ganzes Arsenal an Fläschchen voller Pillen. Bei näherem Hinsehen stellte ich fest, dass Burt hier mehrere Monats-, vielleicht auch Jahresvorräte an rezeptpflichtigen Medikamenten wie Antidepressiva und Mitteln gegen Angststörung gehortet und offenbar nicht angerührt hatte. Interessant. Ich suchte weiter im Wandschrank, entdeckte den Staubsauger und nahm ihn raus, außerdem Reinigungsspray und eine Rolle Küchenkrepp. Als Nächstes suchte ich in den Kisten auf dem Regal. Bingo! Hier befanden sich Burts Schnapsvorräte – Wodka, Gin, Bourbon. Ich träufelte Wodka auf ein Stück Küchenpapier und betupfte damit die Wunden an Bein und Hand. Später würde ich mir Schmerzmittel besorgen.

Zur Überbrückung entschied ich mich für eine eher herkömmliche Methode: Ich schenkte mir ein Glas Bourbon ein und trank auf ex. Die betäubende Wirkung folgte fast unmittelbar darauf.

Es war Zeit, Burts Toupet aus meiner Handtasche zu befreien. Rückblickend war es nicht die beste Idee gewesen, es im Van unter den Sitz zu stopfen, da es jetzt mit Fusseln und Krümeln verklebt war. Ich schüttelte es aus und legte es auf die Schreibtischunterlage, wobei ich die Spitzen nach innen umklappte, damit es nicht so achtlos hingeworfen aussah. Dann öffnete ich das Fenster und stellte mich mit dem Rücken davor, um das unordentliche Zimmer in Augenschein zu nehmen. Eine erfrischende Brise strömte herein, und ich hörte das sanfte Rascheln der hohen Palmen entlang der Avenue. Ohne einen schlafenden Burt auf dem Fußboden konnte ich es hier aushalten, aber ganz ohne Aufräumen ging es nicht. Bevor ich mich ans Werk machte, steckte ich mein Telefon zum Aufladen ein und platzierte es gut sichtbar, um keine Anrufe zu verpassen. Dann schlüpfte ich in meine kurze Hose, schnappte mir den Wäschekorb voller Bierflaschen, stopfte die Pizzakartons rein und schleppte die ganze Ladung zum Recycling-Container, der mir auf dem Parkplatz aufgefallen war. Zurück im Büro verstaute ich Burts persönliche Gegenstände, seine Klamotten und Kosmetika, in mehreren Säcken, die ich an der Tür sammelte. Als Nächstes wischte ich die verdreckten Fenster und Regalböden. Dann schnappte ich mir den Staubsauger und schob ihn kreuz und quer über den Teppichboden. Eilig hatte ich es nicht, im Gegenteil, am liebsten hätte ich das Putzen unendlich ausgedehnt, es war die ideale Mischung aus produktiv und stumpfsinnig. Danach widmete ich mich der Couch, suchte die rauen Fasern gründlich nach Flöhen, Läusen und Bettwanzen ab oder was immer mir sonst diesen höllischen Juckreiz beschert hatte. Zu meiner Erleichterung fand ich kein Ungeziefer, lediglich ein paar vertrocknete Krümel, die ich prompt wegsaugte. Dann kroch ich auf allen vieren über den Boden, durchwühlte methodisch den Flor des Teppichbodens, um etwaige Milben und andere Winzlinge aufzuspüren, die dem Sauger entgangen waren. Vielleicht verbrachte ich damit einige Minuten, vielleicht eine Stunde, ich möchte darauf nicht näher eingehen, da es einen leicht zwanghaften Aspekt meiner Persönlichkeit berührt, auf den ich nicht stolz bin. Jedenfalls erreichte mich während dieser Aktivität ein Anruf aus der Außenwelt.

»Hallo?«

»Guten Tag, Dale Lampey hier«, sagte die Stimme. »Was ist mit Burt passiert?«

»Was bin ich froh, dass Sie anrufen«, sagte ich und erzählte ihm die ganze Geschichte, einschließlich meiner Unterredung mit dem Arzt. »Burt muss wohl noch eine Weile im Krankenhaus bleiben, aber er ist außer Lebensgefahr.«

»Meine Güte«, sagte Dale Lampey. »Was für eine Tortur für Sie. Ich bin Ihnen für Ihre Hilfe sehr dankbar. Ich weiß nicht, ob Burt es erwähnt hat, aber wir haben schon eine Weile keinen Kontakt mehr.«

Ein Widerspruch. Ich war so durcheinander, dass ich indiskret wurde. »Aber – er hat mir erzählt, Sie stünden sich so nahe, dass Sie sich das Toupet teilen.«

Dale Lampey stieß einen knappen Seufzer aus. »Burt hat leider eine Schraube locker«, sagte er schließlich.

»Also teilen Sie sich das Toupet gar nicht?«

»Hören Sie, seit wann teilen sich zwei Menschen ein Toupet? Ich hab noch nicht mal eine Glatze. Und für das bisschen Haarausfall schäme ich mich nicht. Nie im Leben würde ich Toupet tragen.«

»Burt meinte, er schickt es Ihnen jeden Monat mit der Post.« Bei aller Exzentrik hatte mich die Geschichte von den zwei Brüdern und ihrem Haarteil tief berührt.

»Es tut mir leid, dass Sie da reingezogen worden sind. Die letzten Jahre hat er geistig abgebaut, aber er will auch keine Hilfe annehmen. Heikles Thema.«

»Und was mit seiner Tochter?«, fragte ich.

»Burt hat doch keine Tochter!«

»Ach so, da habe ich vielleicht was missverstanden«, ruderte ich zurück, für den Fall, dass eventuell Dale der Unzurechnungsfähige war. »Er kümmert sich jedenfalls rührend um meine Großmutter, ich schätze ihn sehr.«

»Tja, so läuft das jedes Mal«, sagte Dale. »Morgen habe ich beruflich in Santa Barbara zu tun. Vielleicht können wir uns dann vor Ort noch mal zusammensetzen.«

»Gute Idee. Ich bin übrigens zurzeit in Burts Büro untergekommen. Also, das hatte er mir angeboten, wobei ich da noch nicht wusste, dass es sich um ein Büro handelt. Jedenfalls bin ich jetzt hier. Ich kann aber jederzeit raus, falls Sie hier übernachten wollten.«

»Ich möchte nicht in Burts Büro übernachten.«

»Das heißt, es macht Ihnen nichts aus, wenn ich noch ein bisschen länger bleibe?«

»Wenn Burt Sie eingeladen hat, geht mich das nichts an.«

»Stimmt«, sagte ich.

»Danke auf jeden Fall, dass Sie sich gemeldet haben.«

»Keine Ursache.«

Es war jetzt achtzehn Uhr. Was Dale Lampey über Burt gesagt hatte, gefiel mir nicht, und vorerst weigerte ich mich, auch nur ein Wort davon zu glauben. Stattdessen rief ich im Krankenhaus an, um mich nach Burt zu erkundigen. Dort stellte man mich zur Intensivstation durch, wo mir ein Krankenpfleger mitteilte, dass Mr Lampeys Zustand stabil sei und er sich gut erhole. Ich war erleichtert und kündigte an, am nächsten Morgen wieder anzurufen, hinterließ aber für alle Fälle meine Nummer und sicherheitshalber auch noch die von Dale Lampey.

Als Nächstes rief ich in der psychiatrischen Abteilung an und erfuhr, dass sich Dr. Louise Pincer in guter Verfassung befinde, allerdings sehr erbost sei und nicht verstehe, warum man sie hergebracht hatte.

Ich überlegte, meine Schwester anzurufen, doch die Zeitverschiebung sprach dagegen, außerdem wusste ich, dass sie mit ihren Kindern und ihrem prall gefüllten Leben genug zu tun hatte.

Was für eine Erleichterung, Pincer sicher verwahrt zu wissen. Zum ersten Mal seit Langem konnte ich mich mit dem Gedanken beruhigen, dass meine Großmutter verpflegt und beaufsichtigt wurde. Und nicht mit Ratten herumtollte. Auch wenn ich es mir nur ungern eingestand: Ich konnte mir durchaus vorstellen, wie sie einen Mann in einem Schuppen einsperrte.

War ihre Verrücktheit bisher reine Familiensache gewesen, versetzte mich nun die Vorstellung in Schrecken, sie könnte außerhalb unserer Kreise jemandem Schaden zugefügt haben. Um mich davon abzulenken, wendete ich mich dem noch uninspizierten Schlafsack zu, als letzte Hürde auf meiner Mission, diese Nacht besser zu schlafen. Als ich den Reißverschluss aufmachte, traute ich meinen Augen nicht: Das Futter war von oben bis unten mit orangebraunen Fellbüscheln übersät. Ich tippte auf Hund.

Jetzt brach ich in Tränen aus. Nach diesem nicht gerade dramenarmen Tag war das hier wie ein Schlag in die Magengrube. Warum hatte Burt mir einen Schlafsack voller Hundehaare gegeben? Und was hatte ich hier überhaupt verloren?

Dann wurde es Abend. Stille legte sich über das Gebäude. Durchs Fenster sah ich blinkende Lichter in den Bergen.

Gefasst machte ich mich daran, die Haare aus dem Schlafsack zu zupfen. Seltsamerweise rief das Fell keinen Ekel mehr hervor, sondern vielmehr eine Vorstellung von den Dimensionen und der Lebenskraft des Tieres, dem es mal gehört hatte. Und von noch mehr Herzschmerz in Burts Leben; vielleicht hatte ihm seine Ex nach der Scheidung den geliebten Hund genommen oder, schlimmer – der Hund war gestorben, als er ihn am dringendsten gebraucht hätte. Ohne es zu merken, hatte ich den Fellbausch in meiner Hand so fest zusammenpresst, dass er nicht mehr haarte. Die Fasern hatten sich verfilzt. Der Filzklumpen ließ sich dehnen und walken, und ich fing an, ihn zu einem Labrador zu kneten. Als Erstes nahm der Torso Gestalt an, aus dem dann die Beine wuchsen, es folgten Hals, Kopf und Schnauze, und am Ende zwirbelte ich ihm einen Schwanz. Ich war völlig baff. Er konnte sogar allein stehen. Wahrscheinlich hatte ich noch nie im Leben etwas so Künstlerisches geschaffen.

Der Glücksmoment verpuffte, als mein Telefon klingelte. Auf dem Display erschien der Name der Frau meines Großvaters, Doris Roofla Reshnappet.

»Hallo, Doris«, sagte ich.

»Penny, wir haben hier ein großes Problem, und da du seine Finanzen regelst, hörst du mir jetzt besser mal zu. Dein Großvater und ich haben vor der Heirat eine Vereinbarung getroffen. Nenn es meinetwegen Ehevertrag. Wir haben ja den großen Altersunterschied, und wie du weißt, war mein erster Mann Invalide, und ich habe damals Arlo direkt klargemacht, darauf lasse ich mich nicht noch mal ein. Arlo hat mir sein Wort gegeben. Doris, hat er gesagt, wenn ich alt bin und zu nichts mehr tauge, pack mich ins Heim und leb dein Leben. Und ich sage dir: Es ist an der Zeit.«

Ich war perplex. Meinte sie das ernst? »Ich komme morgen vorbei«, antwortete ich. »Dann können wir in Ruhe reden. Okay?«

»Morgen habe ich den ganzen Tag Termine. Wann genau?«

»Wann wärst du denn frei?«

»Ich bin nie frei. Aber wenn du morgen früh um halb neun hier bist, können wir vielleicht zu einer Einigung kommen, bevor ich aus dem Haus muss.«

»Gut«, sagte ich. »Wie geht es Opa?«

»Der ist mal wieder in Wolkenkuckucksheim. Wenns nach ihm geht, ist alles in bester Ordnung. Ich muss ihn immer wieder daran erinnern, dass es das nicht ist. Das ist unheimlich anstrengend.«

»Gut, Doris«, sagte ich. »Bis morgen früh.«

Sie legte auf.

Hach. Auf das Gespräch freute ich mich schon.

Ich dachte voll Bedauern an all die Kekse, die ich im Scandia nicht hatte mitgehen lassen, und zog insgeheim den Hut vor Pincers weiser Voraussicht. Was hätte ich jetzt um die Kekse gegeben.

Es war ein lauer Abend. Ich hatte keine Lust zu fahren, weil mir das Bein immer noch wehtat und die Bremse des Vans so schwergängig war. Viele Restaurants waren fußläufig erreichbar, also machte ich mich auf den Weg die State Street herunter und ging dabei in Gedanken den bevorstehenden Tag durch.

Wie gern würde ich sagen, die zweite Frau meines Großvaters hätte irgendetwas Liebenswertes an sich, aber das war leider nicht der Fall. Doris und Arlo hatten sich auf dem Tennisplatz des City College kennengelernt. Sie war fünfundzwanzig Jahre jünger und eine umwerfende Erscheinung, langbeinig und gut in Form, platinblond und wangenknochig, außerdem eine große Nummer in der Immobilienbranche, die in der ganzen Stadt Investitionsobjekte besaß. In ihrer Freizeit sang sie Sopran im Kirchenchor und malte in einem Volkshochschulkurs verwegene Aktbilder. Sie hatte eine laute Stimme und streute gerne Wörter aus anderen Sprachen ins Gespräch ein, die sie im Reiseführer aufgetan hatte. Sie kleidete sich teuer und eigenwillig und für die meisten Anlässe übertrieben. Wenn sie ihr Gegenüber unterhalten wollte, machte sie Witze über die Leiden der Menopause, oder sie räusperte sich, sagte: »Entschuldigen Sie den Ausdruck«, und gab einen befremdlichen Gluckser von sich, der von irgendwo tief in ihrer Speiseröhre kam. Am Anfang hatte sie Arlo noch flott und geistreich gefunden und wusste die Freiflüge auf Lebenszeit bei United Airlines, die er als Ex-Pilot für sich und seine Gattin in Anspruch nehmen konnte, zu schätzen.

Inzwischen war Arlo dreiundneunzig. Bis zu seinem Sturz noch komplett selbstständig, war er bis vor Kurzem in seinem erst letztes Jahr optimistisch gekauften Honda Kombi durch die Gegend gekurvt und hatte regelmäßig Flugreisen an alle von United angesteuerten Ziele unternommen. Jetzt aber, mit den gebrochenen Zehen, bewegte er sich nur noch schlurfend und mit Gehstock fort. Eines Tages kam der Anruf von Doris: Sie stehe als Altenpflegerin nicht zur Verfügung, meine Schwester und ich müssten eine Lösung finden, zumindest bis es ihm wieder besser ginge. Da Margaret in Australien wohnte, machte Arlo mich zur Bevollmächtigten und gab mir Einblick in seine Finanzsituation. Er hatte einige Ersparnisse und eine gute Rente, doch eine Pflegekraft wäre davon auf Dauer nicht zu bezahlen.

Wir kamen zu dem Schluss, dass er eine Hypothek auf das Haus aufnehmen sollte, wofür ich alles in die Wege leitete. Das ausgezahlte Geld hinterlegte ich auf einem Treuhandkonto, und Bekannte vermittelten uns den Kontakt zu einer reizenden Pflegerin namens Nancy, die täglich vorbeikommen, Arlo bei allem unterstützen und ihn zur Physiotherapie bringen würde. Nach gut drei Wochen jedoch rief Nancy mich an: »Ach, Penny, es tut mir unheimlich leid, aber ich kann mich nicht mehr um deinen Großvater kümmern. Er ist ein ganz Lieber, aber seine Frau ist wirklich kein guter Mensch. Ich halte es nicht mehr aus.«

Auf Nancy folgte Larry, ein Mann mittleren Alters mit besten Referenzen. Allerdings misstraute Doris ihm, vielleicht weil er ein Mann war, von Tag eins an; angeblich hatte sie es im Gefühl, dass er irgendwie pervers sei, was ich mir nicht erklären konnte. Arlo mochte Larry, doch nachdem Doris ihn eines Tages als Spanner beschimpft und beschuldigt hatte, er hätte ihr im Bad was weggeguckt, kündigte auch er. Als Nächstes kam, über die Kirchengemeinde vermittelt, eine Trickbetrügerin namens Olga, die Arlo dazu bringen wollte, ihr das Auto zu überschreiben. Zuletzt hatte ich Lola engagiert, die mir von mehreren Seiten empfohlen worden war, bis mich Arlo letzte Woche anrief und mir eröffnete: »Lola und Doris wollen mich umbringen.«

»Gott, wie kommst du denn darauf?«

»Lola gibt mir einfach kein Mittagessen. Und wenn ich dann in die Küche gehe, um mir selbst was zu machen, kommt Doris rein und behauptet glatt, ich hätte doch schon gegessen! Meint die, ich hätte einen an der Waffel? Ich weiß ja wohl, ob ich Mittagessen hatte.«

Also bestellte ich Lola bei der Agentur ab, kassierte eine Reihe wütender Anrufe von Doris und durfte die Sache jetzt richten.

Mir leuchtete ein, warum sich mein Großvater vor all den Jahren in Texas in Pincer verliebt hatte. Beide waren damals jung und naiv. Aber was um alles in der Welt fand er bloß an Doris Roofla? Vor dem Sturz hatte er immer ein aktives Sozialleben gepflegt, vielleicht auch um diese leichtfertig geschlossene Ehe zu überstehen.

Nebel zog auf, wie manchmal an heißen Tagen. Ich kam an mehreren Restaurants vorbei, auch an dem, wo ich am Abend zuvor noch mit Burt gegessen hatte, aber mir war absolut nicht danach, in einem Raum voll fröhlich plappernder und lachender Menschen zu sitzen. Mein Bein pochte, meine Hand auch. Ich hatte weniger Hunger als gedacht und war schon wieder umgekehrt in Richtung Büro, als ich die Tankstelle mit dem Laden wiedererkannte, an der Burt gestern haltgemacht hatte. Zwar war mein erster Impuls, möglichst unbemerkt vorbeizuhuschen, aber dann kam mir die Idee, dem Manager von gestern dafür zu danken, dass er mich gewarnt hatte, Burts Zustand sei ernst. Also rein in den Laden. Diesmal stand eine Frau an der Kasse, bongte gerade ein Sixpack Bier und eine Tüte Chips. Sie hatte glatte dunkle Haare, zusammengehalten von einer rosa Spange, und trug unter dem Kittel mit dem Tankstellenlogo einen unförmigen schwarzen Sweater.

Der Laden hatte ein kleines Medikamentenregal, wo ich mir eine schmerzstillende antibakterielle Salbe besorgte. Dann lachte mich eine Packung Frosties an, die schnappte ich mir auch, dazu eine Vollmilch aus dem Kühlregal. Dann ging ich an die Kasse.

»Ist das alles?«, fragte sie.

»Das ist alles«, sagte ich, und dann: »Kennen Sie zufällig den Mann, der gestern Abend hier gearbeitet hat?«

»Kenne ich. Was ist mit ihm?«

»Heute Abend ist er wohl nicht da?«

»Nein.«

»Okay, hm. Also, ich wollte ihm nur etwas sagen.«

»Er ist verheiratet, und zwar mit mir.«

»Oh. Das ist schon okay«, sagte ich rasch.

»Das will ich meinen.«

»Also, falls Sie jetzt glauben, ich will was von ihm – nichts läge mir ferner«, sagte ich und merkte im selben Moment, dass das etwas harsch klang. »Ich wollte mich bloß bei ihm bedanken, weil er meinem Bekannten gestern geholfen hat.«

Schlagartig wechselte ihre Miene von misstrauisch zu ernsthaft besorgt. »Der hier sein Innerstes ausgeschissen hat? Der gehörte zu Ihnen?«

»Ja, genau! Also, er gehört nicht zu mir, wir sind bloß befreundet. Können Sie Ihrem Mann bitte ausrichten, dass ich ihm sehr dankbar bin?«

»Wie geht es dem Ärmsten denn?«

»Er liegt im Krankenhaus«, sagte ich. »Er musste operiert werden. Mit Bluttransfusion! War schon ziemlich schlimm.«

»Nehmen Sie sich einen Softdrink aufs Haus«, sagte sie und nickte in Richtung Getränkeautomat.

»Ach nein, danke, nicht nötig.«

»Jetzt nehmen Sie schon!«, befahl sie.

»Na gut. Danke«, sagte ich und füllte einen Becher mit Eiswürfeln und Root Beer.

»Schönen Abend«, sagte sie.

»Danke. Gleichfalls«, sagte ich.

Das Root Beer schmeckte unfassbar gut. Von allein wäre ich nie auf die Idee gekommen, mir eins zu gönnen. Fast unheimlich, wie manchmal Fremde die eigenen Bedürfnisse besser einschätzen können als man selbst. Ich stürzte es in einem Zug runter. Zurück in Burts Büro hatte ich keinen Appetit mehr auf Frosties. Ich zog die Hose aus, trug großzügig Salbe auf die Schwellung an meinem Bein auf, kroch in den Schlafsack und schlief sofort ein, als wäre es das kuscheligste Bett der Welt.

6

Ich wurde früh wach und ging auf die Toilette im Flur, um mich frisch zu machen. Der Anblick im Spiegel war nicht direkt ein Schock – es war ja immer noch ich, aber dann auch wieder gar nicht, jedenfalls kein Ich, das mir bekannt vorkam. Was weniger mit meinen zotteligen Haaren und den verquollenen Augen zu tun hatte als vielmehr mit einem plötzlichen Widerstand gegen den Lauf der Zeit und gegen das Verschwinden von Menschen, von denen ich geglaubt hatte, dass sie mich ausmachen. Ich fühlte mich flach, nicht mehr dreidimensional, eine Pappfigur, die bei der leisesten Berührung umzukippen drohte. Vielleicht dämmerte mir erst in diesem Moment, wie mutterseelenallein ich war. Aber es war nicht die Zeit für quälende existenzielle Fragen, schließlich hatte ich Dinge zu erledigen und Termine einzuhalten. Im Hier und Jetzt stand etwas anderes an: nämlich die Reinigung von Burts Toupet, damit ich es ihm frisch gewaschen ins Krankenhaus mitbringen konnte. In seinem Büro hatte ich eine Flasche Babyshampoo gefunden.

Das Waschbecken machte einen sauberen Eindruck, trotzdem wischte ich einmal durch, bevor ich es mit Wasser und Shampoo füllte. Dann tunkte ich das Toupet rein und rührte es herum, wobei es wogte wie eine Seeanemone. Der Anblick des grauer werdenden Wassers verschaffte mir Genugtuung, ein klarer Beweis für die Notwendigkeit der Aktion. Während ich weiter das Haarteil im Wasser walkte, musste ich an die Bilder denken, die meine Schulfreundin Claire vor Kurzem gepostet hatte, auf denen sie ihr Töchterchen im Waschbecken badete. Tja, das war der Unterschied zwischen uns beiden. Claire planschte in ihrem Eigenheim mit einem entzückenden Baby, ich stand in einer Firmentoilette und planschte mit einer Perücke.

Ich spülte gerade das Shampoo aus, als die Tür aufschwang und eine staksige Frau in einem schicken beigen Kostüm hereinschneite. Wahrscheinlich war es weder üblich noch gern gesehen, wenn man hier drin seine Wäsche erledigte, und ich ärgerte mich sehr, weil ich mich nicht früher darum gekümmert hatte.

»Guten Morgen«, sagte ich und versuchte, das Waschbecken zu verdecken.

»Morgen«, erwiderte sie knapp.

Kaum war sie in einer der Kabinen hinter mir verschwunden, nahm ich das Toupet aus dem Wasser und ließ es kurz abtropfen. Sekunden später schreckte ich zusammen, als ich bemerkte, dass mich durch einen Spalt in der Kabinentür ein weit aufgerissenes Auge anstarrte.

Mit steifen, schleunigen Schritten flüchtete ich zurück in Burts Büro, wo ich das tropfende Toupet in eins der T-Shirts aus dem Beutel neben der Tür wickelte. Gleich nach dem Besuch bei meinem Großvater und Doris würde ich ins Krankenhaus fahren. Diese Nacht hatte ich zwar besser geschlafen, aber die Schmerzen in meinem Bein waren nicht besser geworden. Doch ich musste Kurs halten und meine Wunden und Wehwehchen vorerst ignorieren. Zur Verabredung mit Doris durfte ich nicht zu spät kommen, und davor brauchte ich dringend einen guten Kaffee.

Mit einem köstlichen Kaffee in der Hand kurvte ich kurz darauf in Burts Van die Las Positas hinunter, die dem Verlauf des Arroyo Burro bis zum Strand folgte. Von dort ging es den Berg rauf zum Haus meines Großvaters. Eine botanisch beeindruckende Gegend, Kaskaden leuchtend lila- und orangefarbener Bougainvilleen, die über Zäune und Mauern schwappten, dazwischen herrliche Yuccas und Agaven und andere mediterrane Gewächse und Wüstenpflanzen, die hier und dort in üppiger Fülle gediehen. Ich bog in die Einfahrt, parkte und trank den Kaffee bis auf den letzten Tropfen leer.

Doris machte mir auf, sie trug weiße Stöckelschuhe und ein hellrosa Kleid mit weißem Spitzenbesatz. Ihr blondes Haar schimmerte porzellangleich, und sie war stark geschminkt, vor allem um die Augen.

»Also dann«, begrüßte sie mich in ihrer krächzigen Stimme. »Packen wir es an. Komm rein. Ich hab dir jetzt nichts gemacht, weil ich nicht wusste, was du möchtest. Wo ist Sherman?«

»Sherman und ich haben uns getrennt«, sagte ich, während ich ihr ins Sonnenzimmer folgte. Wir setzten uns auf die Korbstühle am Fenster, um uns herum ein Wäldchen aus Topforchideen.

»Ach, das wurde auch Zeit«, sagte sie ohne Umschweife. »Ihr wart euch ja schon länger nicht besonders, sagen wir, *simpatico.*«

»Das ist wohl so«, sagte ich ganz neutral. Ich riss mich zusammen, aber das Wort *simpatico* weckte Gewaltfantasien in mir. Ich nahm mir vor, dem auf den Grund zu gehen.

»Also, zur Sache«, sagte Doris. »Es ist Zeit, dass Arlo in eine Einrichtung kommt.«

Ich richtete den Blick starr auf die Wand hinter Doris, die von oben bis unten mit ihren grässlichen Aktbildern gepflastert war. Grässlich waren sie, weil sie nicht von jemandem geschaffen schienen, der dem menschlichen Körper etwas Schönes abgewinnen konnte – sie zeigten schweinsförmige Rümpfe und bis ins letzte drastische Detail gearbeitete Genitalien. »Ich kann mir vorstellen, dass es nicht leicht ist, mit all diesen Leuten im Haus«, rang ich mir schließlich ab.

»Das kannst du laut sagen.«

»Aber weißt du, ich glaube nicht, dass er noch lange auf Hilfe angewiesen sein wird. Und ins Heim will er ja nicht. Er hat immer gesagt, dass er zu Hause wohnen bleiben will. Das war immer sein Wunsch.«

»Tja«, sagte Doris, »vielleicht liegt die Entscheidung in diesem Fall nicht mehr bei ihm. Machen wir uns nichts vor, ab jetzt geht es nur noch bergab. Und dann hetzt er diese Leute auch noch gegen mich auf. Wie den letzten Dreck behandeln die mich – in meinem eigenen Haus! Mir reicht es. Wenn du ihn nicht bald irgendwo unterbringst, lasse ich jeden verhaften, der hier antanzt.«

Diese Herzlosigkeit! Diskutieren schien zwecklos. »In Ordnung. Ich werde mich schlaumachen.«

»Er weiß, dass du kommst«, sagte sie. »Am besten, du bringst ihm die Neuigkeiten selbst bei. Ich habe heute zig Termine, also sag ich mal Adieu.«

Mit diesen Worten schnappte sich Doris ihre Handtasche und den kleinen Rollkoffer, den sie stets mit sich führte. Ich habe mich immer gefragt, was drin ist. Nachdem sie mehrmals schlüsselrasselnd durch den Flur gerauscht war, schlüpfte sie durch die Hintertür nach draußen. Durchs Fenster sah ich sie in ihrem schwarzen Lexus davonbrausen.

Direkt darauf hörte ich meinen Großvater rufen. »Penny? Penny, bist du da?«

»Ja, ich bins!«, rief ich zurück und eilte in sein Arbeitszimmer. Da saß er, an seinem Schreibtisch, mit seinem stattlichen schönen Kopf und dem verschmitzten Blick. Ich umarmte ihn und drückte ihm einen Kuss auf die Wange.

»Pennylein, du glaubst nicht, was hier los ist.« Ob Doris weg sei, wollte er wissen, was ich bejahte. Dann sagte er: »Danke, dass du mich in diesem Chaos unterstützt. Ich weiß ja, wie schwierig Doris ist.«

»Kein Ding«, sagte ich. »Ich bin froh, dass du mir das mit Lola erzählt hast.«

»Gut, dass die weg ist«, sagte er. »Das war die Schlimmste. Was stimmt nur mit den Leuten nicht?«

»Larry war nicht so schlecht, oder?«

»Nein, Larry war nicht schlecht. Wer war noch mal die andere?«

»Meinst du Olga?«

»Genau. Die war ein ganz schönes Schlitzohr.«

»Wir finden eine Lösung«, sagte ich sanft.

»Aber unbedingt Doris einbeziehen. Die dreht am Rad, wenn sie nicht mitreden darf.«

»Weiß ich doch«, sagte ich.

Dann unterhielten wir uns. Ich erzählte ihm, wie ich meine spärlichen Habseligkeiten in einen winzigen Lagerraum geschafft und mich in Santa Cruz in ein Motel mit Wochentarif einquartiert hatte. Dass es zwischen Sherman und mir aus war, tat Arlo leid, aber mit Nachfragen hielt er sich höflich zurück. Dann erfuhr ich, dass Margaret aus Australien angerufen und sich nach mir erkundigt hatte, sie machte sich wohl Sorgen, weil ich nie ans Telefon ging. Ich hätte zurzeit einfach viel um die Ohren, sagte ich und versprach Arlo, dass ich sie zurückrufen würde. Dann ging es um Margarets Zwillinge und deren volle Terminpläne und um Margarets Mann Wilhelmus, den Profifußballer, der vor Kurzem in einem wichtigen Spiel zwei Tore geschossen hatte, woraufhin ein Verein ihn hatte abwerben wollen, erfolglos allerdings, Wilhelmus wollte in Brisbane bleiben. Das wäre auch für Margaret das Beste, sagte ich.

Mir war schon früher aufgefallen, dass es meinen Großvater traurig stimmte, über Margaret und ihr Leben in Australien zu sprechen. Offensichtlich erinnerte es ihn an das Verschwinden seiner Tochter. Arlo stand heute noch mit ein paar Personen in Kontakt, die angeboten hatten, die Suche nach den beiden auf inoffizieller Basis fortzusetzen. Regelmäßig schickten sie ihm Briefe mit den Koordinaten der durchkämmten Gebiete, die er dann auf einer detaillierten geologischen Karte von Nordqueensland markierte. Insgeheim fürchtete ich mich davor, dass einer dieser Kontakte wirklich etwas über den Verbleib meiner Eltern in Erfahrung bringen könnte. So seltsam es klingt, bildete ich mir lieber ein, sie wären einfach unversehrt in eine andere Dimension hinübergeglitten.

Zum Schluss erzählte ich ihm von den Ereignissen rund um Pincer; ich wusste ja, dass er sich noch dafür interessierte, wie es seiner Ex-Frau erging. Während er sich über die Stichattacke mit der Brosche wunderte, schien er über den Leichenfund auf ihrem Grundstück weniger überrascht. »Einmal hat sie meine Klamotten und mein ganzes Werkzeug im Garten vergraben, um zu verhindern, dass ich ausziehe.« Ich erzählte ihm, dass die Polizei seinen Namen notiert hatte und ihn eventuell befragen würde.

»Wenigstens kann ich mit Sicherheit sagen, dass ich es nicht bin«, sagte er. »Aber vermutlich bin ich nicht der Einzige, den sie verschwinden lassen wollte. Bei der Frau ist kein Mann sicher.«

Mit derart bedrückenden Themen hielt sich mein Großvater nicht gern auf. Er war seit Langem ein großer Freund von 3-D-Diashows und bat mich, ihm seinen Spezialprojektor samt Indexverzeichnis zu bringen. In einem seiner Aktenschränke befanden sich sauber geordnet Kisten mit zahlreichen Dias, dazu ein Verzeichnis, in dem die Inhalte jeder Kiste aufgelistet waren. Auf seinen Wunsch hin brachte ich ihm Kiste Nummer 326. Er inspizierte den Inhalt, nahm einzelne Dias raus und hielt sie gegen das Licht.

»Pennylein, hol mal die Leinwand, die steht dahinten«, sagte er. Ich gehorchte, baute die Leinwand vor dem Wandschrank auf und zog den Hush-Puppies-Schuhkarton mit den 3-D-Brillen aus dem Regal. Als Kind hatte ich es geliebt, wenn er den Karton mit den Brillen hervorholte und die Diashow losging. Ich entschied mich für meine rote Lieblingsbrille von früher, Arlo setzte sich eine große schwarze auf.

»Hier, tu das mal rein«, sagte er und drückte mir ein Dia in die Hand.

Ich knipste den Projektor an, und er erwachte röhrend zum Leben. Dann legte ich das Dia ins Fach und drückte es hinein. Das Doppelbild wurde sofort scharf, als ich die Brille aufsetzte. Vor uns befand sich ein Cockpit.

Arlo stand auf und ging langsam auf die Leinwand zu.

»Als wäre ich mittendrin!« Er jauchzte fast. »Das ist meine DC-8. Eine echte Schönheit.«

»Links war dein Platz?«, fragte ich mit Blick auf den Doppelsitz.

»Korrekt. Rechts der Co-Pilot. Weißt du noch, warum der Pilot links sitzt?«

»Früher, als es nur Propeller- statt Düsenantrieb gab, neigte sich das Flugzeug leicht nach links, durch die Propellerdrehung im Uhrzeigersinn. Dadurch ließ sich die Maschine auf dem Flugplatz leichter linksrum wenden als rechtsrum, und der Pilot hatte von links bessere Sicht.«

»Korrekt!«

Ich tauchte mit ihm in das Trugbild ein. Das Cockpit vor uns leuchtete. Ich fragte ihn nach der Funktion einzelner Hebel, Schalter, Regler und Anzeigeinstrumente. Er gab bereitwillig Auskunft und streckte dabei die Finger aus, als wollte er sie alle anfassen: Höhenmesser, Machmeter, Scheibenwischer, Horizontanzeiger, künstlicher Horizontanzeiger, Kursanzeiger. Er hielt sich eine ganze Weile in dieser Dimension auf, bevor er schließlich seine Brille abnahm und sich wieder auf den Stuhl setzte.

Später, nach den Thunfisch-Baguettes mit eingelegten Gürkchen, die ich uns auf seinen Wunsch hin gemacht hatte, konnte ich das Thema nicht weiter aufschieben: »Für Doris ist es bestimmt auch nicht leicht mit all den Pflegekräften im Haus.«

»Was hat sie jetzt wieder?«, stöhnte er.

»Ich glaube, sie ist unzufrieden«, fasste ich es zusammen.

»Will sie mich rausekeln?«

»Das bestimmt nicht«, sagte ich. »Aber weißt du noch, dass wir uns das Palms mal ansehen wollten? Da soll es richtig schön sein. Und dein Freund Harold aus dem Garden Club wohnt ja auch da.«

Arlo antwortete: »Na gut. Dann fahren wir hin. Jetzt gleich.«

»Jetzt gleich?«

»Jetzt gleich.«

Also machten wir uns am frühen Nachmittag in seinem Honda auf den Weg zur Palms-Seniorenresidenz. Als wir aus der Garage fuhren, bemerkte Arlo Burts Van.

»Was ist das denn für eine Rostlaube?«

»Den hab ich von Burt geliehen, Pincers Steuerberater. Du weißt schon, der gerade im Krankenhaus ist.«

»Sicher, dass der ein echter Steuerberater ist?«

Auf meine Bemerkung hin, dass Burt erst kürzlich geschieden wurde, nickte Arlo mit der Weisheit des geschröpften Leidensgenossen.

Zum Palms war es nicht weit. Gelegen auf einem herrlichen Grundstück unweit der Berge, hätte es auch gut als Hotel durchgehen können. Während ich im Empfangsbüro schon mal die Vertragsunterlagen durchsah, bekam Arlo eine Führung durchs Haus. Auch wenn ich nie gewollt hatte, dass es so weit kommen würde, hatte ich mich vorsorglich schon vor Monaten für Arlo um einen Platz beworben, der Antrag war also bereits genehmigt. Als ich meinen Großvater später im Speiseraum wiedertraf, stand er mit seinem Gehstock neben der Frau, die ihn herumgeführt hatte, und machte geistreiche Bemerkungen. Wie sich herausstellte, arbeitete sein Hausarzt mit der Einrichtung zusammen und könnte sich dort weiter um ihn kümmern. Und im Esszimmer entdeckte Arlo gleich mehrere Kumpel aus seinem Gartenverein, darunter auch Harold. Offenbar war gerade erst ein möbliertes Zimmer frei geworden, mit Blick auf die Strelitzien und eine von buschigen Palisanderbäumen gesäumte Wiese. »Nehm ich«, sagte Arlo.

»Du willst hier einziehen?«

»Ich ziehe direkt ein.«

»Jetzt direkt?«

»Was meinst du? Hältst du es für eine gute Idee?«

»Wenn es dir hier gefällt, ist es eine gute Idee.«

An diesem Nachmittag fand im Palms eine Geburtstagsfeier statt. Alle wollten Arlo dabeihaben, und auch die Einrichtungsleitung hatte nichts dagegen. In der Zwischenzeit sollte ich zurück zum Haus fahren, um seine Sachen zu holen.

Dort angekommen stellte ich erleichtert fest, dass Doris noch unterwegs war. So konnte ich mich frei bewegen, Arlos Koffer suchen und mich ans Packen machen.

Die bittere Wahrheit lautete: Ich half mit bei der Vertreibung meines Großvaters aus seinem geliebten Haus. Nachdem ich seine Klamotten aus den Schränken und Schubladen zusammengesucht und in Koffern verstaut hatte, sah ich mich nach anderen Dingen um, die er vielleicht gebrauchen könnte oder gerne bei sich hätte. Schuhe, Kosmetikartikel, Schreibmaschine, Lesestoff, allen voran sein Lieblingsbuch *Diary of a Sea Captain's Wife*. Büroartikel, Schreibzeug, Papier. Und was war mit den Dias? Doris konnte ich seine Schätze nicht anvertrauen, sie hatte schon mehrfach säckeweise Sachen von ihm ins Sozialkaufhaus gebracht. Was bedeutete, dass ich so ziemlich alles mitnehmen musste. Also packte ich Arlos komplette Kameraausrüstung samt Projektor und Leinwand in den Honda. Und was war mit den Fliegermedaillen und Plaketten? Was, wenn Doris sie einfach wegschmeißen würde? Eine Auszeichnung nach der anderen nahm ich von der Wand und räumte sie in einen Karton. Ich überlegte kurz, auch Arlos Papierkram einzupacken, aber der Aktenschrank war verschlossen. Dann fiel mir ein, dass er Bettzeug und -wäsche brauchte, also zog ich das Bett in seinem Arbeitszimmer ab und legte alles zusammengefaltet in den Koffer, bevor ich den Wäscheschrank nach Handtüchern durchstöberte. Dort fand ich ein warmes Oberbett und eine Badematte, das kam auch beides mit. Anschließend fuhr ich zum Palms zurück und räumte den Wagen aus, wofür ich den Gepäckkarren am Eingang zu Hilfe nahm. Nachdem ich alles draufgeladen hatte, schob ich den Karren in Arlos neues Zimmer, wo ich ihm als Erstes sein Bett machte. Ich war gerade fertig geworden, als Arlo zur Tür reinkam, in Begleitung seiner neuen Bekanntschaft.

»Arlo, guck mal! Guck, was deine Enkelin hier vollbracht hat, sie hat dir schon das Zimmer hergerichtet. So lieb!«

Ich war dabei, die Kommode einzuräumen. »Was hat Doris gesagt?«, fragte Arlo.

Die sei nicht zu Hause gewesen und wisse noch gar nichts, sagte ich.

»Na, jetzt braucht sie keine Angst mehr vor marodierenden Fremden in ihrem Haus zu haben«, sagte er. »Ich bin fix und alle, Pennylein. Habs wohl bei der Party ein bisschen übertrieben. Ich hau mich mal besser aufs Ohr.«

»Na klar«, sagte ich, als er sich auf sein neues Bett setzte.

»Hoffentlich kommt Doris nicht her und gibt mir eins auf den Deckel«, sagte er.

»Hoffe ich auch.«

»Ganz schön nobel hier. Können wir uns das leisten?«

»Ja. Mach dir keine Sorgen.«

»Fahr vorsichtig, Kind. Ich danke dir sehr. Sagst du Doris dann Bescheid?«

»Klar, mach ich.«

»Kommst du morgen wieder?«

»Na klar! Bis morgen.« Ich gab ihm zum Abschied einen Kuss.

Draußen auf dem Parkplatz merkte ich, dass ich ganz flach atmete – das passierte manchmal, wenn ich etwas gegen meinen Willen tat, was mir oft aber erst durch einen Schwindelanfall bewusst wurde. Auf einmal hatte ich einen Schweißfilm auf der Stirn, mein Mund fühlte sich papptrocken an, und ich konnte keine zwei Meter geradeaus gucken. Mein Nacken war glühend heiß, mein Bein genauso. Was hatte ich da gerade getan? Was war ich für eine Verräterin! Doris hätte ich rausschaffen müssen, nicht Arlo! Würde er sich im Palms wirklich wohlfühlen, oder wollte er bloß keine Probleme machen? Und was würde meine Mutter dazu sagen – hätte sie das Gleiche getan?

Es war erst vier Uhr nachmittags. Als Erstes musste ich zurück zum Haus und Arlos Auto wieder gegen den Van eintauschen. Dann würde ich Burt im Krankenhaus besuchen und ihm sein Haar zurückgeben. Ob sein Bruder inzwischen aufgetaucht war? Anschließend würde ich nachschauen, wie es Pincer auf ihrer Station so ging. Ich hätte meinen Großvater bitten sollen, mir seinen Wagen zu leihen, der fuhr sich deutlich angenehmer als der Van.

Ich öffnete das Sonnenverdeck, drehte das Radio auf und atmete genüsslich den Neuwagenduft ein. Arlos Fahrerhandschuhe in der Ablage waren ein schmerzlicher Anblick. Als meine Schwester und ich klein gewesen waren, hatte er uns manchmal in seinem Jeep mit nach Santa Ynez genommen und war mit uns quer durchs Gelände gebrettert. Einmal entdeckten wir auf dem Weg die Ruine eines Hauses, das schon vor langer Zeit abgebrannt sein musste. Das ursprüngliche Fundament erhob sich aus dem Chaparral, daneben ausgehärtete Pfützen aus geschmolzenem Glas. Es war, als wären wir die ersten Menschen an diesem Ort. Glas schmolz erst bei Temperaturen zwischen 1400 und 1600 Grad Celsius, erklärte uns Arlo. Aber wie konnte ein Feuer heißer als Feuer werden?, wollten wir wissen. Oft nahm er uns auch mit zum Angeln an den Lake Cachuma, einen inzwischen ausgetrockneten Stausee. In seiner Werkstatt brachte er uns den Umgang mit Drehmaschine und Meißel bei, damit fertigten wir aus Zitronenholz kleine Becher an. Draußen hinterm Haus mischten wir unter seiner Anleitung Zement an und gossen Wegsteine mit Muscheln in Sandgussformen.

Mit derart nostalgischen Gedanken kehrte ich also zum Haus zurück und parkte den Wagen in der Garage. Der schwarze Lexus war immer noch nicht wieder da. Ohne meinen Großvater drin und im Wissen, dass all seine Habseligkeiten weg waren, dass er nie mehr dorthin zurückkommen würde, erfüllte mich das Haus bloß mit Schrecken, als stünde ich einem Ghul gegenüber, einer jeder Seele beraubten Attrappe mit leeren steinernen Augen. Ich schrieb einen Zettel für Doris, dass Arlo sich im Palms befinde und keine Pflegekraft je wieder das Haus betreten würde, und schob ihn unter der Tür durch. Dann stieg ich in den Van und fuhr den Hügel hinunter.

7

Ich war gerade erst ein paar Hundert Meter weit gekommen, als mein Telefon brummte, und erkannte aus den Augenwinkeln die australische Vorwahl. Bestimmt meine Schwester Margaret. Sie hatte in den letzten Tagen zig Nachrichten hinterlassen. Diesmal musste ich wohl rangehen.

Aber es war nicht Margaret. Eine unbekannte weibliche Stimme fragte, ob sie Penny Rush am Telefon habe.

»*Ist alles in Ordnung?*«, schrie ich.

Ich wäre beinahe von der Straße abgekommen. Wenn Fremde aus Australien anriefen, war ich darauf konditioniert, mir das Schlimmste auszumalen.

»Gut, dass Sie fragen.« Die Frau stellte sich als Viola Mitchell vor, ihres Zeichens Hausverwalterin.

»Worum geht es denn?«, fragte ich durch die Zähne.

»Ein altbekanntes Problem. Haben Sie schon mal einen Mann getroffen, der auf den ersten Blick sehr charmant wirkte und dann später etwas von sich preisgegeben hat, was Ihnen Angst machte?«

»Warum wollen Sie das wissen?«

»Es ist der Grund meines Anrufs. Wie es aussieht, war Patrick Sullivan Ihrer Schwester Margaret Janssen nicht geheuer.«

»Wer ist Patrick Sullivan?«

»Ein Mann meines Berufsstands und ohne Skrupel«, sagte sie. »Ich rufe an, weil ich mich Ihnen vorstellen und mal hören wollte, was sie zu der Immobilie auf der Banks Street meinen. Ihre Schwester sagt, sie hätte Sie schon eine Weile nicht mehr erreicht.«

Jetzt wurde mir alles klar. Inzwischen hatte ich den Van auf dem Parkplatz am Strand geparkt und fand auf einmal den Gedanken sehr verlockend, mein Telefon ins Meer zu schleudern. »Ich weiß nicht, warum Margaret Sie oder diesen Patrick Sullivan hinzugezogen hat«, sagte ich. »Wir sind, was das Haus angeht, noch zu keiner Entscheidung gekommen.«

»Ja, sie hat erwähnt, dass Sie sich gegen eine Entscheidung sträuben. Ich kann Ihnen nur sagen, wenn ein Haus leer steht und nicht instandgehalten wird, kommt es zu dauerhaften Schäden. Früher oder später beschweren sich Nachbarn dann bei den Behörden. Die auf der südlichen Seite verlieren allmählich die Geduld, weil sie regelmäßig Blätter und Geäst von dem großen Leopardenholzbaum auf dem Grundstück aus ihrem Pool fischen müssen. Der Briefkasten an der Straße wurde schon vor einiger Zeit von einem Auto gerammt und liegt seitdem mehr, als dass er steht, an den Fenstern hat sich Schimmel gebildet, in den Möbelpolstern haben mit hoher Wahrscheinlichkeit Geckos genistet, an allen Außenwänden blättert die Farbe ab, die Dielen auf der Veranda sind teilweise gefährlich morsch, und eine Horde Possums hat im Unterholz gewütet. Ihre Schwester findet, es ist Zeit, das Haus zu versteigern oder es zu sanieren, um es auf den Mietmarkt zu stellen.«

Von einigen dieser Probleme hatte mir Margaret tatsächlich schon berichtet, aber ich hatte mich davor gedrückt, die Sache pragmatisch anzugehen. Irgendwer musste ja für die Möglichkeit einstehen, dass unsere Eltern eines Tages zurückkommen würden. An diesem Gedanken hielt ich fest und träumte regelmäßig davon. Jedes Mal wenn Margaret auf das Haus zu sprechen kam, schnitt ich ihr das Wort ab, ich wollte nichts davon hören, dass sie die Hoffnung aufgegeben hatte. Jetzt hatte sie also Profis engagiert, um mich zu bequatschen.

»Ich verstehe«, sagte ich schließlich. »Ich werde drüber nachdenken.«

»Tut mir leid, aber Ihre Schwester sagt, das sagen Sie immer.«

»So, so. Bitte richten Sie ihr aus, dass ich gerade mit unseren Großeltern in ein Szenario verstrickt bin, das ihre wildesten Vorstellungen übersteigen dürfte, dass ich mich aber auf jeden Fall bei ihr melde, sobald ich dazu komme.«

»Sie meinte auch, Sie seien immer in irgendwelche Szenarien verstrickt, und irgendwann sei es auch mal gut.«

»Meine Schwester ist ein sehr verständnisvoller Mensch, und ich glaube nicht, dass sie so etwas sagen würde.«

»Ich möchte nicht weiter mit Ihnen diskutieren, Miss Rush. Sie leiden wahrscheinlich unter einer posttraumatischen Belastungsstörung, dieser Ansicht ist jedenfalls Ihre Schwester, und ich sehe schon, dass wir hier kein vernünftiges Gespräch führen können. Lassen Sie mich Ihnen aber versichern, dass diese Probleme nicht von selbst verschwinden, da können Sie den Kopf noch so tief in den Sand stecken. Die Mahngebühren läppern sich, und da kommen sicher noch Zinsen drauf. Bestimmt hätten Ihre Eltern nicht gewollt, dass Sie und Ihre Schwester in rechtliche und finanzielle Nöte geraten. Lassen Sie mich zum Schluss noch dies sagen, Miss Rush. Natürlich dürfen Sie weiter hoffen, dass Ihre Eltern am Leben sind, und niemand wäre wohl so grausam, Ihnen diese Hoffnung zu rauben. Die Entscheidung über die Immobilie Ihrer Eltern ist jedoch eine Frage der Vernunft und davon völlig losgelöst.«

»Seltsam, dass Margaret Sie engagiert hat …«

»Auf Wiederhören, Miss Rush«, sagte sie.

Nach dem Auflegen starrte ich mein Telefon noch eine Weile finster an, als wäre es seine Schuld, dass so eine unangenehme Person in meinen Tag eingedrungen war. Dann lehnte ich mich im Sitz zurück und betrachtete das Meer, blaugrau in Ufernähe, am

Horizont heller. Sanfte Wellen schwappten über den Strand, umspülten die Seetanghäufchen und verstreuten Schieferplatten. Der Strand war mir vertraut. Früher wurde hier so viel Erdöl gefördert, dass unsere Füße teerschwarz wurden. Immer wieder trat Öl aus, während die Plattformen vor der Küste gnadenlos weiterpumpten. Nachdem sich einmal ein besonders schlimmer Ölteppich ausgebreitet hatte, meldete uns unsere Mutter zum Vögelputzen an. Wir tauchten massige braune Pelikane in Wannen mit Seifenlauge, die armen Schnäbel mit Gummibändern verschlossen, und wuschen ihnen vorsichtig den teerigen Schmodder aus dem Gefieder. Wir halfen Lappentauchern, Enten und Trottellummen. Wir spürten die kleinen Herzen unter den Rippen rasen. Die Tiere fürchteten offensichtlich, dass wir sie auffressen würden. Wir redeten ganz leise mit ihnen, und sie taten uns unendlich leid. Eine Ente zuckte plötzlich und hörte in meinen Händen auf zu atmen.

Ich startete den Van und setzte meinen Weg fort.

Am Empfang im Krankenhaus herrschte seltsame Stille, so ganz anders als in der Notaufnahme, wo ich am Tag zuvor stundenlang ausgeharrt hatte. Man gab mir Burts Zimmernummer, und ich fuhr mit dem Aufzug nach oben. Es war erst siebzehn Uhr, aber offenbar schon Zeit fürs Abendessen, und im Korridor herrschte lautes Treiben, Essenswägelchen rollten klappernd auf und ab. Auffällig war das Fehlen jeglicher appetitlicher Gerüche.

Vom Krankenbett aus, den Arm am Tropf, schaute Burt ein Baseball-Match. Er wirkte wach und zufrieden, und seine Haut schimmerte rosig. Mir wurde erst jetzt klar, wie elend er am ersten Tag ausgesehen hatte.

»Penny!« Er reckte sich gähnend und stellte den Fernseher auf lautlos. »Wie gehts? Die Ärzte meinen, ich komm wieder auf die Beine und kann wahrscheinlich in ein paar Tagen raus!«

Obwohl das Gespräch mit seinem Bruder einen schalen Nachgeschmack hinterlassen hatte, freute ich mich ehrlich, ihn zu sehen. Unstimmigkeiten hin oder her. »Das ist toll! Wie geht es dir?«

Ich trat näher an sein Bett, und er nahm meine Hand.

»Eine Million Mal besser als vorher«, sagte er. »Nur etwas müde.«

»Mannomann, es gibt viel zu erzählen«, sagte ich.

»Setz dich«, sagte er und ließ meine Hand wieder los. »Mein Bruder ist auch hier, aber der ist gerade spazieren. Ich bin so froh, ihn zu sehen. Hoffe, du lernst ihn auch kennen.« Über der Stuhllehne hing eine braune Cordjacke.

Ich nickte. Dann zog ich sein Toupet aus meiner Handtasche und strich es mit unerwarteter Zärtlichkeit glatt. »Das haben sie mir gegeben, als sie dich in den Rettungswagen geschoben haben.«

»Oh nein! Ich mach dir nur Scherereien! Brauch ich das Ding überhaupt?« Er nahm es mir ab. »Ich bin mir selbst nicht mehr sicher. Vielleicht hab ich jetzt andere Prioritäten.«

»Ohne steht dir, finde ich«, sagte ich.

Er schien zu überlegen. »Interessant, dass du das sagst. Ohne Toupet komme ich öfter mit Frauen ins Gespräch, ist mir aufgefallen. Aber ich fühl mich mit Haaren trotzdem wohler als ohne.«

»Wie du meinst, beides ist gut«, sagte ich und lächelte aufmunternd.

Er legte sich das Toupet auf den Kopf. »Okay, ja, besser so. Danke dir! Wenigstens hält mir das Teil die Platte warm. Und jetzt erzähl, ich will alles hören. Ich weiß nur noch, wie wir zu deiner Großmutter gefahren sind – und ab da Filmriss.«

Also erzählte ich ihm davon, wie er, nachdem er es gerade noch auf den Behandlungstisch geschafft hatte, in Ohnmacht gefallen war, wie Pincer den Rettungswagen gerufen hatte und mit ins Krankenhaus gefahren war und wie ich den verdächtigen Szintillator gefunden und damit wahrscheinlich unsere Mission erfüllt hatte. »Aber dann ist was ziemlich Abgefahrenes passiert«, sagte ich und ließ ihm keine Zeit, sich über den Szintillator zu wundern.

»Noch abgefahrener?«, fragte Burt.

»Ja.« Ich schilderte die Ankunft des Putzteams, meine Versuche, beim Mittagessen Zeit zu schinden, und unsere Rückkehr zum Haus. Die Polizei ... der Schuppen ... das Skelett.

»Ach du heilige Scheiße! Pardon.« Burt strampelte mit den Beinen und brachte das Krankenhausbett zum Wackeln. »Nicht wahr!«

»Doch wahr«, sagte ich.

»Krass! Was zum Teufel ist da los? Was ist dann passiert?«

Also erzählte ich weiter, von der Polizei, den Ermittlungen, der Radiokarbondatierung und den DNA-Analysen. Burt schüttelte den Kopf.

»Mir fehlen die Worte. Was passiert jetzt? Wo ist sie überhaupt?«

»Auch hier im Krankenhaus«, sagte ich. »Ich wollte gleich noch bei ihr vorbeischauen.«

»Ich kann es einfach nicht glauben. Oder vielleicht doch.«

»Ja. Ich auch.«

»Aber vielleicht ist das ja gut. Ich meine, auch wenn sie nicht verhaftet wird – die werden sie doch bestimmt nicht weiter allein dort leben lassen. Dann kommt sie in Profihände.«

»Das wäre gut«, sagte ich. »Ich hoffe nur, dass sie niemanden umgebracht hat. Ist doch eigentlich nicht zu viel verlangt.«

»Klar, aber wenn, wäre es nicht deine Schuld.«

Gefühlt wäre es das aber eben doch. Ich hatte den Hang, mir jeden Schuh anzuziehen.

»Penny«, sagte Burt. »Ich muss dir noch was sagen, was du hoffentlich nicht in den falschen Hals bekommst.«

Ich muss kreidebleich geworden sein, es klang nach furchtbaren Neuigkeiten.

»Heute hat mich der Hausmeister angerufen. Anscheinend gäbe es Grund zu der Annahme, dass eine obdachlose Person in meinem Büro kampiert.«

Vielleicht hätte ich drüber lachen können, wäre da nicht diese abgrundtiefe Scham. Mein Gesicht glühte. »Ich?«

»Anscheinend hat Kerry Cochren, die Barrakuda-Lady von meiner Etage, heute Morgen gesehen, wie eine Frau auf den Toiletten ihre Wäsche gemacht hat, und hat dann die Tropfspur bis zu meinem Büro verfolgt.«

Jemand hielt mich also für eine Obdachlose. Und dann machte es Klick – ich *war* ja eine.

»Hast du denn ... auf dem Klo deine Sachen gewaschen?«, fragte er scheu.

»Nur meine Socken«, log ich, um ihn nicht in Verlegenheit zu bringen. Er brauchte nicht zu wissen, wie intensiv ich mich mit seinem Haarteil beschäftigt hatte. »Das war dumm. Ich hatte nicht damit gerechnet, dass so früh am Morgen jemand reinkommen würde. Bekommst du jetzt Ärger?«

»Ich habe Chad gesagt, ich würde der Sache nachgehen, aber dass ich nicht glaube, dass außer mir noch andere Obdachlose dort übernachten würden. Haha! Nein, hab ich nicht gesagt. Ich habe gesagt, dass ich im Krankenhaus liege, jetzt gibt er erst mal Ruhe. Auf jeden Fall müssen wir aufpassen. Streng genommen darf ich nämlich auch nicht im Büro übernachten.«

»Es tut mir total leid, Burt«, sagte ich. »Ich werde nicht mehr dort schlafen. Ich wollte dir auch noch sagen, dass ich deinen Van gefahren bin – hast du was dagegen?«

»Nein, gar kein Problem, Penny. Fahr ruhig damit. Der ist wie eine Kakerlake – den kriegst du nicht kaputt!«

Dankbar versicherte ich, dass ich mir bald Arlos Auto leihen wolle, die Lage nur gerade etwas heikel sei, und erzählte vom Umzug.

»Das war heute?«, fragte Burt.

»Yup«, sagte ich.

»Hast du eigentlich noch andere Hobbys?«

Ich lachte auf – ein bitteres, bellendes Lachen.

In dem Moment betrat zögernd ein unauffälliger Mann in einem grauen T-Shirt und schwarzer Jeans den Raum.

»Dale! Hier ist Penny Rush«, rief Burt. »Penny, das ist mein Bruder. *Mi hermano. Mon frère,* Dale Lampey!«

»Nett, Sie kennenzulernen«, murmelte der Mann und schüttelte mir die Hand. Irgendwie hatte er was von einem Igel.

»Gleichfalls.« Wobei mir gerade nicht danach war, irgendwen kennenzulernen.

»Dodgers mit drei zu zwei vorne«, sagte Burt und stellte den Fernseher wieder auf laut. Sein Bruder trat mit einem Grunzlaut auf den Bildschirm zu.

Jetzt, wo Dale zurück war, hatte ich das Gefühl, ich sollte mich von dem Stuhl entfernen, als wäre die Nähe zu seiner Jacke zu intim. Ich umrundete das Bett und stellte mich auf die andere Seite. »Burt«, sagte ich, »ich verschwinde mal besser, ich muss mal nach meiner Großmutter sehen. Aber ich bin so froh, dass es dir besser geht.«

»Du kannst auch im Nordhund schlafen, Penny«, sagte er. »Hab ich schon oft. Da liegt ein Futon drin. Nimm dir einfach einen von den Schlafsäcken aus dem Büro und machs dir gemütlich!«

Sein liebenswürdiges Angebot versetzte mir den nächsten Stich, weil ich wusste, es war eine realistische Option. Vielleicht meine einzige. »Danke, mal sehen.« Da fiel mir etwas ein. »Hast du ... Hattest du mal einen Hund?«

»Ich *habe* einen. Ich muss ihn bald abholen.«

»Wo ist er denn?«

»Eine Klientin passt auf ihn auf. Ein süßer kleiner Zwergspitz. Quetschie heißt er.«

»Ein Zwergspitz?«

»Ja, hätte nie gedacht, ich würde mich mal in so einen Knirps vergucken. Tja, sag niemals nie.«

»Wie heißt er noch mal?«

»Eigentlich Quitsche, eine Mischung aus Zwetschge und Quitte, die verwechsle ich immer. Zwetschge, wegen Zwergspitz. Meistens sag ich Quetschie zu ihm. Ins Büro darf er nicht mit. Willst du ihn mal sehen?« Er scrollte auf seinem Handy und hielt es mir hin. Auf dem Bildschirm war unbestreitbar der Spender der Fellbüschel in meinem Schlafsack zu sehen, ein wollenes orangefarbenes Plüschknäuel, aus dem ein winziges Gesicht hervorlugte.

»Ich brauche eine eigene Wohnung, Penny. Ich hab alles schleifen lassen, ist mir jetzt klar geworden. Dale hat mich vorhin in die Mangel genommen, und recht hat er. Es ist alles meine Schuld, wäre ich mal früher zum Arzt gegangen. Ignorieren macht alles nur schlimmer. Mein Bruder hat mir ordentlich die Meinung gegeigt. Er war schon immer der Klügere.«

Dale, eine insgesamt grummelige Gestalt, sagte: »Da wäre ich mir nicht so sicher.«

»Auf jeden Fall gibts eine Menge Baustellen«, sagte Burt. »Halt mich auf dem Laufenden, was deine Großmutter angeht, ja?«

»Mach ich«, sagte ich. »Ich komme morgen wieder.«

Ich hatte mich verabschiedet und war schon auf dem Flur, als ich Schritte hinter mir hörte. Beim Umdrehen sah ich Dale Lampey, der mir gefolgt war. »Miss Rush?«, sagte er. »Ich wollte noch ein paar Dinge klarstellen, die ich am Telefon gesagt habe. Hätten Sie später noch Zeit?«

»Sicher«, sagte ich, »klingeln Sie einfach durch.«

»Ich wollte bei Hotaru, dem Japaner in Mesa, zu Abend essen. Oder haben Sie schon Pläne?«

Leicht bestürzt machte ich einen Schritt zurück.

»Alles in Ordnung?«, fragte er.

»Ja, ja, mir gehts gut«, sagte ich. »Entschuldigung. Ich muss meine Sachen holen.«

»Sie wollen doch nicht wirklich im Van schlafen, oder?«

Ich zuckte mit den Schultern. »Wahrscheinlich nicht. Vielleicht.«

»Das ist doch irre«, sagte er. »Ich war geschockt, dass er so was überhaupt vorschlägt.«

»Schon in Ordnung«, sagte ich. »Ich weiß es einzuordnen.«

»Also, ich nicht.«

»Machen Sie ihm keinen Vorwurf. Er weiß, dass ich gerade an allen Ecken und Enden spare. Nur darum ging es, glaube ich.«

»Das ist doch keine Entschuldigung. Er hätte anbieten sollen, Ihnen ein Hotel zu bezahlen. Sie haben ihm wahrscheinlich das Leben gerettet!«

»Er braucht sich nicht bei mir zu bedanken.« Dann fügte ich hinzu: »Es ist gut, dass Sie vorbeigekommen sind. Burt hat mir gesagt, wie viel es ihm bedeutet.«

Dale musterte mich argwöhnisch und sagte: »Die Leute kennen meinen Bruder zwei Tage und halten ihn für ihren besten Freund.«

Ich widersprach nicht. Warum auch? »Was soll so schlimm daran sein?«

»Aber essen müssen Sie schon, oder?«, fragte Dale.

»Sollte ich wohl«, gab ich zu.

»Also halb acht im Hotaru?«

Ich sagte zu.

Zurück am Empfang des Krankenhauses erkundigte ich mich nach Pincers Station und Zimmer. Während ich durch die langen Flure schlurfte und mit dem Aufzug nach oben fuhr, nahm ich mir vor, das Büro eher später am Abend aufzusuchen, um als Nichtsesshafte nicht noch mehr Aufmerksamkeit und Verachtung auf mich zu ziehen. Ich machte mir große Vorwürfe, weil ich Burt diesen Ärger eingebrockt hatte. Außerdem bereute ich jetzt schon die Verabredung mit Dale Lampey, weil ich immer noch pochende Schmerzen im Bein hatte, mich allgemein schmuddelig fühlte und mir überhaupt nicht nach Reden war.

Auf der Station angekommen, stellte ich mich den beiden diensthabenden Pflegerinnen vor und fragte nach Pincer. Ich war aufs Schlimmste gefasst, doch anstatt sich bei mir über die anstrengende Patientin zu beklagen, berichteten mir die beiden von den faszinierenden Gesprächen über medizinische Themen, die sie mit Pincer geführt hätten und bei denen sie sie als wahre Frauen vom Fach gelobt hatte. Dieses alte Schlitzohr, dachte ich. Offenbar war ihr klar, dass sie in ernsten Schwierigkeiten steckte. So wie die beiden von ihr erzählten, ging ich davon aus, dass verfängliche Besuche der Polizei bislang ausgeblieben waren. Ich fragte nach dem Ziel der Untersuchungen und bekam zur Antwort, es sollte eine Empfehlung abgegeben werden, ob sie imstande sei, ihre Angelegenheiten selbst zu regeln. Anscheinend machte sie gerade ein Schläfchen, aber die beiden versprachen, ihr auszurichten, dass ich vorbeigeschaut hatte. Mein Bein tat weh, und beinahe hätte ich die Schwestern gebeten, einen inoffiziellen Blick auf meinen Oberschenkel zu werfen, kam aber schnell zu dem Schluss, dass es so etwas wie einen inoffiziellen Blick auf einen Oberschenkel an einem offiziellen Ort wie diesem wohl nicht gab und dass ich noch immer recht kindliche Vorstellungen davon hatte, wie es in der Welt so vor sich ging.

8

Noch auf dem Krankenhausparkplatz öffnete ich die Schiebetür des Vans, um seine Eignung als Schlafplatz zu prüfen, und weil ich geübt darin bin, Potenzial zu erkennen, wo andere sich abwenden, war ich durchaus optimistisch. Unter dem Bügelbrett, dem Reifen, dem Schlauch, dem Fahrrad und mehreren Koffern erspähte ich den versprochenen Futon. Er steckte in einer durchsichtigen Hülle und machte einen überraschend sauberen Eindruck. Wenn ich Fahrrad, Schlauch, Reifen und Bügelbrett aus dem Weg räumte, könnte ich zwischen den Koffern und der Esel-Piñata schlafen. Die Innenwände des Vans waren mit glattem Holz verkleidet, und vor den Fenstern im Heck und an den Seiten hingen gelbe Vorhänge im Bauernkaro. Anders als Dale Lampey offenbar meinte, war es keine so abwegige Vorstellung, hier die Nacht zu verbringen. Ich würde so mindestens hundert Dollar sparen, wahrscheinlich noch mehr. Später, wenn alle weg waren, würde ich zurück zu Burts Büro fahren, mich auf den Toiletten frisch machen und meinen Koffer und den Schlafsack einsammeln. Um die Sicherheit brauchte ich mir auf dem Parkplatz wahrscheinlich keine Sorgen zu machen.

Vor der Verabredung mit Dale Lampey wollte ich noch einen kleinen Spaziergang machen und den Van in Mesa abstellen. Vom Krankenhaus war es nicht weit, und ich fand das Hotaru ohne Probleme. Beim Aussteigen überkam mich eine Welle der Erschöpfung. Warum nur hatte mich Pincer mit ihrem hässlichen Rennkuckuck gestochen? Humpelnd machte ich mich auf in Richtung Meer, folgte einem kleinen Pfad in eine unbebaute Parklandschaft auf dem Kliff. Vielleicht würde ja die frische Luft die Lebensgeister in mir wecken. Ich war nicht allein. Über all um mich herum stellten Jogger, Hunde und Nordic Walker ihre Fitness zur Schau, flitzten durch den wilden Fenchel, der überall am Wegesrand wucherte, und über die weiten Wiesen. Als ich durch ein Eukalyptuswäldchen kam, sog ich das medizinische Aroma der von der Sonne erwärmten Rinde und Blätter ein. Am Kliff standen mehrere Baumstümpfe, und ich fand einen schön glatten zum Draufsetzen. Ein Grashüpfer sprang galant aus dem Weg.

Aber kaum hatte ich es mir bequem gemacht, überkam mich ein leises und beinahe vertrautes Kribbeln – ich fühlte mich beobachtet.

Ruckartig blickte ich erst über die eine, dann die andere Schulter und untersuchte die Schatten der Bäume am Waldrand. Dass Gaspard, mein biologischer Vater, mich so bald nach meiner Ankunft in Santa Barbara aufgespürt hatte, war zwar unwahrscheinlich, andererseits besaß er ein erstaunliches Talent dafür, nach Monaten der Funkstille plötzlich hinter einem Busch oder einem Auto hervorzuspringen. Und während mir noch das Adrenalin durch die Adern schoss, lachte er triumphierend, verkündete, er müsse schon weiter, und lief zurück zu seinem Sattelschlepper, wo auch immer der gerade parkte. Es kam vor, dass ich irgendwo aus dem Fenster schaute und ihn langsam vorbeifahren sah. So ein Sattelschlepper war auch wirklich kein gutes Versteck. Und er selbst war mit seinem grauen Rauschebart auch nicht leicht zu übersehen.

Was er sich davon versprach? Meine einzige Erklärung war, dass er auf seine schräge Art mit mir Kontakt halten wollte. Wir hatten schon immer Kommunikationsprobleme, und vielleicht konnte er es einfach nicht besser. Ich war froh, dass er Arbeit hatte, und hoffte inständig, er würde nie den Führerschein verlieren. Seit Jahren hatte er mit undiagnostizierten psychischen Problemen zu kämpfen und zog mit seiner sehr lockeren, lebhaften Art häufig labile Menschen an, wie auch damals meine Mutter, die als junges Mädchen sehr unter der Unterdrückung durch Pincer gelitten hatte. Meine Eltern ließen sich scheiden, als ich noch ganz klein war, weshalb ich keine Erinnerung an die Zeit zu dritt habe. Aber einmal im Jahr musste ich meinen Vater besuchen. Ich war elf, als er den großen manischen Ausraster hatte, bei dem er auf einmal überzeugt war, er hätte ein Gericht erfunden, das ihn reich und berühmt machen würde – Steak im Forellenmantel™. In den folgenden Jahren steckte er viel, sehr viel Geld ins Marketing. Bei meinem letzten Besuch damals erlebte ich seine Besessenheit hautnah mit, den Kauf von Forelle und Steak in rauen Mengen, das Kochen für die Nachbarn, das Werben um Investoren. Um es kurz zu machen, zog er sich, vermutlich über nicht durchgegartes Billigforellenfleisch von irgendeinem zwielichtigen Laichbetrieb, einen Bandwurm zu, der sich in seinem Gehirn einnistete. Schlussendlich brauchte er eine Gehirn-OP. Ob der Wurm selbst oder die OP seine mentalen Probleme verschlimmert hatte, konnte niemand sagen, auf jeden Fall war er mehrere Jahre nicht in der Lage zu arbeiten, bis er als Lasterfahrer anfing.

Vom Knacken eines Zweiges aufgeschreckt fuhr ich herum. Ein großer grauer Hund ohne Leine schnüffelte am Boden entlang. Ich suchte das Kliff in beide Richtungen ab und beruhigte mich mit dem Gedanken, dass ich durch den Verkauf der Chevette zumindest vorübergehend vor Verfolgung sicher war – eine Schonfrist. Nach einigen Minuten zuckte ich nicht mehr bei jedem Knistern und Knacksen, jedem huschenden Schatten zusammen, und bald musste ich auch nicht mehr an ihn denken, so war es mir am liebsten. Außerdem hatte ich andere Sorgen. Wie es mit meiner Großmutter weitergehen sollte, war ungewiss. Ich fragte mich, wie lange ich noch in Santa Barbara bleiben musste und was danach alles anstand. Warum hatte mir Margaret diese Immobilienfrau auf den Hals gehetzt, anstatt mich selbst anzurufen? Ich fragte mich auch, was Dale mit mir besprechen wollte, ich war schließlich keine Burt-Expertin. Ob er mir die Sympathien für seinen Bruder ausreden wollte? So oder so hatte ich seit meiner Ankunft hier schon einiges geschafft. Vielleicht sollte ich eine To-do-Liste schreiben, dann könnte ich genüsslich jede erfüllte Aufgabe einzeln durchstreichen. Ich warf einen Blick auf die Uhr. Erst sieben. Ich überlegte, was ich im Restaurant bestellen könnte, auch wenn ich Zweifel hatte, dass mir irgendwas schmecken würde, wenn Burts Bruder mir gegenübersaß und mich anstarrte. Plötzlich kam mir eine Idee: Ich konnte früher hingehen, bestellen und ganz in Ruhe essen, bevor Dale eintraf. Und dann einfach sitzen bleiben und mich mit ihm unterhalten.

Beflügelt von meinem innovativen Plan eilte ich den Pfad hinunter zurück zur Straße und näherte mich dem Restaurant. Davor stand Dale Lampey.

»Sie sind zu früh!«, schimpfte ich.

»Sie ja auch!« Vielleicht war der Plan doch nicht so innovativ.

Es war die Art von japanischem Restaurant, in dem die Sushimeister den Gästen *Irrashaimase!* entgegenschmettern.

Als ich Dale Lampey gegenübersaß, wurde mir bewusst, dass ich ihn noch gar nicht richtig in Augenschein genommen hatte. Ich hatte ihn erst nur mit Stenoblick erfasst und daraufhin als igelartig abgespeichert, aber jetzt aus nächster Nähe nahm er durchaus menschliche Konturen an. Der ursprüngliche Vergleich hatte mit seinem braunen Bürstenhaarschnitt zu tun. Seine ebenfalls braunen Augen blickten direkt und entschlossen, wie zwei Kameralinsen, die wertfrei Informationen für eine Datenbank sammeln.

Wir bestellten, und zuerst kam das Bier. Ein Kirin für mich, ein Sapporo für Dale – beim Zuprosten einigten wir uns auf das Du.

Es war laut im Restaurant, am Nebentisch feierte eine Gruppe Businesstypen irgendwelche Börsennews, aber nach ein paar Minuten Unterhaltung hatte ich ein bisschen Hintergrundwissen über die Brüder zusammengetragen. Dale lebte in San Francisco, war Strafverteidiger und verheiratet; Letzteres schob er murmelnd hinterher. Obwohl ich nichts gegen Eheringe hatte, gefiel mir, dass er keinen trug. Er war vierzehn Jahre jünger als Burt, also dreiundvierzig. Die beiden waren in Fresno aufgewachsen, wo ihr Vater in der Gemüseabteilung eines Supermarkts arbeitete und bei einem Unfall im Warenlager ums Leben kam, als Dale erst zwei und Burt sechzehn Jahre alt war. Burt, damals Leistungssportler und Musterschüler, war fortan der Mann im Haus. Um bei Mutter und Bruder zu bleiben, lehnte er Studienplätze und Stipendien ab und besuchte stattdessen das örtliche College. Irgendwann erlitt er einen Zusammenbruch, kam jahrelang kaum aus seinem Zimmer und brachte damit seine Mutter an den Rand der Verzweiflung. Dale wurde sich früh bewusst, dass Druck auf ihm lastete.

Über mich hatte er von Burt schon ein bisschen etwas erfahren, nämlich dass auf dem Grundstück meiner Großmutter eine Leiche gefunden worden war.

»Also, ich wollte noch klarstellen, dass ich am Telefon nicht so über Burt hätte sprechen sollen«, sagte Dale. »Es war nur so komisch, von jemand Fremdem Neuigkeiten über einen Angehörigen zu erfahren. Was kein Vorwurf sein soll.«

Ich fand es rührend, dass ihn die Sache beschäftigt hatte. »Kann ich mir gut vorstellen«, sagte ich. »Aber etwas geht mir nicht aus dem Kopf – du hast gesagt, Burt hätte gar keine Tochter?«

»Ja, das ist mit ein Grund, warum ich mit dir reden wollte. Ich wollte erklären, wie das gemeint war. Mit Mitte zwanzig war Burt mit einer Frau zusammen, die schon ein Baby namens Mindy hatte. Nach der Trennung hat er Mindy einfach weiter als seine Tochter bezeichnet, dabei wollte seine Ex nicht mal, dass er zu Besuch kommt, und hat die Beziehung unterbunden. Ich glaube, er schickt ihr immer noch jedes Jahr eine Geburtstagskarte, aber natürlich grenzt es an Wahn, dass er sie seine Tochter nennt, und es tut mir weh, wenn ich mitbekomme, dass Burt etwas Wahnhaftes macht.«

»Erschütternde Geschichte«, sagte ich.

»Ich kann viele seiner Entscheidungen nicht nachvollziehen, aber es ist sein Leben.«

»Inzwischen hat er es ja wohl im Griff«, sagte ich.

Dale zuckte die Schultern. »Wie mans nimmt. Ich freue mich, dass du so über ihn denkst. Gleich nach dem Essen muss ich übrigens der Frau Geld vorbeibringen, die sich gerade um seinen Hund kümmert. Unter Sein-Leben-im-Griff-Haben verstehe ich vielleicht was anderes. Ich weiß nicht.«

»Könnte interessant werden«, sagte ich.

»Und hinterher muss ich noch eine andere Frau anrufen, mit der er was am Laufen hat, und ihr sagen, dass sie sich einkriegen soll. Wird bestimmt lustig.«

»Welche Frau?«

Dale langte seufzend in seine Hosentasche und zog einen Zettel raus. Mit zusammengekniffenen Augen las er vor: »Kerry Cochren.«

»Kerry Cochren?« War das nicht die, die mich auf der Toilette ausspioniert und dann verpetzt hatte? »Das kann nicht sein, Burt kann die Frau nicht leiden. Er hat sie Barrakuda genannt.«

»Das ist ja kein Widerspruch …«, sagte Dale.

»Wieso ist das kein Widerspruch?«

»Kennst du den Ausdruck nicht? Ich glaube, Barrakuda heißt einfach so was wie heißer Feger.«

»Heißer Feger?« Sofort zückte ich mein Handy und tippte *Barrakuda* ein. Ich blickte auf das Bild eines lang gezogenen Fisches mit starkem Unterbiss und hielt Dale das Telefon hin. »Das soll ein heißer Feger sein?«

»Ich glaube, sie sind nicht für ihr Aussehen berühmt.«

»Sondern?«

»Sie gelten als hitzig«, sagte Dale. »Wild, angriffslustig, so was. Wahrscheinlich wäre es reizvoll, einen zu zähmen.«

Wieso wusste er so was? Ich war enttäuscht von Burt und auch von Dale, weil er über Barrakuda-Ladys Bescheid wusste. Ich hätte gern mehr über sein Privatleben gewusst und erwog kurz, ihn nach seiner Frau zu fragen, aber eigentlich hatte ich überhaupt kein Interesse daran, von einer intakten Ehe zu hören.

»Okay, verstehe. Und warum kann er sie nicht selbst anrufen?«, fragte ich trotzig.

»Was kümmert dich das?«, fragte Dale unvermittelt.

Mir war heiß. Ich befand mich in einem gereizten, seltsam enthemmten Zustand. »Und was kümmert es dich, wenn es mich kümmert – nicht dass es mich kümmern würde!«

»Was finden Frauen bloß an meinem Bruder? Es ist immer das Gleiche. Ich verstehe es einfach nicht. Vielleicht ist er auf irgendeiner animalischen Ebene unwiderstehlich, was weiß ich. Als erwachsener Mensch ist er leider eher untauglich. «

Gerade wollte ich abstreiten, eine dieser Frauen zu sein, als mir wieder einfiel, dass ich mir bei unserem ersten Kennenlernen einen flüchtigen Moment lang vorgestellt hatte, mit Burt rumzumachen. Warum, war mir selbst ein Rätsel. Vielleicht wurde ich mir dieser Tage erstmals der Möglichkeit bewusst, dass ich irgendwann wieder mit jemandem rummachen *könnte*, und Burt fungierte bloß als Platzhalter. Er war auch gar nicht mein Typ, falls ich so etwas hatte. Davon abgesehen, warum gönnte Dale seinem Bruder nicht ein bisschen Aufmerksamkeit?

»Burt scheint ein netter Kerl zu sein, mehr nicht«, meinte ich schließlich. »Und wie gesagt, er hat meiner Großmutter sehr geholfen.«

»Ich hoffe, dass das stimmt«, sagte Dale. »Angeblich nimmt er seine Medikamente, aber ob er zuverlässig arbeitet, ist schwer zu sagen. Ein paarmal musste ich ihn schon rausboxen, als er Verfahren wegen falscher Buchführung an der Backe hatte. Unschön.«

Das war in der Tat besorgniserregend.

»Nicht die beste Werbung für seine Dienste, das ist mir klar. Normalerweise halte ich mich raus, aber normalerweise lerne ich ja auch seine Klientinnen nicht kennen, von daher ...«

Unwillkürlich musste ich an die ungeöffneten Medizinfläschchen in der Schublade in Burts Büro denken – am besten, ich sprach Burt direkt darauf an, anstatt hier zu tratschen.

Dann kam das Essen, für mich Gemüse-Tempura und sogenannte Yam Makis, sushiähnliche Gebilde mit Süßkartoffelfüllung. Dale hatte ein Tonkatsu mit Reis und Kohl als Beilage. Ein paar Tüpfel Wasabi schossen mir direkt ins Gehirn. Dale erzählte von einem interessanten Essayband, den er gerade lese, und ich erwähnte meine letzte Lektüre, einen Murakami-Roman. Wir beide aßen schnell, schlangen, als wollten wir es so rasch wie möglich hinter uns bringen, und waren im Nullkommanichts fertig. Dale winkte den Kellner zum Bezahlen herbei, und in einem Anflug von Panik vor dem Alleingelassenwerden platzte es aus mir raus: »Wo ist denn Burts Hund? Könnte ich mitkommen?«

»Klar, wenn du willst.«

»Also, falls wir den Hund überhaupt zu sehen bekommen«, sagte ich rasch, um ihn nicht auf die Idee zu bringen, es ginge mir um ihn und ich würde mich an ihn kletten.

»Bestimmt bekommen wir ihn zu sehen«, sagte er.

»Ich muss auch nicht mitfahren, ich dachte nur, es würde mir guttun, einen Hund zu treffen.«

»Geht in Ordnung.«

Vielleicht einfach in einem Versuch, etwas in ihm auszulösen, fragte ich: »Freust du dich auf den Hund? «

Dale sah mich direkt an. »Wenn du es genau wissen willst, macht mich die Sache nur wütend.«

»Aber der Hund kann doch nichts dafür.«

»Nein, das nicht.«

»Was macht dich denn so wütend?«

»Ist das nicht offensichtlich? Jedes Mal, wenn Burt wieder was verbockt, muss ich hinter ihm aufräumen. Er ist wie ein kleines Kind.«

»Vielleicht gibt er sein Bestes«, sagte ich. Ich versuchte schon länger, meinen eigenen Verwandten mit dieser Einstellung zu begegnen.

»Asche auf mein Haupt. Mit meinen Klientinnen und Klienten habe ich so viel Mitgefühl und mit meinem eigenen Bruder nicht.«

Etwas zu schnell für ein aufrichtiges Eingeständnis.

Dale bestand darauf mich einzuladen, und ich ließ ihn, schließlich hatte er einen Job und ich nicht. Ich folgte ihm nach draußen zu einem knallroten Sportwagen auf der gegenüberliegenden Straßenseite. Das Auto sah schnell aus und machte bestimmt Spaß. Trotz der lauen Luft bekam ich auf einmal Gänsehaut. »Dale«, sagte ich. »Ich kümmer mich doch lieber um den Van und richte ihn für die Nacht her. Fahr ruhig ohne mich.«

»Ich dachte, du wolltest den Hund sehen.«

»Ja, aber ich bin müde. Es war ein langer Tag.«

»Wo willst du denn parken?«

»Vor Burts Büro, dachte ich.«

»Ist es da ruhig?«

»Es ist okay.«

»Na gut.« Er zog zwei in Silberfolie gewickelte Minzbonbons aus seiner Tasche und gab mir eins. »Wie du möchtest. Würdest du mir dann einen Gefallen tun?«

»Was denn?«

»Wenn du unbedingt im Van meines Bruders übernachten willst, respektiere ich deine Entscheidung natürlich. Aber willst du nicht vielleicht mal duschen? Ich will nicht sagen, dass es dringend nötig wäre, aber du hast Spinnweben im Haar.«

»Ja?« Ich suchte mein Spiegelbild in der Autoscheibe. »Wo denn?«

»Hinten und oben.«

»Warum hast du nichts gesagt?«

»Vorhin ist es mir nicht aufgefallen. Tut mir leid.«

Ich betastete meinen Hinterkopf und hatte danach Klümpchen einer klebrigen Substanz an den Fingern. »Oh mein Gott!« Das Zeug ließ sich nicht abschütteln, also wischte ich es an meiner Hose ab.

»Ich geb dir meinen Zimmerschlüssel, dann kannst du ins Hotel fahren, während ich mich um den Hund kümmere.«

Ich machte den Mund auf, aber es kam nichts raus. In meinem Kopf ein chaotisches Dröhnen. Das passierte nur, wenn ich nervös und ängstlich war, aber wovor sollte ich Angst haben? Ich wandte meinen Notfalltrick an, indem ich einen Punkt knapp oberhalb von Dales stoppeligem Kopf fixierte.

»Ist schon gut, Dale, vielen lieben Dank, es war nett, dich kennenzulernen, schön, dass du Burt besucht hast, und vielen Dank für das Abendessen«, sagte ich mit meiner Roboterstimme, die immer zum Einsatz kam, wenn ich in einer sozialen Situation Gefahr lief, zur Salzsäure zu erstarren.

»In Ordnung, Penny«, sagte er. »Dann gute Nacht.«

9

Hätte ich Dale doch begleiten sollen? Kaum saß ich hinter dem Steuer des Vans, wurde ich unruhig und ärgerte mich, weil ich mal wieder dichtgemacht hatte. Ich merkte, dass ich den Abend mit ihm genossen hatte, und in meinem Zustand konnte daraus allzu leicht eine Verknalltheit entstehen. Aber da Dale verheiratet war, wäre eine Verknalltheit sinnlos und schädlich für meine zerbrechliche Psyche, folglich sollte ich ihm möglichst aus dem Weg gehen.

Unwillkürlich steuerte ich den Van in die entgegengesetzte Richtung von Burts Büro, als sträubte sich etwas in mir dagegen, die Nacht im Hund des Nordens zu verbringen, oder wollte den Moment zumindest hinauszögern.

Schließlich erreichte ich den West Beach und fand einen Parkplatz in der Nähe des Piers. Die Straßenlaternen und die Lichter der Restaurants am Kai erhellten den breiten Sandstreifen, und der Schaum auf den Wellen leuchtete blau. In allen Autos um mich herum saßen Menschen, manche waren allein und starrten beseelt auf den weiten Ozean, andere ließen in Gruppen Joints rumgehen und hörten Musik.

So gerne ich Gesellschaft gehabt hätte, fühlte ich mich in diesem Moment in meinem Alleinsein wohl und war froh zu sehen, dass es anderen um mich herum offenbar genauso ging. Ich dachte an die vielen Gruppensituationen, an denen ich als Randfigur teilgenommen hatte, als eine, die zuhört und mitlacht, aber im Grunde komplett verzichtbar und uninteressant ist, wie die Schnecke, die im

Zierfischaquarium an der Scheibe klebt. Es kam mir vor, als müsste ich mich viel mehr anstrengen als andere, um überhaupt irgendeine Art von Beziehung am Laufen zu halten.

Auch wenn ich mir meiner sozialen Defizite schon früh bewusst war, traten sie erst im College voll in Erscheinung. Die Profs dort konnten mich alle nicht leiden, hielten mich für desinteressiert, unaufrichtig, herablassend. Was alles überhaupt nicht stimmte. Im Gegenteil, ich vergötterte sie, doch nackte Angst verhinderte, dass ich mir etwas anmerken ließ. Gelegentlich kam es vor, dass ich eine Hausarbeit schrieb, die ihr Interesse weckte, und sie mich in ihr Büro baten, ich aber aus Panik vor dem Gespräch einfach nicht auftauchte.

Bis auf einmal. Ich hatte einen Kurs in Creative Nonfiction belegt, unter der Leitung von Gina und Patrick, die gerade ihren Master machten. Eines Tages baten sie mich, nach dem Unterricht noch dazubleiben, weil sie mit mir über die letzte Hausaufgabe sprechen wollten, für die wir eine prägende Begebenheit aus der Kindheit schildern sollten. Meine Geschichte ging ungefähr so:

Ich war elf und gerade zu Besuch bei meinem biologischen Vater Gaspard in San Diego, als ich am Strand halb im Vorbeirennen einen zappelnden Fisch entdeckte. Ich war von meinem Vater weggerannt, weil er mich angebrüllt und versucht hatte, mich zu schlagen, aber ich entwischte ihm, stürmte aus dem Haus und ans Ufer, und als ich kurz verschnaufen musste, bemerkte ich den Fisch.

»Na, du gehörst ja wohl ins Wasser«, sagte ich, überrascht über den Klang meiner Stimme, nachdem ich seit einer Woche kaum ein Wort rausgebracht hatte.

»Ja, bitte!«, sagte der Fisch zu meiner noch größeren Überraschung.

»Hast du gerade etwas gesagt?«

»Ich sollte überhaupt nicht hier sein. Alles ein schrecklicher Irrtum!«

»Bist du nicht so ein Fisch, der am Strand Eier legt? Ein Grunion, oder?«

»Eben nicht! Ich bin ein Falscher Grunion, weder Strandlaicher noch Landstreicher. Ich bin hier falsch.«

»Ach, ich weiß, wie sich das anfühlt«, sagte ich.

»Ich bin nicht mal ein Weibchen! Bitte bring mich zurück! Vielleicht gehts dir dann auch besser.«

So schnell wollte ich mich von meiner Entdeckung nicht trennen, also lief ich den Mission Beach rauf zu einem der Mülleimer. Dort fand ich einen leeren Kentucky-Fried-Chicken-Behälter, rannte damit zurück zum Wasser, füllte ihn und setzte den kleinen Fisch hinein.

Der Falsche Grunion erstarrte kurz, doch im nächsten Moment zuckte Leben durch seinen Körper; er fing an, im Kreis zu schwimmen, und hüpfte ein paarmal aus dem Wasser.

Dann hielt er still und reckte mir das Maul entgegen.

»Danke, das hilft enorm.«

»Freut mich, gern geschehen«, sagte ich und war zum ersten Mal seit Langem ein bisschen stolz auf mich.

»Allerdings halte ich es hier drin nicht so lange aus. Meinst du, du könntest mich zurück ins Meer tun?«

Was dann geschah, konnte eigentlich nicht auf meinem Mist gewachsen sein – eine Psychologin äußerte Jahre später die These, ich hätte meine Unterhaltung mit dem Fisch erfunden, um die Gefahr, in die ich mich begeben hatte, auszublenden. Vor dem Rettungsschwimmerposten lagen haufenweise Schwimmreifen, die meisten festgekettet, andere lose darüber geworfen. Ich schnappte mir einen. Dann, ohne groß nachzudenken, aber immer noch mit dem Falschen Grunion im Behälter, stieg ich in den Reifen und schlurfte ins Wasser. Das Meer war lau und seicht, kleine Wellen schwappten mir bis an die Knie. Bald drückte mich der Reifen nach oben, und ich klammerte meine Arme drum, lief weiter, verlor den Boden, stieß mich ab und hüpfte über ein paar größere Wellen. Als wir die Brandung hinter uns gelassen hatten, kam das runde Maul des Fischs wieder zum Vorschein.

»Gestatten, ich bin ein *Colpichthys regis* aus der Gattung *Colpichthys* aus der Familie *Atherinopsidae* aus der Ordnung der Ährenfischartigen aus der Klasse der Strahlenflosser aus dem Stamm der Chordatiere aus dem Überstamm der Neumünder und dem Reich der Tiere, natürlich. Ich bin ein Neuweltlicher Ährenfisch und trage aus irgendeinem schrecklichen Grund den Spitznamen Falscher Grunion. Was führt dich her?«

Keine dumme Frage. Inzwischen hatte ich mich in meinem Schwimmreifen fast hundert Meter vom Ufer entfernt.

»Ich bin weggelaufen«, antwortete ich schließlich. »Mein Vater ist sauer, weil ich nicht Dad zu ihm sage, außerdem interessiert er sich eh nur für Steak im Forellenmantel.«

»Hmm. Also, wahrscheinlich brauche ich dir nicht zu erzählen, dass du gerade in südlicher Richtung auf dem Kalifornienstrom abdriftest und dich minütlich weiter vom Land entfernst, wo du dich für meine Begriffe wohler fühlen würdest.«

»Ich habe Angst vor dem Meer«, brachte ich mit Mühe hervor. Ich war noch nie so glücklich gewesen, jemanden zum Reden zu haben.

»Dann bist du hier aber wirklich falsch«, sagte der Falsche Grunion. »Du möchtest wohl langsam zurück?«

»Ja«, sagte ich. »Ich kann nicht gut schwimmen.«

»Du hast bestimmt andere Stärken«, sagte er. »Ich fürchte nur, ich habe hier nicht genug Freunde, die ich zusammentrommeln könnte, um dich an Land zu schieben. Die Echten Grunions behandeln mich wie Luft. Und ehrlich gesagt kenn ich mich hier auch nicht aus.«

»Ach so?«, fragte ich, froh, über was anderes nachdenken zu können. »Wo kommst du denn her?«

»Lange Geschichte«, sagte der Falsche Grunion. »Ganz schöner Zufall, dass sich zwei verlorene Seelen hier treffen, oder?«

Mit seinem kleinen Fischmaul, das im Behälter auf und zu schmatzte, und den stechenden kleinen Augen wirkte er so stark. Dabei war er bloß ein winziger Fisch.

Im Laufe des langen Nachmittags trieb der Schwimmreifen mit mir drin auf der Strömung immer weiter nach Süden und legte pro Stunde gut sechs Knoten zurück. Niemand hätte mich auf dem Wasser vermutet. Als ich zum Abendessen nicht auftauchte, war Gaspard außer sich. Er hatte am Nachmittag seine üblichen Runden gedreht, erst zum Marine-Corps-Stützpunkt, wo er Lebensversicherungen verkaufte, dann zum Gebrauchtwagenhändler, dann zum Staubsaugervertrieb. Am frühen Abend kehrte er mit fünfzehn neuen Versicherungsverträgen und 225 Dollar in bar in sein kleines Haus zurück.

Bei Anbruch der Dunkelheit fing er laut seiner späteren Aussage an, sich Sorgen zu machen. Er hatte fest damit gerechnet, dass ich jeden Moment hungrig und verheult zu Hause angedackelt kommen würde. Nachdem er die Nachbarschaft abgeklappert hatte, ging er runter zum Strand, der vom La-Jolla-Kliff bis zur Mole im Süden von Lagerfeuern erhellt war. Er lief von einem Grüppchen zum nächsten, erfasste die vom Feuer schummrig ausgeleuchteten Gesichter und fragte, ob irgendwer ein kleines dürres Mädchen gesehen hätte, mit kurzen braunen Haaren und ohne Grips in der Birne.

Inzwischen war ich den ganzen Tag unter der brütenden Sonne in meinem Reifen davongedriftet und nur dank einem sprechenden Fisch noch nicht verzweifelt. Ich sah das Land nicht mehr. Meine

Kehle war ausgedörrt, meine Lippen waren spröde, meine Augen halb verbrannt.

»Vielleicht war es wirklich keine so gute Idee, hier rauszuschwimmen«, sagte ich zu meinem Freund, der mir nicht von der Seite gewichen war, obwohl ich ihn längst freigelassen hatte.

»Den Eindruck habe ich auch«, sagte er. »Aber wenn das hier vorbei ist, wird alles gut. Du hast mir das Leben gerettet, und dafür werde ich dir immer dankbar sein. Und ich bleib bei dir, solange ich kann.«

»Danke.«

Um mir Mut zu machen, erzählte er mir Geschichten von hoher See, von den großen Abenteuern seiner Vorfahren. Von Schlachten gegen Meeresungeheuer. Von Jahrhundertfluten. Von Hungersnöten und Zeiten der Fülle. Von Tragödien aus heiterem Himmel und von den Freuden einer sanften Morgendünung. Über Generationen weitergegebene Geschichten von Schiffsuntergängen und anderen nautischen Katastrophen. Mir würde das nicht passieren, versprach er.

»Es wird Zeit, dass ich aufbreche und dir Hilfe hole«, sagte er. »Wir nähern uns meinem Heimatwasser. Mach keinen Unfug, hörst du? Fang bloß nicht an zu schwimmen. Halt still und warte ab, versprochen?«

»Versprochen«, sagte ich.

An dem Abend verbreitete sich unter den Fischersleuten das Gerücht über einen riesigen Sardinenschwarm vor der Küste, und sie fuhren hinaus aufs Meer. Später konnte niemand sagen, woher das Gerücht stammte, denn von Sardinen war weit und breit keine Spur. Doch während die Fischer suchten, fiel das Mondlicht auf einen dunklen Fleck auf dem Meer, den die Crew erst für einen Autoreifen hielt, bis sie mit ihrem Scheinwerfer ein Kind darin ausmachte.

Es dauerte eine Weile, bis ich meinen Namen sagen konnte. Meine Lippen waren aufgeplatzt, meine Augen lila unterlaufen, meine Haut feuerrot und mit Blasen übersät. Ich zitterte wie ein gestrandeter Fisch. Sie wickelten mich in ölverschmierte Lumpen und riefen die Wasserrettung, die uns entgegenkam.

Meine Erinnerung, vom Fieber vernebelt, wurde überlagert von späteren Erzählungen und einmal komplett durch den Zeitwolf gedreht. Ich hatte eine Zeichentrickversion davon geschaffen, und warum auch nicht? Wirklichkeit und Fiktion waren eins geworden.

Gina sagte, der Text habe ihr gefallen, sei aber offensichtlich fiktionalisiert, und das hier sei nun mal ein Nonfiction-Workshop. Patrick entgegnete, ich hätte mit der Seenot-Metapher die Entfremdung von meinem Vater ausgedrückt. Es sei aber keine Metapher, protestierte ich. Gina bemerkte, Grunions, ob falsch oder nicht, könnten nicht sprechen. Ich gab ihr recht, wandte aber ein, der Falsche Grunion stehe für den Teil meiner Psyche, der mir das Durchhalten ermöglicht hätte. Patrick schlug vor, den Text umzuschreiben, sodass deutlicher werde, dass es sich bei der fiktiven Fischbegegnung um einen Coping-Mechanismus handele. Dann schwenkte Gina um und sagte, die Geschichte sei gut so, wie sie war. Ob ich sie nicht in der nächsten Sitzung vorlesen wolle, der letzten in diesem Quartal. Ich ging nicht hin.

Nach diesem Moment der Einkehr am Meer fuhr ich zurück zur State Street und bog auf den Parkplatz des Bürogebäudes, wo ich nach einem lauschigen Stellplatz Ausschau hielt. Hinten bei den Containern stand ein hochgewachsener Feigenbaum mit einem dicken, zerfurchten Stamm und herunterhängenden Ästen. Bestimmt waren die Plätze hier an heißen Tagen sehr begehrt. Der Parkplatz war fast leer, und ich hatte freie Wahl, also parkte ich vorwärts in einer Ecke unter dem Baum, abgeschirmt vom Licht der Laternen entlang der Avenue. Ich hievte das Fahrrad und den Schlauch aus dem Laderaum und verstaute beides auf den Vordersitzen. Dann krabbelte ich nach hinten und richtete mein Nachtquartier her. Kisten, Koffer und Reifen schob ich zur Seite, legte das Bügelbrett obendrauf und baute mir aus dem Futon ein tacoförmiges Bett. Durchaus gemütlich, wie ein kurzes Probeliegen ergab. Zufrieden mit meinen Vorkehrungen schloss ich den Van ab und betrat das Gebäude.

Unter den Leuchtstoffröhren, die nachtsüber brannten, mutete die Lobby gespenstisch an. Alles war still, und das künstliche Licht ließ den Garten unter der Treppe noch unwirklicher erscheinen, wie ein Raum in einem Museum für untergegangene Zivilisationen. Ich nahm die Treppe nach oben und kam auf dem Flur an Kerry Cochrens Büro vorbei. Dem Schild zufolge war sie die Ansprechpartnerin für Suizidprävention. »Genau die Richtige für den Job«, dachte ich, bevor ich die Tür zu Burts Büro aufschloss.

Innerhalb einer Minute hatte ich den Schlafsack zusammengerollt und mir Kissen und Koffer geschnappt. Dann ging ich zu den Toiletten, um mir die Zähne zu putzen, das Gesicht zu waschen, meine Haare zu bürsten und etwaige Spinnwebenreste zu entfernen. Ich schämte mich, weil Dale mir, wenn auch durch die Blume, das Duschen nahegelegt hatte, und noch unangenehmer war, dass er mir dafür sein Hotelzimmer angeboten hatte. Es war so intim. Ob seine Frau begeistert wäre, wenn sie davon erfuhr?

Zurück in Burts Büro schaute ich mich ein letztes Mal um. Wer hätte gedacht, dass mich der Gedanke an die Nächte auf der harten Couch mit Wehmut erfüllen würde. Die guten alten Zeiten. Meine kleine Hundeskulptur aus Filz stand auf dem Schreibtisch; hoffentlich würde sich Burt darüber freuen, wenn er zurückkam. Mein Blick fiel auf die Tankstellentüte mit den Frosties vom Abend zuvor; die musste natürlich auch mit. So ausgestattet, verließ ich das Büro und zog die Tür hinter mir zu.

Draußen leuchtete ein heller, beinahe voller Mond. Ich stieg vorn in den Van, warf meine Sachen rein und kletterte dann über das Fahrrad nach hinten, was sich als schlechte Idee herausstellte. Ich stieß mir das lädierte Bein an irgendwas und sank im Schmerzkrampf auf den Taco-Futon. Als der Schmerz nachließ, rollte ich den Schlafsack aus, räumte hier und da Kram aus dem Weg und legte mich endlich hin. Die Taco-Form war weniger gemütlich als ursprünglich angenommen, und ich bekam fast sofort Beklemmungen, schlug um mich und zappelte wie ein Tier in der Falle. Es war immer wieder erstaunlich, wie dünn der Firnis der Zivilisation war, wie leicht so ein Leben entgleisen konnte. Das eine Ende meines Taco-Betts gab stärker nach und knarzte verdächtig, wodurch mir klar wurde, dass ich gerade Burts Piñata zerstörte. Ich rappelte mich auf die Knie, bog den Futon um und räumte das Regenbogen-Pappmaschee-Gebilde aus dem Weg.

Während ich versuchte, im Dunkeln eine neue Schlafposition zu finden, warf ich noch einen Blick auf mein Telefon. Eine Sprachnachricht von Doris. Ihre Stimme klang schrill wie immer, und ich musste mir das Handy vom Ohr weghalten. Sie beklagte sich, dass Gegenstände aus dem Haus entwendet worden waren, außerdem sei es eine Frechheit, dass Arlo ohne ein Wort ausgezogen war; denen vom Palms würde sie die Hölle heißmachen, wie hatten sie Arlo nur zu so einer überstürzten Entscheidung drängen können! Ich solle sie umgehend zurückrufen.

Diese Heuchlerin!

Das Bier mit Dale hatte mich etwas betäubt, doch so langsam ließ die Wirkung nach, und die Zipperlein kehrten zurück, allen voran die Kopfschmerzen. Ich tastete nach der Wasserflasche und schluckte ein paar Ibuprofen. Dann griff ich in die Tüte vom Tankstellenladen, weil ich plötzlich Lust auf Frosties hatte. Dabei ertastete ich etwas, was ich nicht auf Anhieb erkannte – das kleine Tetra-Pak

Milch, das sich blähte wie ein Kugelfisch, weil ich es nicht gekühlt hatte. Ich stellte es an die Tür, morgen früh würde ich es entsorgen. Dann riss ich die Frosties-Packung auf und knusperte drauflos. Das Knuspern war so laut, dass ich Sorge hatte, man könnte es draußen hören. Hoffentlich konnte hier niemand reingucken – einmal, als ich bei Gaspard zu Besuch war und in einem Zelt draußen schlafen musste, erschien nachts auf einmal eine koboldhafte Fratze in der Luke und drückte sich gegen das Netz; ich schrie um mein Leben. Seitdem bin ich etwas schreckhaft.

Das Brummen meines Telefons lenkte mich von dieser unschönen Erinnerung ab. Es war wieder Doris, und aus schierer Einsamkeit ging ich ran.

Sie sparte sich das Vorgeplänkel. »Penny, ich habe im Palms angerufen und denen ordentlich die Meinung gegeigt. Die wollten mich nicht zu Arlo durchstellen. Verbieten mir den Kontakt zu meinem eigenen Mann! Das ist wahrscheinlich gegen das Gesetz. Außerdem habt ihr ohne mein Einverständnis Gegenstände aus dem Haus entwendet. Was auch gegen das Gesetz verstoßen dürfte. Ich hätte nicht übel Lust, die Polizei zu rufen, nach dem, was ihr hier heute abgezogen habt.«

»Doris«, sagte ich leise. »Du wolltest, dass Arlo in eine Einrichtung kommt. Das hast du mir heute früh noch gesagt.«

»Ich weiß selbst, was ich heute Morgen zu dir gesagt habe. Komm mir jetzt nicht so, ich rede von Umgangsformen. Du bist nicht die Ehefrau. Ich bin die Ehefrau!«

»Natürlich bist du die Ehefrau. Du kannst Arlo ja morgen besuchen. Da freut er sich bestimmt.«

»Ich kann Arlo morgen nicht besuchen, ich habe einen Termin nach dem anderen. Etwas Rücksicht auf meine Planung hätte nicht geschadet. Und noch was anderes: Heute Abend hat Mr Gaspard Rush angerufen. Wollte Arlo sprechen. Als ich meinte, dass Arlo nicht zu Hause ist, hat er gesagt, er suche eigentlich dich. Ich habe ihm erzählt, dass du hier bist, und er hat sich bedankt.«

Kalter Schweiß legte sich auf meine Stirn. Warum rief Gaspard bei Arlo an? »Hast du ihm noch irgendwas anderes gesagt?«

»Dass du mein Haus verwüstet und meinen Mann verschleppt hast? Nein, das habe ich für mich behalten.«

»Doris, ich glaube, du wirst dich freuen, wenn du das Palms erst mal siehst. Arlo gefällt es da, und er wollte es nicht unnötig rauszögern. Und er hat die ganze Zeit von dir geredet. Ich kümmere mich darum, dass du morgen mit ihm sprechen kannst, o.k.?«

»Das wäre äußerst zuvorkommend«, sagte sie. »Dann sag ich mal Gute Nacht. Gute Nacht!«

»Okay. Gute Nacht, Doris.«

Wieder war ich allein in der Dunkelheit, wieder mal ärgerte ich mich, dass ich rangegangen war. Wieso rief Gaspard bei Arlo an? Und wieso erzählte Doris mir überhaupt davon, ausgerechnet jetzt? Aber wenigstens würde Gaspard nur nach der Chevette Ausschau halten. Der Hund des Nordens war meine Bastion.

Die nächsten Stunden waren nicht leicht. Ich war einsam und leidend, von der Welt verlassen. Aber anrufen wollte ich auch niemanden, sonst hätte mich meine Stimme verraten. Besser, ich blieb unter dem Radar.

Der große Baum, unter dem ich geparkt hatte, erwies sich als reinstes Paradies für die Kreaturen der Nacht. Während der nächsten Stunde vernahm ich mächtige Flügelschläge, das Biegen und Bersten von Ästen, das Wetzen von Krallen, das Putzen von Schnäbeln. Hier und da halsbrecherische Schlingakrobatik. Hauste da oben etwa eine hübsche Eulenfamilie? Das sachte Uhuen sprach dafür, der Klang der Weisheit. Einmal plumpste etwas dumpf auf das Dach des Vans. Wenigstens lenkten mich die banalen Geräusche ihrer nächtlichen Gewohnheiten von meinen eigenen Sorgen ab, und während ich langsam in den Schlaf driftete, hatte ich das angenehme Gefühl, dass eine wohlwollende Macht über mich wachte.

Am Morgen schreckte ich aus einem schlechten Traum auf. Im Traum warnte mich eine Museumsführerin vor einer ausgestorbenen, aber mörderischen Vogelart namens »Schreckliches Erbsenhuhn«. Die Frau spielte mir eine seltene Aufnahme vor, auf der zu hören war, wie ein Mensch von einem Erbsenhuhn zu Tode gepickt wird, und in diesem Moment fuhr ich hoch, doch das furchtbare Pickgeräusch hielt an. Jemand klopfte an die Tür des Vans. Heilfroh, dass es sich nicht um das schreckliche Erbsenhuhn handelte, und gleichzeitig in Angst, jemand könnte mich wegen unbefugten Parkens zur Rede stellen, spähte ich vorsichtig zwischen Fahrrad und Gartenschlauch durch die Windschutzscheibe.

Dort stand im gleißenden Sonnenlicht Dale Lampey. Seine Haarstoppeln glitzerten.

»Kleinen Moment!«, rief ich, erleichtert einerseits, andererseits erschrocken, wie geschmeichelt ich mich fühlte, dass er mich aufsuchte. Ich schaute auf mein Telefon. Es war acht Uhr.

Ich kontrollierte mein Gesicht im Selfie-Modus meines Handys und strich mir die wüsten Haare glatt, bevor ich nach hinten durchkraxelte und die Hecktür aufmachte.

Dale kam um den Van herumgelaufen, er hatte eine Leine in der Hand. Am anderen Ende befand sich Burts orangehaariger Hund.

»Wie kommt es, dass du ihn hast?«

»Lange Geschichte«, sagte Dale. »Sagen wir, die Umstände waren nicht die besten.«

»Was ist passiert?«

Er nahm den kleinen Hund auf den Arm und zeigte mir eine kahl geschorene, mit groben Stichen genähte Stelle am Rücken, gerade außer Zungenreichweite, sodass Quetschie ohne Halskrause auskam. »Die Frau hatte zwei unfreundliche Dobermänner. Ihr war nicht mal aufgefallen, dass sie ihn gebissen hatten. Ich habe die halbe Nacht in der Notaufnahme der Tierklinik in Goleta verbracht, wo er dann zum Glück versorgt wurde. Bei der Frau konnte er natürlich nicht bleiben. Außerdem hat er wohl irgendeine Entzündung an den Analdrüsen, wenn du es ganz genau wissen willst. Da muss ich jetzt die nächsten zwei Wochen Salbe reintun.«

»Armer Quetschie!«, rief ich aus, während der glücklose Hund panisch um sich blickte und wild zappelte, um sich aus Dales Armen zu befreien. Zu Dale sagte ich: »Und du Armer! Ich musste das auch mal machen, als ich Housesitterin war. Bei einem Hund natürlich. Es war nicht so schlimm, wie es sich anhört.«

»Super, ich freu mich drauf.« Er setzte Quetschie ab und zupfte mehrere Fellfussel von seiner Cordjacke. »Also, ich fahr jetzt zum Flughafen. Den Hund nehm ich mit und bringe ihn Burt zurück, wenn er sich wieder sortiert hat. Ich wollte dir Quetschie nur zeigen, du wolltest ihn doch kennenlernen.«

»Danke«, sagte ich. »Er ist sehr niedlich.«

»Mein Zimmer ist übrigens noch bis Mittag bezahlt.« Er fischte eine Schlüsselkarte aus seiner Hosentasche. »Seaside Hotel, Zimmer vierhundertzwölf. Es ist deins, wenn du willst. Ich hab das Bitte-nicht-stören-Schild an die Tür gehängt und mich bemüht, alles halbwegs ordentlich zu hinterlassen. Komm, Kleiner«, sagte er und lugte unter den Van.

Diesmal hatte ich keine Ausrede.

»Quetschie!«, sagte Dale streng. »Aus!«

Ich blickte auf den Boden. Quetschie hockte unter der Antriebswelle und kaute auf irgendwas herum.

»Was hat er da?«, fragte ich.

Dale zog ihn am Halsband raus ins Sonnenlicht. Zwischen seinen Kiefern klemmte unverkennbar das Bein irgendeines Säugetiers – roh und blutig auf der einen Seite, klein und pfotig auf der anderen.

Dale versuchte, es ihm wegzunehmen. »Quetschie, aus!«

Quetschie hatte nicht die Absicht, seine pelzige Fünfzehn-Zentimeter-Trophäe wieder herzugeben. Ich tippte auf ein Stück Hase und blickte in den Baum über unseren Köpfen, die hungrigen Laute der Nacht noch klar im Ohr. Da bemerkte ich auf dem Dach des Vans einen weiteren Fleischbatzen. Währenddessen kniete Dale auf der Hundeleine, sodass er mit zwei Händen Quetschies Maul umfassen konnte, um es aufzustemmen. Es folgte ein ausgedehntes Gerangel. Quetschie knurrte. Nach einigem zähen Ringen klappte sein Gebiss schließlich auf, und das Bein fiel raus. Rasch riss Dale es ihm weg.

»Mein Gott«, sagte er bloß und warf das Bein in die nächste Mülltonne, wo es scheppernd landete.

Ich zeigte auf das Dach des Vans. »Ich trau mich fast nicht zu fragen, aber könntest du das vielleicht auch entsorgen?«

Dale verzog das Gesicht. »Oder du könntest einfach losfahren und es von selbst runterfallen lassen?«

»Und dann knallt es irgendwem auf die Windschutzscheibe, und der baut vor Schreck einen Unfall?«, argumentierte ich leicht unlogisch, wie ich es vielleicht tun würde, wenn wir ein Paar wären, was ich sofort bereute.

Zu meiner Überraschung war er dennoch so lieb, den Fleischbatzen, der sich als zerfledderter Brustkorb entpuppte, vom Dach zu holen und ihn in den Müll zu befördern.

»Jetzt schon mein Tageshighlight«, sagte er.

Ich dachte an den dumpfen Schlag auf das Dach in der Nacht, und mir war zum Heulen. Ein Kaninchen, Held seiner eigenen Geschichte, war grausam zerstückelt worden, während ich gebannt dem Lied der Vögel gelauscht hatte.

»Danke. Wenn du dir die Hände waschen willst, da drüben im Gebäude sind Toiletten«, sagte ich. »Ich pass solange auf ihn auf.«

»Lustig, wie wir uns gegenseitig andauernd zum Waschen auffordern …«, sagte Dale und entfernte sich mit schnellen Schritten.

Ich kniete mich neben den Hund, der in so kurzer Zeit so viel Traumatisches erlebt hatte und deshalb zu zittern schien. In einem beschwichtigenden Tonfall, von dem ich annahm, dass Hunde ihn mochten, redete ich auf ihn ein. Während er mir den Arm abschnüffelte, lobte ich seine Niedlichkeit. Er hatte treuherzige braune Augen, ein kleines schwarzes Näschen und eine buschige Mähne, die etwas blonder war als das restliche Fell. »Was glauben die Dobermänner, wer sie sind?«, sagte ich in meiner Hundesäuselstimme. »Für wen halten die sich?« Jetzt, aus der Nähe, erkannte ich das kleine Schild, das sich in seiner Mähne versteckte, und las zu meiner Überraschung den eingravierten Namen Quijote. Ach so? Als ich aufblickte, kam Dale gerade über den Parkplatz gelaufen.

»Ich muss dann mal los«, sagte er.

»Er heißt Quijote!«

»Ja, hab ich gesehen«, sagte Dale. »Mich wundert bald nichts mehr.«

Ich drückte ihm die Leine in die Hand. »Ich hoffe, Burt geht es bald wieder gut.«

»Da sind wir schon zwei«, sagte Dale, und er drehte sich um und lief zurück zu seinem gemieteten roten Sportwagen. Auf dem Rücksitz befand sich eine Hundetransportbox, in die er Quetschie setzte. Dann startete er den Motor und winkte mir zum Abschied.

Ich winkte zurück.

Bevor ich mich daranmachte, das Fahrrad und die restlichen Gegenstände wieder ins Hintere des Vans zu wuchten, nahm ich die aufgedunsene Milchpackung und warf sie in die Mülltonne, wo sie wie eine Stinkbombe zerplatzte.

Als ich über den Rand lugte, sah ich Milchgerinnsel rundum den geplatzten Behälter. Was für ein Glück, dass er nicht in der Nacht im Van explodiert war. Dass mir ein saurer Milchregen erspart geblieben war, verbuchte ich als ersten Erfolg des Tages.

Dann fuhr ich zu Dales Hotel in der Nähe des Kais. Es hatte ein nettes Ambiente, und als ich die Lobby durchquerte, hoffte ich inständig, niemand würde mich beziehungsweise das, was aus mir geworden war, bemerken. In der vierten Etage betrat ich Dales Zimmer und traute meinen Augen kaum – ein Zimmer mit Hafenblick, ein großes Bad, das für ein Bad wirklich schön war. Ich verlor keine Zeit und riss mir vor dem Spiegel alle Klamotten vom Leib. Zwar hatte ich nicht das Bedürfnis, meinen nackten Körper zu betrachten, aber nachdem es so lange her war, dass ich mich das letzte Mal nackt vor jemand Neuem gezeigt hatte, musste ich einfach wissen, ob ich noch halbwegs in Form war. Mit meinen Mitte dreißig fühlte ich mich schon alt. Ich musterte mich flüchtig von oben bis unten und war überrascht, wie rot mein Bein aussah – einzelne Entzündungstentakel zogen sich von der Stichwunde den Oberschenkel hoch, mehrere runter bis zum Knie. Heißes Wasser würde lindernd wirken und weiße Blutkörperchen an die verletzte Stelle befördern. Auf jeden Fall musste ich die Sache im Auge behalten. Als ich die Dusche anmachen wollte, stutzte ich erst mal; die glänzende Armatur war ihrer Zeit etwas zu weit voraus. Meiner Meinung nach sollte die Bedienung von Wasserhähnen keinen Intelligenztest erfordern. Wasser schoss aus dem unteren Hahn, während ich noch mit dem Temperaturregler beschäftigt war. Erst nach einer Weile bemerkte ich den zweiten Ring direkt hinter dem Griff, der gedreht werden musste, um den Wasserstrahl zum Duschkopf umzuleiten, sich aber nur durch das Drücken einer winzigen Noppe bewegen ließ, die wiederum viel zu steif und schwer zu erreichen war, sodass meine ersten Versuche scheiterten. Nachdem ich mir mehrere meiner ohnehin schon kurzen, kaputten Nägel eingerissen hatte, triumphierte ich schlussendlich über die prätentiöse Anlage – die Dusche erwachte prasselnd zum Leben, und als ich darunter stand, fühlte es sich so gut an, dass ich ihr alles verzieh. Ich wusch mir gleich zweimal hintereinander die Haare. Anschließend trocknete ich mich mit einem frischen, kuscheligen eisbärgroßen Hotelhandtuch ab. Dann schlüpfte ich in frische Klamotten aus meinem Koffer, und mit meinen gekämmten Haaren und rosigem Teint erklärte ich mich bereit für den neuen Tag. Aber es war erst zehn Uhr, und mir blieb noch bis zwölf Uhr Zeit zu entspannen und die Aussicht zu genießen. Wie konnte ich da widerstehen?

Kaum zu glauben, dass ich erst eine Woche zuvor meinen Tag im abgeranzten Westward-Ho!-Motel in Santa Cruz begonnen hatte, kurz bevor ich den Schlüssel zu meiner Chevette einem Mann namens Delbert Winkle überreichte, der mir während der Transaktion umständlich auseinandersetzte, dass er einen Jungen beim Katzenquälen erwischt und daraufhin verprügelt hatte, weshalb er die letzten sechs Monate im Knast verbracht hatte. Da ich mir gut vorstellen konnte, selbst ein katzenquälendes Kind zu verprügeln, drückte ich ihm mein Mitgefühl aus. Später am selben Tag hatte ich einen langen Spaziergang am West Cliff Drive gemacht, den Wellen zugeschaut, die an den weichen Sandsteinkliffen brachen, die Surfer in ihren glitschigen Neoprenanzügen bewundert, zwischen dem Seetang einen Fischotter beim Rückenschwimmen erspäht, die salzige Meeresluft eingesogen – ein Spaziergang entlang so vieler symbolbeladener Orte dieser Stadt, in der ich seit dem College einen Großteil meines Lebens verbracht hatte, wo ich Sherman kennengelernt hatte, wo wir zusammengezogen waren, wo wir in diversen Zimmern und Apartments gewohnt und auch gute Zeiten zusammen gehabt hatten, wo ich meine Eltern zum letzten Mal gesehen hatte und so weiter, nur um auf ebendiesem Spaziergang die beiden

Anrufe zu erhalten – erst von Doris, dann von Burt –, die mich vorgestern nach Santa Barbara geführt hatten, obwohl es mir jetzt vorkam, als wäre ich schon eine Ewigkeit hier.

In diesem Moment wollte ich nichts lieber, als mich auf die unbeschlafene Seite des Bettes zu legen und das kühle, saubere Laken auf der Haut zu spüren. Am Fußende des Bettes entdeckte ich ein paar verräterische Fellbüschel von Quetschie, die mich im Schlafsack noch mit Ekel erfüllt hatten, jetzt aber zärtliche Erinnerungen an ein tapferes Tierchen mit eigenem Kopf heraufbeschworen. Mit der Kapselmaschine im Zimmer bereitete ich mir eine Tasse Kaffee. Ich ließ den Blick über Hafen und Meer schweifen. Die Sonne strahlte über dem aufgewühlten Wasser. Auf einmal schöpfte ich Hoffnung und versuchte, daran festzuhalten. Was sich als gar nicht so leicht erwies, denn erstens gefiel es mir nicht, dass mir etwas so Oberflächliches wie ein hübsches Hotelzimmer Hoffnung gab, und zweitens hing, wie mir schnell bewusst wurde, meine Anwesenheit in diesem Zimmer direkt mit der Tatsache zusammen, dass Burts Bruder Dale mich in Augenschein genommen und als dringend hilfsbedürftig eingestuft hatte. Und ich tatsächlich so arm dran war, dass dies hier, die letzten Stunden vor dem Check-out in einem nicht mehr benötigten Zimmer, mir tatsächlich eine große Hilfe war. Ein zartes Flattern im Bauch verriet mir, wie gern ich Dale überzeugt hätte, dass ich gar nicht so erbärmlich war, wie es auf den ersten Blick schien, dass ich lediglich Entscheidungen getroffen hatte und jetzt Prioritäten setzte. Dass ich lieber sparsam lebte und wenn nötig mit Belohnungsaufschub umgehen konnte. Tatsächlich betrachtete ich die Fähigkeit zum Belohnungsaufschub als meine Stärke, eine der nützlicheren Eigenschaften in meinem Eigenschaftsvorrat, die mir schon oft zugutegekommen war. Ich hatte überhaupt keine Zweifel, dass ich ein konventionelles Leben führen konnte, sollte ich mich irgendwann dazu entschließen. Allerdings hielt ein konventionelles Leben manchmal ebenso viele Schrecken bereit wie mein aktuelles, wenn nicht noch mehr.

Ich döste auf dem Bett ein und schlief, bis das Reinigungsteam an die Tür hämmerte.

10

Die Tür zum Luxuszimmer hinter mir zu schließen fiel mir nicht leicht. Wie ich so durch den von Staubsaugerlärm erfüllten und von Service-Wägelchen versperrten Hotelflur schlurfte, hatte ich nur eine vage Vorstellung von dem Tag, der vor mir lag; vielleicht war das aber auch gut so. Auf jeden Fall würde ich bei Pincer nach dem Rechten sehen. Bei Burt vorbeischauen. Arlo besuchen. Außerdem Storke kontaktieren und mich nach dem Stand der Ermittlungen zum Skelettfund erkundigen. Und zuletzt würde ich mich angesichts einer drohenden Begegnung mit Gaspard verfolgt fühlen, was dem Tag das gewisse Extra verlieh. Aber die Dusche und die frischen Klamotten hatten mir neuen Schwung gegeben, und ich hielt es für das Beste, ihn zunächst für die schwierigsten Aufgaben zu nutzen.

Weshalb ich, nachdem ich meine Tasche in den Van geworfen und den inzwischen vertrauten Platz auf der Fahrerseite eingenommen hatte, die Nummer auf Kommissar Storkes Visitenkarte wählte.

Nachdem ich mich noch einmal vorgestellt hatte, fragte ich, ob es schon irgendwelche Neuigkeiten gebe.

»Neuigkeiten? Mal sehen, ich ruf eben die Akte auf«, sagte er und während ich wartete, schaute ich am anderen Ende des Parkplatzes einer Familie zu, die sich in zunehmend gereizter Stimmung abmühte, all ihre Fahrräder, Surfbretter und teuren Koffer irgendwie in und an ihrem schnieken SUV unterzubringen. Falls es noch eine Metapher für den Überfluss unserer Zeit brauchte, voilà. »So«, sagte er schließlich. »Also, von der Forensik kam Folgendes: Es handelte sich um einen Mann zwischen fünfundfünfzig und fünfundsechzig, circa eins siebzig groß, von mittlerer Statur. Verstorben vor etwa zwanzig Jahren. Fällt Ihnen jemand ein, auf den die Beschreibung passen könnte?«

»So auf Anhieb nicht.« Ich wusste nur wenig über das Leben meiner Großmutter nach der Scheidung von Arlo.

»Die Knochen waren trocken«, fuhr er fort. »Also wenig bis kein Gewebe erhalten. Insektenbesiedlung, nicht der Rede wert. Keine Hinweise auf Gewalteinwirkung am Skelett. Wir warten jetzt auf die DNA-Ergebnisse und gleichen sie mit unserer Vermisstendatenbank ab. Die chemische Analyse erwarten wir in Kürze.«

Kommissar Storkes Liebesbedürftigkeit trat im persönlichen Gespräch klarer zutage, doch auch in seiner Telefonstimme bemerkte ich einen wehleidigen Unterton.

»Die interessanteste Erkenntnis ist, dass die Leiche unbekleidet war; allerdings lag sie auf einer Wolldecke, die sich inzwischen fast vollständig aufgelöst hatte.«

»Die Leiche war nackt.«

»Ja. Im Schuppen Ihrer Großmutter wurden Überreste einer nackten Leiche entdeckt. Ich hoffe, Sie sind seelisch gewappnet, für was auch immer das heißen mag.«

»Ich gebe mein Bestes.«

»Gut. Den Ex-Mann Arlo Reshnappet habe ich inzwischen befragt, und heute Nachmittag wollte ich noch mit dem Steuerberater sprechen, falls sein Zustand es erlaubt. Mein Eindruck ist, dass Ihre Großmutter kein besonders glückliches Leben führt, wenn ich ehrlich sein soll.«

Ich fragte mich, was er wohl unter einem glücklichen Leben verstand, aber behielt die Frage für mich.

»Gerade ist das Gutachten aus der Klinik reingekommen«, sagte er. »Sie glauben, dass sie unter einer leichten Form von Demenz leidet, die durch kleine Infarkte verursacht wird. Sie soll wohl heute entlassen werden, aber die Klinik empfiehlt eine ambulante Versorgung zu Hause, sollte sie dort wohnen bleiben. Allerdings weiß sie ihre Schwächen wohl gut zu überspielen und ist offensichtlich eine kluge Frau, die es gewohnt ist, ihren Willen durchzusetzen. Das alles sage ich, weil es leider auch bedeuten könnte, dass sie als prozessfähig eingestuft wird, sollte es dazu kommen.«

»Oh«, war alles, was ich antworten konnte. »Und wie würde es dazu kommen?«

»Wenn bei jemandem auf dem Grundstück menschliche Überreste gefunden werden, sind Alter und Gesundheitszustand der Person keine Ausschlusskriterien für strafrechtliche Ermittlungen und deren Folgen.«

»Natürlich nicht, völlig richtig so.«

»Und noch was«, sagte Storke. »Sie hatten gefragt, ob ich das Haus bereits zu einem früheren Zeitpunkt betreten hatte. Der Akte entnehme ich, dass unsere Beamten in der Tat schon mehrfach zum Grundstück gerufen wurden. Was wissen Sie darüber?«

»Ich weiß überhaupt nichts. Nach der Scheidung von meinem Großvater hat sich meine Großmutter neu erfunden und den Kontakt zu uns abgebrochen.«

»Verstehe. Sie hat sich jedenfalls im Lauf der Jahre mehrfach über Unbefugte am Haus, Voyeure und vermeintliche Einbrecher beschwert, wobei nie eine verdächtige Person gestellt wurde.«

»Ob sie so oft die Polizei gerufen hätte, wenn sie wissentlich eine Leiche auf dem Grundstück versteckt hielt? Noch dazu an einer Stelle, wo die Beamten vermutlich nachschauen würden?«, sagte ich.

»Da ist was dran. So ein Verhalten kann aber auch durch Schuldgefühle ausgelöst werden.«

Verständiges Brummen schien mir die angemessene Reaktion.

»Und noch was: Als ich bei Arlo Reshnappet anrief, bekam ich seine Frau Doris Roofla Reshnappet ans Telefon, die sich über Ihre Einmischung in die Angelegenheiten ihres Mannes beschwerte. Ich sagte ihr, das sei nicht der Grund meines Anrufs, und erfuhr schließlich seinen Aufenthaltsort, sodass ich ihm heute Morgen im Palms einen Besuch abstatten konnte. Er ist der Meinung, wenn seine Ex-Frau in der Lage wäre, jemanden umzubringen, wäre er schon lange nicht mehr am Leben.«

»Hoffentlich erweist sich die Aussage als nützlich.«

Storke antwortete, das hoffe er auch. »Wenn ein Familienmitglied eine Gewalttat begeht, ist das nie schön.«

Als Mann mit spinnösen roten Brauen und mehreren rostfarbenen Doppelkinnen hatte man es bestimmt nicht leicht. War ich auch von seinen sozialen Fähigkeiten nicht überzeugt, wusste ich doch, dass er nur seinen Job machte. Davon abgesehen hätte meine Mutter Pincer zumindest emotionale Gewalt attestiert.

»Danke Ihnen für die Auskünfte. Kann ich mit meiner Großmutter denn heute zurück ins Haus?«

»Drinnen sind wir fertig, aber der Bereich um den Schuppen bleibt abgesperrt.«

»Das ist kein Problem«, sagte ich. »Danke für Ihre Arbeit. Für Ihre durch jahrelange Praxis erworbene Expertise. Für Ihren Blick fürs Detail. Fürs Durchhalten und Dranbleiben.«

Nach einer langen Pause antwortete er: »Ich nehme das jetzt mal so an, wie ich hoffe, dass es gemeint ist.«

Ich drehte den Zündschlüssel um und glitt mit dem Van vom Parkplatz des Seaside Hotel wie ein Aal, der aus dem Schilf schlüpft. Ich wollte zurück zum Haus und mir ein Bild der Lage verschaffen, bevor ich Pincer zurückbringen würde. Während der Fahrt rief ich in der psychiatrischen Station an und erfuhr, dass ihre Entlassung für fünfzehn Uhr vorgesehen war. Ich musste irgendwie sicherstellen, dass sie mit allem Nötigen versorgt wurde, ohne sie selbst versorgen zu müssen. Nicht mal für eine Nacht konnte ich mir vorstellen, bei ihr zu bleiben. Vor ein paar Jahren hatten Sherman und ich sie einmal besucht. Damals war der Zustand des Hauses noch nicht annähernd so schlimm wie heute. Sie hatte uns zum Spazieren rausgeschickt, während sie das Abendessen vorbereiten wollte. Bei unserer Rückkehr stellte sich heraus, dass sie meinen Laptop als Schneidebrett benutzt und darauf rohes Hühnerfleisch verarbeitet hatte. So verwirrt sie hinterher tat, glaubte ich insgeheim, dass sie es mit Absicht gemacht hatte. Ein andermal, da war ich allein zu Besuch, schreckte ich mitten in der Nacht aus dem Schlaf, weil sie mit einer Taschenlampe in mein Zimmer geplatzt war und meinen Koffer durchwühlte. Wenn ich daran dachte, mich nachher mit ihr rumschlagen zu müssen, erfasste mich Panik. Wie sollte ich das alles ohne Burts Hilfe durchstehen?

Wer auch immer zuletzt auf dem Grundstück gewesen war, hatte das Tor achtlos offen gelassen, wie ich überrascht feststellte. Ich hielt am Briefkasten an, nahm die Post raus, bog in die Einfahrt und parkte vor der Garage. Aus dem ungestutzten Dickicht aus Reben und Sträuchern trällerte ein Chor von Insekten und Vögeln. Dank der tatkräftigen Putztruppe zählte ich unter der Laterne am Garagentor zweiundzwanzig prallvolle große schwarze Müllsäcke. Ich folgte dem Backsteinweg bis zur Tür und schloss auf. Beim letzten Mal war ich durch die Polizeipräsenz so abgelenkt gewesen, dass ich die Fortschritte kaum wahrgenommen hatte. Der Geruch war wesentlich besser, und die Frauen hatten viel geschafft, bevor es zur tragischen Entdeckung kam. In der Küche stellte ich erfreut fest, dass alle vormals mit mysteriösen Substanzen gefüllten Einweckgläser ausgespült und ordentlich am Ende der Arbeitsfläche aufgereiht worden waren. Der Boden war frisch gewischt, das Kühlschrankinnere desinfiziert, der Herd blank geputzt.

Im Wohnzimmer war aufgeräumt und gesaugt worden, wobei die Rattenkadaver nach wie vor museal ausgebreitet auf dem Laken auslagen. Auch das Licht kam mir auf einmal heller vor – vielleicht waren die Fenster geputzt worden oder die Vorhänge weiter auf als gewöhnlich. Es war, als hätte sich seit Pincers Abwesenheit alles, sogar das Licht, von ihrem Schatten befreit.

Sträucher verdeckten den unteren Teil der großen Fenster, die auf den verwilderten Garten hinausblickten, doch auf einmal bemerkte ich, dass mich aus dem Gestrüpp ein Gesicht anstarrte. Ich fuhr zusammen. Doch es war nur das Mädchen, das mich angesprochen hatte, als ich mich in der Hecke versteckt hatte, das Mädchen mit Casper dem Hund. Als sich unsere Blicke trafen, überkam mich das unheimliche Gefühl, als sähe ich mich selbst vor vielen Jahren, vielleicht sogar an derselben Stelle, vielleicht bei irgendeinem unschuldigen Spiel, für das ich später zurechtgewiesen wurde. Ich lächelte, weil ich verstand, warum sie da war, und weil sie wissen sollte, dass es mir nichts ausmachte; nach dem Trubel der letzten Tage war ihre Neugier nur zu verständlich, außerdem hatte das Tor ja offen gestanden. Gerade als ich winkte, tauchte sie ab.

Ich rannte nach draußen und rief ihr nach. Weil ich ihren Namen nicht wusste, sagte ich: »Hey, warte! Keine Angst! Du brauchst nicht wegzulaufen!« Ich ging ums Haus, blieb immer wieder stehen und horchte. Nach ein paar Rufen antwortete mir schließlich eine Stimme, keine Mädchenstimme, sondern die einer alten Frau.

»Kommen Sie mal her«, krächzte die Stimme. Sie kam vom Zaun des Nachbargartens. Mein Bein tat jetzt mehr weh als am Morgen nach dem Duschen, und ich lief mit langsamen Schritten, kletterte über umgestürzte Bäume und kämpfte mich durch die Brombeerbüsche. Aus den Blättern flitzte mir eine Eidechse entgegen. Kleine Finken hockten in den weißen Blüten des Strauchmohns, wippten auf seinen langen Stängeln.

Dann erspähte ich ihren weißen Kopf hinter dem Maschendrahtzaun.

»Kommen Sie mal«, wiederholte die Frau, eine gebrechliche Gestalt ganz in Weiß, die sich am Zaun festhielt.

Ich nahm die letzte Hürde, einen mit Efeu überwucherten und mit Pilzen überzogenen Stapel Feuerholz. »Hallo! Ich bin Penny, die Enkelin von Louise Pincer«, sagte ich, bemüht, einen guten Eindruck zu hinterlassen.

»Ist Ihre Großmutter verschieden?«

»Nein!«, stellte ich klar. »Sie kommt heute nach Hause.«

»Wir dachten, sie wäre verschieden«, sagte die Frau und klang enttäuscht.

»Sie lebt«, sagte ich mit Nachdruck.

Die Frau sagte nichts und musterte mich durch den Zaun mit festem Blick. Schließlich schnarrte sie: »Dann sagen Sie Bescheid, wenn es so weit ist. Mein Sohn ist an dem Haus interessiert.«

Ich war mir nicht sicher, ob ich mich verhört hatte. Nach einer kurzen Schreckstarre bückte ich mich und hob einen dicken, piksigen Kiefernzapfen auf, in der Absicht, ihn ihr an den Kopf zu schleudern, riss mich aber im letzten Moment zusammen, weil man das natürlich nicht macht. Dass ich rasend vor Wut war, sollte sie allerdings wissen. Wenigstens *irgendetwas* wollte ich ihr an den Kopf werfen. *Sie Aasgeier!*, zum Beispiel. Oder: *Ist Raffgier Ihr zweiter Vorname?* Ich hatte einfach keine Übung im Schimpfen und zog frustriert über meine mangelnde Schlagfertigkeit wieder ab. Pincer hatte sich oft über ihre Nachbarin beschwert, aber ich hatte bei allem angenommen, es wäre ihre Schuld gewesen. Zurück im Haus, meldete sich eine unangenehme und allzu vertraute Regung in mir – ich fühlte mich nichtig und entwurzelt.

Dabei standen mir die wahren Tiefpunkte des Tages noch bevor. Ich musste nachschauen, ob das Schlafzimmer in bewohnbarem Zustand war, und atmete kurz auf, als ich das frisch bezogene Bett sah. (Die Nachttischschublade ließ ich wohlweislich zu; das konnte warten.) Doch während ich den Blick durch das jetzt halbwegs aufgeräumte Zimmer schweifen ließ, fiel mir auf dem Schreibtisch am Fenster ein Stapel ungeöffneter Briefe auf, die meisten vom Finanzamt, wie näheres Hinsehen ergab. Warum waren es so viele, und warum waren sie ungeöffnet? Auf einmal schoss mir durch den Kopf, was Dale über Burts Verfahren wegen Bilanzfehlern gesagt hatte, und ich bekam Gänsehaut. Ich öffnete eines der Einschreiben und erfuhr, dass Pincer dem Fiskus 197.628,69 Dollar schuldete.

Ich faltete den Brief zusammen, steckte ihn ein und verließ das Haus, und als ich zurück in den Hund des Nordens kletterte, überkam mich das Gefühl, dass mein Teil der Welt jetzt nicht mehr zu reparieren war. Was hatte sie sich bloß gedacht – oder eben nicht gedacht? Was hatte Burt da angerichtet? War er überhaupt ein echter Steuerberater? Oder hatten die monatelangen inneren Blutungen seine Urteilskraft beeinträchtigt?

11

Zurück auf dem Krankenhausparkplatz stieg ich aus dem Van und ging langsam auf den Eingang zu. Es war ein weitläufiges weiß verputztes Gebäude mit rotem Ziegeldach und einer Art Glockenturm. Beim letzten Mal war mir gar nicht aufgefallen, wie hübsch es war, aber vermutlich war ich nicht in der Verfassung gewesen, irgendetwas hübsch zu finden, geschweige denn ein Krankenhaus. Nach dieser Logik müsste es mir jetzt allerdings eher hässlicher vorkommen als letztes Mal, was die Frage aufwarf, ob ich den Problemen anderer Menschen womöglich inzwischen etwas härter und bürokratischer gegenüberstand.

Unverzüglich fuhr ich mit dem Aufzug nach oben, lief durch einen mit Bildern lokaler Künstler dekorierten Flur zu Burts Zimmer und trat ein. Eine Schwester hatte ihm eine Manschette um den blassen Oberarm gelegt und plauderte lachend mit ihm. Burt, der sein Toupet nicht aufhatte, rief: »Penny! Komm, setz dich!« Dann sagte er: »Danke, Judy, du bist die Beste«, worauf sie ihm viel Spaß mit seinem Besuch wünschte und ging.

Ich nahm auf dem Stuhl neben dem Krankenbett Platz. »Wie geht es dir heute?« Er hatte Judys Fürsorge sichtlich genossen und schien fast zu leuchten.

»Ganz okay. Sie probieren und prokeln immer noch rum und machen Tests. Im Moment ist das Herz wohl Thema. Hoffentlich kann ich trotzdem bald hier raus.«

»Hoffe ich auch«, sagte ich.

»Hast du das von meinem Hund gehört?«, fragte er. »Diese Tölen von Evelyn hätten ihn beinahe zerfleischt.«

»Dale ist auf dem Weg zum Flughafen noch vorbeigekommen und hat ihn mir gezeigt. Der Hund schien ganz munter, mach dir keine Sorgen.«

»Hätte nie gedacht, dass Evelyn so was zulässt«, brummte er. »Dale war vorhin hier. Er hat die Sache im Griff. Er wird sich um ihn kümmern, bis es mir besser geht.«

Ich erkundigte mich nach der Quetschie/Quijote-Diskrepanz.

»Ha, gute Frage. Der Name kommt von Jenny«, sagte er. »Sie hatte an der Uni mal ein Literaturseminar mit so einer Besserwissertussi, die ein Referat über *Vernunft und Wahn in Don Kwitschotte* gehalten hatte, und alle so: ›Häh?‹ Ihrer Meinung nach war Cervantes genauso wichtig wie Shakespeare, weil *Don Kwitschotte* der meistverkaufte Roman aller Zeiten sei.« Burt gluckste wehmütig.

Ich gluckste auch, als ich mir die Blamage einer Besserwisserin ausmalte.

»Und um diesen großen Moment zu würdigen, hat sie den Hund Quijote genannt, kurz Quitsche, daraus wurde dann irgendwann Quetschie. Mann, so ein Krankenhausbett rückt die Perspektive zurecht.« Er seufzte. »Langsam komme ich dahinter, wer meine wahren Freunde sind.«

»Burt«, sagte ich sanft. »Ich habe bei meiner Großmutter im Haus etwas gefunden, was mir Kopfzerbrechen bereitet. Könntest du es dir mal ansehen?«

»Keinen Rattenkadaver, oder?«

»Nee.« Ich zog den gefalteten Umschlag aus meiner Tasche.

»Reichst du mir mal meine Brille, da vorne?«, fragte er.

Ich gab ihm den Umschlag und die Brille, und kaum dass er den Absender sah, sagte er: »Ojemine. O weh.« Er nahm den Brief raus und las ihn, dann ließ er ihn auf seinen Schoß sinken.

»Ach, Penny«, sagte er. »Das ist bitter.«

»Das ist wahr.«

»Wahrscheinlich würdest du gern wissen, wie es dazu kommen konnte, wo ich ja der Steuerberater deiner Großmutter bin.«

»Neugierig bin ich schon, ja.«

»Ich kann dir sagen, Penny, sie hat es mir nicht leicht gemacht. Es ist fast unmöglich, jemanden gut zu beraten, wenn die Person nicht ihr gesamtes Einkommen offenlegt.«

»Woher bezieht sie denn ihr Einkommen?« Eigentlich hatte ich Pincer fragen wollen, ob sie mir etwas Geld leihen könnte, was sowieso schon unwahrscheinlich war, aber jetzt wohl ausgeschlossen.

»Sie hat Aktien und Anleihen, aber vermutlich behauptet sie, pleite zu sein, damit niemand was einfordern kann. So kommen Jahr für Jahr die Mahnungen, und ich sage ihr, sie soll ihre Steuerschuld bezahlen, und dann – es tut mir leid, Penny – dann bin ich der Buhmann, alles meine Schuld, weil ich meine Arbeit nicht ordentlich gemacht hätte, und dann vergeht wieder ein Jahr. Ich weiß nicht, was ich sagen soll. Das ist wirklich schlimm.«

Der Mann sah aus wie am Boden zerstört.

»Tut mir leid, Burt.«

»Du hast eine Vollmacht, oder?«

»Auf dem Papier, aber den Wisch habe ich nie bekommen, und natürlich will sie nicht, dass ich die Vollmacht nutze.«

»Du wirst sie wohl nutzen müssen. Du musst eine Hypothek auf das Haus aufnehmen und rausfinden, wie du an die Wertpapiere kommst.«

»Das mit der Hypothek krieg ich hin. Das hab ich für meinen Großvater schon gemacht.«

»Arlo Reshnappet?«

Ich nickte.

»Ah, der steht auch auf der schwarzen Liste. Deine Großmutter hasst ihn aus tiefstem Herzen. Du kannst dir nicht vorstellen, was sie mir über ihn erzählt hat.«

»Wenig Gutes, nehm ich an.«

»Ich sags dir. Absolut entsetzlich. Manches bringe ich nicht mal über die Lippen.«

»Ich habe meinen Großvater wirklich gern und möchte lieber nicht darüber sprechen.«

»Klar, leuchtet ein«, sagte Burt.

»Burt«, sagte ich leise, »als ich in deinem Büro war, habe ich nach Alkohol gesucht, zum Desinfizieren, für die Stelle, wo sie mich mit der Brosche gestochen hat, du weißt schon.«

»Klar. Alkohol hab ich jede Menge da – hast du denn was gefunden?«

»Hab ich dann irgendwann. Aber erst habe ich im Schreibtisch geguckt. Ich wollte ehrlich nicht rumschnüffeln. Aber ich habe ziemlich viele ungeöffnete Medikamentenfläschchen gesehen, auch Antidepressiva und so dabei. Sollst du die nehmen?«

»Erwischt«, sagte Burt. »Ja, ich soll eigentlich einen ganzen Medizinschrank voll Zeug einnehmen, aber es ist echt nicht schön, Penny, es schlägt mir auf die Libido.«

»Aber wenn du es nicht nimmst, wirkt sich das nicht auf deine Arbeit aus?«

»Ich weiß nicht. Ich muss bei mir selbst bleiben. Meine Libido ist mir wichtig.«

Ich nickte.

»Bitte sag meinem Bruder nichts davon, ja?«, bat er.

»In Ordnung«, sagte ich. »Ich behalts für mich.«

»Er hat gerade mit einem schlimmen Fall zu tun, muss eine Frau verteidigen, die ihr eigenes Baby erwürgt hat. Kannst du dir das vorstellen, eine Babywürgerin zu verteidigen?«

»Kann ich nicht, nein.«

»Er nimmt die Sache sehr ernst. Er guckt sich an, wie die Gesellschaft und das System die Frau im Stich gelassen haben und was dazu führen könnte, dass jemand zu so einer Tat imstande ist. Dale betrachtet sie nicht als Monster. Ich kann den Standpunkt nachvollziehen – es braucht ein ganzes Dorf, um ein Monster zu erschaffen.«

»Menschen können Ausraster haben«, sagte ich. »Heute hätte ich beinahe eine Seniorin mit einem Kiefernzapfen erschlagen.«

»Penny, die Zapfenmörderin! Und wieso?«

»Kennst du die alte Nachbarin von Pincer?«

»Nein, aber sie soll ein Scheusal sein.«

»Ist sie auch!« Ich lachte.

»Apropos Scheusal, was ist denn jetzt mit deiner Großmutter? Wurde sie schon hopsgenommen?«

Ich erzählte ihm, was ich von Storke erfahren hatte. Mir war, als würden Pincers geballte Probleme alle auf einmal auf mich einstürzen. Als Burt das Thema sofort wechselte, fragte ich mich, ob es ihm womöglich genauso ging und ob er angesichts seiner eigenen Miseren überhaupt noch bereit wäre, weiter auszuhelfen.

»Wenn ich hier raus bin, brauche ich wohl den Schlüssel zum Van wieder. Kannst du dann vielleicht das Auto deines Großvaters nehmen?«

»Ich frag ihn«, versprach ich.

»Ich muss mir dringend eine Wohnung suchen. Die Frau aus dem Büro will mir Ärger machen. Wir hatten eine kleine Affäre, und jetzt dreht sie völlig am Rad.«

»Das tut mir leid«, sagte ich. »Ich frag meinen Großvater heute wegen dem Auto, und du sagst einfach Bescheid, wenn sie dich entlassen. Dann komme ich sofort.«

»Ich erwarte die Entscheidung jeden Moment. Der Doktor müsste gleich hier sein.«

»Soll ich dann noch warten?«

Burt ergriff meine Hand. Seine war groß und warm.

»Fahr ruhig schon mal, ich rufe an, wenn ich was höre.«

»Danke. Danke für alles.«

»Du bist ein guter Mensch, Penny. Was bin ich froh, dass wir uns kennengelernt haben.«

»Ich auch.«

Burts Worte hatten mich so tief berührt, dass ich im Weggehen eine Träne wegblinzeln musste. Man konnte ihm einfach nicht böse sein. Und Pincer war nun mal nicht leicht zu händeln. In meinen Augen hatte sie sich das Chaos selbst eingebrockt, wie alles andere auch. Aber mir hatte sie es auch eingebrockt, und ich spürte die Last der Aufgaben, die mir nun bevorstanden, auf meinen Schultern – ich musste irgendwie das Finanzamt vertrösten, den Papierkram für die Hypothek zusammenbekommen, einen Gutachter engagieren, um den Wert des Hauses zu schätzen, was auch ein Spaß werden dürfte, weil Pincer es natürlich blockieren würde, und vielleicht würde ich sogar Burt bitten müssen, sie noch mal abzuholen. Das alles wollte ich mir jetzt nicht ausmalen, denn ich war wütend auf Pincer, fühlte mich von ihr in die Ecke gedrängt und hatte überhaupt nicht das Bedürfnis, ihr zu helfen.

Als ich über den Parkplatz lief, die Sonne brannte grell, und die Mineralien glitzerten im Asphalt, klingelte das Telefon. Arlo. »Penny, kommst du heute noch?« Er klang irgendwie aufgekratzt.

»Bin auf dem Weg.« Es war erst ein Uhr, also blieben mir ein paar Stunden, bevor ich Pincer abholen musste.

»Ich habe nämlich was Wichtiges mit dir zu besprechen«, sagte er.

»Ich komme ja. Alles in Ordnung?«

»Ja, mir gehts gut«, sagte er. »Komm bald.«

Beim Auflegen sah ich einen vertrauten roten Sportwagen auf

den Parkplatz einbiegen und im Schatten einer großen Eiche parken. Kurz darauf stieg Dale aus. Und jetzt?

»Dale!«, rief ich.

Er drehte sich um und winkte, bevor er den Hund aus der Transportbox hob.

Ich überquerte den sonnigen Parkplatz. »Was machst du denn hier?«

»Ach, warst du gerade bei meinem Bruder?« Er zog sich die braune Cordjacke aus und warf sie auf den Rücksitz des Autos. Er trug ein weißes Baumwollhemd mit hochgekrempelten Ärmeln, eine dunkle Sonnenbrille und eine Uhr mit braunem Lederarmband. Ein unerhört aufgeräumter, verheirateter Mann.

»Ja, scheint ihm gut zu gehen.«

Inzwischen hatte er Quetschie auf dem Asphalt abgesetzt.

»Nein, ihm gehts nicht gut«, sagte Dale.

»Wie meinst du das?«

»Ich war kurz vor dem Boarding, als sein Arzt mich angerufen hat. Er meinte, Burt hätte ein paar schwerwiegende Probleme, und ich sollte vielleicht besser bleiben. Mit Burt hatte er noch nicht geredet, weil noch Ergebnisse fehlten. Ich also das Auto wieder geholt und zurück. Als du bei ihm warst, wusste er also noch nicht Bescheid?«

»Nein. Er meinte, der Arzt würde jeden Moment kommen und ihn entlassen. Was stimmt nicht mit ihm?«

»Keine Ahnung. Aber irgendwas Ernstes, bei dem es um Behandlungsoptionen geht.«

Das war schrecklich und musste erst mal sacken. Ein paar Meter weiter markierte Quetschie gerade einen Autoreifen. »Soll ich auf ihn aufpassen? Im Auto ist es doch zu heiß.«

Dale murmelte irgendwas, ich glaube etwas wie: »Ich will dir keine Umstände machen.«

»Echt, ich fände es schön. Ich wollte bei meinem Großvater vorbeischauen, der wird sich auch freuen. Und direkt danach komme ich zurück, weil ich dann meine Großmutter abholen muss. «

»In Ordnung«, sagte Dale. »Das klingt nach einem guten Plan. Danke.«

Er nahm die Transportbox aus dem Auto und folgte mir zum Van. Ich öffnete die Hecktür, damit er sie reinstellen konnte. Dann setzte ich Quetschie in die Box, wo er sich ein paarmal im Kreis drehte und auf seiner Decke rumstampfte, bevor er sich hineinkuschelte.

»Ich hoffe, Burt wird bald wieder gesund.«

»Ich auch.«

»Die Dusche hat übrigens gutgetan«, sagte ich und bereute es im selben Moment. Es klang, als wollte ich ihn einladen, sich mich unter der Dusche vorzustellen.

»Freut mich«, sagte er.

»Ich mache mir wirklich Sorgen um Burt. Ich bin bald zurück.«

»Danke«, sagte er.

Ich fuhr auf direktem Wege zum Palms, geplagt von Sorgen um Burt und halb erotischen Gedanken an Dale, wobei ich letztere abwimmelte, auch wenn ich durchaus hoffte, mich in naher Zukunft wieder erotischen Gedanken an wen auch immer hinzugeben. Ganz erstaunlich, wie schnell meine Welt sich seit meiner Ankunft in Santa Barbara neu besetzt hatte. Wo zuvor die mürrischen Visagen von Sherman und meinen Bürokollegen die Bühne dominierten, hatten jetzt die Gebrüder Lampey die Hauptrollen übernommen.

Nachdem ich den Van geparkt hatte, ließ ich Quetschie aus seiner Box auf den Asphalt springen. Es war schön, das Palms an seiner Seite zu betreten, und als ich mich am Empfang ins Besuchsregister eintrug, sorgte er unter den vorbeikommenden Bewohnern für Aufsehen und Entzücken.

»Darf man den streicheln?«

»So ein süßer Puschel!«

»Das ist eine Wollmaus, kein Hund. Wo ist der Staubsauger?«

»Na du, du bist ja ein Süßer. So ein Süßer, jaaa.«

Ich war stolz auf seine magnetische Anziehungskraft, so wie ich als kleines Mädchen Bestätigung daraus zog, neben meiner Mutter zu stehen, wenn sie mit irgendwas glänzte. Anscheinend war ich der geborene Sidekick. Nachdem sich Quetschie genug Streicheleinheiten geholt hatte, durchquerten wir die Gänge zu Arlos Zimmer. Auf mein Klopfen rief Arlo laut: »Herein!« Er lag nicht im Bett, sondern stand fertig angezogen in brauner Hose, Karohemd und warmer Strickjacke und mit bemerkenswert gestrecktem Rücken vor seinem Bett, den schönen, tröstlichen Kopf auf etwas an der Wand gerichtet. Sofort erkannte ich die topografische Karte von Queensland, auf der er seit dem Verschwinden von meiner Mutter und Hugh immer die neuesten Erkenntnisse seiner Kontakte vermerkte.

»Wer ist das denn?«, fragte er und schaute runter auf das andere Ende der Leine.

»Darf ich vorstellen: Quetschie, Hund von Burt, Steuerberater von Pincer«, verkündete ich.

»Sag noch mal den Namen?«

»Eigentlich Quitsche, aber er nennt ihn immer Quetschie.«

»Quitsche …? «, fragte er.

»Kommt von Don Quijote«, sagte ich.

»Ach so«, sagte er. »Das erklärt alles.«

Arlo berichtete, er habe so gut geschlafen wie schon lange nicht mehr und sei heilfroh, keine Minute länger bei Doris geblieben zu sein. Dann drehte er sich um und legte den Finger auf die Karte, auf eine Stelle knapp südlich von Mount Isa.

»Heute Morgen kam eine E-Mail von Jocelyn Reese, die sich da unten an der Suche beteiligt. Anscheinend hat sich vor Kurzem in einer höhlenreichen Gegend ein Krater in der Erde aufgetan. Darin wurden einige menschengemachte Objekte gefunden. Nichts, was konkret deiner Mutter oder Hugh gehört hätte, aber sie dachte, es könnte theoretisch interessant sein.«

»Meinst du, sie sind in einen Krater gefallen?«, fragte ich leise. Wie immer bei dem Thema wurde mir schwummrig und flau zumute.

»Ich hoffe es nicht, aber solange ich noch reisen kann, will ich der Sache nachgehen. Außer uns – und Margaret natürlich – interessiert sich doch niemand mehr so richtig dafür. Während Doris mir die Hölle heißgemacht hat, hatte ich den Kopf nicht frei. Jetzt aber schon. Also: Ich kann umsonst fliegen und könnte dich mitnehmen. Wir besuchen Margaret und ihre Familie, mieten uns ein Auto und schauen uns um.«

Ich setzte mich an den Fuß des Bettes.

»Traust du dir die Reise zu?«

»Mir ging es noch nie so gut wie jetzt. Mein Pass ist noch gültig, wie sieht es mit deinem aus?«

»Auch.« Einen Australien-Besuch hatte ich schon lange vorgehabt, aber immer weiter aufgeschoben.

»Ich will allerdings los, bevor Doris was spitzbekommt. Die fährt uns sonst noch in die Parade.«

»Du willst ihr einfach nichts sagen?«

Arlo setzte sich auf den blauen Heim-Ohrensessel. »Die taucht hier heute früh auf und erzählt mir, dass sie morgen zum Hafen in Long Beach fährt und von da auf Kreuzfahrt nach Baja. Ich erfahre es als Letzter. Tja, ich möchte eben auch mal verreisen. Ich ruf sie an, wenn wir da sind.«

Gott, Doris konnte es anscheinend kaum erwarten, Arlo loszuwerden. Machte einen auf viel beschäftigt und meckerte noch, wie der Umzug gelaufen war! Meine Verachtung für sie stieg ins Unermessliche. Quetschie schnüffelte zärtlich an Arlos Bein. »Ich hab gehört, Kommissar Storke war auch da?«, sagte ich, um das Thema zu wechseln.

»Ich bin noch keinen Tag hier und hab bald schon einen Ruf weg. Erst kreuzt die Polizei auf, dann Doris aufgedonnert bis zum Gehtnichtmehr und jetzt so ein Fifi. Louise steckt anscheinend echt in Schwierigkeiten. Viel konnte ich dem Polizisten nicht sagen, ich habe ja seit fünfundzwanzig Jahren kein Wort mit Pincer gewechselt. Er hat mich nach ihrem Charakter gefragt. Wahrscheinlich bin ich da nicht der richtige Ansprechpartner. War eine üble Zeit damals. Ich wollte nicht drüber reden. So was geht nur die Eheleute etwas an.«

»Sehe ich auch so«, sagte ich, während Fetzen unschöner Erinnerungen an meine letzten Tage mit Sherman aufblitzten.

»Weißt du«, sagte Arlo, »ich glaube, dieser Kommissar Storke ist ein einsamer Mann.«

»Ja, der Gedanke kam mir auch.«

In dem Moment hopste Quetschie bei Arlo auf den Schoß. »Tut mir echt leid, Kleiner«, sagte Arlo, »aber ich bin ein Katzenmensch. Wie nennt man so was hier?«

»Zwergspitz.«

Er vergrub die Finger in Quetschies Pelz. Dann brach er in Lachen aus. »Der sieht so ulkig aus.«

Ich starrte auf die Karte von Queensland.

»Also, was sagst du, Pennylein?«, fragte er.

Ich wusste nichts zu sagen. Normalerweise würde ich für meinen Großvater alles tun, aber der südliche Kontinent erfüllte mich mit namenlosem Grauen. Er hatte mir alles geraubt. Sogar meine Schwester hatte er an sich gerissen. Warum sollte ich ihn besuchen?

Ob wir später darüber reden könnten, fragte ich, weil ich jetzt Pincer vom Krankenhaus abholen und nach Hause bringen müsse.

Er grunzte verständnisvoll ob dieser heiklen Aufgabe. »Überlegs dir, möglichst bald«, sagte er. »Und tust du mir noch einen Gefallen? Frag mal, ob sie sich an die Schwimmenden Gärten erinnert.«

»Was ist das?«

»Sag einfach, die Frage kommt von mir. Und erzähl mir genau, was sie geantwortet hat.«

Bevor ich mich verabschiedete, fragte ich, ob er mir seinen Honda leihen würde. Er sagte ja, hoffe aber, ich würde ihn nicht brauchen, weil wir nach Australien fliegen würden; so oder so solle ich noch abwarten, bis Doris zu ihrer Kreuzfahrt aufgebrochen wäre, um sie nicht zu provozieren. Das klang vernünftig. Heute könnte ich Burt seinen Schlüssel zurückgeben und irgendwo im Motel übernachten. Ein Schritt nach dem anderen.

Eigentlich hatte ich mit Arlo zu Mittag essen wollen, aber er war schon im Speisesaal gewesen. (Dreiundneunzig wurde man offenbar am ehesten mit einer Diät aus zwei Scheiben Speck, einer halben Grapefruit und einem Kaffee zum Frühstück, Thunfisch-Weißbrot-Sandwich zum Mittag, einem extragroßen Martini zur Cocktail Hour und Dinner ganz nach Gusto.) Also versprach ich zurückzukommen, wenn das mit Pincer geklärt war, und drückte ihm einen Kuss auf die Stirn. Ich war froh, Quetschie dabeizuhaben, als flauschigen Freudenbringer. Auf unserem Weg über den Parkplatz zerrte er an der Leine und fiepte, grundlos, wie es schien, sodass mir der Gedanke kam, Gaspard könnte auf einmal irgendwo aus einem Versteck hervorspringen, was aber zum Glück nicht passierte, das Fiepen galt jener anderen, nur Hunden zugänglichen Dimension.

12

Wenn ich diesen Nachmittag überstehe, dachte ich, *nehme ich mir ein Motelzimmer, lass es mir von Pincer bezahlen, hau mich vor den Fernseher, leg mir ein Kühlpack aufs Bein und schlafe so lange, wie es mein Herz verlangt.*

Ich saß auf einem generischen blauen Sessel wie dem im Zimmer meines Großvaters gegenüber vom Eingang zur psychiatrischen Abteilung und wartete auf Pincers Entlassung, neben mir ein Stapel klebriger Zeitschriften, die sich alle anfühlten, als wären sie von sabbernden Menschen mit Lutschern im Mund durchgeblättert worden. Zwischendurch war eine Ärztin rausgekommen und hatte mir dargelegt, was ich größtenteils schon von Kommissar Storke gehört hatte.

Schließlich ging die Tür auf, und heraus kam ein Rollstuhl mit Pincer drin, im selben Outfit, das sie schon zu unserem Lunch anhatte. Der teuflische Rennkuckuck war ordentlich an ihrer Bluse befestigt, sein winziges Rubinauge eine funkelnde Drohung. »Penny«, sagte sie, »du musst mir helfen, ich muss sofort mit Burt reden.«

»Burt?«, sagte ich. »Wieso das?« Ich bot ihr meinen Arm an, während die Schwester die Fußstützen des Rollstuhls wegklappte. Pincer sprang auf die Füße und spurtete los.

»Warum willst du mit Burt reden?«, fragte ich.

»Ich will ihm ein Angebot machen, das er nicht ausschlagen kann.«

»Er liegt doch noch hier im Krankenhaus.«

»Eben, darum will ich mich ja jetzt drum kümmern.«

»Was denn für ein Angebot? Willst du nicht vielleicht erst mal nach Hause?«

»Ich will mit Burt sprechen, das will ich.«

Wieso war sie nicht wenigstens einen Tick kleinlauter geworden? Hatte sie schon vergessen, warum man sie in die Psychiatrie eingewiesen hatte? Bei dem flotten Schritt, den sie an den Tag legte, konnte man meinen, sie hätte sich gerade in einem Wellnesshotel einer Verjüngungskur unterzogen. Welchen Reim sie sich wohl auf alles machte? Vielleicht glaubte sie, man hätte sie als Fachärztin einbestellt.

Wir nahmen den Fahrstuhl nach unten.

»Burt hat außer seinem Magen anscheinend noch ein paar andere Probleme. Vielleicht was mit dem Herzen«, sagte ich.

»Und genau darum wird er mein Angebot zu schätzen wissen. Er kann das hintere Zimmer bei mir haben. Mietfrei gegen ein bisschen Hilfe im Haushalt. Ich kümmere mich um seine Ernährung und passe auf ihn auf. Als seine Leibärztin quasi. Damit es nie mehr so weit kommt.«

Trotz meiner früheren Beteuerungen, dass Pincer kein Dr. Moreau sei, jagte mir die Vorstellung, sie könnte Burt bei sich einquartieren und ärztlich versorgen, Schauer über den Rücken. Ob Burt Ja sagen würde? Hoffentlich nicht, um seinetwillen. Wir verließen das Gebäude und liefen außen um das Krankenhaus herum. Ich sagte: »Weißt du zufällig noch, dass gerade polizeiliche Ermittlungen wegen eines Skelettfundes in deinem Schuppen laufen?«

»Was geht die das überhaupt an?«, knurrte sie verärgert.

»Die wollen wissen, warum da ein Skelett ist. Kannst du das wirklich nicht verstehen?«

»Ich weiß doch, warum es da ist«, sagte sie. »Ich hole mir bestimmt keine radioaktiv verseuchten Knochen ins Haus.«

Wir näherten uns dem Haupteingang mit raschen Schritten. »Warum sind die Knochen verseucht?«, wollte ich wissen.

»Sie kamen von Dr. Hiroshi Matsumoto. Wir haben damals in Nagasaki zusammengearbeitet. Er war in mich verliebt. Das war noch vor der Trennung von Reshnappet. Ich hatte auch Gefühle für ihn, aber konnte seine Liebe nicht in dem Maße erwidern.«

»So ein Pech.«

»Ja, das ist es. Es war sehr schön, als begehrenswerte Frau behandelt zu werden, nachdem ich Reshnappet jahrelang die Socken gestopft hatte, ohne ein Wort des Danks.«

»Okay. Aber warum hat Dr. Matsumoto dir die Knochen geschickt?«

Sie starrte mich an, als wäre ich schwer von Begriff. »Die Knochen *sind* Dr. Matsumoto.«

»Er hat dir seine eigenen Knochen geschickt?«

»Nicht geschickt. Er ist hergekommen. Hiroshi hatte in Japan keine Familie und wollte seinen Körper mir und der Wissenschaft zur Verfügung stellen. Und das hat er gemacht.«

»Wie meinst du das?« Ich schrie die Frage fast.

Pincer eilte wild entschlossen durch den fast menschenleeren Empfangsbereich. »Ich meine, dass wir beide in Nagasaki verschiedene Krankheitsbilder dokumentiert haben, die sich bei den Strahlungsopfern nach dem Abwurf der Bombe zeigten. Hiroshi war 1945 fünfzehn und verlor durch die Bombe seine gesamte Familie. Ihm war klar, dass es ihn irgendwann einholen würde. Mich hatte er damit beauftragt, nach seinem Tod seinen Zustand zu begutachten und zu dokumentieren, und das habe ich auch getan. Genau so, wie er es wollte. Ich habe Papiere, die das beweisen!«

Wir warteten vor dem Fahrstuhl. Ich war fassungslos und durcheinander.

»Er ist zum Sterben zu dir gekommen?«

»Wenn du so willst, ja. Man könnte auch sagen, er ist gekommen, um endlich zu leben.«

Ich erschauderte.

»Und all das sagst du auch der Polizei? Warum hast du es ihnen nicht schon längst erzählt?«

Wieder sah sie mich an, als ob ich minderbemittelt wäre. »Es ist sehr persönlich«, sagte sie. »So was posaunt man nicht einfach raus.«

Auf Burts Etage angekommen, beschleunigte ich meinen Schritt. Als wir zu seinem Zimmer kamen, war das Bett leer. Dale allerdings saß auf dem Stuhl und war gerade mit seinem Handy zugange. Er schien erfreut, mich zu sehen, aber bevor er irgendwas sagen konnte, blaffte Pincer: »Wo ist Burt?«

Ich stellte sie einander vor.

»Wo ist Burt?«, wiederholte sie.

»Tja«, sagte Dale, »den bereiten sie gerade für eine Herz-OP vor.«

»Jetzt gerade?«, fragte ich. »Was ist mit ihm?«

Pincer knallte ihr schwarzes Notizbuch auf das Bett. Dale bot ihr den Stuhl an, aber sie blieb standfest. Sie befahl: »Erzählen Sie mir alles, was Sie wissen, sonst knöpfe ich mir den Oberarzt vor.«

Dale warf mir einen Seitenblick zu und fing an zu erklären. Bei einem Angiogram seien zwei verstopfte Arterien in Herznähe entdeckt worden. Seinen schlechten Zustand in den letzten Tagen hätten sie erst auf die Geschwür-OP geschoben; zum Glück sei dann jemand so schlau gewesen, weitere Untersuchungen anzustellen. Burt musste notoperiert werden, wofür in diesem Moment alles in die Wege geleitet wurde. Dale sah völlig fertig aus. »Anscheinend gilt es als Routineeingriff«, sagte er nüchtern. »Wenn das vorbei ist, sollte es ihm deutlich besser gehen.«

»Außer er hat eine Blutung, Vorhofflimmern, ein Gerinnsel, eine allergische Reaktion auf die Narkose«, sagte Pincer. Sie blickte auf ihre Uhr. »Vielleicht komme ich noch rechtzeitig rein.«

»Ach, weißt du, du warst jetzt schon seit Tagen nicht zu Hause. Wir besuchen Burt einfach morgen nach der OP, dann kannst du dich auch gleich mit den Ärzten kurzschließen, ja?«

Da es im Allgemeinen unmöglich war, Pincer zu irgendwas zu überreden, war ich von ihrer Antwort verblüfft: »Also gut. Bring mich nach Hause. Dann kann ich mich auch endlich umziehen.«

»Quetschie geht es gut«, sagte ich zu Dale. »Ich behalte ihn heute Nachmittag noch, und alles Weitere besprechen wir später, okay?«

Dale nickte bedrückt. »Ich weiß das sehr zu schätzen.« Dann langte er hinter sich auf Burts Nachttisch und nahm das Toupet, in einer Plastikhülle. »Hier. Burt will es nicht mehr tragen und möchte, dass sein Hund es hat, bis sie wieder vereint sind.«

Ich nahm es entgegen.

»Mach schon, Penny!«, kommandierte Pincer vom Türrahmen aus.

»Immerhin haben sie die Herzprobleme jetzt erkannt«, sagte ich. »Das ist schon mal gut.«

»Ja, das stimmt.«

»Gut«, sagte ich. »Dann bis später.«

Dale nickte wieder und schaute dabei an mir vorbei, auf die dämonische Gestalt im Krankenhausflur. Aus irgendeinem Grund war es mir wichtig, dass ihn nichts in ihrem Verhalten an mich erinnerte.

Als wir aus dem Krankenhaus kamen, dachte Pincer laut über Burts Überlebenschancen nach und schätzte sie schließlich als einigermaßen gut ein. »Jetzt ist es gar keine Frage mehr«, sagte sie. »Wenn er rauskommt, ist er nirgendwo so gut aufgehoben wie bei mir.« Diese Auffassung teilte ich nicht.

Dann sagte sie: »Was ist denn eigentlich mit dir? Warum machst du hier einen auf Hinkebein?«

»Jemand hat mich mit einer Nadel gestochen.«

»Schleuder das Bein nicht so herum, winkel es am Knie an.«

»Gibst du zu, dass du mich gestochen hast?«

»Ich habe gerade Wichtigeres im Kopf und du auch.«

Da ich ihr auf keinen Fall die medizinische Fürsorge anvertrauen wollte, ließ ich es darauf beruhen.

Als wir zum Van kamen, stellte ich ihr den Zwergspitz vor. Sie zeigte sich unbeeindruckt, da sie ihn schon kannte; Burt hatte ihn oft mitgebracht. Allerdings fiel ihr die sauber genähte Wunde auf, und sie lobte die tierärztliche Leistung ausdrücklich. Aus dem gleichen Grund, aus dem ich nicht weiter über mein Bein hatte sprechen wollen, erwähnte ich auch Quetschies Analdrüsen nicht. Auf Burts Wunsch hin nahm ich das Toupet aus der Plastikhülle und legte es in die Hundebox. Quetschie versenkte die Schnauze darin und sog genüsslich den Duft von Burts Kopfhaut auf. Pincer stieg gerade ohne Hilfe auf den Beifahrersitz und rief, ich solle mich beeilen.

Während wir auf der Straße parallel zum Highway entlangfuhren, ließ Pincer sich aus über das topmoderne Equipment, das sie im Krankenhaus in den letzten Tagen gesehen hatte, die hervorragenden Behandlungsprogramme, das Weltklassepersonal und so weiter. Derweil schmiedete ich meinen Fluchtplan. Ihre Erklärung zu den Knochen begriff ich nicht, und eigentlich wollte ich es auch gar nicht. Außerdem würde jeden Moment mein neuer Freund Burt, seines Zeichens der netteste Mensch, den ich seit Langem kennengelernt hatte, in einen OP gerollt. Vor ein paar Stunden noch hatte er mir lustige Geschichten erzählt und war für seine Libido eingetreten.

Dales Klagen über Burt zum Trotz hatte ich den Eindruck, dass ihm viel an seinem Bruder lag.

Im Moment beschäftigte mich vor allem die Frage, ob ich Storke anrufen und auspacken sollte, was Pincer mir gestanden hatte, oder ihm bloß Bescheid geben, dass sie eine Aussage machen würde. Als wir uns dem Haus näherten, vorbei an den Hecken und Toren, fiel mir ein, was ich Arlo versprochen hatte.

»Übrigens«, sagte ich, »sagen dir die Schwimmenden Gärten etwas?«

»Na klar«, sagte sie. »Da waren Reshnappet und ich in unseren Flitterwochen in Mexiko. Wir sind auf die Teotihuacán-Pyramide geklettert und waren danach noch eine Woche in Taxco. Warum fragst du?«

»Nur so«, sagte ich.

»Warum? Kommt das etwa von Reshnappet?«

»Ja, tut es. Er wollte wissen, ob du dich an die Schwimmenden Gärten erinnerst. Tust du offenbar.«

»Was interessiert ihn das? Der hat doch jetzt sein Flittchen …«

»Tja, ihr seid ja beide ziemlich alt und noch am Leben, da hat er sich vielleicht einfach gefragt, ob es noch gemeinsame Erinnerungen gibt.«

»Sag ihm, ich erinnere mich an nichts!«

Ich konnte es nicht erwarten, Arlo zu erzählen, dass sie sich an alles erinnerte.

Am Haus angekommen, bog ich in die Einfahrt und parkte den Van, und zwar absichtlich so, dass Pincer beim Aussteigen die vor der Garage aufgereihten Mülltüten nicht entdecken würde. Ich musste sie unbedingt entsorgen, damit sie nicht auf die Idee kam, den Inhalt zurückzufordern.

Dann hob ich Quetschie aus der Box und befestigte die Leine, während Pincer auf dem Backsteinweg voranging, die Schlüssel in der Hand. Ich behielt lieber für mich, dass ich ebenfalls über einen Schlüssel für das Haus – wie auch das in Texas – verfügte, nicht dass sie plötzlich ein Problem damit bekäme und ihn zurückforderte.

Beim Eintreten blieb sie auf einmal wie versteinert stehen und nahm den Anblick der vom Flur aus sichtbaren Räume in sich auf.

Ich machte mich auf das Schlimmste gefasst. Die anhaltende Stille war furchterregend. Schließlich bemerkte sie: »Es ist doch immer wieder schön, in ein sauberes Haus zurückzukehren.«

»Wirklich?«

»Ich putze immer ausgiebig, bevor ich weggehe«, sagte sie.

»Ach ja? Ach.«

»Vor schwerer Arbeit habe ich mich nie gedrückt.«

Ich sah es vor mir, wie ihr Gehirn versuchte, das Gesehene zu verarbeiten und eine einleuchtende Erklärung hervorzubringen. Vorerst war ich aus dem Schneider.

Der Hund und ich folgten ihr ins Arbeitszimmer, wo sie in einer Schreibtischschublade einen Schlüsselbund hervorkramte und damit zu einer großen, reich verzierten Truhe in der Ecke ging. Die Truhe war aus Holz und der Deckel gewölbt; ich kannte sie schon, aber weil sie immer abgeschlossen war, hatte ich nie gewusst, was sich darin verbarg. Mir fiel ein, dass ich eigentlich die Augen nach der Vollmacht offen halten musste, damit die Sache mit dem Finanzamt geregelt werden konnte, aber mir war überhaupt nicht danach. Tatsächlich war es mir in diesem Moment nur noch egal. Nachdem sie mehrere Schlüssel ausprobiert hatte, fand sie endlich den passenden, rückte die Truhe ein Stück vor, klappte den schweren Deckel auf und lehnte ihn an die Wand. Ich muss große Augen gemacht haben; mir war, als blickte ich auf einen Piratenschatz.

Ganz oben lag ein Stapel prachtvoller, farbenfroher Seidenkimonos.

»Hattest du nicht gesagt, deine Kimonos seien gestohlen?«, sagte ich.

»Das waren andere Kimonos«, entgegnete sie. Sie hob den Stapel raus, während Quetschie sich neben mich auf den Boden setzte. Weitere Gegenstände traten zutage. Sie öffnete eine schwarz lackierte Kiste, in der sich eine Perlenkette befand. »Hiroshi hat mir viele

Geschenke gemacht«, sagte sie. Als Nächstes holte sie einige indigofarbene Kleidungsstücke aus Baumwolle hervor, weniger förmlich als die Kimonos. Kurze Hosen, die sie Mompei nannte, und taillenlange Jäckchen. Einige legere Yukatas. Eine kurze blaue Robe mit einem Reiher drauf, die sie als Happi bezeichnete. Einige Metallröhren, die offenbar handgeschriebene Schriftrollen enthielten. Dann zückte sie ein geschwungenes stählernes Schwert in einer goldenen Scheide. »Hiroshi kommt aus einer Samurai-Familie«, sagte sie. »Adlige. Das hier hat seinem Großvater gehört.«

Weitere Gegenstände kamen zum Vorschein, makellos erhalten, von Ratten verschont. Eine flache Kiste mit Holztafeldrucken – Chrysanthemen, Bambuswälder, Wasserfälle, uralte Bäume. Ein Teeservice aus Keramik, ein lackiertes Tablett. Eine alte RCA-Victor-Schallplatte von *Madame Butterfly*. Und schließlich ein Stapel Briefe und ein Dokumentenordner. Sie nahm ein paar Fotos aus dem Ordner und zeigte mir eins, auf dem sie im Kimono auf einer Brücke mit einem japanischen Mann Händchen hält.

In dem Moment merkte ich, wie elend mir zumute war. Es kam ganz plötzlich über mich. Mir wurde heiß im Gesicht, und mein Blick verschleierte sich. Pincers Gehorte machte mich fertig. Das Gefühl, von Wahnvorstellungen erdrückt zu werden. Ihre Kaltschnäuzigkeit angesichts des Verschwindens ihres einzigen Kindes, die unglückliche Kindheit meiner Mutter, die wahrscheinlich überhaupt der Grund war, warum sie das Land verlassen wollte. Auf einmal platzte es aus mir heraus: »Wenn du ihn so geliebt hast, warum hast du seinen Körper dann im Schuppen entsorgt, in der Kälte, im Dreck? Mit deinen Souvenirs gehst du achtsamer um!«

»Wo werden die meisten Menschen begraben? In der kalten, dunklen Erde. Wenn du mir Herzlosigkeit vorwirfst, hast du nichts begriffen. Ich bin dir keine Rechenschaft schuldig.«

»Der Polizei aber schon.«

»Was glaubst du, was ich hier mache? Ich bereite mich auf die Ermittlungen vor. Ich weiß doch, wie es weitergeht. Mein Bruder war immerhin stellvertretender Justizminister von Texas. Mit dem Gesetz kenne ich mich aus. Wenn du dich nützlich machen willst, kannst du für mich einkaufen gehen. Auf jeden Fall Bananen. Ich brauche mindestens zwei pro Tag. Fettarme Milch. Hühnerbrust, Stangensellerie, Möhren, Reis. Ich hab zu tun. Und den Pompon da nimmst du mit.«

»Ähm. Okay.« Schaudernd sah ich ihr noch einen Moment lang zu, wie sie in einem Karree aus Licht, das vom Fenster her einfiel, den Ordner durchblätterte, umringt von ihren Andenken. Ich fühlte mich stark an Situationen erinnert, in denen ich wütend auf Sherman war und wartete, bis er mir den Rücken kehrte, bevor ich mit aller inbrünstigen Energie, die mir zur Verfügung stand, wutschnaubend, zähnefletschend mit dem Mittelfinger wedelte. Und wie ich mich dafür geschämt hatte, obwohl es ein Geheimnis zwischen mir und dem Universum war.

Weit kam ich nicht, nach knapp einem Kilometer musste ich rechts ranfahren. Das Atmen fiel mir schwer. An einem niedrigen weißen Zaun hielt ich an, dahinter ein Paddock mit zwei grasenden kastanienbraunen Pferden. Ihr Fell glitzerte in der Sonne, ihre Muskeln strotzten vor Lebenskraft. Dann sah ich sie als Skelette vor mir, und ich sah Pincer, die ihnen das letzte Fleisch von den Knochen zog, und stieß einen Schreckensschrei aus. Ich musste Storke anrufen. Je früher er sich um die Sache kümmerte, desto besser.

Storke nahm ab, und ich schilderte ihm alles, was Pincer mir erzählt hatte. Ich bekam mit, dass er sich Notizen machte, und auch, dass er leicht überfordert war. »Das alles wird sie mir erklären müssen und einiges mehr«, sagte er, als ich fertig war. »Sie meinten, sie hätte irgendwelche Belege?«

»Sagt sie, ja.«

»Im Moment bin ich auch etwas überfragt. Ich muss mich erst mal einlesen. Wahrscheinlich hat sie den Totenschein selbst ausgestellt. Wenn das alles stimmt, müsste es wohl aktenkundig sein.«

»Und wenn es stimmt, gibt es dann überhaupt einen Straftatbestand?«

»Dazu kann ich im Moment nichts sagen. Danke, dass Sie sich direkt an mich gewandt haben.«

Hegte ich die Hoffnung, dass man Pincer festnehmen und wegsperren würde?

»Gern geschehen«, sagte ich.

Meine Augen fühlten sich an, als würden sie in einer warmen Suppe schwimmen. Als Nächstes fuhr ich auf den Parkplatz vor Burts Büro, denn ich brauchte einen Mittagsschlaf. Zum Glück war mein schattiges Plätzchen unter dem Feigenbaum frei; und wahrscheinlich würden mir zu dieser Tageszeit keine Tierkadaver aufs Dach fallen. Natürlich musste ich wieder das Fahrrad und den Schlauch aus dem Wagen hieven und vorne reinstopfen, was mir deutlich mühsamer erschien als letzte Nacht. Dabei fiel mein Blick zufällig auf das Bürogebäude, und ich entdeckte, dass mich jemand aus einem der oberen Fenster beobachtete. Eine bohnenstangige Frau in einem schlecht sitzenden Businesskostüm. Die kannte ich doch! Das war die Barrakuda-Lady, auch bekannt als Kerry Cochren. Dass diese gehässige Fratze mich von oben so finster anglotzte, schien irgendwie mit meiner Nähe zu Burts Van zu tun zu haben. Soll sie doch starren und grollen, dachte ich. Blieb nur zu hoffen, dass niemand, dem gerade suizidal zumute war, ihre Hilfe suchte, während sie ihre Zeit mit mir verplemperte.

Ich ließ die Fenster ein paar Zentimeter runter und kletterte hinten in den Van, befreite Quetschie aus der Box und sah glücklich zu, wie er es sich neben mir bequem machte. Jetzt krank zu werden wäre suboptimal, dachte ich, warf zwei Ibuprofen ein und sank schlapp auf den Futon. Ich hatte die vage Ahnung, irgendwas Wichtiges vergessen zu haben, aber in meiner Erschöpfung machte es mir nichts mehr aus. Die Temperatur im Van war gerade angenehm. Der Mensch kann sich an fast alles gewöhnen. Meine Erleichterung darüber, meinen Körper halbwegs ungestört ausstrecken zu können, war grenzenlos. Ich betete, dass es Burt bald besser gehen würde, und hoffte, Dale würde sich schnell mit guten Neuigkeiten melden.

Ich schlief. Lange. Als ich mich zum ersten Mal rührte, war es draußen dunkel, ich war desorientiert und schweißgebadet. Ich brauchte einen Moment, um wieder zu mir zu kommen. In meinem Traum hatte ich Tausende strahlenverseuchte Schweine durch Fukushima rennen sehen; über die hatte ich neulich was gelesen. Im Traum konnten sie durch Mauern laufen, und ich hatte die vergebliche Aufgabe, sie aufzuhalten.

Im Van roch es komisch, irgendwie nach Farbdämpfen. Ich setzte mich auf und öffnete eines der hinteren Fenster. Quetschie saß hechelnd neben meinem Kopf. Ein Blick aufs Telefon verriet mir, dass es einundzwanzig Uhr war. Ich hatte während meines Mittagsschlafs viele Anrufe verpasst. Zwei von Storke, mehrere von Arlo, von Pincer ebenfalls und einen von Dale. Wen als Erstes zurückrufen? Die Entscheidung wurde mir abgenommen, denn im selben Moment rief Dale erneut an.

»Alles in Ordnung«, sagte er.

»Ist es vorbei?«

»Ja, er liegt im Aufwachraum. Es ist wohl alles gut gegangen, und die Vitalzeichen sind normal.«

Meine Augen füllten sich mit Tränen. »Was bin ich froh!«

»Ich auch«, sagte Dale. »Sehr froh. Und wo bist du jetzt?«

»Wieder auf dem Büroparkplatz. Sollen wir uns treffen, damit du Quetschie nehmen kannst?«

»Ja. Ich habe irgendwie Lust auf Tacos, soll ich dir auch welche mitbringen?«

Essen wäre vielleicht gar nicht so verkehrt. »Ja, gerne. Das wäre lieb. Danke!«

»Mit Fleisch? Oder vegetarisch?«

»Ich esse alles.«

»Gut. Ich bin wieder im Seaside untergekommen. Treffen wir uns da auf dem Parkplatz in einer halben Stunde?«

»Ja, perfekt.« Wie lebenstüchtig er doch war.

Als Nächstes rief ich Storke an.

»Ach, ich hatte es schon ein paarmal bei Ihnen versucht«, sagte er. »Ich hatte ein mehrstündiges Gespräch mit Ihrer Großmutter. Das ist mal eine Geschichte, ich sags Ihnen. Sie konnte mehrere Dokumente vorlegen, die habe ich jetzt mitgenommen. Den Totenschein hat sie selbst ausgestellt und ihn auch ordnungsgemäß hinterlegt, wie ich inzwischen herausfinden konnte. Ich muss mit jemand im Bereich Bestattungsrecht Rücksprache halten. Möglich, dass gar keine Straftat vorliegt, wie Sie vielleicht erleichtert sind zu hören.«

War ich das? »Ich verstehe es noch nicht«, sagte ich. »Gab es denn … Hat sie eine Autopsie vorgenommen?« Ich konnte nicht glauben, was ich da sagte.

»Dem Totenschein zufolge hat eine Autopsie stattgefunden. Todesursache war wohl multiples Organversagen infolge einer vermutlich durch Strahlenexposition im Jahr 1945 und den Jahren darauf verursachten Karzinose.«

Für den Moment brachte ich kein Wort heraus.

Dann schließlich sagte ich: »Und das finden Sie in Ordnung?«

»Nein, finde ich nicht. Als Kind hat man mir erzählt, dass Truman keine andere Wahl blieb, um den Krieg zu beenden, aber ich habe meine Meinung geändert und halte es inzwischen für den größten Fehler, der je auf Kosten der Menschheit verübt wurde.«

»Ja, sicher, aber ich meinte eigentlich, sehen Sie kein Problem darin, dass jemand eine Autopsie an einem, ähm, sehr nahestehenden Menschen vornimmt?«

Storke räusperte sich nachdenklich. »Na ja, es ist sicher nicht jedermanns Sache. Vielleicht ist es so ein … ein Arztding, das wir nicht verstehen. Untergekommen ist es mir bisher jedenfalls nicht.«

»Mir auch nicht.«

»Nun, es ist nicht meine Aufgabe zu beurteilen, ob eine Handlung anstößig ist, solange sie nicht strafbar ist. Diese Feinheiten überlasse ich anderen.«

»Verstanden«, sagte ich.

»Sie hatte Sie mit den Einkäufen erwartet«, sagte er.

»Oh, stimmt. Hab ich total vergessen!«

»Machen Sie sich keine Sorgen«, sagte er. »Ich habe ihr ein paar Sachen besorgt und damit meine gute Tat der Woche schon erledigt.«

Die Frau war ein Fuchs.

»Das hätten Sie wirklich nicht tun müssen«, sagte ich. »Vielen, vielen Dank.«

»Ich melde mich dann«, sagte er.

Zu guter Letzt hörte ich Arlos Nachrichten ab. Er wollte dringend wissen, ob ich mich schon wegen Australien entschieden hätte. Er habe sich nämlich bereits nach freien Plätzen auf Flügen in den nächsten Tagen erkundigt, denn die Zeit zum Handeln sei jetzt. Mit Margaret habe er auch schon gesprochen, die sich jederzeit über unseren Besuch freuen würde. Er machte ziemlich Druck, aber ich konnte mich jetzt beim besten Willen nicht darum kümmern, sondern würde ihn später zurückrufen. Pincer auch. Sie hatte wirre Nachrichten hinterlassen, in denen sie sich über die Hühnerbrust ohne Haut und Knochen beschwerte, die Storke ihr eingekauft hatte, der offensichtlich keine Ahnung hatte, was für Nährstoffe in den Knochen enthalten waren.

Wenn ich mein Taco-Dinner mit Dale nicht verpassen wollte, musste ich schleunigst los. Auch Quetschie wartete auf sein Abendessen. Als ich mich daranmachte, Fahrrad und Schlauch wieder nach hinten zu räumen, bemerkte ich an der Außenseite des Vans eine Veränderung. Während meines Nickerchens hatte jemand ihn mit Graffiti besprüht. Ich trat einen Schritt zurück und las in großen schwarzen Lettern das Wort Nuttenkuh.

Was sollte das denn sein? War dies das Werk von Kerry Cochren? Wenn ja, war sie noch schlechter im Beleidigen als ich. Die Frau konnte einem richtig leidtun. Trotzdem war es kein schönes Gefühl, so gebrandmarkt durch die Stadt zu fahren.

13

Ich gelangte ohne Zwischenfälle zum Seaside Hotel. Die Nuttenkuh schien keinen Anstoß zu erregen.

Dale stand auf dem Parkplatz neben dem roten Sportwagen, in der Hand ein Sixpack Bier und eine verlockend fettfleckige Papiertüte. Ich sah, wie er das Graffiti auf dem Van in Augenschein nahm.

»Ein Barrakuda-Kunstwerk?«, schlussfolgerte er, als ich auf ihn zukam.

»Wie kommst du darauf?«

»Ich habe mit ihr gesprochen. Sie spuckt Gift und Galle und behauptet, du wärst an allem schuld.«

Mit der Geschichte von der gehässigen Fratze im oberen Fenster konnte ich seinen Verdacht erhärten. Dale setzte die ölige Tüte ab und holte etwas aus einer Tasche im Kofferraum. Es war ein schwarzer Edding.

»Das kriegen wir nicht so leicht ab. Aber wir könnten ein oder zwei Buchstaben ändern, dann steht da was anderes.«

Das leuchtete mir ein. Wir ließen die Buchstaben auf uns wirken und berieten über verschiedene Möglichkeiten, darunter Nette Kuh und Mutterkuh, bevor wir schließlich bei Butterkuh landeten. Das klang nach fröhlichem Nutztier und gefiel uns beiden. Kurz entschlossen verwandelte Dale durch mehrfaches dem Originalstil angepasstes Überkrakeln die beiden N in ein B und ein R.

»Ich muss mich entschuldigen«, sagte Dale.

»Wofür?«

»Für die unüberlegten Handlungen meines Bruders.«

»Sich mit jemandem einzulassen, der eine Schraube locker hat, kann jedem passieren.«

»Warum passiert es Burt nur ständig?«

»Na ja, es ist jedenfalls sein Van, und es ist sehr nett von ihm, dass er mich damit fahren lässt.«

Er setzte die Kappe auf den Stift und trat einen Schritt zurück, um sein Werk zu begutachten. »Ich bin froh, dass er so nett zu dir ist. Wollen wir am Strand essen?« Ich stimmte zu.

Wir überquerten die Straße. Der Zwergspitz trabte an der Leine hinterher und schnüffelte, so inbrünstig, wie es die winzige Schnauze erlaubte. Verstreut über den Sand wie Seegrasbüschel und Treibgut saßen Menschen in Gruppen zusammen. Die Luft war lau, die Brandung flach und gleichmäßig. Wir liefen Richtung Wasser und setzten uns etwa auf halbem Weg in den Sand – Dale riss die Papiertüte in der Mitte durch, sodass sie unsere Tischplatte wurde, vor uns ein Berg folienverpackter Tacos und eine Tüte Tortillachips. Dale reichte mir ein Dos Equis, und ich stürzte die Hälfte mit ein paar schnellen Schlucken runter.

Quetschie wälzte sich im Sand, der, wie mir jetzt auffiel, voller Kügelchen war, wie ein tagelang nicht gereinigtes Katzenklo. Ich fragte mich, worauf wir hier gerade saßen, und zog die Beine an. »Meinst du, es ist o.k., wenn er sich mit der genähten Wunde im dreckigen Sand wälzt?«

»Die juckt bestimmt, was, Kleiner? Komm mal her, ja komm her.« Der Hund hörte und kam auf Dales Schoß, und Dale beugte sich über ihn, um die Wunde zu begutachten.

»Die Naht sieht gut aus«, sagte er. »Analdrüsen schau ich mir später an.«

Ich musste lachen, als wären Analdrüsen ein Insider zwischen uns beiden.

Dale schien meine Gegenwart angenehm, was mich verblüffte, aber vielleicht lag ich auch daneben. Schon bei Burt hatte mich das überrascht. Ob es mit ihrer Mutter zu tun hatte? Vielleicht waren sie einfach übertrieben dankbar für jede halbwegs gelungene Interaktion mit einer Frau.

Wir hatten Redebedarf und gingen gemeinsam die Ereignisse des Tages durch, hauptsächlich die Sache mit Burt und seinem gerade noch vereitelten Herzinfarkt.

»Direkt bevor sie ihn in den OP geschoben haben, hat er was Interessantes gesagt«, fügte Dale hinzu.

»Was denn?«

»Er hat gesagt: ›Wenn irgendwas schiefgeht, gib Penny den Hund des Nordens. Und alles, was drin ist. Das ist alles für sie.‹«

»Was?«

»Wahrscheinlich mehr Fluch als Segen, aber der gute Wille zählt.«

»Das berührt mich sehr. Aber was ist mit der Frau, die er seine Tochter nennt?«

»Sie macht sich nichts aus ihm und will nichts mit ihm zu tun haben«, sagte Dale. »Vielleicht hat er das endlich gemerkt. Jedenfalls weiß ich zwar nicht, was er meint, dass du damit anfangen könntest, aber ich weiß, wie sehr er an seinem Van hängt, also ist es *wirklich* ein Zeichen seiner Wertschätzung.«

»Ich kann es gar nicht fassen.« Die Nachricht ging mir näher, als Dale ahnen konnte. Soweit ich wusste, hatte mir noch nie jemand etwas hinterlassen wollen. Pincer hatte schon immer damit geprahlt, dass von ihrem wie auch immer gearteten Nachlass ein Stipendienfonds für Frauen an der University of Texas eingerichtet werden sollte. Arlo hatte sich bereits bei mir entschuldigt, weil dank Doris von seinem Vermögen nichts übrig bleiben würde.

»Das ›und alles, was drin ist‹, hat er extra betont, das freut dich bestimmt zu hören.«

»Ich freu mich wirklich. Ein Bügelbrett und einen ordentlichen Schlauch wollte ich schon immer haben.«

»Alles deins.«

»Ja, nee, Burt geht es ja gut. Weshalb wir auch gar nicht weiter drüber sprechen müssen«, sagte ich forsch, denn ich hasste das Thema. Menschen sollten einfach nicht sterben.

»Da hast du recht.«

Inzwischen hatte ich die erste Flasche ausgetrunken und bohrte sie in den Sand. Dale bot mir direkt noch eine an. Er hatte garantiert einen härteren Tag gehabt als ich. Stunden im Krankenhaus abzusitzen, während der eigene Bruder im OP lag, war bestimmt kein Spaß.

Jetzt widmete ich mich meinen Tacos. Der eine war mit Hühnchen gefüllt, der andere mit Bohnen und Käse, und sie sahen beide köstlich aus. Vor Dale wollte ich sie nicht einfach runterschlingen, aber kalt werden sollten sie auch nicht. Am liebsten hätte ich ihn für irgendeine Besorgung noch mal um den Block geschickt. Mein lädiertes Bein fühlte sich seltsam formlos an, als hätte es sich im Sand aufgelöst. Obwohl ich nur äußerst ungern Informationen preisgab, bei denen ich mir nicht hundertprozentig sicher war, dass die andere Person sich dafür interessierte, erzählte ich Dale, dass meine Großmutter wahrscheinlich doch niemanden ermordet hatte, und schilderte ihm die seltsame Geschichte ihrer Beziehung zu Dr. Hiroshi Matsumoto, die letztlich zur Entdeckung seiner Knochen auf ihrem Grundstück geführt hatte. Ich merkte, dass ich Dale in die Rolle des Vertrauten steckte, die Sherman in besseren Zeiten besetzt hatte, und als mir bewusst wurde, dass Dale mein Tagesupdate ohne jedes Kontextwissen oder auch nur eine Ahnung von den groben Umrissen meines Lebens verarbeiten musste, brach ich in Lachen aus, die Art Lachen, die auf eine beißende, brutale Erkenntnis folgt.

Doch er ließ das Update klaglos über sich ergehen. Die ganze

Zeit hindurch kickte er mit den Füßen in den Sand, verteilte so die unzuordenbaren Sandklumpen in der Gegend und sagte immer wieder: »Nicht wahr! Ist nicht wahr?!«

»Genau das sagt Burt auch immer, wenn ich ihm etwas über sie erzähle.«

»Sie hat also eigenhändig die Autopsie an dem Mann vorgenommen und dann den Totenschein ausgefüllt.«

»Ich bin ziemlich sicher, dass der Kommissar das gesagt hat, ja. Manchmal verhöre ich mich aber auch.«

»Einfach so in ihrem Haus.«

»Nicht meine Schuld!«

»Frage: Haben wir es hier mit der ultimativen Liebesgeschichte zu tun, oder ist der Forschergeist mit ihr durchgegangen?«

»Womöglich beides.«

»Sie ist exzentrisch bis zum Gehtnichtmehr, aber höchstwahrscheinlich keine Verbrecherin«, lautete Dales Fazit.

»Das hoffe ich mal. Sie ermitteln noch.«

»Die werden das nicht weiterverfolgen«, sagte Dale. »Wie alt ist sie, fünfundachtzig? Ich glaube, die haben Wichtigeres zu tun.«

»Sollte nicht jedes Verbrechen geahndet werden, unabhängig vom Alter des Beschuldigten?«

»Sicher. Aber rein praktisch gesehen wird das Ganze bei den Behörden keine große Priorität haben.«

»Weil es unwahrscheinlich ist, dass sie erneut zuschlägt?«

»Genau. Es sei denn, bei ihr stehen noch mehr Männer zur Körperspende Schlange – kannst du das irgendwie rausfinden?«

Natürlich wollte ich darüber lachen, aber dann schoss mir ein furchtbarer Gedanke durch den Kopf, der das Lachen im Keim erstickte.

»Sie will, dass Burt bei ihr einzieht«, sagte ich. »Darum sind wir vorhin noch in seinem Zimmer vorbeigekommen.«

Dale verschluckte sich an seinem Taco.

»Alles okay?«

»Das halte ich für keine gute Idee«, sagte Dale und hustete irgendwas hervor.

»Ist es auch nicht«, sagte ich. »Am besten sagst du Burt das, ich werde es auch tun.«

»Es tut mir leid, ich kenne sie ja gar nicht, aber ich möchte nicht eines Tages erfahren, dass sie Burt seziert hat.«

»Das verstehe ich, die Sache ist völlig klar. Er darf das Angebot auf keinen Fall annehmen. Dafür müssen wir sorgen.«

Dale machte sich ein weiteres Bier auf und betrachtete den dunklen Horizont, als sinniere er über die Sterblichkeit an sich und insbesondere die seines Bruders. Eine Weile aßen wir schweigend weiter.

»Eigentlich wollte ich gerade was über Burt sagen, aber dann dachte ich, dass es falsch rüberkommen könnte«, sagte Dale schließlich und knüllte die Alufolie von seinem letzten Taco zusammen.

»Was denn?«

»Ich wollte sagen, dass er sich zu schnell an Leute bindet, aber ich glaube, in deinem Fall hat er gutes Gespür bewiesen.«

»Ha!«, machte ich.

Zu meinen wenig hilfreichen Eigenschaften gehörte, dass, wenn ich mal ein Kompliment bekam, ein lautes Getöse wie von einem großen knatternden Buschfeuer meine Ohren erfüllte und das Kompliment darin einfach verpuffte. Sofern das nicht ausreichte, wurde dem Kompliment die Agakröten-Behandlung zuteil, wie sie meine Mutter kurz nach ihrem Umzug nach Australien beobachtet hatte. Dort hatte sie gesehen, wie ein Nachbar mit einem Besen brutal auf den Boden eindrosch – die Giftkröte hatte ihren Meister gefunden. Solche Knüppeleien, mutmaßte meine Mutter, würden wohl in ihrem neuen Leben in Queensland zu den Haushaltsroutinen zählen. Komplimente wie manchmal auch schon simple gute Nachrichten waren die Agakröten meines Bewusstseins und erforderten einen ähnlichen Umgang.

Das Dröhnen des verpuffenden/verdroschenen Kompliments hatte mich aus dem Konzept gebracht, aber ich beendete die peinliche Stille, indem ich das Thema wechselte. Ich fragte Dale, ob er schon mal in Santa Cruz gewesen sei, in welchem Teil von San Francisco er wohne und so weiter. Anscheinend war ein guter Freund von ihm Pflichtverteidiger in Santa Cruz, und er besuchte ihn manchmal am Wochenende, um Zeit am Strand zu verbringen. Er ging auch gerne auf Konzerte im Kuumbwa Jazz Center und hatte einige Lieblingsrestaurants, darunter Tacos Moreno, was auch eins meiner Lieblingsrestaurants war. In San Francisco wohnte er auf der Sacramento Street in der Nähe von Laurel Village. Ich fragte mich, warum er nie »wir« sagte, um anzudeuten, dass irgendwas davon seine Frau einschloss, und hatte den Verdacht, dass er entweder versuchte, mich nicht zu kränken, oder aber eine wenig gesellige Ehe führte.

Mir lag das Ehescheitern in den Genen.

Arlo und Pincer waren in furchtbarem Groll auseinandergegangen.

Meine Mutter und Gaspard ließen sich nach nur einem Jahr scheiden, kurz nach meiner Geburt. Meine Mutter hat immer gesagt, sie hätte schon nach wenigen Wochen gewusst, dass die Heirat ein Fehler gewesen war.

So war es nur folgerichtig, geradezu vorbestimmt, dass ich mich von Sherman trennen würde. Ein Muster, das man nicht durchbrechen durfte. Ich hätte es wissen müssen. Geahnt hatte ich es schon früh, aber ich hatte mich dagegen gewehrt, solange es ging.

»Danke, dass du dir heute Abend Zeit genommen hast«, unterbrach Dale auf einmal meine Gedanken. »Das hat gutgetan.«

»Gerne«, antwortete ich, »mir auch.«

»Ist dir nicht wohl? Du siehst ein bisschen fiebrig aus.«

Mir war alles andere als wohl. Aber da ich Kranksein aus tiefstem Herzen hasste und überdies kein Zuhause hatte, passte es mir gerade überhaupt nicht in den Kram.

»Ach, es ist nichts. Nur ein kleiner Schwindel.«

»Ich weiß nicht, wie lange ich noch bleiben kann«, sagte Dale. »Kann sein, dass ich morgen abreisen muss, falls es mit Burt weiter bergauf geht.«

»Verstehe ich. Zu Hause wartet ein Leben auf dich.«

»So in der Art. Und auf dich in Santa Cruz?«

Eine tiefschürfende Frage. Doch ich antwortete: »Nein. Ich habe meinen Job gekündigt, bevor ich herkam.«

»Was war das für ein Job?«

Vielleicht lag es am zweiten Bier, dass ich mir meinen Zynismus nicht verkneifen konnte. »Ach, Allgemeinchirurgie halt. Medizinischen Nachwuchs ausbilden.«

»Wow. Sehr beeindruckend.«

»Haha. War nur ein Witz.« Allerdings überhaupt nicht witzig. »Das macht meine Schwester. Ich habe in einer Zahnarztpraxis gearbeitet. An der Rezeption.«

»Ah, okay.« Ich konnte ihm dabei zusehen, wie er versuchte, dieses erbärmliche Eingeständnis meiner Minderwertigkeit elegant zu umschiffen. »Und wie lange hast du das gemacht?«

»Gut drei Jahre.« Ich schämte mich für alles gleichzeitig, sowohl dafür, dass ich so lange geblieben war, als auch für meinen abrupten Abgang.

»Oh. Und war es eine dieser Praxen, wo alle eine glückliche Familie sind und jahreszeitgerechte Deko aufhängen und sich lieb haben?«

»Nein«, sagte ich.

»Interessierst du dich denn für Zähne?«

»Nein, für mich persönlich sind Zähne eher uninteressant.«

»Das hat den Abschied bestimmt leichter gemacht.«

»Ich hatte mich schon eine Weile drauf gefreut, ja«, sagte ich und begriff in dem Moment, dass ich jetzt frei war und die Zeit genießen sollte.

»In Santa Cruz gibt es nicht so viele Jobs«, fügte er hinzu.

»Das stimmt. Am Anfang dachte ich auch: was für ein Glück.«

Dale schien den Hund seines Bruders immer mehr ins Herz zu schließen und drückte ihn an sich wie einen Muff. »Und was hast du jetzt vor?«

»Seit meine Eltern verschollen sind, bin ich eigentlich in einer Art Dauerschwebe. Pläne schmieden, weitermachen, fällt mir alles irgendwie schwer.«

»Stelle ich mir hart vor«, sagte Dale.

»Mein Großvater will, dass wir nach Australien fliegen und da versuchen herauszufinden, was passiert ist.«

»Klingt gut. Mach das mal.«

»Ich fürchte mich wohl vor dem Herausfinden.«

»Das Nichtwissen muss schlimm sein.«

»Vielleicht weniger schlimm als Wissen«, sagte ich. Das könne er verstehen, sagte er.

Der große graue Ozean brandete gegen unsere Füße. Quetschies Nase blähte sich und nahm die brackigen, herben Düfte auf. Das rhythmische Klatschen der Wellen, die den Sand verschoben, immer und immer wieder, versetzte mich in eine viel zu entspannte Stimmung, so entspannt, dass ich etwas tun könnte, was ich bereuen würde, und plötzlich war mir klar, dass ich nicht bleiben konnte. Hatte das mit Sherman und Bebe Sinatra auch so angefangen? Ein paar Bierchen und Tacos am Strand?

»Dale, ich mach mich mal besser auf den Weg, aber danke für die Tacos und das Bier und für den netten Abend«, sagte ich und stand auf.

»Oh!«, sagte er, stand ebenfalls auf und klopfte sich den Sand ab. »Schon?«

»Ja, ich bin etwas kaputt«, sagte ich.

»Ich bin auch ziemlich fertig. Aber ich bleib noch ein bisschen sitzen.«

»Okay, dann gute Nacht!«

»Gute Nacht!«

Zurück am Van nahm ich die Hundebox raus und stellte sie auf die Motorhaube des Sportwagens. Beim Hineinschauen sah ich, dass Burts Toupet vollständig in das kreisrunde Nest integriert war, das Quetschie sich aus seiner Decke gebaut hatte. So herzerwärmend es war zu sehen, dass das Trosttoupet seinen Zweck erfüllte, wirkte es ein bisschen, als würde Burt da gerade kompostiert, und das jagte mir einen Schauer über den Rücken.

Dann düste ich davon, so weit der Van zum Düsen imstande war. Das Bier und der Strand hatten mein Hingezogensein zu Dale exponentiell gesteigert, und ich war kurz davor gewesen, zu ihm rüberzukriechen und ihn zu küssen. Es wäre ein schrecklicher Fehler gewesen.

Zehn Minuten später stand ich auf dem Parkplatz des Palms, und elf Minuten später bahnte ich mir einen Weg durch die Strelitzien vor Arlos Fenster.

Die Vorhänge waren zugezogen, aber die Fenster offen, und ich flüsterte durch das Insektengitter.

»Penny?«, antwortete er sofort. »Wo bist du?«

»Direkt vor deinem Fenster.«

»Einen Moment«, sagte Arlo.

Ich hörte, wie er im Dunkeln um sich tastete. Die Leselampe ging an. Schlurfende Schritte in meine Richtung. Der Vorhang ging auf, und mein Gesicht wurde in Licht getaucht.

»Ich komme mit nach Australien«, sagte ich.

»Das ist meine Penny«, sagte er. »Gleich morgen?«

»Je eher, desto besser«, sagte ich.

»Hier sind lauter liebe Menschen, aber ich will hier weg. Unser Flieger geht morgen Abend vom LAX. Wir könnten gegen Mittag von hier den Shuttle nehmen. Wo kommst du unter?«

»Im Van.«

»Igitt. Du kannst hier schlafen. Ich habe ein eigenes Bad.«

Ohne meine Antwort abzuwarten, hob er das Insektengitter aus dem Fensterrahmen. Ich stützte mich auf die Fensterbank und wuchtete mich hinein, wo ich mit dem Gesicht nach unten auf dem Teppichboden landete wie ein fehlgeleitetes Projektil.

»Ich weiß nicht, ob ich schlafen kann«, sagte Arlo. »Das ist alles ganz schön aufregend.« Er ging an seinen Schrank und fing an, darin rumzukramen.

»Wenns dir nichts ausmacht, lege ich mich schon mal hin«, sagte ich und sah mich nach geeignetem Schlafzubehör um. Ich nahm mir eines der Laken, die ich für ihn eingepackt hatte, und legte das Sitzkissen vom Heim-Ohrensessel auf den Boden, um es als Kopfkissen zu benutzen. Doch es roch nach der gesammelten Flatulenz vieler anonymer Hintern. Und das hier, an diesem schicken Ort! Ich schob es zur Seite, rollte mir stattdessen ein Kissen aus meinem Pulli und fragte mich beim Einschlafen, warum mir immer noch alles wehtat.

Teil 2

14

Die lange Metallröhre, in deren vorletzter Reihe ich den universell verhassten mittleren Platz besetzte, weckte Erinnerungen an frühere Reisen auf die Südhalbkugel. Damals wurde man vom Captain geweckt, wenn das Flugzeug die Datumsgrenze überquerte, und bei der Landung in Sidney mit Insektenschutz eingesprüht.

Bei der Entscheidung meiner Eltern, das Land zu verlassen, waren viele Gründe zusammengekommen. Schon seit Jahren litt meine Mutter unter den falschen Vorwürfen, die Pincer Arlo während der Scheidung gemacht hatte, und sie hatte seitdem nicht mehr mit ihrer Mutter gesprochen. Unterdessen hatten sich ihre Hoffnungen auf eine stabilere Beziehung zu Arlo zerschlagen, seit er mit Doris Roofla verheiratet war. Und trotz des bombenfesten Gerichtsurteils, durch das Gaspard nach meinem Fast-im-Meer-Ertrinken das Umgangsrecht entzogen wurde, gab er sich nicht geschlagen und schickte meiner Mutter bitterböse Briefe. Und da sie und Hugh schon seit einiger Zeit das Gefühl hatten, dass Amerika vor die Hunde ging, begab Hugh sich schließlich Down Under auf Jobsuche. Als er 1996 für ein Jahr ein Fulbright-Stipendium ergatterte, war die Sache entschieden.

Zu der Zeit war ich gerade in der Neunten und Margaret in der Siebten. Ein Jahr lang besuchten wir in Canberra die Schule, dann zogen wir zurück in die USA. Hugh knüpfte Kontakte in der Bibliothekswelt und bekam zwei Jahre später eine Vollzeitstelle in Brisbane angeboten. Sie wanderten aus und erwarben schon nach kurzer

Zeit die australische Staatsbürgerschaft. Die wenigen verbleibenden Verwandten in den USA reagierten befremdet und fragten: *Was soll das, ist euch Amerika nicht mehr gut genug?*

Während ich in Los Angeles blieb, um die Highschool abzuschließen, und in der Zeit bei der Familie meiner Freundin Claire wohnte, ging Margaret mit nach Australien. Und auch sie kam nicht mehr zurück.

In jenen Jahren besuchte ich sie so oft, wie sie mir ein Flugticket bezahlen wollten. Sie selbst kamen auch hin und wieder zu Besuch. Später, nach meiner Heirat mit Sherman, luden sie uns beide zusammen ein. Während Sherman immer sofort nach der Landung losziehen und alles erkunden wollte, ging es mir vor allem um die Zeit mit meiner Familie, wofür er wenig Verständnis zeigte. Auf beiden Seiten wuchs ein Groll.

Nach Queensland war ich seit dem Verschwinden meiner Eltern erst ein Mal zurückgekehrt – kurz nachdem es passiert war. Margaret und Wilhelmus hatten gerade die Zwillinge bekommen (unsere Eltern hatten rechtzeitig zur Geburt zurück sein wollen), und ich blieb fast zwei Monate, allerdings in einem Nebelzustand, an den ich fast keine Erinnerung habe, und sehr wahrscheinlich war ich mehr Last als Hilfe für die beiden.

Arlo flog erste Klasse, wie es sich für einen hochrangigen pensionierten Piloten auf einem internationalen Flug gehörte. Ich saß, wie es sich für eine Last-minute-Bucherin gehörte, auf dem bereits beschriebenen Mittelplatz zwischen einer Frau mit Baby und einer anderen jungen Frau mit leider lärmigen Ohrhörern.

Den Morgen hatten wir damit verbracht, Arlos sämtliche verschreibungspflichtige Medikamente aufzutreiben und seinen Koffer zu packen. Danach sollte ich für die beiden Enkel irgendein Mitbringsel organisieren. Mein Plan war, dass ich hinterher an Burts Büro parken und den Van dort stehen lassen würde.

Außerdem fasste ich für Arlo die letzte Folge von Pincers Melodram zusammen, worauf er erwiderte: »Junge, Junge, Junge. Was war ich nur für ein Idiot. Und ich hab mir nie was dabei gedacht, wenn sie wochenlang nach Japan abgehauen ist.«

»Wer weiß, ob es überhaupt stimmt«, sagte ich. »Ich glaube, sie denkt sich am laufenden Band Geschichten aus.«

Er nickte seufzend. Und versprach, Margaret Bescheid zu geben, dass wir wirklich kommen würden.

Als ich schließlich auf den Parkplatz vor dem Bürohaus bog, hatte ich zwei Santa-Barbara-T-Shirts, ein paar Aufkleber und zwei Stoffseeotter aufgetrieben. Dann rief ich Burt an und erreichte die Mailbox, was mich nicht sonderlich überraschte, schließlich war seine OP keine vierundzwanzig Stunden her. Ich wünschte ihm schnelle Genesung und versprach, mich wieder zu melden und ihn zu besuchen, sobald ich aus Australien zurück wäre. Ich beschrieb ihm den Standort des Vans und auch, wo ich den Schlüssel verstecken würde, nämlich oben auf dem rechten Vorderreifen. (Ich blickte auf, um sicherzugehen, dass die Barrakuda-Lady nicht auf ihrem Beobachtungsposten stand – was sie zum Glück auch nicht tat. Hoffentlich würde sie ihren Frust nicht weiter am Hund des Nordens auslassen, der konnte nun wirklich nichts dafür.)

Zum Schluss, direkt vor dem Auflegen und völlig ungeplant, schob ich hinterher: »Pass gut auf dich auf, hörst du? Alles, alles Liebe!« Was sich anfühlte, als hätte ich mich nackt gemacht, ein Gefühl, das ich nicht ausstehen konnte.

Zu Fuß zurück zum Palms lief ich dem Gefühl davon. Wie kam ich darauf, dass Burt von mir betüddelt werden wollte? Die letzten Tage hatten offenbar deutliche Spuren hinterlassen. Sosehr ich mich auf die Zugfahrt nach Santa Barbara gefreut hatte, freute ich mich jetzt auf die zwangsweise Sitzstarre im Flieger und die Gelegenheit, ein paar Stunden abzuschalten.

Das Palms war schon in Sichtweite, als ein Anruf von Dale kam. Er war gerade im Krankenhaus und hatte gesehen, dass ich versucht hatte, Burt anzurufen.

»Wie geht es ihm?«

»Müde, aber auf gutem Weg.«

»Puh, da bin ich froh. Ich habe ihm auf die Mailbox gesprochen, dass ich heute Abend mit meinem Großvater nach Australien fliege, nur damit er weiß, dass ich nicht da bin, wenn er entlassen wird.«

»Gute Entscheidung«, sagte Dale. »Und selbst wenn ihr nichts über deine Eltern rausfindet, kannst du da unten Zeit mit deiner Schwester und mit deinem Großvater verbringen. Burt bleibt noch mindestens drei, vier Tage hier, wenn nicht noch länger. Ich fliege heute zurück und komme wieder, wenn sie ihn entlassen.«

»Die Butterkuh steht wieder auf dem Büroparkplatz.«

»Das beruhigt mich. Ich wünsch dir eine schöne Reise. Auch wenn der Anlass kein schöner ist.«

Ich bedankte und verabschiedete mich, etwas enttäuscht über den nüchternen Wortwechsel, versuchte aber dennoch, den Grad der Wärme darin zu beziffern. Auf einer Skala von eins bis zehn schätzte ich ihn auf fünfeinhalb.

Schließlich war es Zeit für den Anruf, dem ich mit Grauen entgegensah. Pincer nahm sofort ab.

»Ich habe gerade viel zu erledigen, Penny, was gibts? Kommst du bald?«

»Nein«, sagte ich. »Ich fliege heute nach Australien.«

»Heute? Wieso das?«

»Ich muss da ein paar Dinge regeln und Margaret helfen«, sagte ich. Arlo erwähnte ich nicht, das war den Stress nicht wert.

»Das kommt mir sehr ungelegen. Ich hatte gehofft, du hilfst mir dabei, das Zimmer für Burt herzurichten, aber dann muss ich mich wohl um alles selbst kümmern, wie so oft.«

Mir war nicht danach, wegen Burt zu streiten, aber ganz unkommentiert lassen konnte ich es nicht. »Versteif dich nicht darauf. Wahrscheinlich hat er schon andere Pläne.«

»Er hat keine anderen Pläne.«

»Hast du noch was von Kommissar Storke gehört?«

»Habe ich. Mein Szintillator ist gestohlen worden.«

Das stimmte wohl. Das Gerät lag immer noch unter dem Fahrersitz des Vans.

»Dein was? Was soll das sein?«

»Ein hochempfindliches Instrument zur Messung von Radioaktivität, mit das wichtigste Werkzeug in meiner Forschung.«

»Zielst du damit zufällig manchmal auf Menschen?«

»Penny, als allein lebende Frau muss man sich zu helfen wissen. Ich werde jedenfalls alle Ressourcen nutzen. Heute Morgen habe ich mit meinem Anwalt gesprochen. Ich habe rein gar nichts zu befürchten. Meine Aufgabe ist jetzt, mich um Hiroshis Beerdigung zu kümmern und dafür zu sorgen, dass sie seine Knochen freigeben, anstatt sie in irgendeinem Beweismittelarchiv wegzuschließen.«

»Na dann viel Glück dabei.« Ihr Steuerproblem wollte ich nicht ansprechen, damit würde ich mich später auseinandersetzen müssen. Die nächsten Wochen würde sie auch so über die Runden kommen. »Übrigens, die Stelle, wo du mich gestochen hast, tut immer noch höllisch weh.«

»Ich weiß nicht, was du jetzt von mir willst. Wenn dir dein Bein so wehtut, mach was dagegen.«

»Danke auch«, sagte ich.

Arlos Freude später am Flughafen LAX war beinahe ansteckend. Nach Stationen in Denver und Chicago war der LAX fast zwanzig Jahre lang seine Basis gewesen, als meine Mutter noch klein war. Er hatte die Dienstjahre, die ein Pilot im kommerziellen Flugbetrieb fliegen durfte, ausgereizt und wurde – schließlich war er jahrelang das Gesicht von United Airlines auf Werbetafeln und in Zeitungsannoncen gewesen – ab dem Ticketschalter überall mit gebührendem Respekt empfangen. Während wir in der Wartelounge saßen, kamen immer wieder Crewmitglieder vorbei, um ihn persönlich zu begrüßen. Kurz vor dem Boarding stellte sich auch der Kapitän vor und lud Arlo ein, ihn während des Flugs im Cockpit zu besuchen. Als die Passagiere der ersten Klasse aufgerufen wurden und wir für die nächsten fünfzehn Stunden Abschied nahmen, fragte er noch: »Wie stehst du zu Krabbencocktail und warmen Nüssen?«

»Nie gehört«, sagte ich, bevor er hinter dem Gate verschwand.

Irgendwann durften auch die hintersten Reihen einsteigen. Die Frau auf dem Gangplatz mit dem Baby hatte kurze blonde Haare und trug ein verwaschenes und ausgeleiertes blaues Sweatshirt. Ich stellte mir vor, wie das Baby daran zerrte und sich reinhängte, ihr die Wirbelsäule krümmte und an die Brüste grapschte, um ihr alles Leben auszunuckeln. Womöglich sprach daraus eine allzu ängstliche Sicht auf Mutterschaft.

Bald hielten wir Small-Talk. Sie hieß Jean und war Amerikanerin, die nach einem Besuch bei ihren Eltern in Tallahassee zurück nach Geelong in der Nähe von Melbourne reiste. Sie war mit einem Australier verheiratet und fühlte sich in Victoria wohl. Sie spielte Oboe im Geelonger Symphonieorchester, war aktives Mitglied der Auslandsorganisation der Demokraten und würde sich im kommenden Jahr mit vollem Einsatz der Wahlregistrierung für die anstehende Präsidentschaftswahl widmen, bei der die Partei zwischen Bernie und Hilary gespalten war. Ich erzählte, dass meine Schwester ebenfalls mit einem Australier verheiratet sei und gerne in Brisbane lebe.

»Wie alt ist dein Baby?« In Gedanken zog ich Vergleiche zu den Bildern, die Claire manchmal schickte und die ich in der Regel ignorierte. »Sechs Monate. Bis jetzt hat er auf den Flügen super mitgemacht, aber keine Angst, wenns zu schlimm wird, wird er ruhiggestellt. Ich weiß, was in den Leuten vorgeht, wenn sie uns durch den Gang kommen sehen.«

»Mir macht das gar nichts aus. Wie heißt er?«

»Sherman«, sagte sie.

Das Geräusch, das ich von mir gab, lässt sich schwer beschreiben. Irgendwas zwischen Japsen und Jaulen. »Sherman?«

»Ich weiß, kein besonders gängiger Name mehr. Er kommt von Shearman, Schürmann, also der Mann, der die Schafe schert, und die Eltern meines Mannes haben eine Schafzucht in der Nähe von Broken Hill.«

»Bitte entschuldige. Mein Ex-Mann heißt Sherman«, sagte ich. »Meine Reaktion sollte nicht so negativ rüberkommen.«

»Oh nein!« Sie lachte und hielt ihrem Sohn die Ohren zu. »Da kann er aber nichts für.«

Mir wurde bewusst, dass ich mich zusammenreißen musste und das Baby nicht so feindselig anstarren durfte. Meiner Meinung nach brauchte die Welt keinen weiteren Sherman, aber ich konnte gegen ihre Vermehrung nichts tun. Hier vor meinen Augen befand sich der Prototyp, die im Werden begriffene Frühversion eines zukünftigen Durch-und-durch-Sherman, der mit seinem uferlosen Zynismus jeden Menschen, der an irgendwas glaubte, ins Lächerliche ziehen konnte, der überzeugt war, dass Leben und Elend praktisch eins waren und man sich damit abfinden musste, der glaubte, jedes Unterfangen münde unweigerlich in Kummer und Frust, und der jeden Hoffnungskeim, der es wagte, in seinem Weg zu nisten, eiskalt zertrampelte.

Wir waren noch nicht lange in der Luft, als ich Schüttelfrost bekam. Ich nahm die papierdünne Decke aus ihrer Plastikhülle und wickelte sie mir um den Körper, aber sie spendete kaum Wärme. Mir war elend zumute; nach einer schalen Ablenkung durch die Getränke- und Essenstrolleys versuchte ich zu schlafen; vorher legte ich

Schmerztabletten nach. Quälende Stunden vergingen in der kalten, dröhnenden Röhre. Ich zuckte und wand mich hin und her im Versuch, auf dem mir zugedachten Raum eine bequeme Position zu finden. Vielleicht wirkte ich dabei immer noch halbwegs normal, denn irgendwann in diesen langen Stunden der Dunkelheit, während wir der Nacht quer über den Pazifik folgten, fragte mich Jean, ob ich Sherman halten könnte, während sie auf Toilette ging.

Inzwischen wach geworden, glotzte Sherman mich aus stechenden kleinen Augen an. Was würde aus ihm werden, was wurde aus Babys überhaupt? Ich fragte mich, ob eine Intervention in diesem Lebensstadium alles verändern könnte. Während ich Sherman im Arm hielt und dabei überlegte, wie so eine Intervention aussehen könnte, fing er an zu wimmern, vielleicht weil er glaubte, ich führe etwas gegen ihn im Schilde. »Schsch, kleiner Sherman«, sagte ich und wippte ihn sachte. »Mama kommt gleich zurück, hab keine Angst.« Shermans Unterlippe bebte. »Sie kommt doch zurück, kleiner Sherman.« Klang das liebevoll genug und überzeugend? Mein letztes Mal Babyhalten hatte bei Margaret stattgefunden, kurz nachdem unsere Eltern verschwunden waren. Bei den Babys handelte es sich um meine Zwillingsneffen Boaz und Bram. Ich versicherte den beiden, die Mama komme gleich wieder, fragte mich im nächsten Moment, ob meine eigene je wiederkommen würde, und brach unvermittelt in Tränen aus. Woraufhin ein Neffe ebenfalls in Tränen ausbrach und der andere in Geschrei, und Margaret, die uns in diesem Zustand vorfand, zu dem Schluss kam, dass ich eine miserable Babysitterin sei. »Sherman, die Welt da draußen ist rau«, flüsterte ich. »Und noch hast du die Chance, nicht an ihr zugrunde zu gehen. Du brauchst nicht zu werden, was die Welt von dir erwartet.« Sherman schloss die Augen, als könne er die Situation, in die er da geraten war, nicht länger ertragen. Das ging Shermans in meiner Gegenwart häufig so.

»Geht es Ihnen gut?«, fragte auf einmal die Frau mit den Ohrstöpseln am Fensterplatz.

Ich drehte den Kopf zu ihr. Sie hatte den ganzen Flug über noch kein Wort gesagt.

»Ja, ich versuche nur gerade, ein paar unangenehme Erinnerungen zu unterdrücken«, sagte ich.

»Nein, ich meine, ich habe gerade zufällig ihr Bein gesehen, und es sieht sehr entzündet aus.«

Ich legte mir Sherman an die Schulter, lugte über sein dick gepampertes Hinterteil und hob das Bein an. Zwischen Sockenrand und Hosensaum war die Haut lila gescheckt und sah so aus, als sollte man ihr Beachtung schenken.

»Ich habe eine kleine Stichwunde im Bein, die hat sich eventuell entzündet«, sagte ich.

»Also, ich studiere Medizin an der UCLA«, sagte sie. »Ehrlich gesagt sieht das ziemlich fortgeschritten aus. Ihnen könnte eine Sepsis drohen. Sie sollten sofort ein Antibiotikum nehmen.«

»Noch vor der Landung meinen Sie?«

»Wissen Sie, was eine Sepsis ist?«

»Gehört habe ich davon.«

»Das passiert, wenn auf einmal der ganze Körper auf eine kleine Infektion reagiert, was dann zu Organversagen führen kann. Und eben leider auch zum Tod. Wie geht es Ihnen im Moment?«

»Nicht besonders«, gab ich zu. »Mir ist schwindlig, und alles tut weh.«

»Darf ich mal Fieber messen?«, fragte sie und zog ein digitales Thermometer aus ihrer Tasche. Ich stimmte zu. Sie hielt mir das Gerät an die Stirn, bis es einige Sekunden später piepste. »Neununddreißig zwei. Ich glaube, die Lage ist ernst genug, um zu fragen, ob an Bord jemand Antibiotika dabeihat. Woher kam denn der Stich? Und ist Ihr Tetanusimpfschutz noch aktuell?«

Zum Impfstatus konnte ich nichts sagen, bekannte aber, dass der Stich von einem Schmuckstück meiner Großmutter herrührte. Wobei ich unterschlug, dass sie mich mit Absicht gestochen hatte. Weil ich ahnte, dass es relevant sein könnte, fügte ich hinzu: »Möglicherweise war die Brosche mit Ratten in Berührung gekommen.« Das auszusprechen war mir sehr unangenehm, doch anstatt angewidert vor mir zurückzuweichen, nahm meine Sitznachbarin die Information mit einem nüchternen Nicken entgegen, was ich sehr sympathisch fand. Ich war ihr dankbar dafür, dass sie nicht nachhakte, warum ich es so weit hatte kommen lassen, denn ich hätte ihr keine sinnvolle Antwort geben können.

Nach einer kurzen Recherche auf ihrem Tablet eröffnete sie mir, dass eine ganze Reihe von Erregern hinter der Infektion stecken könnten und dass Leptospirose infrage kam, aber Tetanus, Hantaviren oder gar die Pest nicht ausgeschlossen werden konnten. Was immer es auch war, die Sepsis-Gefahr musste unverzüglich gebannt werden. Ohne zu zögern, drückte sie den Rufknopf über ihrem Sitz.

Kurz darauf erschien eine Flugbegleiterin, und die Medizinstudentin, die Fernanda hieß, schilderte ihre Befürchtungen. Im nächsten Moment tönte die altbekannte Durchsage durch die Kabine – befand sich ein Arzt oder eine Ärztin an Bord?

Ich fragte mich, ob Arlo die Durchsage gehört hatte oder ob er zu high auf Krabbencocktails mit warmen Nüsschen war, um irgendwas mitzubekommen. Aber so herum war es hundertmal besser, als wenn ich den Aufruf gehört und mir Sorgen gemacht hätte, dass es um ihn ging.

An Bord befanden sich gleich acht Approbierte! Und sie alle kamen angerauscht, als wollten sie sich die Action nicht entgehen lassen. Jean war inzwischen zurück, hatte Sherman wieder an sich genommen und blieb jetzt im Gang stehen, um Platz zu machen. Man half mir hoch und und schickte mich zur Toilette, wo ich mir zum Zweck der Wundbeschau die Hose ausziehen sollte, und so stand ich kurz darauf in Unterhose neben dem vor Papiertüchern überquellenden Mülleimer auf dem klebrigen Boden der urindunstigen, unterkühlten Kabine, während sie, einer nach dem anderen, durch die fimschige Tür eintraten, sich vorstellten, mich befragten und mein nacktes Bein begutachteten. Manche fassten es auch an. Einer räumte ein, er sei zwar Augenarzt, würde aber trotzdem gerne helfen. Einen ziemlichen Schreck bekam ich, als auf einmal ein grauhaariger Mann in die Kabine lugte und sich als frisch pensionierter Pädiater namens Fountain-Goose vorstellte.

»Dr. Fountain-Goose?«, rief ich verdattert.

Vor mir im Türrahmen stand mein früherer Arzt, gealtert, aber unverwechselbar, vor allem mit dem Namen. »Wir kennen uns doch, Sie waren mein Kinderarzt. Ich bin Penny Rush. Erinnern Sie sich?«

Er musste nicht lange überlegen. »Penny Rush. Ja. Wenn ich mich nicht täusche, waren Sie oft bei mir.«

»Das ist ja unglaublich«, sagte ich. »Was bringt Sie nach Australien?«

»Meine Frau und ich genießen den Ruhestand. Australien steht schon lange auf der Liste«, sagte er. »Was ist denn mit dem Bein?«

Als Kind und Jugendliche hatte Dr. Fountain-Goose bei mir gemischte Gefühle ausgelöst. Während er zweifellos kompetent war und Margaret und mich halbwegs gesund erhielt, gingen ihm bestimmte Eigenschaften ab, die ich aber nie genau benennen konnte. Damals sollte er sich auf Wunsch meiner Mutter auch meiner emotionalen Probleme annehmen.

»Schlimme Geschichte«, sagte er, nachdem ich ihm den Ursprung meiner Wunde geschildert hatte. »War Ihre Großmutter nicht auch Ärztin?«

Ich nickte und ging nicht weiter darauf ein.

Über zwanzig Jahre war das her. Nachdem Fountain-Goose mich

auf dem Flugzeugklo untersucht und sich mit seinen Ad-hoc-Kollegen beraten hatte, wurde ich zugedeckt und auf dem Notsitz in der Bordküche platziert. Ich zitterte am ganzen Körper.

Zu meinem Erstaunen bekam ich mit, dass eine Notlandung in Neukaledonien, wohin es nicht mehr weit war, als Möglichkeit in Betracht gezogen wurde, aber schlussendlich waren sich doch alle einig, dass ich die letzten drei Flugstunden bis Sidney überstehen könnte, weil mein Puls nicht raste und mein Blutdruck weder zu hoch noch im Keller war. (Schon komisch, mit anzuhören, wie Fremde die eigenen Überlebenschancen diskutieren.) Ohne eine Laboruntersuchung meiner Blutproben ließ sich nicht feststellen, welche Keime gerade in meinem Körper wüteten, dennoch einigte sich die versammelte Ärzteschaft auf eine provisorische Behandlung. Ich bekam Kortikosteroid ins Bein gespritzt und zusätzlich eine Ladung Antibiotika mit so viel Wasser, wie ich schlucken konnte.

Der Höhepunkt der Reise war, als ich den Gang hinunterschaute und meinen dreiundneunzigjährigen Großvater auf mich zukommen sah. Ein Flugbegleiter, der wusste, dass ich seine Enkelin war, hatte ihn über meinen Zustand informiert.

»Du kommst jetzt in die erste Klasse«, sagte er.

»Ja?«

»Du musst ja wohl das Bein ausstrecken, habe ich gehört. Mir reicht es da vorne sowieso. Da komme ich mir vor wie im Sarg, ganz anders als die erste Klasse früher. Man kann mit niemandem mehr reden! Es ist schrecklich.«

Und so führte man mich ganz nach vorne, wo ich in Arlos erstklassigen Sarg kletterte und den Rest des Flugs schlafend verbrachte. Arlo plauderte währenddessen angeregt mit Jean und Fernanda und spielte sogar mit dem kleinen Sherman, dem er nichts vorzuwerfen hatte.

15

Umsteigen in Sydney, samt Pass- und Zollkontrolle plus Terminalwechsel und das alles mit Arlo im Schlepptau, kostete meine ganze Kraft. Als Nächstes folgte der kurze Flug nach Brisbane. Arlo, der auf dem ersten Flug eine volle Stunde im Cockpit der 747 verbringen durfte, war bester Laune und schaute selig von seinem Fensterplatz auf die Farmen und Wälder und Flussdeltas, während ich neben ihm saß und mich an lange zurückliegende, unangenehme Gespräche mit Dr. Fountain-Goose erinnerte und mich mit Sorgen über Sepsis und verschiedene Nagetierseuchen herumschlug. Die Entzündung schien vorerst gut auf das Antibiotikum anzusprechen, denn meine Haut hatte die Farbe gewechselt, von Pflaumenlila zu nicht ganz reifer Erdbeere. Auch das Fieber war gesunken. Dr. Fountain-Goose hatte mir im Namen des gesamten ärztlichen Teams an Bord die Anweisung gegeben, so bald wie möglich ein Krankenhaus aufzusuchen, um eine offizielle Diagnose zu bekommen, die Behandlung fortzusetzen und meine Werte beobachten zu lassen. Trotzdem hatte ich instinktiv das Bedürfnis, meinen Zustand vor meiner Schwester zu verheimlichen. Also sagte ich zu Arlo: »Bitte sag Margaret nichts von dem Vorfall im Flugzeug, ja?«

»Warum nicht?«

»Sie soll nicht denken, dass etwas mit mir nicht stimmt.«

»Wenn du meinst.«

Natürlich freute ich mich auf das Wiedersehen mit meiner Schwester und ihrer Familie. Aber es war der Gedanke an die Reise nach

Mount Isa und das, was uns dort wohl erwartete, der mich mit einem lange vermissten Gefühl von Sinnhaftigkeit erfüllte. Wahrscheinlich würden wir ein paar Tage bei Margaret verbringen und uns dort um ein Auto und die notwendige Ausrüstung kümmern. In den letzten vierundzwanzig Stunden hatte ich mich schlaugemacht, was Reisen in die abgelegeneren Gegenden von Queensland anging, und es klang, als wären wir gut beraten, uns ein Satellitentelefon zu mieten. Auf Handyempfang war definitiv kein Verlass. Außerdem würden wir Essen und Schlafsachen brauchen, falls wir irgendwo in den gottverlassenen Gegenden, auf die sich Arlo konzentrieren wollte, mit dem Auto liegen bleiben sollten.

Zudem beschäftigte mich, was ich in Santa Barbara zurückgelassen hatte. Die schiere geografische Entfernung zu den neuen Sorgen reichte offenbar nicht, um sie auch aus dem Kopf zu bekommen. Ich fragte mich, was Pincer wohl als Nächstes tun würde. Ich wollte tägliche Updates zu Burts Gesundheitszustand. Ich überschlug die Zeitverschiebung und kam zu dem Schluss, dass Dale und Quetschie inzwischen zurück in San Francisco sein mussten. Der Gedanke, dass jetzt Dales Frau Quetschie kraulen und seine Zuneigung einheimsen durfte, machte mich eifersüchtig. Ich fragte mich, was Storke herausgefunden hatte. Ich fragte mich sogar, wie es Doris auf ihrer Baja-Kreuzfahrt erging und wie sie reagieren würde, wenn sie erfuhr, dass Arlo verreist war.

Kaum betraten wir den Wartebereich, erspähten wir auch schon Margaret, die ganz vorne stand. Meine Schwester – die neuere, verbesserte Ausprägung unserer gemeinsamen Gene, wohlgeformt, mit statuengleichen Proportionen. Sie war immer die Redegewandte, die Bestimmerin gewesen, die mit Ernst und Disziplin ihren Interessen nachging, die ich immer bewundert und als großes Vorbild betrachtet hatte. Und als ich ihr jetzt entgegenhumpelte, wirkte sie schöner und stärker denn je.

Wir umarmten uns zur Begrüßung. Indem ich ihre unnachahmlich knubbligen Ellbogen umfasste, wusste ich, dass sie es wirklich war. Mittlerweile hatte ich die Angst weitgehend abgelegt, dass all meine Familienmitglieder eigentlich verkleidete Fremde waren. Das fing an, als ich noch klein war, wenn ich von meinen Besuchen bei Gaspard wieder nach Hause kam, und war auch eines der Themen, über die ich damals mit Dr. Fountain-Goose gesprochen hatte. (Seine These war naheliegend: dass ich Angst hatte, meine Familie zu verlieren, wenn sie mich wegschickten.) Aber das hier war die echte Margaret, in einem schönen ärmellosen Viskosekleid, das perfekt zum Brisbaner Winterwetter passte. Ich dagegen verspürte nach dem Flug in meinen diversen Klamottenschichten ein dringendes Duschbedürfnis. Margaret, die ganz klar keine Betrügerin war, denn, wie Dr. Fountain-Goose mir damals eingebläut hatte, warum sollte irgendwer diesen ganzen Aufwand betreiben, ließ uns vor dem Terminal mit dem Gepäck stehen, während sie das Auto holte. Kurz darauf fuhr sie in ihrem neuen Honda-Odyssey-Minivan vor, der im Sonnenlicht glänzte und funkelte, außen noch ganz rost- und graffitifrei, innen weiche, duftende Ledersitze – doch, gestand ich mir ein, er war dem Hund des Nordens ein paar Nasenlängen voraus –, und schon bald waren wir unterwegs, Arlo auf dem Beifahrersitz, ich hinten.

»Deine Schwester hat ein Problem«, war das Erste, was Arlo sagte.

»Rate, wer in unserem Flugzeug saß, Dr. Fountain-Goose!«, fuhr ich dazwischen.

»Was denn für ein Problem?«, fragte Margaret streng.

»Keins!«, sagte ich. »Ich muss mir nur ein Antibiotikum besorgen.«

»Kann ich machen«, sagte sie. »Wofür?«

»Eine kleine Infektion.«

»War es wirklich Dr. Fountain-Goose oder nur jemand, der so aussah?«, fragte sie, was bewies, dass sie eine weitere meiner Eigenarten aus der Kindheit nicht vergessen hatte, nämlich die, Fremde für Bekannte zu halten.

»Was ist das überhaupt für ein Name, Fountain-Goose?«, warf mein Großvater ein.

»Natürlich war er das«, sagte ich. Ich erzählte, dass er gerade Urlaub mit seiner Frau mache und er sich vielleicht melden würde, wenn sie Ende der Woche in Brisbane vorbeikämen.

»Wir haben diese Woche viel vor«, sagte Margaret. »Morgen habe ich frei, da müssen wir in die Banks Street fahren.«

Dort stand das Haus unserer Eltern. Ich hatte schon damit gerechnet, dass so etwas kommen würde, also sagte ich nur: »Super, das machen wir.« Was blieb mir auch anderes übrig. Dann fügte ich noch hinzu: »Du scheinst nicht so begeistert von der Vorstellung, Dr. Fountain-Goose zu treffen.«

»Wahrscheinlich war der Name ursprünglich anders«, sinnierte Arlo weiter. »Irgendwas mit Fountain-Geüsze oder so.«

»Gibt es Grund zur Begeisterung?«, sagte Margaret. »Wenn du Dr. Fountain-Goose treffen willst, wo wir uns alle Jubeljahre mal sehen, bitte schön!«

Ihre Antwort verblüffte mich. Wollte sie wirklich so gerne Zeit mit mir verbringen?

Urplötzlich befanden wir uns in einem Tunnel, einer Unterführung unter der Stadt, die bei meinem letzten Besuch noch nicht fertiggestellt gewesen war; wir würden also nie mehr die kleine sich schlängelnde Straße vom Flughafen am Brisbane River entlang der Stadt entgegenfahren. Bei jedem meiner Besuche hatte sich Brisbane mit einem großen Sprung weiter von seiner Vergangenheit entfernt. Außer dass mir schlecht wurde, als wir an den Mauern vorbeirauschten, kann ich nicht viel über den neuen Tunnel sagen.

Als wir zurück ans Tageslicht kamen, waren wir zum Glück auch schon fast da.

Kaum dass wir um die letzte Kurve bogen, sah ich es. Das weitläufige Queenslandhaus auf einem Hügel mit Blick auf ein Stück Grün, westlich vom Stadtzentrum. Es hatte eine große Veranda und kunstvolle Gitterarbeiten an den Dachvorsprüngen und erhob sich aus einem schwülen Dschungel aus Fächerpalmen, Palm- und Geweihfarnen, Grevileen und anderem üppigen Grün, das es von allen Seiten bedeckte. Die winterkahlen Plumerien mit ihren plumpen nackten Armen ließen noch nicht ahnen, welch süßduftende Blüten und edelglänzendes Laub schon bald an ihnen sprießen würden. Schön war es hier, bewohnt und der Boden voll Spielzeug, ein häusliches Ideal, das ich mir ersehnte und gleichzeitig belächelte, und in genau dem Moment, als Margaret in allerbester Laune verkündete: »Da wären wir!«, musste ich mich schwallartig übergeben, so als riefen meine Innereien: *Wir auch!*

»Heiliger Bimbam, in Deckung!«, hörte ich Arlo ausrufen.

»Penny! Oh mein Gott!« Margaret parkte und kam um den Wagen gelaufen, machte mir die Schiebetür auf und führte mich raus auf den Bürgersteig, wo ich mich ins Gebüsch erbrach. Sie hockte sich neben mich und hielt mir Taschentücher hin.

»Entschuldige, Margaret, dein Auto. Tut mir leid.«

»Komm, wir gehen rein«, sagte sie, legte den Arm um mich und führte mich nach drinnen. Es war bald Mittag und das Haus leer. Wilhelmus war beim Training, die Jungs noch im Kindergarten oder »Kindy«, wie Margaret sagte. Arlo teilte sie das Gästezimmer im Erdgeschoss zu, für mich hatte sie oben in ihrem Arbeitszimmer ein Aufblasbett vorbereitet.

»Aber ich muss das Auto sauber machen«, stammelte ich die ganze Zeit.

»Vergiss es. Was ist denn eigentlich los?«

Jetzt musste ich ihr also reinen Wein bezüglich meines Zustands und der Ereignisse auf dem Flug einschenken. Wie erwartet war sie entsetzt. Es war mir unangenehm, mit einem Problem anzureisen. Margaret sollte nicht denken, dass mit mir immer irgendwas im Argen lag. Kann sein, dass sie mich fragte, wie das passieren konnte und warum ich nicht früher reagiert hatte. Den Teil unseres Gesprächs habe ich wohl verdrängt. Das Ergebnis war jedenfalls, dass sie mich mit zur Arbeit nehmen und durchchecken lassen wollte. Protest war zwecklos, und sie hatte recht. Aber zuerst nahm ich eine Dusche, und das Erlebnis stand dem in Dales Hotelzimmer in nichts nach. Margaret besaß sogar Plüschhandtücher. Auch wenn die Frage nach der Attraktivität meines nackten Körpers gerade keine Priorität hatte, entging mir nicht, dass mein Bein aussah wie eine Wurst.

Zu meinem Leidwesen hatte Margaret die Zwischenzeit damit verbracht, Sitze und Boden in ihrem Van zu dekontaminieren. Vielleicht weil sie Mutter von zwei Kindern war und auch beruflich mit Körperflüssigkeiten zu tun hatte, flößte es ihr weniger Ekel ein als anderen. Vielleicht war Margaret aber auch einfach nur ein guter Teamplayer. Sie hatte uns Thunfisch-Sandwiches und einen Obstsalat aus Papaya, Banane, Mango und Kiwi gemacht, aber ich konnte noch nichts essen. Bald würden wir zum Krankenhaus aufbrechen müssen. Während sie herumwuselte und sich fertig machte, aß Arlo am Küchentisch seinen Lunch und blätterte in der *Courier Mail*. »Vielleicht kommt Catherine später vorbei«, sagte sie zu Arlo. »Sie holt die Jungs jeden Tag ab und freut sich auf ein Wiedersehen.«

Catherine war Margarets verwitwete Schwiegermutter.

»Dann muss ich mich wohl herrichten«, sagte Arlo.

Während ich auf Margaret wartete, las ich einen vor Kurzem erschienenen Zeitungsartikel über Wilhelmus, der gerahmt im Flur hing.

STILLER HÜNE WIRD ROAR-CAPTAIN
Erwarten Sie von Wilhelmus Janssen kein Wort über seine Siege im Asian Cup oder seine Beförderung zum Teamcaptain der Brisbane Roar. Der unter seinen Fans auch »Stiller Hüne« genannte 32-jährige Nationalspieler aus Brisbane gilt als schweigsam und genießt nicht zuletzt dafür unter seinen Teamkollegen hohes Ansehen.
»Wir sind auf einer Wellenlänge«, so Flynn Patrick, sein Mannschaftskollege und Vizecaptain. »Wilhelmus ist kein Mann vieler Worte, aber ein entschlossener und brillanter Stratege – mehr brauchen wir nicht.«
Laut Trainer Lachlan Hughes ist Janssen wie geschaffen für die Rolle als Captain. »Er ist ein Vorbild – auf und abseits des Spielfelds. Er hat die nötige Erfahrung und den Respekt der Mannschaft, darauf kommt es an.«
Für manche ist Janssen auch einfach der »schöne Hüne«. Viele Fans werden enttäuscht sein zu hören, dass der neue Captain glücklich verheiratet ist – und zwar mit Dr. Margaret Janssen, die am Universitätsklinikum Brisbane und an der Frauenklinik tätig ist. Die beiden haben Zwillingssöhne. Der ausscheidende Captain Angus MacMillan sagte bei seinem Amtsantritt dereinst: »Es ist mir eine Ehre, als Captain diesem geschichtsträchtigen und allseits beliebten Team anzugehören. Ich hoffe, wir können im kommenden Jahr an die Erfolge anknüpfen und den großartigen Teamgeist bewahren.« Janssen war für einen Kommentar nicht erreichbar, aber er hätte bestimmt das Gleiche gesagt.

Unsere Eltern waren völlig vernarrt in Wilhelmus gewesen, ganz besonders im Vergleich zu Sherman, der weder in Zeitungsartikeln verewigt noch als schöner Hüne bezeichnet wurde und als still schon gar nicht. Das Beste an Wilhelmus war wohl, dass er Margaret auf Händen trug.

In einem Auto, das dermaßen nach Eukalyptusreiniger stank, dass uns die Augen brannten, fuhren wir ins Krankenhaus, wo Margaret für die medizinische Fakultät der University of Queensland als Lehrchirurgin arbeitete. Mit anderen Worten war sie ein Mensch, auf den sich andere Menschen verließen. Die ganze Fakultät verließ sich auf sie. Kranke verließen sich auf sie. Und deren Familien auch. Meine Schwester hatte, jeweils zur rechten Zeit am rechten Ort, die nötigen Schritte unternommen, um an diesen Punkt zu gelangen. Als wäre sie bloß einem klar ausgeschilderten Pfad gefolgt, hatte sie methodisch ihr Ziel erreicht. Ihr waren keine Minderwertigkeitskomplexe in die Quere gekommen, hatten keine Depressionen die Pläne durchkreuzt. Sie ging alles, was sie tat, rational und ohne großes Zaudern an.

»Hast du in letzter Zeit was von Sherman gehört?«, wollte sie wissen.

»Nein.«

»Wohnt er jetzt bei der anderen?«

»Ja. Er hat schon vorher monatelang bei ihr auf der Weihnachtsbaumschule gewohnt, ich habe nur nichts geahnt.«

»Als du dachtest, er ist zum Forschen in Berkeley?«

Ich nickte grimmig. »Ich erinnere mich noch genau an den Tag, als er erzählt hat, eine Frau mit einer Baumschule wollte sich Äxte und Sägen schärfen lassen. Aber es lief vorher schon schlecht.«

»Das ist noch lange kein Grund, mit jemand anders durchzubrennen.«

Wenn es nach ihr ging, sollte ich so schnell wie möglich die Scheidung einreichen. Von Bedauern darüber, dass Sherman bald wie das faulige Bein unserer Familie amputiert werden würde, war nichts zu spüren, aber ich hatte sowieso keine Energie für das Thema.

»Und Doris ist wirklich an dem Tag, an dem Arlo ausgezogen ist, auf Kreuzfahrt gegangen?«

»Ja, erst hat sie behauptet, sie hätte zu viel zu tun, um ihn zu besuchen, und sich dann auch noch darüber beschwert, dass er ausgezogen ist, obwohl sie genau das gefordert hat.«

Wir konnten uns nur annähernd ausmalen, wie wütend und traurig unsere Mutter darüber gewesen wäre.

Am Royal-Brisbane-Krankenhaus stellte mich Margaret einem bärenhaften, bärbeißigen Kollegen vor, der mir Blut abnahm und mir dann per Infusion eine zusätzliche Dosis Antibiotika verabreichte. Meine Werte wurden überwacht, während ich auf einer Liege auf dem Flur vor mich hin dämmerte. Irgendwann hörte ich, erschöpft und orientierungslos, wie ich war, flüsternde Stimmen um mich herum und hob den Kopf, woraufhin mir nacheinander Meg, Bryan, Sarah, Colm, Rose, Abimbola und Kelly vorgestellt wurden, allesamt in Krankenhauskitteln. Sie umringten mich und fingen von allen Seiten gleichzeitig an, mir Fragen zu stellen.

»Sie waren Margaret schon lange nicht mehr besuchen, oder? Sonst hätte sie doch was gesagt!«

Es war schon eine Weile her, ja.

»Penny, wo wohnen Sie in den USA?«

Kalifornien.

»Bleiben Sie lange hier?«

Noch nicht klar.

»Was machen Sie beruflich, Penny? Arbeiten Sie auch im medizinischen Bereich?«

Im Bereich Medizin – ja.

»Welches Gebiet?«

Mmmm, *Zahnheilkunde.*

»Ach, Sie sind Zahnärztin!«, sagte die ältere Frau.

»Aus Kalifornien«, sagte eine andere.

»Schöne Zähne haben sie in Kalifornien«, sagte voll Anerkennung die nächste.

Ich stellte nichts richtig. Sie brauchten nicht zu wissen, dass Margaret eine Schwester hatte, die so war wie ich.

Die Ältere sagte: »Darf ich Sie mal was fragen, und zwar wurde bei mir vor Kurzem in einer Zahnlücke ein Knochenaufbau gemacht, und eigentlich hieß es, das würde sich schließen, aber es ist noch sehr empfindlich, könnten Sie mal einen Blick drauf werfen?«

Da solle sie lieber ihre Zahnärztin oder ihren Zahnarzt fragen, antwortete ich, sie oder er kenne sich schließlich in ihrem Mund besser aus als ich.

»Würde ich ja, aber meine ist leider im Urlaub, und ich weiß nicht, ob ich jetzt zu jemand anders gehen soll. Ich will niemanden damit nerven, wenn am Ende doch nichts ist, verstehen Sie?«

Und damit beugte sie sich über mich und riss ihren Mund weit auf wie ein Nilpferd, wodurch ich vollen Einblick in ihre Mundhöhle hatte, einschließlich besagter Zahnlücke. Zwar hatte ich noch nie einen Knochenaufbau gesehen, aber das Zahnfleisch war an der Stelle in der Tat hochrot und geschwollen. Als gebranntes Kind in Sachen Behandlungsaufschub riet ich ihr zur Eile: »Ja, das sieht für mich nach einer Entzündung aus, Sie sollten schleunigst jemanden draufgucken lassen.«

»Ja, das habe ich befürchtet, es fühlt sich komisch an«, sagte sie. »Und ich geh die ganze Zeit mit der Zunge dran, das macht es bestimmt noch schlimmer.«

Dann sagte ich, dass ich schon einen langen Tag hinter mir hatte, woraufhin sich alle mit guten Wünschen verabschiedeten.

Kurz darauf erschien Margaret, sie sah entsetzt aus. Sie flüsterte: »Was erzählst du den Leuten, du wärst Zahnärztin? Und gibst ihnen auch noch Ratschläge?«

»Es war nur ein Missverständnis!«, protestierte ich schwach.

Später, nachdem Margarets Kollege mich noch einmal durchgecheckt und ich mir in der Krankenhausapotheke Antibiotikanachschub besorgt hatte, schickte Margaret mich mit dem Taxi nach Hause. Dort wurde ich von Zweimeter-Wilhelmus empfangen, dessen Schritte das hölzerne Haus erzittern ließen, und den zwei kleinen Jungs, die mich schüchtern umarmten und Tante Penny nannten. Das war so rührend! Arlo saß im Bademantel da, schlürfte Martini und guckte Nachrichten. Zum Abendessen servierte Wilhelmus uns den von meiner fürsorglichen Schwester vorbereiteten Schmorbraten, wobei ich immer noch keinen Appetit hatte. Wilhelmus ist ein wortkarger Mann, aber er sieht in Kniestrümpfen gut aus und weiß das wahrscheinlich auch. Irgendwann schickte er seine Söhne zum Zähneputzen mit den Worten: »Bei euch im Mund tummeln sich gerade mehr Organismen als Menschen auf der ganzen Welt.«

Mein wissenschaftlich fundierter Beitrag: »Egal wie klein, ich kann mir einfach nicht vorstellen, wie so viele da reinpassen sollen.«

»Sie passen nämlich nicht rein!«, brüllte Boaz, froh über den unerwarteten Beistand.

»Genau, die passen nicht!«, schrie Bram.

Tanten waren zum Helfen da, beschloss ich.

Vor dem Schlafengehen stellten Boaz und Bram uns noch die Meerschweinchen vor und gaben uns ein Flötenständchen im Duett. Als Nächstes bekamen wir ein Turnspektakel mit Radschlag und Purzelbaum zu sehen. Krönender Abschluss der Abendunterhaltung war ein choreografierter Schwertkampf, bei dem die hölzernen Waffen der beiden Jungen eine gefühlt sehr lange Zeit laut aneinanderklackerten. Ich konnte kaum die Augen offen halten. Irgendwann sank ich erschöpft auf das Luftbett in Margarets Arbeitszimmer, glücklich, ein Dach über dem Kopf zu haben bei Menschen, denen ich willkommen war.

Wer mit einer septischen Entzündung mehrere Zeitzonen durchquert, muss im Allgemeinen mit einem gestörten Schlafrhythmus rechnen. Auch sind Aufblasbetten oftmals heiß und neigen dazu, peu à peu Luft zu verlieren. Entsprechend wachte ich mehrmals schweißgebadet auf, zwischen immer tieferen Falten aus vulkanisiertem Gummi, aufgewühlt von Gefühlen und Erinnerungen, die durch die Ankunft in Australien, das Wiedersehen mit Margaret und das ganze Drumherum hochgekommen waren und besonders durch die Zufallsbegegnung mit Dr. Fountain-Goose. Als Kind hatte ich abseits der Familie ein Schattenleben geführt, das mich belastete. Obwohl Margaret damals von meinen jährlichen Besuchen bei Gaspard wusste, behielt ich die emotionalen Auswirkungen für mich. Zu Hause hatte ich ja alles, was ich brauchte. Hugh liebte mich wie seine eigene Tochter, und wir vier standen uns alle sehr nah.

Über meine Termine mit Dr. Fountain-Goose, bei denen ich über meine Probleme sprach, wurde zu Hause kein Wort verloren. Meine Mutter vereinbarte sie heimlich, als könnte es mir peinlich sein zuzugeben, dass etwas nicht stimmte. Ich rätselte schon lange, wie viel Margaret davon mitbekommen hatte. Gefragt hatte ich sie nie.

Die Nacht zog sich. Beim Gedanken an all die Jahre, die vergangen waren, seit ich meine Mutter und Hugh zum letzten Mal gesehen hatte, spürte ich einen vertrauten Kloß im Hals. Früher hatten meine Mutter und ich fast täglich telefoniert; es war ihr wichtig, dass wir trotz der Distanz verbunden blieben. Damals kam es mir vor, als wäre nichts echt, solange sie nicht davon erfahren hatte. War das der Grund, warum sich seitdem nichts mehr echt angefühlt hatte?

Draußen vor dem Fenster raschelten die Possums aus der Nachbarschaft, und mit Anbruch der Dämmerung stiegen die Schreie Hunderter Vögel zum Himmel. Im ersten Licht entdeckte ich in den Regalen um mich herum hübsch gerahmte Fotos von meiner Familie.

Der Anblick traf einen rohen Nerv, und um mich davon abzulenken, nahm ich mein Telefon und gab *Zwergspitz* in die Suchleiste ein. So fand ich heraus, dass Hunde dieser Rasse ursprünglich aus der polnisch-deutschen Grenzregion Pommern an der Ostsee stammen, dass sie früher normale Hundegröße hatten und einst durch Königin Victoria zu großer Beliebtheit gelangt waren, die angeblich Frauchen von fünfunddreißig Zwergspitzen gewesen war. Auf einer Website wurde der Zwergspitzkopf als keilförmig bezeichnet, was ich als komplett unzutreffend und wenig schmeichelhaft empfand. Während ich mich durch eine Bilderserie von weißen, dreifarbigen, orangefarbenen und cremebeigen Zwergspitzen wischte, bekam ich eine Textnachricht:

Hi, Penny, es ist passiert. Burt hat sich direkt nach seiner Entlassung aus dem Krankenhaus bei deiner Großmutter einquartiert. Aus seinem Büro haben sie ihn rausgeworfen, ich habe den starken Verdacht, dass die Barrakuda-Lady etwas damit zu tun hat. Der Van wurde abgeschleppt und beschlagnahmt. Ich versuche, übers Wochenende ein paar Dinge zu regeln. Es tut mir leid, dich zu stören, während du da drüben ganz andere Sorgen hast, aber ich dachte, das willst du wahrscheinlich wissen.

Allmählich entwickelte ich einen Groll gegen Dale – warum musste er immer so hinreißend und fürsorglich sein? Ich legte das Telefon weg und sammelte mich. Ein Leopardengecko beäugte mich von einem der Flügel des Deckenventilators, aber ich wusste, die Tiere waren harmlos und konnten niedlich quieken. Nach kurzer Überlegung war mir klar, dass ich Pincer sofort anrufen musste. Zeitlich passte es optimal, bei ihr war es später Nachmittag.

Als sie ranging, klang sie auffallend gut gelaunt.

»Hallo, Penny. Hast du da drüben alles erledigt?«, fragte sie.

»Soll das ein Witz sein? Ich bin gerade erst angekommen. Und ich hoffe, du erinnerst dich, wie du mich mit deiner sehr hässlichen Rennkuckuck-Brosche gestochen hast, mein Bein hat sich nämlich entzündet, Sepsis-Gefahr, und sie mussten während des Flugs Ärzte ausrufen lassen, und heute habe ich mich in Margarets Auto erst mal übergeben und musste ins Krankenhaus.«

Sie hielt einen Moment inne, bevor sie erwiderte: »Tja, ich habe dir bestimmt nicht geraten, einmal um die halbe Welt zu fliegen, das hast du dir schon selbst zuzuschreiben.«

»Tut es dir kein bisschen leid?«

»Penny, ich habe meinen Steuerberater Burt Lampey im Haus, also bin ich von morgens bis abends auf den Beinen. Ich komme mir vor wie damals im Schichtdienst am Harbor-Krankenhaus.«

»Wie geht es ihm denn?«

»Sehr gut. Er läuft schon wieder rum und nimmt brav seine Plättchenhemmer, Betablocker, ACE-Hemmer, Cholesterinsenker, Entwässerungsmittel und Gefäßerweiterer. Da wird er sich dran gewöhnen müssen. Es gibt viel zu beachten, wenn jemand von einer OP erschöpft ist. Aber er ist dankbar und lammfromm.«

Auf einem Ast vor dem Fenster erkannte ich das unverwechselbare Profil einer Jägerlieste und hoffte, sie würde an meiner Stelle losgackern.

»Bist du sicher, dass es dir nicht zu anstrengend ist?«, fragte ich.

»Arbeit hält jung. Wenn die Pflicht ruft, laufe ich zu Höchstform auf. Das versteht deine Generation gar nicht. Und es lenkt mich von der Sache mit Hiroshis Knochen ab, wobei ich glaube, das löst sich bald in Wohlgefallen auf. Kommissar Storke ist übrigens auch ein sehr netter Mann. Er kommt regelmäßig vorbei, um nach mir zu sehen.«

Ihr zu sagen, dass Dale Burt bald aus ihren Fängen befreien würde, brachte ich nicht übers Herz. Vorerst schien es, als würde sie Burts

Pflege ernst nehmen, und es war sehr angenehm, sie mal nicht über den Diebstahl eingebildeter Gegenstände oder eine minderwertige Hühnerbrust klagen zu hören. Wer weiß, vielleicht waren Burt und sie ja wie füreinander geschaffen. Oder vielleicht brauchte sie einfach Kommissar Storke im Leben. Vielleicht brauchte sie auch beide. Was immer der Grund für ihre gute Laune war, ich nahm sie dankbar an – natürlich hätten im Rückblick sämtliche Alarmglocken schrillen müssen.

16

Nicht lange danach begann das wilde Gewusel, als sich die Jungs für die Schule fertig machten, Tellerklappern, Treppentrappeln rauf und runter, Rufen, Murren, Wasserrauschen, Türenquietschen, Türenknallen und dann, endlich, Stille. Ich zog mich an, wie immer Jeans und T-Shirt, ging runter und fand Margaret an ihrem Laptop vor mit einer Tasse Tee, Arlo kaffeetrinkend am Küchentisch. Gleich beim Reinkommen erzählte ich, was ich von Dale erfahren hatte, nämlich dass Burt direkt nach seiner Entlassung bei Pincer eingezogen war. Arlo gab instinktiv einen Schreckenslaut von sich, doch Margaret schien die Tragweite nicht klar zu sein. Mir ging auf, dass sie noch nichts über Burt, geschweige denn Dale wusste, also schnappte ich mir idiotischerweise mein Telefon, um ihr Fotos zu zeigen. Ich rief eins von Dale auf, wie er den Hundetransporter aus dem Sportwagen hievte, das ich ohne sein Wissen gemacht hatte. »Okay, das hier ist Burts Bruder Dale. Er ist unheimlich nett.«

Mit einem flüchtigen Blick auf den Bildschirm sagte Margaret: »Burts Bruder Dale. Aha.«

Noch nicht ahnend, dass ich mich gerade in etwas hineinritt, scrollte ich weiter bis zu einem Bild von Burt, das ich an dem Abend, als wir mexikanisch essen waren, gemacht hatte. Inzwischen hatte ich mich so an seinen Kahlkopf gewöhnt, dass mich sein Anblick mit Toupet zum Lächeln brachte.

»Das ist Burt«, sagte ich. »Er ist Pincers Vertrauter und Steuerberater, und er wollte mir eigentlich mit Pincer helfen, aber jetzt ist er krank und geschieden und obdachlos.«

Margaret schaute sich das Foto an.

»Er ist lustig. Du würdest ihn mögen«, fügte ich hinzu.

»Was soll das mit der Perücke?«, fragte sie.

»Ja, die trägt er jetzt nicht mehr. Er hat sie seinem Hund gegeben. Nur zum Kuscheln, nicht zum Anziehen.«

»Ah ja. Kann er dir denn noch helfen?«

»Weiß ich nicht, aber wir haben uns angefreundet, und ich mache mir Sorgen um ihn. Das ist der Hund.« Ich hielt ihr ein hinreißendes Porträt von Quetschie im Sonnenschein unter die Nase, von dem Tag, als ich ihn ins Palms mitgenommen hatte.

»Ein süßer kleiner Racker«, bekräftigte Arlo.

»Dale passt auf ihn auf, bis es Burt besser geht. Der Vater von den beiden hat in einem Lebensmittellager gearbeitet und wurde von einer Gemüsekiste erschlagen, als die beiden noch ganz klein waren. Ist das nicht furchtbar? Burt hätte damals ein Sportstipendium für die Universität bekommen, hat es aber aufgegeben, um sich um Dale zu kümmern, der vierzehn Jahre jünger ist.« Ich erzählte ihr all diese Details, als wären sie Teil einer neuen Kosmologie, zu deren Eingeweihten ich mich zählte. Margaret aber schaute bloß gleichgültig, fast angewidert drein.

»Stimmt was nicht?«, fragte ich.

»Hast du diese Leute nicht gerade erst kennengelernt?«

Das stimme, sagte ich, aber na und?

»Und was ist mit den Leuten von deiner Arbeit?«, fragte sie. »Wo sind die Leute, die dir was bedeuten? Von denen will ich Fotos sehen.«

Wie konnte sie so danebenliegen? War sie wirklich so begriffsstutzig? »Die Leute auf der Arbeit konnte ich nie ausstehen!« (Was nicht ganz stimmte; so schlimm waren sie nicht. Eigentlich waren sie sogar nett.) »Und so oder so«, fügte ich hinzu, »arbeite ich gar nicht mehr dort.«

»Du hast gekündigt?«

»Darum hatte ich doch Zeit, nach Santa Barbara zu kommen. Und hierher.«

Eine weitere kontraproduktive Eigenschaft von mir, die sich im Umgang mit Margaret zeigte: Wenn ich merkte, dass sie sich über mich ärgerte, setzte ich alles daran, sie noch mehr zu ärgern.

»Was ist das denn?«, fragte sie, als ich ihr ein weiteres Bild zeigte.

»Burts geliebter Van. Spitzname ›Der Hund des Nordens‹.«

Margaret wich sichtlich angeekelt zurück, wobei ihre Nase sich in Runzeln legte wie ein ganz kleiner Kohl.

Ich fügte hinzu: »Eine Frau aus seinem Büro steht total auf ihn und dachte anscheinend, ich will ihn ihr wegschnappen, und hat dann *Nuttenkuh* auf den Van gesprüht, als ich drin geschlafen habe.«

»Du hast in dem Van geschlafen?«

Arlo ging dazwischen. »Penny, ich mache jetzt eine Liste mit allem, was wir noch für die Reise besorgen müssen, aber irgendwann will ich auch noch mit den Kindern Koalabären gucken.«

»Penny muss erst wieder auf die Beine kommen«, sagte Margaret und sah mich erschöpft an. »Ich halte es für keine gute Idee, schon aufzubrechen. Das sind gut vierundzwanzig Stunden mit dem Auto. Wollt ihr nicht doch lieber fliegen?«

»Wir fahren«, sagte ich knapp. »Das ist der Plan. Basta.«

Dann zog ich mich mit meinem Kaffee in Margarets Arbeitszimmer zurück, wo ich trotzig gegen das Luftbett kickte, als hoffte ich, es zum Platzen zu bringen. Ich war beleidigt, weil Margaret Burt, Dale und Quetschie so achselzuckend abtat, und zugleich verwirrt, weil ich durch ihre harschen Bemerkungen erkannte, wie dünn das Band zwischen mir und ihnen in Wahrheit war und dass das Gerüst dieser Freundschaften wahrscheinlich in sich zusammenfiele, sobald Burt sein Leben wieder auf die Reihe gebracht hätte. Meine Vorstellung einer tiefen Freundschaft war ohne Frage fragwürdig, und die allwissende Margaret konnte das von ihrem Standpunkt aus viel klarer sehen als ich. Gleichzeitig wollte ich Burt, Dale, Quetschie und sogar den Hund des Nordens vor ihrem Urteil in Schutz nehmen.

Die Bäume auf dem Grünstreifen zitterten in einer schwachen Brise, ihre Blätter schillernd wie Silbermünzen. Über der Küste waren gewaltige Wolken zu sehen. Von den Spitzen hoher Eukalyptusbäume krächzten Elstern und Kakadus. Der Tag lud mich dazu ein, ihn zu genießen. Kurz erwog ich, aus Trotz wieder zurück ins Bett zu kriechen und mich unter der Decke zu verstecken, aber damit würde ich nicht durchkommen, das war mir klar. Margaret würde mich sofort wieder aufscheuchen.

Die Sache war die: In den letzten Monaten hatte ich abseits der Dauerbeobachtung, die eine intime Beziehung mit sich brachte, zu einem inneren Gleichgewicht zurückgefunden. Von Margaret hinterfragt zu werden, war nicht leicht zu ertragen.

Als ich zum Ventilator aufsah, war der Gecko verschwunden. Vielleicht war das ein Zeichen, dass ich mich zusammenreißen sollte; mein Großvater, meine Schwester und ihre Familie waren nicht weit. Das hier war der Kreis meiner Lieben und jetzt nicht der Moment zum Grübeln – erst recht nicht, als Margaret kurz darauf an die Tür klopfte und sich entschuldigte. Sie habe nicht so negativ klingen wollen, als ich die Fotos von meinen Freunden gezeigt hatte. »Erzähl, soviel du magst, von ihnen«, sagte sie und fügte hinzu, wie dankbar sie mir für meinen Einsatz bei Arlo und Pincer war. Beinahe hätte ich gefragt: *Was ist denn eigentlich an deinen Freunden so toll?*, ließ es aber bleiben. Margaret kriegte immer irgendwann die Kurve, das musste man ihr lassen. Ich ging zurück nach unten, schenkte mir Kaffee nach, schrieb Dale ein paar tröstende Worte, und bald darauf diskutierten Arlo und ich anhand einer auf dem Tisch ausgebreiteten Landkarte unsere Reiseroute in Richtung Nordwesten, natürlich dieselbe, die meine Mutter und Hugh genommen hatten. Ich musste Margaret mein Wort geben, dass wir nicht verschollen gehen würden.

Und so standen Margaret und ich später an diesem Morgen gemeinsam und als Team vor dem Haus unserer Eltern. Endlich war der Moment gekommen. Der Garten war kaum wiederzuerkennen, eine spannende Verschmelzung von wucherndem und totem Grün – manche Arten hatten schlicht aufgegeben und sich von robusteren Gewächsen überwältigen lassen, was dem Grundstück ein wildes, ungezähmtes Erscheinungsbild verlieh.

»Den Gärtner bezahle ich nicht mehr«, sagte Margaret.

Jedes Detail, um das sie sich nicht mehr kümmerte, war ein Gewissensbiss weniger für mich.

»Lass uns reingehen.«

Das Haus auf der Banks Street befand sich auf einer Anhöhe, von der Veranda sah man Mount Coottha. Dort hatten unsere Eltern oft beim Mittagessen über den Leopardenbaum hinweg auf die Wildnis geblickt, die direkt hinter den Stadtgrenzen lauerte. Unsere Mutter liebte das Gefühl, von Natur umzingelt zu sein.

Abgesehen von dem Haus hatten Margaret und ich eine Menge anderes zu besprechen, was sich in den letzten Monaten angestaut hatte. Auf der Fahrt zum Haus redeten wir über die groteske Pincer-Situation, Arlos Beziehung zu Doris und seinen Umzug ins Palms und noch ein wenig über meine Trennung von Sherman. Sie erzählte, was es bei ihr beruflich Neues gab und wie sich das alles mit den Bedürfnissen der Kinder vereinbaren ließ. Offenbar lag es zum großen Teil am Einsatz ihrer Schwiegermutter, dass in der Familie nicht alles in sich zusammenstürzte, wofür Margaret ihr sehr dankbar war.

Jetzt, als ich das Haus vor mir sah, verstand ich besser, warum es sie belastete. Gleich beim Reingehen machte Margaret die Klimaanlage an, um den feuchten Geruch, der alle Räume durchdrang, zu vertreiben. Im ganzen Haus öffneten wir die Holzfensterläden und schauten uns um. Nach dem Anruf von Viola Mitchell, der Gebäudeverwalterin, hatte ich deutlich Schlimmeres erwartet.

Alles sah genauso aus wie vor fünf Jahren. Auf dem kleinen Tisch zwischen den beiden Ledersesseln vor dem Fernseher stand der Salzstreuer, der wohl beim letzten Abendessen meiner Eltern an diesem Platz zum Einsatz gekommen war. Auf den zwei Nachttischen lagen noch die letzten Lektüren – eine Monografie über den Künstler Milton Avery auf der Seite meiner Mutter, auf Hughs Seite Edmund Hilarys Bericht über die Besteigung des Everest. Ein Wäschekorb war zur Hälfte mit Schmutzsachen gefüllt. Wobei die Zeit nicht komplett stehen geblieben war – den Kühlschrank hatte Margaret schon vor langer Zeit ausgeräumt und ausgesteckt und die Essensvorräte aus dem Schrank entsorgt.

»Ich war auch ein paarmal hier und habe mir Sachen ausgeliehen«, sagte Margaret. »Dachte, das macht dir bestimmt nichts aus. Ich habe den Feuertopf und die große schwarze Salatschüssel mitgenommen.«

»Klar«, sagte ich.

»Was wollen wir denn jetzt machen?«

So verlockend es mir erschien, das Haus als Museum zu erhalten, einen Ort, den wir noch in vielen Jahren besuchen konnten, um Nachforschungen über unsere Eltern anzustellen, war mir klar, dass Margaret sich nicht darauf einlassen würde. »Sag du's mir. Für dich ist es belastender.«

»Weißt du noch, was ich dir über das Verschollenheitsgesetz hier in Queensland erzählt habe?«

»Nicht mehr genau.«

»Das Gericht kann erst nach sieben Jahren Vermisstsein eine Todeserklärung ausstellen. Das ist noch zwei Jahre hin. Ab dann können wir entscheiden, ob wir das Haus verkaufen oder es behalten und vermieten wollen, das ist ein anderes Thema. Aber es gäbe auch die Möglichkeit, dass wir Beweismaterial vorbringen und eine Art Todeseid schwören – dann kämen wir schneller an das Dokument.«

»Todeseid? Das ist doch krank! Warum sollten wir das tun?«

»Weil es inzwischen das einzig Vernünftige wäre.«

»Aber wir haben doch gar keinen Beweis, außerdem wollen wir es nicht glauben.«

»Natürlich nicht, aber haben wir eine Wahl? Wir haben alles Menschenmögliche versucht.« Das stimmte. Margaret hatte sich immer wieder mit der Polizei in Verbindung gesetzt, und am Anfang hatten wir sogar Privatdetektive engagiert. »Es gibt keinen Grund zu der Annahme, dass die beiden ihr Verschwinden inszeniert und eine neue Identität angenommen hätten …«

»Keinen, der uns bekannt wäre«, sagte ich trotzig.

»… und vor allem wären sie nie irgendwohin gegangen, ohne uns genau zu verraten, wo sie wann zu finden wären, und davon abgesehen, Penny, wie kannst du glauben, sie könnten noch am Leben sein und uns das hier antun?«

»Margaret, du hast mit allem recht, aber ich werde einfach die Vorstellung nicht los, dass sie in eine andere Dimension übergeglitten sind oder irgendwo gegen ihren Willen festgehalten werden.«

»In eine andere Dimension? Ist das dein Ernst?«

»Woher sollen wir das wissen?«

»Dazu fällt mir nichts mehr ein. Und festgehalten werden gegen ihren Willen, das ist ja noch schlimmer. Willst du dir das wirklich lieber vorstellen?«

»Ich stelle mir gerne vor, wie sie entkommen und wir plötzlich einen Anruf kriegen, dass es ihnen gut geht.«

»Das fände ich auch schön, aber wäre es nicht besser einzusehen, dass sie von irgendeiner Naturgewalt überrascht worden sein müssen, auf die sie keinen Einfluss hatten?«

»Nein, das ist überhaupt nicht besser. Du meinst, sie sind einfach umhergestreift und dann gestorben?«

»Wie Burke und Wills«, sagte Margaret. »Du hast recht, das ist nicht besser. Nichts davon wäre gut.«

Wir beschlossen, konstruktiv vorzugehen und ein paar Stunden mit Putzen und Aufräumen zu verbringen. Margaret hatte die Idee, gereinigt und entrümpelt könnten wir das Haus möbliert vermieten, sodass es nicht vollständig verrottete. Sie glaubte, jemand vom Krankenhaus oder aus ihrem Chor könnte Interesse haben und bereit sein, sich auf ein flexibles Arrangement einzulassen.

»Verstehst du jetzt, warum ich das nicht ohne dich machen wollte?«, fragte Margaret.

»Ja. Tut mir leid, dass ich nicht früher gekommen bin.«

»Na, jetzt bist du ja hier. Und das bedeutet mir viel.«

Manche Räume waren leichter zu bewältigen als andere, abgelaufene Hautcremes im Bad schnell entsorgt. Dann wollte ich Margaret helfen, den Kleiderschrank auszumisten, doch als ich aus den Augenwinkeln auf dem Schulterteil einer Jacke ein paar Haare unserer Mutter erspähte, wurde mir fast schwarz vor Augen. Ich nahm mir stattdessen das Arbeitszimmer vor. Hugh war immer ein sorgfältiger Archivar gewesen, und entsprechend ordentlich sah es in seinen Aktenschränken aus, mit Ordnern voller Steuerunterlagen, Belegen, Korrespondenzen und sonstigem Aufhebenswertem. In Penny-Ordnern und Margaret-Ordnern fand ich alte Zeugnisse, Einladungen zu Schulfeiern und andere Erinnerungsstücke aus unserer Kindheit. Beim Stöbern in den Aktenschränken stieß ich auf einen Ordner mit alten Briefen von Gaspard, die ich mit einem etwas mulmigen Gefühl neben meine Tasche legte, um sie mir später anzuschauen.

Während meiner archäologischen Nachforschungen gingen mir Burke und Wills nicht aus dem Kopf, auf die Margaret zuvor angespielt hatte. Ich dachte an die Faszination unserer Mutter für die verhängnisvolle Expedition, zu der die beiden 1860 mit einer Kamelkarawane gut ausgerüstet in Melbourne aufgebrochen waren, um das Innere des Kontinents zu erkunden. Letzten Endes schafften sie es nicht ganz bis zur Nordküste, weil ihnen undurchdringliche Mangrovenwälder und ausgehende Vorräte die Pläne durchkreuzten. Also kehrten sie um, zurück zum Camp am Cooper's Creek, wo andere aus der Truppe mit den Reserven warteten. Weil sie aber aufgrund von Dauerregen, Gesundheitsproblemen und dem Tod mehrerer Kamele nur langsam vorankamen, betrachteten die Männer am Cooper's Creek sie schließlich als verschollen und traten die Heimreise an. Die tragische Wende: Burke und Wills erreichten das Camp später *am selben Tag*, an dem es verlassen worden war. Weitere Pannen, Kommunikationsverwirrung und Verzögerungen kamen den Rettungsversuchen in die Quere. Schlussendlich blieben sie ausgehungert und krank am Cooper's Creek, bis sie dort, fast ein Jahr nach ihrem Aufbruch, verendeten.

Während unseres Jahres in Canberra stellten unsere Mutter und Hugh, weil sie unbedingt ein Bildungserlebnis für uns schaffen wollten, eine Lektüreliste mit australischen Klassikern zusammen. Neben vielen anderen lasen wir damals Werke von Miles Franklin, Randolph Stow, Mary Durack und Thomas Keneally, wir lasen *Voss* und *Der Maler* von Patrick White, *Eine Stadt wie Alice* von Nevil Shute und A. B. Faceys wunderbare Autobiografie. Und natürlich war meine Mutter besonders bewegt von *Cooper's Creek* von Alan Moorehead; offenbar betrachtete sie die Teilnahme an einer todgeweihten Expedition als einzigartige Chance.

Ich zog *Cooper's Creek* aus dem Regal. *Für das Geheimnis des Outback gaben sie ihr Leben*, so der knackige Claim auf dem Cover. Ha! Wer konnte das schon von den eigenen Eltern sagen?

Die langwierige Tragödie um Burke und Wills schien meiner Mutter auf eine Weise nahezugehen, die sich mir nie ganz erschloss. Genauso die Geschichte des Naturforschers Friedrich Leichhardt und seiner verhängnisvollen Reise ins Outback von 1848, auf welcher der Roman *Voss* basiert. Die eselsohrige Ausgabe mit Anmerkungen und Unterstreichungen in Bleistift, die ich jetzt in der Hand hielt, zeugte von der fast obsessiven Beschäftigung mit dem Thema. Dennoch war es unvorstellbar, sie und Hugh könnten ihre eigene fatale Expedition geplant haben. Der Gedanke hatte mich zwar einige Male gestreift, aber er kam mir pervers vor, und ich schämte mich fast dafür.

Während wir im Haus zugange waren, klingelte bei Margaret pausenlos das Handy. Offenbar war sie sehr gefragt und konnte zu allem Möglichen eine Meinung abgeben, ohne aus dem Tritt zu geraten. Nach einem dieser Anrufe kam sie ins Arbeitszimmer und verkündete, dass meine Laborergebnisse da seien. Ein Schnelltest meiner IgM-Antikörper bestätigte die Diagnose Leptospirose.

»Leptospirose? Was heißt das jetzt?«

»Das heißt, dass du Glück hattest, dass es halbwegs früh erkannt worden ist, und dass unsere Großmutter dich wahrscheinlich mit einer durch Rattenurin oder -fäkalien verseuchten Brosche gestochen hat.«

»Das klingt leider plausibel. Was bin ich nur für ein Glückspilz!«

»Oh ja. Tetanus, Pestbakterien, Hantaviren, alles negativ. Es hätte noch viel schlimmer kommen können. Aber das Sepsis-Gedöns war zu hundert Prozent deine Schuld.«

»Sehe ich ein.«

»Doch, war es wirklich.«

»Ja, schon kapiert!«, blaffte ich.

»Mach doch nicht so einen Mist!«, blaffte sie zurück, aber auf fürsorgliche Art, das merkte ich.

Leptospirose. Mit frischem Elan machte ich mich wieder an die Arbeit, stolz, dass ich mit einer berühmten Krankheit infiziert und noch am Leben war. Bis zum frühen Nachmittag hatten wir das Haus in einen halbwegs vorzeigbaren Zustand gebracht. Wir saugten, wuschen, wischten, wedelten. Jeder Gegenstand, den ich berührte, erschien mir mit Bedeutung aufgeladen, was den Prozess qualvoller machte als alles, was ich in letzter Zeit sonst so erlebt hatte, und das wollte was heißen. Mehr als einmal kamen mir die Tränen, und ich nahm eins der sauber gebügelten und gefalteten Stofftaschentücher meiner Mutter aus ihrer Unterwäscheschublade und tupfte mir damit die Augen ab. Zwischendurch riefen wir ein paarmal Arlo an, um uns nach ihm zu erkundigen, und gaben ihm unser Wort, auf dem Rückweg Kebab von Margarets Lieblingslibanesen in Red Hill mitzubringen. Kurz vor dem Aufbrechen, als wir gerade die Fensterläden schlossen und alle Lichter ausmachten, leuchteten eine Reihe von Nachrichten auf meinem Handy auf.

Danke für deine Nachricht. Ich werde wohl trotzdem dieses Wochenende hinfahren.

Ich habe übrigens das Rorty-Buch ausgelesen, von dem ich dir erzählt hatte. Mich beschäftigt besonders ein Essay, der aus der Sicht von 2096 verfasst ist und auf unsere Gegenwart zurückblickt, in der wir Despoten an die Macht bringen, weil die grausame Einkommensschere jegliche Solidarität zwischen den Bürgern zerstört hat.

Er schreibt, es sei kaum vorstellbar, wie die US-Bürger in unserer

Zeit die schreckliche Ungleichheit in der Gesellschaft erdulden konnten, ganz ähnlich, wie wir heute nicht verstehen, wie Menschen damals die Sklaverei hinnehmen konnten. Interessierst du dich für Politik? Ich frage mich, wer von den aktuell zur Wahl Stehenden für nächstes Jahr sich noch als Despot entpuppt.

Aber mein Gott, Rorty hat das 96 geschrieben, und alles, was er vorhergesehen hat, tritt gerade ein. Hass, Gewalt und Verzweiflung, wohin man blickt. Sorry, dass ich dich hier vollquatsche. Ich sag Bescheid, wie das Wochenende gelaufen ist. Bin nicht gerade voller Vorfreude.

Eine Wärme durchströmte mich. Margaret merkte, dass irgendwas komisch war, vielleicht die Kombination aus Penny und glücklich, und fragte, was los sei.

»Oh, äh, noch eine Nachricht von Burts Bruder Dale. Über einen Essay, den er gelesen hat.«

»Das scheint mir eine bedeutsame Entwicklung zu sein. Ist Dale Single?«

»Verheiratet«, sagte ich.

»Warum schreibt er dir so lange Nachrichten?«

»Vielleicht schätzt er unsere Freundschaft doch mehr, als du denkst.«

»Ein verheirateter Mann schreibt nicht solche Nachrichten, es sei denn, er hat Absichten.«

»Mir scheint er kein Typ für Absichten«, sagte ich mit Nachdruck.

Margaret schaltete die Klimaanlage aus und riegelte das Haus ab. »Sicher, dass er verheiratet ist? Vielleicht ist er ja in der gleichen Situation wie du.«

»Vielleicht. Er hat jedenfalls seine Frau nicht ein Mal erwähnt.«

»Hak doch mal subtil nach«, sagte Margaret. »Ich meine, falls du interessiert bist. Bist du? Oder ist es zu früh, wo du ja noch nicht mal geschieden bist?«

Ich legte mich nicht auf eine Antwort fest.

Doch während Margaret übers Telefon unsere Essensbestellung aufgab, schrieb ich Dale zurück:

Der Essay klingt unheimlich. Gruselig, wohin wir abdriften. Hoffe, Burt gibt dir keinen Grund zur Sorge und dass es dir gut geht. Und deiner besseren Hälfte auch.

Und bekam fast unmittelbar darauf folgende Antwort:

Die bessere Hälfte hält mich auf Trab, aber die Freuden überwiegen jegliche Unannehmlichkeiten.

Ich hätte es lieber im Unklaren gelassen, so viel kann ich sagen. Unannehmlichkeiten? Wie putzig. Nach diesem liebevollen und eindeutigen Bekenntnis zu seiner Frau fühlte ich mich so verlassen wie nie. Warum hatte ich auf Margaret gehört? Aber auf wen sollte ich sonst hören?

17

Die nächsten Tage waren vollgepackt mit Vorbereitungen für unsere Reise nach Mount Isa. Die sinnlosen Tagträume schüttelte ich ab, und körperlich befand ich mich auf dem Weg der Besserung, auch wenn mein Bein weiterhin steif und geschwollen war. Wenn ich an Burt in Pincers Haus dachte, machte ich mir Sorgen, besonders nachdem ich ihn mehrmals angerufen hatte und er nicht rangegangen war. Aber vielleicht wurde er ja wirklich liebevoll von Pincer gepflegt, war die Durchgeknallte aus dem Büro endlich los, bekam tellerweise Hühnersuppe und schlief in einem Bett und nicht auf dem Boden oder auf einem harten Sofa und vor allem im Wissen, dass sein Bruder für ihn da war und ihn schon bald besuchen würde.

Margaret hatte sich ihren Arbeitsplan so umorganisiert, dass sie möglichst viel Zeit mit uns verbringen konnte. Mit Boaz und Bram besuchten wir einmal nach der Schule die Lone-Pine-Auffangstation für Koalas, wo Arlo eins dieser dieser sanften, struppigen Wesen für ein Foto auf den Arm nehmen durfte. Er war ganz aus dem Häuschen. An einem Abend setzten wir uns bei Einbruch der Dämmerung an den Fluss, um die Fledermäuse beziehungsweise Flughunde zu beobachten, wie sie zu Tausenden aus ihrer Höhle ausschwärmten und in den Himmel stiegen. Und Arlo und Catherine Janssen trafen sich mehrmals in dieser Woche. Catherine war Anfang achtzig, fit und fröhlich. Sie brachte frisch gebackene Lamingtons mit, kleine Kuchen mit Schokoglasur und Kokosflocken, und dann spielten sie Schach.

Wenn Margaret ihren schicken Van mal nicht brauchte, machten Arlo und ich damit Besorgungen für unsere Reise. Da sich der Fluss in Schleifen durch die ganze Stadt schlängelt, wussten wir beim Überqueren oft nicht, auf welcher Seite wir landen würden, aber die Irrwege machten uns nichts aus. Im Zentrum hingen die Kräne über den allerorts aus dem Boden sprießenden neuen Gebäuden, dazwischen die City Hall und das Parlament als zwergenhafte Relikte aus der Zeit des Sandsteinabbaus. Wir hatten Lieblingsstrecken entlang der Hauptverkehrsadern, die mit gerade erblühenden Jacarandabäumen gesäumt waren; wir kurvten durch hügelige Gegenden mit Blick auf das Stadtpanorama und Hinterland, vorbei an pittoresken Häuschen und subtropischen Gärten, immer mit offenem Fenster, denn die Luft war mild und voll fruchtbarer Düfte. Für Arlo aber war es das Schönste, wenn er Orte von früheren Reisen wiedererkannte, wie den Obstmarkt in Rocklea, zu dem ihn, wie er mir erzählte, meine Mutter einmal mitgenommen hatte, um Melonen zu kaufen.

Wir stellten uns eine Vorratskiste zusammen, borgten uns von Margaret und Wilhelmus einen kleinen Gaskocher, Schlafsäcke, Taschenlampen, all das nicht zum Gebrauch bestimmt, sondern nur für den Fall der Fälle. Ich lieh mir einen neuen Toyota Land Cruiser mit Frontschutzbügel, außerdem ein Satellitentelefon. Wenn wir uns ranhielten, würde die Fahrt zwei Tage dauern. Die Logistik unserer Exkursion nahm mich so sehr in Beschlag, dass ich ihren eigentlichen Zweck zumindest vorübergehend verdrängen konnte.

Doch wenn ich mich abends in mein bescheidenes Bett zurückzog, widmete ich mich wieder der Ausgabe von *Voss*, die ich aus dem Haus meiner Eltern mitgebracht hatte. Ich würde so weit gehen zu behaupten, dass die Geschichte im Kern die gleiche ist wie in *Picknick am Valentinstag* – Europäer, die den Verlockungen einer Gegend verfallen, die sie nicht begreifen. Ich würde außerdem sagen, dass der Autor White die Gabe hat, das Ekelhafte in allem zu finden und mit seiner Sprache und Syntax ein basales Unbehagen auszulösen. Wofür er dann auch den Nobelpreis bekommen hat. Es war so schön, wieder in einen Roman einzutauchen – die letzten ein, zwei Jahre hatte ich mich vor lauter Lebensangst auf nichts konzentrieren können.

Doch ebenso fesselnd wie Whites Roman selbst waren die Randnotizen meiner Mutter, die verrieten, was ihr an der Geschichte wichtig erschienen war. Durch das ganze Buch zogen sich Bleistiftanmerkungen wie: *Klassischer Karst! Hohe Rumpffläche. Variable eisenhaltige Zone. Hornsteinschichten! Kalkschiefer! Mineralreiches präkambrisches Grundgebirge.* Anscheinend war die Liebesgeschichte im Zentrum des Romans für sie Nebensache, auch Hybris und Größenwahn des Entdeckers Voss bewegten sie nicht. Sie hatte den Roman als geologische Expedition gelesen. Es war schräg, aber es sah ihr ähnlich. Unter Menschen fühlte sie sich nicht wohl, das hatte sie immer gesagt, dabei sehnte sie sich nach ihrer Aufmerksamkeit und Anerkennung. Für sie steckte jede soziale Begegnung voller Fallen und Tücken. Unbeschwert war sie nur in der Welt der Steine.

White selbst, wie es Thomas Keneally in seinem Vorwort schreibt, war auch eine Art Misanthrop gewesen, der als schwuler Mann viele Jahre mit seinem Partner im Exil gelebt hatte, auf einer Farm in New South Wales. Vielleicht im Bewusstsein, dass er keine Kinder bekommen würde, wollte er »die Leere Australiens auf die einzige mir mögliche Weise bevölkern«. Wobei ich einwerfen würde, dass die australischen Aborigines diese europäische Vorstellung von Leere vermutlich nicht teilten. Keneally beschreibt White außerdem als Gnostiker, der sich den Wüstengegenden verbunden fühlte, wo alles »unberührt, unbestimmt und unbeschmutzt« sei. Dass alle immer die Wüste verklären mussten! Natürlich regte mich das auf. In genau diesem verklärten Zustand waren meine Mutter und Hugh verschollen gegangen.

An unserem vierten Tag in Brisbane, am Vorabend unserer Reise, kam der versprochene Anruf von Dr. Fountain-Goose. Seine Frau und er hatten vor, diese Woche Queensland zu besuchen, also habe er sich bei mir melden wollen. Ich erzählte ihm von der bestätigten Leptospirose, er erkundigte sich, ob die Sepsis-Behandlung angeschlagen hatte, und fuhr fort, dass ihn mein »Fall« immer noch beschäftige. Als ich fragte, wie er das meine, erinnerte er mich daran, dass er mir mit zehn Jahren selektiven Mutismus attestiert hatte, und mich durchfuhr ein elektrischer Schlag. Passend zu seiner damaligen Diagnose brachte ich erst mal kein Wort raus.

Schließlich sagte ich: »Lassen wir es dabei bewenden«, als müsste ich einen Auftragskiller abwimmeln.

»Oh! Verzeihung. Ich hatte irgendwie geglaubt, es könnte von Interesse sein, nachdem es so lange zurückliegt.«

»Es kommt vielleicht ein bisschen übergriffig rüber, das einfach so rauszuhauen«, versuchte ich zu erklären. »Nur so als Tipp, falls Sie noch anderen früheren Patientinnen über den Weg laufen.«

»Oh! Das tut mir furchtbar leid. Ich habe mich für Ihren Fall interessiert und erinnere mich gut an Sie. Ich habe mich gefreut, als wir uns im Flugzeug getroffen haben, trotz Ihres bedauernswerten Zustands. Sie sagten, Ihre Familie wohne inzwischen hier?«

Ich erklärte, dass meine Mutter und Hugh »nicht mehr unter uns« weilten, ohne ins Detail zu gehen.

Auch das tat ihm leid. »An Ihre Mutter erinnere ich mich ebenfalls gut. Sie wissen vielleicht gar nicht, wie oft sie in der Praxis angerufen hat.«

Dem Mann schien das verstörende Material, mit dem er mich überrumpeln konnte, nie auszugehen.

»Die Frau hatte viele Ängste, vorsichtig gesagt«, fuhr er fort.

»Es tut mir leid, aber ich weiß nicht, wie Sie darauf kommen, dass ich so etwas hören möchte.«

Dr. Fountain-Goose atmete scharf ein und sagte: »Ich war viele Jahre lang Ihr behandelnder Arzt. Und ich glaube, Sie haben mir vertraut. Das haben Sie offensichtlich, denn Sie haben sich mir geöffnet. Vielleicht überrascht es Sie zu hören, dass mir meine Patientinnen und Patienten am Herzen lagen und ich mir viele Gedanken über sie gemacht habe. Dass ich keine Maschine bin, die einfach Informationen aufnimmt, verarbeitet und dann entsorgt. Meine Arbeit war mein Lebensinhalt, meine Berufung, der ich meine ganze Zeit und Kraft gewidmet habe!« Oh mein Gott. Ich hatte eine Autoritätsperson gekränkt. Hatte ich überreagiert, weil es mir nicht gelungen war, Vergangenheit und Gegenwart miteinander zu versöhnen? Der Mann war offensichtlich kein Möchtegerngott, den es zu stürzen galt, bloß ein schwindender Organismus auf Sinnsuche.

»Das glaube ich Ihnen. Ich war nur nicht drauf vorbereitet.«

»Wir haben uns oft und lange mit Ihren Problemen befasst.«

»Ja, ich weiß«, sagte ich. »Aber danach ist alles nur noch schlimmer geworden.«

»Aha? Und das ist meine Schuld?«

»Um Himmels willen, nein! Das sage ich doch gar nicht.«

»Im Flugzeug erwähnten Sie Ihre bevorstehende Scheidung, stimmt das?«

»Ja, aber …«

»Ich will nur sagen, dass Sie weiterhin mit jedem Mann, der Ihnen über den Weg läuft, die Beziehung zu Ihrem Vater nachspielen werden, solange Sie das Muster nicht erkennen und durchbrechen.

Und das schließt mich mit ein. Ich bin nicht Ihr Vater, der nackt in der Dusche vor Ihnen einen Tanz aufführt. Ich hoffe, Sie suchen sich Hilfe, bevor es zu spät ist.« Und dann legte er einfach auf!

Nach dem schrecklichen Telefonat mit Dr. Fountain-Goose war mir nach Schreien zumute, fassungslos stapfte ich aus dem Haus, lief zweimal um den Block, kickte wütend runtergefallene Samenhülsen vom Bürgersteig, die Fäuste so tief in die Taschen gerammt, dass ich mir fast die Hose runterzog. Als ich mich etwas abreagiert hatte, beschloss ich, ganz untypisch für mich, die Sache nicht zu verdrängen, sondern ihr auf den Grund zu gehen und mich in die Briefe zu vertiefen, die Gaspard meiner Mutter geschickt hatte, als ich noch klein war. Wie schlimm war es damals wirklich gewesen? Meine Aufgewühltheit hielt an, während ich in einem Korbstuhl auf der Veranda die Briefe las. Sie waren genau so, wie meine Mutter sie beschrieben hatte – weitschweifige, zusammenhanglose Tiraden, in denen er sie beschuldigte, mich zu zerstören, seine Beziehung zu mir zu zerstören, ihr Kind in ein nervliches Wrack zu verwandeln und so weiter. Mein Atem ging immer flacher, je weiter ich las, und in diesem Zustand fand mich meine Schwester vor, als sie nach Hause kam. Ich fragte sie: »Margaret, wirke ich wie eine Frau, die lebenslang die Wut auf ihre Vaterfigur durchspielt?«

»Wäre mir nicht aufgefallen. Wieso?«

Halb erleichtert fragte ich: »Hab ich früher so gewirkt, als würde mich etwas belasten?«

»Was zum Beispiel?«

Am anderen Ende des Zimmers fütterten Boaz und Bram gerade ihre Meerschweinchen mit nicht mehr ganz frischem Gemüse und anderem Grünzeug. Der Gemüsehändler mochte Margaret und gab ihr jedes Mal säckeweise Reste mit.

»Hast du dich je gefragt, warum ich nicht schlafen konnte und ständig Albträume hatte?«

»Ich dachte, so bist du halt. Wieso?«

»Fountain-Goose hat vorhin angerufen. Wusstest du, dass ich mit ihm über meine Probleme mit Gaspard geredet habe und selektiven Mutismus hatte?«

»Nein«, sagte Margaret.

»Weißt du, was das ist?«

»Ich glaube, es bezeichnet eine Störung, bei der eine Person sich in bestimmten Situationen entschließt zu schweigen. Steht meines Wissens auch im *Diagnostischen Leitfaden psychischer Störungen*«, fügte sie überflüssigerweise hinzu.

»Aber ich habe mich nicht dazu entschlossen. Es ist einfach passiert.«

»Hatte er das diagnostiziert? Er war ja gar kein Psychiater, sondern Kinderarzt, und kein besonders guter. Der mir übrigens mal einen gebrochenen Arm halb ausgekugelt hat.«

»Aber ich konnte in Gegenwart von Gaspard nicht sprechen, vielleicht hatte ich wirklich diese Störung.«

»Ich wusste lange gar nicht, dass Gaspard dein Vater ist«, sagte Margaret. »Ich dachte, der wäre irgendein entfernter Verwandter, und dich als die Ältere hätten sie dazu verdonnert, ihn zu besuchen. Mama wirkte immer total fertig, wenn du weg warst. Und dann erinnere ich mich natürlich auch, dass wir dich einmal in San Diego aus dem Krankenhaus abholen mussten. Da hattest du ihn das letzte Mal gesehen, oder?«

»Ja, mehr oder weniger das letzte Mal.«

»Was ist aus ihm geworden?«

Ich erzählte, dass er noch mehrmals ins Krankenhaus eingewiesen worden war, dann irgendwann bei einer Spedition angefangen hatte und dass ich ihn gelegentlich irgendwo auf der Lauer liegen oder vorbeifahren sah.

»Auf der Lauer liegen? Und dann?«

»Nichts, dann fährt er wieder weg.«

»Das klingt ja nicht so nett«, mutmaßte sie.

»Nett sein ist ihm schon immer schwergefallen«, sagte ich. »Aber macht nichts, ich hatte ja Hugh.«

»Das dachte ich auch immer. In meiner Wahrnehmung waren immer wir vier die Familie, ich hatte gar keine Vorstellung davon, womit du noch so zu tun hattest. Kam es dir komisch vor, dass ich mich nie für ihn interessiert oder dich nach ihm gefragt habe?«, fragte sie, während die Kohlaromen vom Gehege langsam, aber sicher in unsere Ecke des Zimmers vordrangen.

Es war mir völlig normal vorgekommen. Das Thema Gaspard spielte zu Hause einfach keine Rolle. Nur die paarmal, als meine Mutter und ich allein waren und sie mir die fatale Anziehungskraft zwischen ihr und Gaspard beschrieb, die zu ihrer kurzen, desaströsen Ehe und meiner Geburt führte. Ihre Beziehung gründete auf schierer Lust, sagte sie. Als zehnjähriges Mädchen dachte ich dabei an die Art und Weise, wie er sich räusperte und auf den Boden spuckte, an seine Zigaretten und seine Tattoo-Narbe, sein hohles Lachen, seine großen gelben Zähne mit den Metallkronen, seine rot umrandeten, stechenden blauen Augen, die auf mich zielten, wenn er wütend war, und fragte mich, ob diese schiere Lust etwas war, was mir auch blühte.

Arlo hatte unserem Gespräch zugehört. »Weißt du, was, Gaspard Rush ruft mich alle Jubeljahre mal an. Ich glaube, er hat es schwer gehabt im Leben. Deine Mutter hat immer gesagt, dass er einfach nie erwachsen geworden ist, dass er nie bei der Stange bleiben konnte, immer dem schnellen Geld hinterher. Er nennt mich immer noch Dad.«

»Bäh«, sagte ich voll Fremdscham. »Was will er denn, wenn er dich anruft?«

»Schwer zu sagen. Jedes Mal denke ich, dass er sich Geld leihen will, aber das hat er nicht mehr versucht, seit es mit ihm und Ardie aus ist.«

Die Meerschweinchen machten bei der Gemüseverarbeitung Geräusche wie ein Fernschreiber in einer Nachrichtenredaktion.

»Ich hab mich mit Fountain-Goose gezofft«, sagte ich betreten zu Margaret.

»Was, wie das?«

Gekonnt schenkte sie uns Weißwein ein. Arlo war schon mit einem Glas Martini versorgt.

»Er hat plötzlich von meinen Kindheitsproblemen angefangen, ohne zu fragen, ob es mir passt, und dann noch einen Kommentar gebracht von wegen, unsere Mutter hätte genervt. Worauf ich gesagt habe, dass ich das nicht hören will, worauf er sich angegriffen fühlte und meinte, ich hätte eine Wut auf Vaterfiguren. Und dann hat er aufgelegt.«

»Ah, jetzt müssen wir ihn nicht treffen?«

»Der Fountain-Goose-Kelch ist an uns vorübergegangen.«

Aber ich dachte daran, wie ich Sherman manchmal angegriffen hatte. Den Worten ihren Lauf gelassen hatte. Wie ich durch mangelndes Mitgefühl das Band zwischen uns Stück für Stück weiter hatte einreißen lassen. Hatte ich mich zu Sherman hingezogen gefühlt, weil ich ihn als Ersatz für Gaspard betrachtete, in einem aussichtslosen Versuch, irgendwas geradezubiegen – und ihn, als sich das als unmöglich herausstellte, mit meiner Wut überzogen, um das hilflose Kind, das ich war, zu rächen? Wer weiß? Was, wenn es meine Schuld war, dass meine Ehe mit Sherman jetzt in Trümmern lag? Ich nahm einen großen Schluck aus einem kalten Glas.

18

Und so machten Arlo und ich uns auf die 1850 Kilometer lange Reise zum *Point of No Return*. Im Morgengrauen gab es vorm Haus eine so verschlafene wie gut gelaunte Abschiedszeremonie, zu der die ganze Familie aus dem Bett geschleift worden war, um uns zu drücken und uns Glück zu wünschen. Margaret sagte, sie hoffe, die Reise würde kathartisch wirken, was mich aus irgendeinem Grund beunruhigte.

Nachdem wir auf dem sich windenden Highway, ausgebremst durch Traktoren mit Anhängerkolonnen im Schlepptau, die einzige Steigung der ganzen Route hinaufgefahren waren, erreichten wir an diesem Morgen das Plateau des Great Dividing Range. Oben angekommen, ging es weiter durch die Hochebene. Unterwegs erspähten wir auf Fahrzeugen aller Art – darunter Vans, Trailer, Feuerwehrautos, Einsatzfahrzeuge, Viehanhänger, Doppeldecker-Schaftransporter, Heuwagen, Tanklaster und längliche Tieflader mit Traktoren und anderen Gerätschaften – Kennzeichen aller Bundesstaaten außer Tasmanien.

Seit unserem Aufbruch hatte ich seltsamerweise das Bedürfnis, in jedes vorbeifahrende Auto zu schauen und jedem Passanten am Straßenrand ins Gesicht zu starren, als wäre es auf einmal wahrscheinlicher geworden, dass meine Eltern noch irgendwo herumstreunten, als müsste ich nur die Augen aufsperren. All meine unmöglichen Hoffnungen kochten auf einmal hoch. In Dalby machten wir eine Kaffeepause, streckten die Beine in einem kleinen Park an einem bräsig plätschernden Bach und stießen dort auf ein steinernes Denkmal, das einer beigen Motte gewidmet war, die einst den Bundesstaat vor dem Untergang gerettet hatte – *Cactoblastis cactorum*. Ganz bestimmt hatten meine Mutter und Hugh hier auch haltgemacht. Ich war überzeugt, dass sie an genau demselben Fleck gestanden haben mussten, an dem wir jetzt standen. Ein Stück Regionalgeschichte, das ihnen bekannt war, und das sie begeistert weitererzählten. Im neunzehnten Jahrhundert war der *Opuntia-stricta*-Kaktus auf dem Kontinent eingeführt worden, um natürliche Hecken zu schaffen. Die Bedingungen für den Kaktus waren allerdings so ideal gewesen, dass er verwilderte und sich über zwanzigtausend Quadratkilometer ausbreitete. Daraufhin erarbeitete eine von der Regierung eingesetzte Kaktuskommission einen Aktionsplan, der unter anderem die Einführung jener Motte vorsah, die der Kaktusplage schließlich den Garaus machte. Die hohe Schule biologischer Kriegsführung. Hugh hatte sich darüber amüsiert, als er hörte, dass Kakteenbesitz in Queensland verboten war und jeder in freier Wildbahn entdeckte Kaktus innerhalb von vierundzwanzig Stunden der Aufsichtsstelle für Biosicherheit gemeldet werden musste. Ich erzählte Arlo, wie wir einmal einen botanischen Garten besucht hatten, in dem brave kleine Kakteen hinter Gittern gehalten wurden wie Schwerverbrecher. Arlo kannte die Geschichte schon, aus einem Brief von meiner Mutter.

Und in dem Moment, als wir dort neben dem Mottendenkmal standen, traf mich fast der Schlag. Wie bestellt liefen vor dem Park auf einmal ein Mann und eine Frau die Straße entlang, die genau so – exakt genau so – aussahen wie meine Mutter und Hugh. »Warte hier«, sagte ich zu Arlo und flitzte über die Wiese.

Als ich die Straße überquerte, waren die beiden schon um eine Ecke gebogen. Ich rannte weiter und sah, wie sie in der Sonne den Bürgersteig entlangspazierten. Die Silhouetten von hinten – unverkennbar! Das war die purpurrote Tunika meiner Mutter, die da im Wind wehte! Hughs Karohemd und seine olivgrüne Kakihose! Seine Tenniskappe, ihre Figur, ihre kurzen braunen Haare! Unvermittelt bogen sie in einen Laden, und als ich dort ankam und zur Tür eintrat, drehten die beiden Trugbilder sich um und erwiesen sich als so dermaßen überhaupt nicht meine Mutter und Hugh, dass es sich nur um Körperklaumonster handeln konnte.

Nachdem die beiden Menschen, die ich für meine Eltern gehalten hatte, natürlich keine Monster waren, sondern soeben vor einer durchgeknallten Frau in ein Geschäft hatten fliehen müssen, die dann bei ihrem Anblick einen Schrei ausgestoßen hatte, waren auch sie ziemlich aufgeregt. Die Frau kam auf mich zu und fasste mich am Arm. »Alles in Ordnung?«, fragte sie. »Ist es die Hitze? Kommen Sie, setzen Sie sich hier hin.« Sie führte mich zu einem Stuhl.

Wir befanden uns in einem kleinen, ordentlichen Secondhandladen. Neben der Tür stand ein lebensgroßer gelber Golden Retriever aus Plastik, der mittels eines Münzschlitzes auf dem Kopf Spenden für Blindenhunde sammelte. Kurz überlegte ich, ob ich mein Verhalten erklären sollte, dachte mir dann aber, dass die Erklärung, sie sähen von hinten zwei Verschollenen zum Verwechseln ähnlich, dem freundlichen Paar das Gefühl geben könnte, auf ihnen laste ein Fluch. »Es tut mir so leid«, sagte ich. »Mir geht es gut. Kein Grund zur Sorge. Ich hatte vor Kurzem eine entzündete Wunde am Bein und nehme Antibiotika dagegen, darum bin ich ein bisschen neben der Spur.«

»Oh weh«, sagte er Mann. »Bei den Temperaturen müssen Sie viel trinken.«

»Das werde ich«, sagte ich. »Danke.«

Dann nannten sie mir ihre Namen – Harold und Ann Farrar – und ich meinen. Sie kamen aus Brisbane und waren auf dem Weg zu ihrer Tochter und ihrem Schwiegersohn und machten wie jedes

Mal halt an diesem Laden, um für ihre Enkelkinder nach Büchern zu stöbern.

»Das waren sie nicht«, sagte ich zu Arlo, der auf einer Parkbank gewartet hatte.

Arlo nickte. »Hör zu, Penny, ich wollte etwas mit dir besprechen.«

»Ja, was denn?«

»Hattest du die Hoffnung, dass wir die beiden auf dieser Reise finden?«

In seiner Stimme schwang kein Urteil mit; er klang zärtlich und besorgt. Weshalb ich kurz innehielt, um in Worte zu fassen, worauf ich hoffte.

»Ich weiß nicht genau«, sagte ich schließlich. »Kennst du das Kinderbuch *Silvester und der Zauberstein*?«

»Ich glaube nicht«, sagte Arlo.

»Also, es handelt von einer menschenähnlichen Eselsfamilie«, fing ich an.

»Menschenähnlich? Haben die Esel Fell oder Haut?«

»Na ja, eigentlich sind sie gar nicht so menschenähnlich, nur angezogen.« Arlo verstand. »Silvester, der Eselssohn, findet eines Tages einen verzauberten Kiesel, wünscht sich, ein Felsen zu sein, und verwandelt sich in einen Felsen. Die Eltern halten ihn für vermisst und sind zu Tode betrübt, suchen und suchen, und eines Tages machen sie ein trauriges Picknick an einem Felsen und wünschen sich Silvester zurück, und weil sie neben dem Zauberkiesel sitzen, verwandelt sich der Felsen wieder in Silvester, und alle taumeln im Glück.«

»Warum wollte der Esel denn überhaupt versteinern?«, fragte Arlo.

»Da kam ein Löwe!«

»Glaubst du, Ardie und Hugh wollten zu Stein werden?«

Wir gluckten miteinander, ob wehmütig oder bitter, war schwer zu sagen. Die Frage ging tief.

Zurück im Auto kam Arlo auf die Geschichte zu sprechen, wie meine Mutter schon einmal »verloren gegangen« war.

»War das bei dieser Flussfahrt?«

»Ja«, sagte Arlo. »Du warst noch ein Baby, Louise und ich haben auf dich aufgepasst. Irgendwann bekam ich einen Anruf von ihrem Chef bei Atlantic Richfield, wo sie damals als Paläontologin arbeitete. Sie hatten gehört, dass im Grand Canyon eine Wildwasserexpeditionsgruppe vermisst wurde und dass meine Tochter zu den Vermissten gehöre. Ich war mit dir allein. Louise war im Krankenhaus. Ich zapfte meine Kontakte bei der U.S.-Air-Force-Basis in Phoenix an und bat sie, rüberzufliegen und Ausschau zu halten. Ich fragte auch meine Leute bei United, ob sie bei ihren Nachtflügen über das Gebiet fliegen könnten, falls sie da irgendwo ein Feuer oder irgendein Licht sehen. Vierundzwanzig Stunden vergingen, wir, in Angstschweiß, konnten dir gar nicht ins Gesicht schauen, aus Sorge, dass du jetzt Waise warst, und auf einmal klingelte das Telefon, und deine Mama war dran. ›Dad‹, sagte sie, ›hast du zufällig das von unserer Gruppe gehört?‹ Der war gar nicht klar, was für einen Schreck sie uns eingejagt hatte. Ihr ging es gut, sie hatten bloß ihre Vorräte verloren und ein paar Boote waren gekentert. Auch später hat sie immer wieder an solchen Flusstouren teilgenommen, so viel Angst kann sie also nicht gehabt haben.« Das erinnerte mich an einen der Ordner, den ich im Haus unserer Eltern entdeckt hatte, und ich nahm mir vor, bei unserer Rückkehr nachzusehen.

»Das war einfach ihr Ding«, sagte Arlo, und ich musste an eine andere Begebenheit aus unserer Zeit in Canberra denken. Meine Mutter und Hugh hatten sich mit einer Ornithologin angefreundet, einer kräftig gebauten Frau namens Jane, die für uns eine Expedition ins Outback organisierte, damit wir mal Thermometerhühner und ihre Bruthügel zu sehen bekämen. Aus irgendeinem Grund fuhren wir mit zwei Autos, Margaret und ich mit Jane, unsere Eltern in dem anderen Auto. Thermometerhähne sind gute Väter, erzählte uns Jane, sie bauten die Hügel für die Eier und sorgten für die richtige Temperatur, indem sie die Lagertiefe der Eier täglich anpassten. (Ich wusste noch, dass ich sie gefragt hatte, ob wirklich alle Männchen gute Väter seien oder ob manche auch den Hügel im Stich ließen oder mit den Eiern Fußball spielten. Sie antwortete, wenn einer in der Tierwelt seinen Job nicht erledige, würden die anderen Tiere ihn ausschließen oder kurzen Prozess machen, was etwas bedrohlich klang, vor allem da wir Jane nicht besonders gut kannten. Vielleicht hielt sie ja Margaret und mich für Drückebergerinnen.) Mit frenetischem Tatendrang bauten wir die Zelte auf, und als unsere Eltern nicht aufkreuzten, waren wir die ganze Nacht fast krank vor Sorge. Am Morgen tauchten sie dann schließlich auf, fröhlich und ausgeruht, und sagten, sie hätten nur einen kleinen Umweg genommen.

Was hatte all das zu bedeuten, war meine Mutter zum Verschollengehen prädestiniert? Und war Hugh es auch? Oder war er lediglich ein Kollateralverschollener?

Wir fuhren den ganzen Tag weiter, kamen durch Roma und Tambo und Barcadine, fuhren lange über das platte Land, vorbei an Viehweiden und endlosen Ackerflächen, auf denen Feldfrüchte wuchsen, die ich nicht zuordnen konnte. Zwischendurch bat mich Arlo immer mal wieder, an einer Tankstelle zu halten, stellte dann nach einem kurzen Stopp den Sitz zurück, entschuldigte sich, als wäre es unhöflich, ein Nickerchen zu halten, und dämmerte ein. Am Nachmittag spielte mir das Licht auf der Straße Streiche, und während ich auf dem langen, geraden Highway den Lenker des Land Cruisers festhielt und unter mir die Räder rauschten, war mir, als hätte die

Zeit einen Sprung gemacht. Im Bruchteil einer Sekunde kam ich mir plötzlich vor wie an einem anderen Ort, in einer anderen Zeit, wie in einer impressionistischen Collage meines eigenen Lebens ohne jegliche räumliche und zeitliche Kontinuität. Ich fragte mich, ob das irgendwie symbolisch war – eine Miniaturversion der letzten zehn Jahre, ein Scherbenchaos, das sich nie zu einem vernünftigen Ganzen zusammenfügte.

Was auch immer da gerade los war, ich brauchte jedenfalls literweise Eistee und Schmerzmittel, um es bis nach Longreach, unserer ersten Übernachtungsstation, zu schaffen. (Margaret hatte gemeint, niemand bei klarem Verstand würde an einem Tag so eine Strecke zurücklegen, aber wir hatten uns tapfer rangehalten.) Wir hatten zwar ein paar Tankstopps gemacht, trotzdem war mein Bein stocksteif, und ich merkte, dass ich es wie einen sperrigen Koffer hinter mir herschleifte. Unser tierfreundliches Motor Inn war ein flaches orangefarbenes Backsteinhaus, umringt von Gold-Akazien in voller Blütenpracht. An einem Picknicktisch vor dem Haus waren zwei gefleckte Cattle-Hunde angeleint, und eine Handvoll Gäste in Shorts und ärmellosen Trikots ließen im kleinen Pool die Beine baumeln. Niemand von ihnen hatte Ähnlichkeit mit meiner Mutter oder mit Hugh. Es gab ein Restaurant, und wir waren hungrig, also gingen wir direkt dorthin. Arlo lachte, als er die Speisekarte studierte. »Ha! Rumpsteak, gut abgehangen«, sagte er, »genau wie ich.«

Später auf unserem Zimmer mit den beiden Queensize-Betten rief ich Margaret an; Arlo stellte derweil fest, dass Doris, offenbar von der Kreuzfahrt zurück, ihm diverse Nachrichten hinterlassen hatte. Ich versicherte Margaret, dass alles in Ordnung sei, erwähnte dann aber dummerweise die Sache mit den Doppelgängern. Wenig überraschend, war sie nicht begeistert und fragte, ob ich meine Antibiotika weiterhin einnehme. Nachdem ich meinen Anruf beendet hatte, hörte ich durch Arlos Handy Doris knurrende Stimme: *»Hör mir mal zu, Freundchen, tu nicht so unschuldig, diese Farce ist doch auf deinem Mist gewachsen, und ich sag dir mal was …«* An mich gewandt sagte Arlo: »Ich werde wohl ewig büßen«, und legte auf.

Bei uns beiden war die Stimmung gedämpft, was bestimmt mit der sinnlosen Aufregung um die Hochstapler Harold und Ann Farrar zu tun hatte und mit der Frage nach der Hoffnung. Wir hatten zwar beide das Bedürfnis, den Spuren meiner Eltern zu folgen, doch worauf konnten wir uns freuen? Später, als ich mich unter der Decke wälzte, um eine annehmbare Schlafposition zu finden, drang von draußen der Duft der Akazienblüten herein, zusammen mit dem Klicken und Zirpen mysteriöser Insekten. Mein Großvater war schon eingeschlafen und atmete leise. Ich fragte mich, ob wohl irgendwo auf der Welt jemand in diesem Moment an mich dachte, verneinte die Frage und fühlte mich wie ein knatschiges Kind. Dann grübelte ich darüber, wie ich meine Situation nach der Rückkehr verbessern, einen Neuanfang schaffen könnte. Und kurz darauf, sei es durch Zwangsoptimismus oder Erschöpfung, schlief ich ein.

Am nächsten Morgen standen wir früh auf. Arlo konnte sein Standardfrühstück bestellen, Kaffee und Speck, musste allerdings, da es keine Grapefruit gab, seine Grapefruitstücke gegen Ananas eintauschen, während ich mich mit Kaffee und einem überraschend leckeren Scone stärkte. Dann versuchte ich es erneut bei Burt, der aber nicht ranging. Ob Pincer sein Handy konfisziert hatte? Gott steh uns bei. Mir war überhaupt nicht danach, schon wieder mit Pincer zu telefonieren, aber vielleicht blieb mir keine Wahl.

Auf einmal sagte Arlo: »Langsam glaube ich, dass Doris nicht die Richtige für mich ist.«

Sorry, aber das war einfach die Untertreibung des Jahrhunderts. Nach einem Räuspern fragte ich: »Wie kommst du darauf?«

»An meinem ersten Morgen im Palms ist sie aufgekreuzt und hat versprochen, mir bis ans Ende meiner Tage das Leben zur Hölle zu machen. Und hat mir noch Krebs an den Hals gewünscht.« Dann fügte er hinzu: »Außerdem lacht sie nie über meine Witze. Catherine Janssen hat in den letzten Tagen über mehr Witze von mir gelacht als Doris während unserer ganzen Ehe.«

»Dass man die Witze des Partners mag, ist schon wichtig«, sagte ich und dachte bei mir: Wichtig ist auch, auf keinen Fall auch nur ansatzweise wie Doris zu sein.

»Es waren jetzt keine großartigen Witze, aber wir sind auf einer Wellenlänge«, sagte Arlo versonnen.

Catherine hatte ihn mit Geschichten aus ihrer Kindheit auf einer Rinderfarm in New South Wales beeindruckt. Sie stammte aus einfachen Verhältnissen. In ihrer Familie wurde die Butter selbst gemacht, das Fleisch kam aus eigener Schlachtung, sie hatten auf dem Pferderücken große Distanzen zurückgelegt, um Zäune zu reparieren, und nach Überschwemmungen gestrandete Kühe gerettet. »Wenn eine Kuh von schlechtem Getreide eine Aufgasung hatte, haben sie ihr einfach lange Nadeln direkt in den Blähbauch gepikt, um die Gase abzulassen«, sagte er. »Die ist ganz schön tough. Und gut in Schach.«

Warum hatte er nicht jemanden wie Catherine kennengelernt anstatt Doris und Pincer!

Und weiter ging es in immer unbestellteres Terrain. Im kargen Buschwerk erspähten wir die ersten Termitenhügel. Während wir die Fahrt Richtung Nordwesten fortsetzten, ballten sich am fernen Horizont mächtige Gewitterwolken, vielleicht ein Hinweis auf Stürme an unserem Ziel. Ellenlange Lastenzüge erhoben sich aus schimmernden Schimären und schleuderten im Vorbeifahren Splitt auf den Land Cruiser.

In einer Stadt namens Winton machten wir einen Tankstopp. Als ich mich dem Tankstellenladen näherte, entdeckte ich zu meinem nicht geringen Schrecken ein Plakat mit Fotos von meiner Mutter und Hugh.

VERMISST

Haben Sie diese Personen gesehen?

Hugh und Ardis Fielding wurden zuletzt am 15. April 2010 an der BP-Tankstelle am Barkly Highway in Mount Isa gesichtet. Sie waren auf der Durchreise und wurden am nächsten Tag in Camooweal erwartet, wo sie nie ankamen. Seitdem wurden sie nicht mehr gesehen.

Unterwegs waren sie in einem Holden Commodore Kombi Bj. 2006, Kennzeichen Queensland 224 LBD, der ebenfalls nie gefunden wurde.

Zum Zeitpunkt des Verschwindens war Hugh Fielding 58 Jahre, Ardis Fielding, auch Ardis Rush bzw. Ardis »Ardie« Reshnappet, 50 Jahre alt. Mr Fielding ist 1,84 m groß, mittelschlank, hat graue Haare, grüne Augen und einen grauweißen Bart. Mrs Fielding ist etwa 1,80 m groß, mittelschlank, mit kurzen grauen Haaren und hellbraunen Augen.

Die umfangreiche Suche in einem 400-Kilometer-Radius um Mount Isa blieb ohne Erfolg, seitdem fehlt von beiden jede Spur.

Wer Informationen über das Paar hat, wende sich bitte an Inspector Roger Kwabble von der Polizeidirektion Mount Isa. Für sachdienliche Hinweise, die zur Auffindung der Vermissten führen, ist eine Belohnung von $25.000 ausgelobt.

Warum hatte man den Mädchennamen meiner Mutter und den Namen aus erster Ehe dazugeschrieben, als wären es Decknamen – als wäre sie auf der Flucht? Und wo hatten sie diese grobkörnigen Bankräuber-Fotos ausgegraben? Wer hatte das Plakat überhaupt gemacht, warum sah es so neu aus? Im Laden stand ein Mann in einem weißen Kittel an der Kasse. Unter seinem dünnen blonden Haar schimmerte die leuchtend rosa Kopfhaut durch, und er war von drahtiger Statur, die haarlosen Arme übersät mit entzündeten Follikeln. Er trug einen großen keltischen Ring, so einen mit zwei Händen, die ein Herz umschließen. Ich fragte ihn, ob er wisse, woher das Vermisstenplakat komme.

»Von den beiden höre ich seit Jahren immer wieder. Da kommt alle paar Monate eine Frau vorbei und macht einen neuen Aushang. Natürlich sind viele scharf auf die Belohnung, so was zieht Schwindler an.«

»Leute, die meinen, sie hätten sie gesehen?«

»Die Leute lieben solche mysteriösen Geschichten. Und Menschen lösen sich nun mal nicht einfach in Luft auf. Manche sagen, die beiden hätten es geplant.«

»Ach, tun sie das?«

»Soviel ich weiß, ist erst drei Tagen später jemandem aufgefallen, dass sie weg waren, was den Fall kompliziert macht. In drei Tagen kommt man von Mount Isa überallhin. Natürlich können sie auch einfach mit dem Auto liegen geblieben sein. Vielleicht haben sie die falsche Person um Hilfe gebeten, vielleicht wurden sie entführt und einfach auf die Straße geworfen und der Wagen in einer Werkstatt umgerüstet und unkenntlich gemacht. In dem Fall ist alles denkbar.«

Wie um ihm recht zu geben, zuckte ich die Achseln, doch er redete weiter: »Haben Sie von dem Typen mit dem Schwefelsäurefass gehört?«

Ich schüttelte den Kopf.

»Nördlich von Isa, oben am Golf. Gegen den wird ermittelt. Hat eventuell mit ein paar Vermisstenfällen zu tun.«

»Was wollen Sie damit sagen?«

»Überlegen Sie doch mal. Außerdem sind die Bergbaukonzerne da oben immer im Fadenkreuz der Verschwörungstheoretiker. Vielleicht haben die zwei hier ja an den Umweltprotesten vor ein paar Jahren teilgenommen und sind dann ausgeschaltet worden.«

»Danke für die Einschätzung«, sagte ich. Ich kaufte zwei Flaschen Wasser und machte mich davon. An der Tür, den Blick auf das Suchplakat gerichtet, stand Arlo und tupfte sich mit seinem Taschentuch die Augen. Ich legte den Arm um ihn, und wir gingen zusammen zurück zum Auto. Ich beschloss, ihm nichts davon zu erzählen, was der Mann gesagt hatte. Niemand, der meinen Eltern nahestand, sollte sich das anhören müssen.

Zurück auf der Straße, ließ ich Arlo erst mal in Ruhe, damit er sich erholen konnte. Nach einer Weile fragte ich: »So was macht also deine Kontaktfrau?«

Arlo tupfte sich wieder die Augen. »Sie hat Wort gehalten. Aber ich hatte ihr ein wirklich schönes Foto von Ardie und ein gutes von Hugh geschickt! Keine Ahnung, warum sie die verschwommenen nimmt.« Er trank einen Schluck Wasser und aß leise knuspernd eine Handvoll Chips.

»Und die durchkämmt hier die Landschaft?«

»Kostet mich fünfhundert pro Monat«, sagte er. »Aber davon bloß kein Wort zu Doris.«

Ich atmete tief ein und fuhr weiter. Vermutlich fühlte sich Arlo verpflichtet, das Geld auszugeben, ob es nun aussichtslos war oder nicht. Ich fragte mich, ob seine Aufspürerin Jocelyn Reese ihm irgendwas von dem erzählt hatte, was ich gerade in der Tankstelle gehört hatte.

Bis zum Mittag hatten wir zwei schlacksbeinige Emus durch das Mitchell Grass rennen sehen und in der Ferne Kühe unter der sengenden Sonne. Unter grünen und goldenen Spinifex-Büscheln wurde die Erde immer röter. Die ersten felsigen Erhebungen kamen in Sichtweite, und ich versuchte, die Landschaft mit den Augen meiner Mutter zu betrachten – als eine Geschichte von Metamorphose, geschmolzenem Gestein und den Ablagerungen der Urmeere. Meine einzige Erkenntnis: Die beiden hatten alles drangesetzt, um der Menschheit zu entkommen.

Nicht selten stiegen vor uns aus dem Teer Raubvögel und Krähen auf, die sich an den Kadavern platt gefahrener Kängurus, Wombats und Wallabys zu schaffen gemacht hatten. Die Sonne im Westen brannte uns in den Augen, und Chipskrümel vom Sitz bohrten sich mir in die Beine, weil ich Shorts trug.

Knapp zwei Stunden vor Mount Isa bekam ich einen Krampf im verletzten Bein und dachte voller Wut an Pincer. Ich musste anhalten und ein paar Schritte auf und ab gehen, bis der Krampf nachließ. Doch irgendwie schien es mit dem Druck aufs Pedal zu tun zu haben, denn zwanzig Minuten später ging es von vorne los. Ich fuhr auf den schotterigen Seitenstreifen und sagte zu Arlo, dass ich eine Pause brauchte. Worauf er vorschlug: »Lass mich doch fahren. Ich hab meinen Lappen noch. Und ich bin neugierig, wie der Wagen sich anfühlt.«

»Sicher, dass du mit dem Steuer rechts klarkommst?«

»Sehr sicher.«

Mein Gedanke dazu war: Sollte ich bei einem Autounfall umkommen, weil ich Arlo die Gelegenheit gegeben hatte, auf einem Highway rumzukurven, dann war es das wert.

Also tauschten wir die Plätze. Die Luft war warm, über das trockene Gras und den steinigen Boden wehte eine schwache Brise. Fliegen schwirrten um unsere Köpfe, während wir die aufgeheizte

Karosserie des Land Cruisers umrundeten. Das Licht brannte so hell, dass man das Gefühl hatte, es könnte einem die Haut abpellen. Arlo setzte sich auf den Fahrersitz und machte sich erst mal mit dem Armaturenbrett vertraut. Mit geradem Rücken prüfte er jeden einzelnen Knopf und Schieber, bevor er den Motor anmachte, die Hände auf zehn und zwei Uhr.

»Bereit?«, fragte er.

»Auf gehts.«

»Gute Beschleunigung«, sagte er und lenkte den Wagen zurück auf die Straße.

Arlos sehnige Arme hatten schon Tausende Lenkräder gehalten. Er fuhr vorbildlich und hielt sich umsichtig immer ganz links, wenn ein Lastzug vorbeisauste und Kies und Sand verspritzte. Mit der Folge, dass ich schon bald entspannt eindöste, bis ich merkte, wie der Wagen auf unasphaltierten Grund kam und langsamer wurde.

Ich schreckte hoch. »Alles in Ordnung?«

»Penny, ich fange an, Kamele zu sehen.«

»Wo denn?«

»Dahinten irgendwo. Fahr du besser weiter.«

»Klar, mache ich. Aber hier gibt es Kamele, das ist keine Einbildung.«

»Sicher?«

»Ja, ganz sicher. Hier sollen überall wilde Kamele rumlaufen.«

»Das sagst du nur, um mich aufzubauen.«

»Nein, es ist wahr! Aber ich fahre gern weiter, es geht schon wieder.«

Ganz Mount Isa schien mit den Suchplakaten gepflastert. Schon auf dem Weg ins Zentrum fiel uns eins an einem Telefonmast auf, und Arlo bat mich, links ranzufahren, damit wir es runternehmen konnten.

»Wirklich? Bist du dir sicher?«

»Ja, bitte.«

Ich hielt an, sprang aus dem Auto und riss das Plakat ab. Arlo hielt den Arm aus dem Fenster und nahm es entgegen.

Ein paar Hundert Meter weiter entdeckten wir an einem Laternenmast das nächste. Wieder hielt ich an, nahm es runter und drückte es Arlo in die Hand. So ging es bis zum Hotel weiter. Die Plakate hingen an Straßenlaternen, Telefonmasten, Sitzbänken, Hauswänden. Bald hatte Arlo einen ganzen Stapel auf dem Schoß. Auf einem hatte jemand meiner Mutter einen Schnurrbart und buschige Augenbrauen gezeichnet und Hugh Vampirzähne und ein Teufelsgeweih verpasst.

Hier in der Stadt hatten wir auch wieder Empfang, und mein Telefon begann zu brummen. Das Display zeigte mehrere entgangene Anrufe von Dale.

»Komisch«, sagte ich.

»Was ist komisch?«

»Der Bruder von Pincers Steuerberater hat ein paarmal angerufen. Ich frag mich, was da los ist.«

»Lass uns erst aufs Zimmer gehen«, sagte Arlo. »Ich muss mal.«

Wir checkten in unsere Unterkunft ein, ein schlichtes Apartment mit klobigen am Fenster montierten Klimageräten, einem Topf mit roten Plastikgeranien an der Tür und einer vergilbten Küchenzeile mit Linoleumboden, in der es nach Erdgas roch. Nicht weit entfernt befanden sich die Schmelzhütten, von wo zwei turmhohe Schwefelschwaden speiende Schornsteine in den Himmel ragten. Ich ging raus auf den Parkplatz, um mir Dales Nachrichten anzuhören. In beiden bat er mich, ihn so bald wie möglich zurückzurufen.

Das wollte ich gerade machen, als das Telefon in meiner Hand aufleuchtete. Dale!

»Hallo, Penny!«, sagte er. »Wo bist du?«

»In Mount Isa, im Norden von Queensland. Und du?«

»In Santa Barbara. Hast du was von deiner Großmutter oder von Burt gehört?«

»Nein«, sagte ich. »Warum, was ist passiert?«

»Sie sind nicht da«, sagte Dale. »Ich stehe gerade vor dem Haus deiner Großmutter, aber mache mich gleich wieder auf den Weg. Hier ist niemand. Beim Abschleppdienst war ich auch schon, da meinten sie, der Besitzer hätte den Van bereits vor zwei Tagen abgeholt. Ich versuche es schon den ganzen Tag bei Burt, aber er geht nie ran.«

»Hm, vielleicht haben sie einen Ausflug gemacht und sind jetzt beim Abendessen. Meinst du, wir sollten uns Sorgen machen?«

»Anfang der Woche habe ich ihm gesagt, dass ich am Samstag komme. Ich habe sogar eine Liste mit Apartments rausgesucht, die wir uns zusammen angucken könnten. An seinem Büro haben sie sein Namensschild schon entfernt. Ich weiß mir gerade keinen Rat. Mir war nicht klar, dass er so fit ist, dass er den ganzen Tag unterwegs sein kann.«

Mir war, als hörte ich im Hintergrund ein Fiepen. »Hast du Quetschie dabei?«

»Hab ich«, sagte Dale. »Ich dachte, Burt will ihn vielleicht wiederhaben.«

»Tut mir leid, das alles«, sagte ich und unterdrückte einen Anflug von Panik. Ich hatte kein gutes Gefühl bei der Sache, aber ich wollte auch nicht, dass Dale sich Sorgen machte. »Das heißt wohl, dass es ihm besser geht, was ja eine gute Nachricht ist.«

»Ja, das stimmt.«

»Wie lange bleibst du noch da?«

»Ich fliege morgen Abend zurück und habe wieder ein Zimmer im Seaside. Hoffentlich sind sie da, wenn ich morgen früh wiederkomme. Wie ist die Lage bei euch?«

Ich berichtete knapp von unserer Zeit in Brisbane und der zweitägigen Autotour.

»Sobald ich was höre, melde ich mich natürlich«, sagte Dale. »Sorry, ich wollte dich nicht beunruhigen.«

»Hast du auch nicht«, sagte ich. »Mir tut es leid, dass du jetzt Däumchen drehen musst.«

»Und du kannst mich noch nicht mal zum Abendessen begleiten.«

Ich ignorierte diesen seltsamen Kommentar. »Na, machs mal gut«, sagte ich. »Knuddel Quetschie für mich.«

»Na klar«, sagte Dale.

Wahrscheinlich hatte ich noch nie im Leben einen Parkplatzboden so aufmerksam angestarrt wie diesen, während sich klammheimlich eine Wärme in mir ausbreitete. Der Boden war eine raue graue Fläche voller Risse und Furchen, durch die unablässig Ameisenkolonnen ein und aus strömten. Bei genauerem Hinsehen fiel mir eine Ameise auf, die eine tote Kollegin in eine der Rillen schleppte, und malte mir das Schlimmste aus. Jedenfalls hatte Dales Stimme mir einen bittersüßen Stich versetzt, da konnten alle guten Gegenargumente nichts ausrichten. Mein langes Rumstehen hatte offenbar den Spähtrupp auf mich aufmerksam gemacht, denn auf einmal spürte ich Ameisenkrabbeln an den Beinen. Nachdem ich sie abgeschüttelt und weggeschnipst hatte, ging ich zurück aufs Zimmer.

»Was gibts Neues?«, fragte Arlo, als ich reinkam. Er saß in der Ecke auf einem hässlichen blauen Stuhl und war gerade dabei, jedes Plakat einzeln zu zerreißen und die Fetzen im Papierkorb zu entsorgen.

Ich erzählte ihm von dem Telefonat. Dass Pincer und Burt nicht zu Hause waren, fand er nicht weiter dramatisch.

»Meinst du, wir können heute Abend hier essen?«, fragte er. »Ich bin total groggy.«

Ich stimmte zu. »Wir bleiben hier und hauen uns vor den Fernseher.«

»Wie wärs mit Käse-Sandwiches?«

»Gute Idee. Warum machst du das eigentlich, wegen der schrecklichen Fotos?«

»Nein, Penny«, sagte Arlo. »Weil es jetzt reicht.« Womit er das nächste Plakat nahm und in der Mitte durchriss.

»Heißt das, wir sollen uns nicht mehr umschauen?«

»Ich will mich weiter umschauen. Aber nicht mehr auf diese Art.«

Was war anders? Vielleicht war es der klägliche Anblick der Plakate. Vielleicht ihre Vergeblichkeit. Vielleicht empfand er ein unschmeichelhaftes Foto seiner Tochter, mit dem die ganze Stadt gepflastert war, als ihres Andenkens nicht würdig. Vielleicht kam er sich lächerlich vor.

Wenn Arlo bereit war, die Sache abzuhaken, hatte ich wohl einiges aufzuholen. Neben ihm kniend, nahm ich eins der verbleibenden Plakate vom Stapel und riss es wie Arlo in der Mitte durch, dann noch mal und noch mal. Die Fetzen riss ich in immer kleinere Stücke, bis nur noch schneeflockengroße Fitzelchen übrig blieben, die in den Eimer hinunterrieselten.

Etwas später holte ich unseren Proviant aus dem Auto, machte uns in der kleinen Küche belegte Brote und servierte sie auf Papptellern. Das Brot war noch gut und der Käse schimmelfrei, da hatten wir Glück. Extra für Arlos Martini hatten wir sogar Gin und Wermut eingepackt, und ich stellte mir im Minikühlschrank ein Bier kalt. Das Antibiotikum nahm ich zum Abendessen ein, dann schickte ich Margaret ein Lebenszeichen, und schließlich schauten wir ein paar Folgen einer alten Krimiserie namens *Blue Heelers,* die wir im DVD-Schrank im Zimmer gefunden hatten. Die Serie hatte ich früher oft mit meinen Eltern geschaut, wenn ich sie in Australien besuchte, und meistens gab es dazu Hughs Spezialität, Vanilleeis mit Passionsfruchtpüree. Beim Schlafengehen sagte Arlo: »Morgen ist ein neuer Tag. Ich will zurück zu Margaret und meine Zeit mit den Lebenden verbringen. Für Geister habe ich später noch genug Zeit.«

19

Der Wind hatte über Nacht Sand aufgewirbelt, und am Morgen erfüllte dichter orangefarbener Staub die Luft. Es war ein Staub aus grauer Vorzeit, ein Staub der Urmeere und Urfelsen, der Staub alter Knochen und alles Ausgestorbenen, eine Geschichte der Teilchen, die sich als Schleier über alles legte. Arlo und ich wurden früh wach, frühstückten Kaffee und Toast, dazu unsere jeweiligen Pillen, und setzten Hut und Sonnenbrille auf. Der einst weiße funkelnde Land Cruiser war kaum noch wiederzuerkennen. Beim Begutachten der Schmutzschicht auf der Motorhaube fielen mir Schrammen und Dellen auf, die beim Abholen in Brisbane noch nicht da gewesen waren. Dann bemerkte ich die drei kleinen Löcher unten in der Windschutzscheibe, von denen sich mehrere Risse über das Glas ausbreiteten. Hoffentlich stand Arlo keine saftige Rechnung für die Reparatur ins Haus.

Kaum waren wir eingestiegen, brummte mein Telefon. Dale!

»Sind sie wieder da?« Ich verschluckte mich fast beim Sprechen.

»Nein«, sagte er. »Es ist Nachmittag, und ich warte immer noch. Mir ist die Sache nicht geheuer. Wenn es für dich in Ordnung ist, würde ich gern mal einen Blick ins Haus werfen.«

»Natürlich, mach das!«

»Ich habe mich schon etwas umgesehen. Wenn du einbrechen müsstest, wie würdest du vorgehen?«

Es war seltsam, dass sie immer noch nicht zurück waren. Da ich mir allmählich auch Sorgen machte, ermutigte ich Dale, ein Fenster einzuschlagen. Er stellte klar, dass er das lieber vermeiden würde, also riet ich ihm, es durch den Holzschuppen zu versuchen – vielleicht könnte er durch die kleine Tür neben dem Kamin eindringen.

»Okay, ich bin jetzt am Schuppen«, sagte er. »Der ist immer noch tatortmäßig abgesperrt.«

»Das ist jetzt wichtiger. Versuch einfach, ob du irgendwie reinkommst.«

Kurz darauf hörte ich, wie er die Schuppentür öffnete. »Ganz schön dunkel«, sagte er. »Ich brauche das Handy als Taschenlampe. Bleib dran.«

Klappern, Rascheln. Dann sagte er: »Die kleine Tür sehe ich. Sie hat einen Beschlag mit einem Vorhängeschloss, aber das Holz ist komplett morsch. Bleib dran, ich probier mal, ob es nachgibt.«

»Alles klar«, sagte ich, und dann hörte ich einen Schrei.

»*Fuck!*«

»Was ist los?«

Mehr Schreien, Stöhnen, Japsen, ein röchelnder, unter Schmerzen irgendwohin rennender Dale.

»Dale!«

»Da ist ein Wespennest. Oh, oh, oh, autsch!«

»Oh nein!«

»Die haben es auf mich abgesehen!«

»Was ist los?«, fragte jetzt Arlo.

In dem Moment musste Dale das Telefon runtergefallen sein. Ich hörte ihn von fern brüllen, um sich schlagen und treten, und ich konnte rein gar nichts tun.

»Dale, der Bruder von Pincers Steuerberater, wollte ins Haus eindringen und wird gerade von Wespen zerstochen! Und er hat die beiden immer noch nicht gefunden.«

»O weh, o weh«, sagte Arlo.

Nach einer gefühlt sehr langen Zeit, aber vermutlich doch nur einer Minute, kam Dale zurück ans Telefon.

»Bist du noch da?«, murmelte er.

»Ich bin hier, was ist mit dir?«

»Die haben mir überall im Gesicht geklebt. Mein Gott. Alles gut, Kleiner, alles gut. Quetschie kam sofort angesprungen, als ob er mich retten wollte.«

»Was machst du jetzt?«

»Ich ruf später noch mal an, Penny, es tut wahnsinnig weh.«

»Soll ich einen Rettungswagen rufen? Nachher kriegst du noch einen allergischen Schock!«

»Nein! Keinen Rettungswagen!«

»Okay, mach ich nicht. Sorry!«

Irgendwie fühlte ich mich immer noch verantwortlich dafür, was anderen Leute wegen Pincer widerfuhr. Hoffentlich wusste Dale, was er gegen seine Stiche unternehmen musste. Wo waren Pincer und Burt?

Danach kurvten Arlo und ich durch Mount Isa und nahmen alle Plakate runter, die er in den letzten fünf Jahren finanziert hatte, fuhren durch schmale und breite Straßen, suchten Ortschaften und Einkaufszentren ab, entdeckten die Plakate an Fenstern, Hauswänden, Masten entlang des Barkly Highway. Arlo rief Jocelyn Reese an und wies sie an, alles einzustellen – die Vermisstenplakate, die Spurensuche im Busch, die ganze Aktion. Er danke ihr für ihre Dienste, aber genug sei genug. Auch Doris rief er an: »Doris, du brauchst nicht zu schreien. Ich höre dich gut …«

»Doris, was ist dein Problem? Du wolltest mich doch raushaben …«

»Was glaubst du, was ich hier mache? Ich besuche meine Familie und pflege das Andenken meiner Tochter …«

»Jetzt schrei doch nicht so …«

»Hör auf, mir an allem die Schuld zu geben. Genieß einfach dein Leben. Alles Gute!«

Etwa eine Stunde später, wir hatten inzwischen dreiundzwanzig Plakate eingesammelt, meldete sich Dale wieder.

»Alles in Ordnung?«, fragte ich.

»Das ist noch fraglich. Ich bin jetzt im Haus.«

»Wo denn da?«

»Wo? Ich sitze auf einem Sessel im Wohnzimmer. Ich habe mir mal erlaubt, mich im Bad deiner Großmutter umzusehen. Da habe ich eine zwanzig Jahre alte und weitgehend verkrustete Tube mit Zinksalbe gefunden, aber immerhin kamen ein paar Tröpfchen raus, die habe ich mir auf den Arm geschmiert. Ein paar uralte Allergietabletten habe ich auch ausgegraben und genommen. Und im Eisfach waren ein paar gefrorene Sachen, die habe ich jetzt im Gesicht.«

»Es tut mir so leid Dale, das Haus ist verflucht.«

»Im Moment beschäftigt mich die Frage, wie viel Sorge angemessen wäre. Ich schwanke zwischen Verzweiflung und Apathie.«

»Hast du im Haus irgendwas gefunden?«

»Nichts, was mir verraten würde, wo die beiden sind«, sagte Dale. »Burt scheint ein paar Kisten aus seinem Büro hier abgeladen zu haben, die sind in der Garage, genau wie der Gartenschlauch, das Bügeleisen, das Fahrrad und die Koffer.«

Arlo blätterte durch den Stapel Plakate auf seinem Schoß und hielt zwischendurch inne, um sich die verunstalteten genauer anzuschauen.

»Kein Futon?«

»Den Futon habe ich nicht gesehen.«

»Klingt so, als hätte er sich im Van Platz zum Schlafen geschaffen«, sagte ich. »Vielleicht sind sie einfach campen?« Die Bemerkung war zugegebenermaßen weder schlau noch witzig.

Dale seufzte. »Eigentlich will ich weg. Ich habe Burt heute bestimmt zwanzigmal angerufen. Dass ich ihn nicht erreiche, macht mir am meisten Sorgen. Aber egal. Ich werde jetzt die Tür am Kamin versperren und dann durch die Haustür rausgehen. Einverstanden?«

»Klar, passt.«

»Oder vielleicht ruhe ich mich doch noch kurz aus. Jetzt gerade ist mir ein bisschen flau. Quetschie weicht mir keinen Schritt von der Seite und leckt mir die ganze Zeit den Arm! Ich hatte keine Ahnung, dass er mich so gernhat.«

»Hunde sind einfach toll bei so was. Also, ich meine, bestimmt hat er dich ganz besonders gern, aber – ach, du weißt schon, was ich meine. Ich hoffe, es geht dir schnell besser.«

»Danke, Penny. Bis bald.«

Als ich auflegte, unendlich zerknirscht wegen meiner Andeutung, Quetschie könnte Dale lediglich generisch, quasi artbedingt gernhaben, sagte Arlo: »Ich glaube, du magst den Steuerberaterbruder.«

»Ich glaube, du magst Catherine Janssen«, konterte ich.

»Haha. Ich bin ein verheirateter Mann.«

»Tja, Dale auch.« Dann fügte ich hinzu: »Ich bin übrigens auch noch verheiratet.«

»Die Ehe ist ein seltsames Geschäft«, sagte Arlo.

Arlo und ich waren nicht um die halbe Welt gereist, um über Dale, Burt und Pincer nachzudenken, also schob ich sie für den Moment beiseite. Obwohl Arlo Jocelyn Reeses Dienste nicht länger in Anspruch nehmen wollte, interessierte er sich immer noch für die Topografie des Buschlands, das meine Mutter und Hugh so fasziniert und gelockt hatte. Wir hatten die Landkarte studiert und uns entschieden, die Camooweal Urandangi Road zu nehmen, die am Wiliyan-ngurru-Nationalpark nahe der Grenze zum Northern Territory vorbeiführte. Dort befand sich der Barkly Karst – eine unterirdische Formation aus porösem Kalkstein und Dolomit voller Höhlen und Erdlöcher, ganz ähnlich den Topografien und Formationen, die meiner Mutter in *Voss* aufgefallen waren. Die Fahrt nach Camooweal dauerte fast zwei Stunden, aber immerhin entkamen wir dem Staubschleier und hatten wieder klaren Himmel vor uns.

Abseits des großen Highways war die Straße unbefestigt, der Boden rot und fein wie Chilipulver. In alle Himmelsrichtungen blickte man auf plattes, mit krüppligen Eukalyptusbäumen gespicktes Land. Auf einmal sagte Arlo: »Fahr da lang!«

»Ab vom Weg?«

»Das Teil ist wie mein alter Jeep, genau dafür gemacht«, sagte er.

Also bog ich in Richtung Westen.

»Achte auf die Löcher«, sagte Arlo. »Aber fahr weiter.«

»Okay.«

Anscheinend hatte er einen Plan. Wir fuhren weiter querfeldein, gefolgt von dicken Staubwolken. Von unten klackerten Steine gegen die Karosserie.

»Noch weiter?«, fragte ich.

»Ich sag dann schon stopp.«

Vor uns stoben aus einem der struppigen Bäume grüne Papageien Richtung Westen in den blauesten Himmel, den ich je gesehen hatte. Für den Bruchteil einer Sekunde wünschte ich, dass Sherman ihn sehen könnte; früher hatte ich mir immer gewünscht, er könnte sehen, was ich sah, wenn er nicht bei mir war – würde ich diesen Kreislauf je durchbrechen? Manchmal hüpfte der Land Cruiser, wenn die Reifen auf größere Steinbrocken trafen, aber Arlo hatte recht, der Wagen war genau dafür gemacht. In der Ferne hopsten Kängurus und Wallabys vorbei. Weit und breit keine Wasserbrunnen, keine Pumpen, keine Windmühlen, nicht mal ein Zaun. Durch die anhaltende Dürre war der Boden von Rissen durchzogen.

»Sind wir bald da?«, fragte ich.

»Noch nicht«, sagte Arlo.

Und weiter ging es, bis Arlo auf einmal sagte: »Halt an.« Er deutete vor uns auf eine kleine Erhebung, wo ein paar Felsen standen.

Wir erreichten die Stelle, und ich parkte auf rissigem, lehmartigem Boden. Arlo hatte inzwischen Übung im Aussteigen und dafür seine eigene Technik entwickelt: Tür aufmachen, Hüfte drehen, Beine ausklappen, sich mit der Hand am Griff oberhalb der Tür kontrolliert runtersacken lassen, bis die Füße den Boden berühren. In der Position einige Sekunden verharren und sich erst dann zu vollem Stand aufrichten. Dieses Mal drehte er sich, sobald seine Füße am Boden aufkamen, noch einmal um, raffte den Stapel Plakate zusammen und ging damit auf die Felsen zu, die in einer Art Kreis angeordnet standen. Ich blieb dicht hinter ihm, als er die Papiere im Zentrum ablegte und sich auf den Boden setzte.

»Penny, hast du Streichhölzer?«

Wir hatten welche in der Ausrüstung. »Ja, Moment«, sagte ich und wühlte in der Kiste im Kofferraum, bis ich sie fand.

»Setz dich«, sagte Arlo. »Ich will ein paar Worte über Ardie und Hugh sagen.« Dann zündete er den Stapel an.

Erst bewegte sich die Flamme langsam, kräuselte die Ränder des Papiers, wanderte ganz allmählich über die Blätter, färbte sie braun, dann schwarz, und ich sah zu, wie das Feuer nach und nach Bilder und die Beschreibung von meiner Mutter und Hugh verschlang.

»Ardie, du wurdest an einem kalten Winterabend in Chicago geboren. Ich kam gerade noch rechtzeitig, um es mitzuerleben. Du warst das Süßeste, was ich je gesehen hatte. Deine Mutter war streng mit dir, und mir tut es so leid, dass ich in deiner Kindheit nicht öfter für dich da sein konnte, aber wenn ich nach Hause kam, habe ich mich auf nichts so sehr gefreut wie auf dich. Du warst blitzgescheit und hast dich in eine wahre Schönheit verwandelt. Das mit Gaspard habe ich nie verstanden, aber als du Penny bekommen hast, war es das größte Glück für unsere Familie. Und dann hast du Hugh kennengelernt, und der war ein Guter, und dann hast du Margaret zur Welt gebracht, das zweite große Glück. Ich hätte nie gedacht, dass ich eines Tages von dir Abschied nehmen müsste.«

Seine Stimme geriet ins Stocken. Das Plakatefeuer loderte auf. Mir liefen Tränen übers Gesicht.

»Aber ich glaube, du hast deinen Platz gefunden, und ich will versuchen, es anzunehmen, und dir sagen, du warst die beste Tochter, die sich ein Vater wünschen konnte. Hugh, du warst ein guter Mann, und Ardie hätte es nicht besser treffen können.«

Mit diesen Worten zog Arlo ein paar Fotos aus seiner Brusttasche hervor. Er hatte eins von meiner Mutter als junges Mädchen mitgebracht, auf dem sie in einem Tulpenfeld stand, einen Strohkorb in den Händen, und eins von meiner Mutter und Hugh am Tag ihrer Hochzeit, und er legte sie auf einen der Felsbrocken.

»Gibst du mir mal den Stein da?«

Ich reichte ihm den länglichen Stein, auf den er zeigte; er wischte den Staub ab und legte ihn dann auf die Fotos, um sie zu fixieren.

»Möchtest du auch noch was sagen, Penny?«

Mir war eng in der Brust, ich hatte keine Stimme mehr.

»Was du gesagt hast, war sehr schön«, brachte ich schließlich hervor.

»Lass uns noch ein paar Minuten still sitzen bleiben.« Er schloss die Augen.

20

Auch ich machte die Augen zu. Ich war tieftraurig und von Liebe erfüllt. Liebe zu Arlo, zu den beiden. Die Emotionen rauschten durch mich hindurch, dass es fast nicht auszuhalten war. Wahrscheinlich hatte Margaret genau das gemeint, als sie von Katharsis sprach. Ich hatte nie geglaubt, den Verlust unserer Eltern überwinden zu können, wenn ich nicht einen Weg fände, ihn ins Unbewusste abzuspalten. Mir wurde klar, dass ich nicht hergekommen war, um damit abzuschließen.

Die sengende Sonne brannte mich in den Felsen. Auf der Innenseite meiner Augenlider tanzten grellorangefarbene Schnörkel, während mir Fliegen um den Kopf surrten. Ich dachte an Dale, übersät mit heißen, geschwollenen Wespenstichen, an all das Gift, das sie ihm ins Fleisch gejagt hatten. Dann dachte ich an Quetschie, wie er ihm Beistand leistete, und meine plumpe Bemerkung über die Beliebigkeit hündischer Zuneigung, die dem Gespräch ganz sicher einen Dämpfer verpasst hatte. Dass Burt und Pincer sich das ganze Wochenende über nicht gezeigt hatten, war besorgniserregend, und ich wusste, dass ich mich eigentlich vor Ort um die Situation kümmern musste. Aber hier saß ich nun, auf einem großen Dolomit am Boden eines Urmeers mit meinem Großvater, und schloss Frieden mit dem Ungewissen.

Das Feuer hatte von den Plakaten nur gespenstische Asche übrig gelassen, jetzt zogen die letzten Rauchschwaden davon. Ich bemerkte eine Ameise auf meinem Arm, eine eifrige Kundschafterin, die jetzt jeden Moment und aus ihrer Sicht grundlos im hohen Bogen durch die Luft fliegen würde. Der Gedanke an den Verlust der beiden war kaum auszuhalten, sie fehlten mir so sehr. Wie gerne hätte ich erfahren, was meine Mutter und Hugh von der Situation mit Pincer und Burt und auch von Dale gehalten hätten. Wir hätten so viel zu besprechen gehabt. Ich dachte an mein letztes Gespräch mit meiner Mutter am Vorabend ihrer großen Reise. Wir hatten die meiste Zeit über Sherman geredet, der zu dem Zeitpunkt noch immer mit seiner Doktorarbeit zum Thema »Phänomenologische Uneinheit in heterodoxen und ontologischen Texten der mongolischen Khanate nach der Pest« zugange war. Sein Forschungsstipendium war gerade ausgelaufen, seine Betreuerin hatte einen Schlaganfall erlitten, und wir mussten mit meinem Gehalt über die Runden kommen. Meine Mutter hatte mir zugeredet, ihn dabei zu unterstützen, trotz allem weiterzumachen, während ich mir noch nicht im Klaren darüber war, was ich mit meinem Leben anstellen sollte. Ihrer Meinung nach wäre eine Promotion auch was für mich gewesen, oder ein Job in einem Verlag oder einer Buchhandlung, irgendwas, was zu meinen Interessen passte. Sie war besorgt, dass Sherman sich die akademische Laufbahn abschreiben könnte, würde er die Doktorarbeit nicht bald abschließen. Was mir nichts ausmachte – ich wusste damals schon, dass Sherman sein Institut für ein Nest voller Giftschlangen hielt, die über Studierende herzogen, nichts ohne taktische Hintergedanken taten, anderen in den Rücken fielen, sich schamlos die Karriereleiter hochvögelten und nur zu bereitwillig die Forschung aufgaben, um sich in machtbesoffene Bürokraten zu verwandeln. Und dass er eigentlich schon längst die Nase voll von diesem Umfeld hatte, aber da ich wusste, wie enttäuscht meine Mutter wäre, erzählte ich ihr noch nichts davon. Ich selbst war bereit, Shermans Messerschleif-Business zu unterstützen, immerhin ein altehrwürdiger Beruf! Ich ahnte, dass mein Leben mit dem, was sie sich für mich gewünscht hätte, relativ wenig zu tun haben würde. Die ganzen Verwicklungen, die Auseinandersetzungen, die Glücksmomente, die es bedeutete, ihre Tochter zu sein – wie sehr ich das alles vermisste!

In diesem Moment aber versuchte ich Arlo zuliebe, meine Gedanken zu besänftigen und still zu lauschen. Es war kein Laut zu vernehmen – oder vielleicht doch, mit etwas Fantasie. Etwas wie ein Flüstern, vielleicht Sand, der über Sand hinwegglitt und sich an Steinen und in trockenem Gras verfing. Und Fliegengesumm und ferne Vogelrufe. Und ein Knacken aus Richtung des Land Cruisers, wahrscheinlich der abkühlende Motor. Um so viel wie möglich aus dem Augenblick zu schöpfen, strengte ich mich an, noch mehr zu hören, als könnte irgendwas Mystisches geschehen, wenn ich nur genug daran glaubte. Natürlich waren sie nicht in eine andere Dimension befördert worden, aber nur mal angenommen, dass doch, warum konnten sie jetzt in diesem Moment nicht ein Zeichen geben? In meiner Vorstellung versuchten Hugh und meine Mutter, sich bemerkbar zu machen, pochten wild gegen die unsichtbaren Wände der anderen Dimension, damit wir aufhorchten. Das Knirschen und Knarren aus Richtung des Autos wurde lauter, und ich drehte mich genau in dem Moment um, als der Boden darunter nachgab und es im Ganzen verschluckte.

Arlo und ich ächzten voll des Staunens. Steine und Erde bröckelten noch eine Weile auf das Autodach herunter, und dann war alles wieder still bis auf das Flüstern des Sands.

Worin:

ein neuer, wenn auch jüngst eingedellter und zerkratzter Toyota Land Cruiser soeben mindestens drei Meter tief in eine Art Erdloch gestürzt ist, es sehr warm ist und sich das Satellitentelefon im Land Cruiser und der Land Cruiser im Erdloch befindet,

seltsamerweise weder Arlo noch ich die Lage als Katastrophe einstufen, sondern sie eher mit aufgekratztem Erstaunen zur Kenntnis nehmen,

der Land Cruiser im Loch feststeckt, sodass sich keine der Türen öffnen lässt und uns nichts anderes übrig bleibt, als das Schiebedach mit scharfkantigen Steinen zu bombardieren, damit es zerbricht,

das Schiebedach nicht zerbricht, weshalb ich Arlo sage, dass ich in das Erdloch runterklettern werde, was ich dann auch tue, mir dabei Finger und Arme aufschürfe, zwischendurch niesen muss, die Öffnungen im freigelegten Gestein bemerke, hinter denen dunkle unterirdische Kammern aller Formen und Größen sichtbar werden, und denke: *Klassischer Karst!,*

Arlo mir warnend zuruft, der Krater könne tiefer sein als gedacht,

ich erst auf dem Schiebedach herumstampfe, dann aber um mich herum ein Knarzen höre und mir einen großen gezackten Stein aus der Erdschicht breche, mit dem ich auf das Glas einhämmere, bis es zerspringt und Arlo ruft: *Das ist mein Mädchen!*

ich die Scherben aus dem Weg räume und durch die Öffnung hinabsteige, mein Portemonnaie, das Satellitentelefon und ein paar Wasserflaschen zusammenraffe, alles nacheinander aus dem Krater werfe und dann wieder rausklettere, indem ich meine Schuhspitzen in jeden winzigen Vorsprung ramme, der nicht unter meinem Gewicht zerbröckelt, schließlich niesend und in orangefarbenen Sand paniert wieder oben rauskomme, froh bin, dass Arlo unter der karneolroten Sonne seinen weitkrempigen Hut aufhat,

ich die 112 wähle, die ich mir Margaret zuliebe für den Notfall gemerkt hatte,

eine Stimme mich fragt, um welche Art Notfall es sich handle, wo-

rauf ich erkläre, dass ich einen dreiundneunzigjährigen Mann bei mir hätte und es heiß sei und wir nicht in die Zivilisation zurückkehren könnten, da unser Auto in einem Erdloch stecke,
die Stimme unsere GPS-Koordinaten aufnimmt,
die Stimme uns rät, ruhig zu bleiben und uns nicht vom Fleck zu rühren, und verspricht, einen Wagen aus Mount Isa zu schicken,
die Stimme fortfährt, aufgrund von Arlos Alter hätten sie sich umentschieden und würden doch einen Hubschrauber schicken,
ich zum Erdloch zurückkehre, um während des Wartens unser restliches Zeug zu holen, dazu erneut durch das kaputte Schiebedach ins Auto steige, wobei mir das Blut an meinem gesunden Bein erst beim wieder Rausklettern auffällt,
mein Schienbein mit der Schnittwunde an eine aufgeplatzte Möhre erinnert und auf einmal ziemlich brennt,
Arlo derweil auf einem Felsbrocken sitzt, Wasser trinkt, Fliegen verscheucht und zwischendurch in Lachen ausbricht,
wir Propellerflügel hören, die die Luft zerhacken,
der große gelbe RACQ-Heli ungefähr zwanzig Meter von uns entfernt aufkommt und einen Sandsturm auslöst,
drei männliche Sanitäter im Fliegeroverall mit einer Trage aussteigen und sich zuerst Arlo zuwenden, der sagt, er brauche keine Trage, worauf sie ihm respektvoll erklären, damit sei er am einfachsten in den Hubschrauber zu befördern,
einem der drei mein blutendes Bein auffällt, er sofort Mull und Klebeband auspackt, mir das Bein verbindet und sagt: *Das klafft aber ordentlich!*
Arlo an Bord getragen wird, seine Werte für gut befunden werden, wir beide Spezialhelme mit Ohrenschutz aufgesetzt bekommen und ich zum allerersten Mal in einem Hubschrauber sitze,
der Propeller sich dreht, wir abheben und durch den Himmel rauschen, Arlo dabei den Blick nicht vom Cockpit lassen kann,

wir in Mount Isa reingeflogen kommen, Metalldächer durch den orangefarbenen Nebel hindurchglitzern, wir auf einem Landeplatz neben dem Krankenhaus landen,

ich Margaret anrufe, aber als sie nicht rangeht, keine Nachricht hinterlasse,

man Arlo im Krankenhaus weiter untersucht und seinen Zustand als zufriedenstellend einstuft, während mir die Wunde gereinigt, eine Dosis Lidocain verabreicht und das Schienbein genäht wird,

ich es wieder bei Margaret versuche und keine Nachricht hinterlasse,

wir im Krankenhaus von einem Beamten der Mount-Isa-Polizeidirektion besucht werden, dem wir den Vorfall schildern und der sehr freundlich reagiert, als wir Kommissar Roger Kwabble erwähnen und uns als Verwandte der vermissten Fieldings zu erkennen geben,

ich beim Autoverleih anrufe und sie über das kleine Missgeschick informiere,

wir mit dem Taxi zum Flughafen fahren, um mit der 17:30-Uhr-Maschine nach Brisbane zu fliegen,

wir gerade am Gate warten, als ich Margaret endlich erreiche und ihr erzähle, was passiert ist,

und Margaret schreit.

Teil 3

21

Am nächsten Morgen erwachte ich auf dem Luftbett in der makellosen Ordnung des schwesterlichen Arbeitszimmers. Es war Sonntag und still im Haus. Während ich meine sogenannten geistigen Kräfte sammelte, stellte ich fest, dass ich mich kaum rühren konnte, wobei nicht klar war, ob das von der Nacht auf dem sich langsam entleerenden Plastikrumpf oder den athletischen Leistungen des gestrigen Tags kam. Ich drehte mein gestochenes, septisches Bein und sah zu meiner Freude, wie sich der Fuß am Ende des Bettes bewegte. Auch das frisch genähte Bein ließ sich bewegen, wenn auch mit mehr Mühe. Von der trockenen Hitze in Mount Isa und Umgebung waren meine Lippen rissig wie der Wüstenboden, ich hatte sie mit einer Salbe aus Margarets Medizinschränkchen eingeschmiert. Da ich das Fenster am Abend nicht aufgemacht hatte, war es stickig im Zimmer, das Geplapper der Kookaburras gedämpft. Allmählich wurde die Umgebung scharf, und ich erspähte den treuen Gecko auf dem Ventilatorblatt, der auf mich runterschaute, während aus dem Osten die Sonne durchs Fenster hineinströmte und wie ein Scheinwerfer auf die Familienfotos im Regal fiel.

Ich wusste noch nicht, dass es mein letzter Tag in Brisbane sein würde.

In der Hoffnung, in einen trägen, halb bewussten Zustand zurückzusinken, machte ich die Augen zu. Aus irgendeinem Grund hatte mich, als der Hubschrauber abhob, ein so heftiges Verlangen erfasst wie schon ewig nicht mehr, ein vergebliches Verlangen, das sich auf einen vergebenen Mann richtete, von dem ich einst fand, er sehe aus wie ein Igel. Wie wir so auf und davon düsten, hatte mich die Sehnsucht ganz ausgefüllt und die Gedanken an meine Eltern verdrängt, das war meine Rettung.

Während ich nun versuchte, das Objekt meiner amourösen Tagträume durch den Hubschrauberpiloten Lachlan zu ersetzen, der wirklich ein Meister seiner Kunst war, brummte es unter dem Schreibtisch, wo gerade mein Telefon an der Steckdose lud. Ich wälzte mich auf die Seite und nahm es in die Hand.

Eine unbekannte Nummer.

Eine herzliche Männerstimme begrüßte mich. »Hallo, Penny, Tom Beaudry aus Tyler hier. Erinnerst du dich an mich?«

Tom Beaudry, der Makler und entfernte Cousin, der aussah wie Lyndon B. Johnson. »Hallo, ja.«

»Das war vielleicht was damals, oder? Hör zu, ich wollte bloß kurz nachfragen wegen deiner Großmutter. Meint sie es diesmal ernst?«

Ich fuhr hoch.

»Ernst womit?«

»Dem Verkauf. Ich bin noch im Büro, aber mache mich gleich auf den Weg. Ganz ehrlich geht mir ein bisschen die Muffe. Ich hatte gehofft, du würdest sie begleiten.«

Meine Großmutter war in Tyler? Mit Burt?

»Ja«, sagte ich, »ich wäre gern mitgekommen, aber ich bin gerade zu Besuch bei meiner Schwester in Australien. Klang sie also okay, als du mit ihr gesprochen hast?«

»Der reinste Charmebolzen. Aber nach dem letzten Mal bin ich natürlich auf der Hut.«

»Verstehe ich voll und ganz. Ich hoffe, diesmal läuft es anders«, sagte ich, als hätte ich von allem gewusst.

»Und ich erst. Tja, sie ist älter geworden, vielleicht ein bisschen weniger kampflustig.«

»Ich drücke die Daumen.«

»Was auch immer passiert, ich werde es nicht persönlich nehmen. Das darf man bei Dementen nicht.«

»Wie wahr«, sagte ich. »Könntest du mir noch einen Gefallen tun? Sie hat kein Handy, und ich würde gerne kurz mit ihr reden. Könntest du mich anrufen, wenn du da bist?«

»Ich weiß nicht. Wie soll ich ihr erklären, dass wir miteinander gesprochen haben? Deshalb ist sie doch letztes Mal so ausgerastet. Weißt du noch, als sie dachte, wir hätten uns gegen sie verschworen?«

»Du hast völlig recht. Könntest du mich dann vielleicht direkt im Anschluss anrufen? Ich wüsste gerne, ob ihr Steuerberater Burt Lampey mit ihr unterwegs ist. Könntest du das für mich rausfinden?«

»Okay, das krieg ich hin. Das krieg ich hin«, sagte Tom hörbar erleichtert. »Wie sieht er aus?«

»Groß, Glatze, Ende fünfzig.«

»Alles klar«, sagte er. »Ich halte die Augen offen.«

»Danke für den Anruf«, sagte ich.

»Gerne.«

Was für eine Erleichterung. Allein war sie ganz sicher nicht nach Texas gereist, bestimmt hatte sie Burt gezwungen mitzukommen. Das alte Schlitzohr.

Erinnerungen kamen hoch, an das Haus in Tyler vor ein paar Jahren – die berührenden Andenken an Pincers Leben, die pompösen, viel zu großen Zimmer, wie sie die Polizei gerufen hatte, die ganze furchtbare Chose. Sie wollte doch für Burt sorgen – also musste er mitgekommen sein.

Die Jungs waren schon auf, schauten in dem kleinen, ans Wohnzimmer angrenzenden Zimmer leise fern. Nach der Spätschicht im

Krankenhaus würde Margaret bestimmt erst in ein paar Stunden aufstehen. Wo Wilhelmus war, wusste ich nicht. Was die beiden wohl davon halten würden, wenn ich mit meinem Kaffee zu ihnen auf die Couch käme? Mit Kindern hatte ich wenig Erfahrung und unterstellte ihnen in der Regel, kratzbürstig zu sein und mich heimlich zu verurteilen. In der Küche machte ich mir mit der schnieken Nespresso-Maschine einen Kapselkaffee, schäumte mit dem Milchaufschäumer warme Milch auf, und da die beiden Jungs gerade sehr in ihre Sendung vertieft wirkten, entschied ich mich, doch lieber den Meerschweinchen Gesellschaft zu leisten. Als mich dann aber aus dem kleinen Haus im Gehege vier kurperfarbene Augen schreckerfüllt anblickten, ging ich raus auf die Veranda und stellte mich neben einen hohen Gummibaum, von dem die Rinde in meterlangen Splittern abblätterte. Die Luft war angenehm feucht. Insekten zirpten, und Loris kreischten. Die Kakofonie einer riesigen Aufbereitungsanlage, rings um mich Leben und Verfall in voller Lautstärke.

Jetzt, da ich mir einigermaßen sicher war, Burt geortet zu haben, freute ich mich, dass ich einen Grund hatte, Dale anzurufen – auch wenn ich nicht ausschließen konnte, schon wieder irgendwas haarsträubend Blödes zu sagen. Außerdem gab uns Burts Anwesenheit in Tyler neuen Anlass zur Sorge – was, wenn sie auf ihn losgehen würde wie damals auf mich? Wie würde Burt damit klarkommen? Vermutlich waren sie dorthin geflogen. Würde er ohne sie zurückkehren können? Und wie ging es ihm überhaupt?

Ich ging wieder rein und geradewegs ins Fernsehzimmer, wo die Jungs auf dem Sofa in ihren identischen roten Schlafanzügen aufmerksam *Feuerwehrmann Sam* schauten. Ich hatte mich kaum hingesetzt, als ein Reisebus voller fröhlicher Zeichentrickfiguren unterwegs zu einem herrlichen Tag am Strand von einer Klippe ins Meer stürzte. Mein übertriebener Schrei überraschte die beiden und brachte sie zum Lachen. Als dann die hereinrollenden Fluten über den Bus schwappten, japste ich in gespieltem Schreck, hielt mir die Augen zu und strampelte mit den Beinen, sehr zur Belustigung der beiden Jungs.

Dann klingelte mein Telefon, und ich stürmte zurück ins Arbeitszimmer, um ranzugehen.

»Ich hatte soeben ein sehr angenehmes Treffen mit deiner Großmutter, und ich glaube, diesmal ist sie bereit für den Deal«, sagte Tom.

»Großartig! Ist Burt auch da?«

»Du, das kann ich dir leider nicht sagen. Ich meine, ich hätte den Whirlpool brummen gehört, aber ich wollte sie nicht vom Thema ablenken. Jedenfalls scheint es ihr ernst zu sein. Ich komme morgen mit dem Papierkram zurück, vielleicht sehe ich ihn ja dann.«

Meine Enttäuschung war groß. »Das ist toll, Tom, aber Burt wird jetzt seit ein paar Tagen vermisst, niemand erreicht ihn, und wir glauben, dass er mit ihr unterwegs ist, aber wir müssen es unbedingt wissen.«

»Na, irgendwer wird wohl im Whirlpool sein.«

»Könntest du nicht in einer Stunde oder so noch mal vorbeischauen und so tun, als hättest du noch eine Frage?«

»Das geht leider nicht. Heute Abend essen wir mit meiner Schwiegermutter, ich bin der Grillbeauftragte.«

»Wow.« Die Vorstellung, bis morgen zu warten, gefiel mir gar nicht. »Ich bitte dich wirklich nicht gerne, aber gibt es irgendeine Möglichkeit, dass du nachschauen könntest, ob es sich um Burt handelt? Durchs Fenster spinksen?«

Einen Moment lang sagte er gar nichts. Dann: »Du möchtest also, dass ich zurück zum Haus gehe und durchs Badezimmerfenster gucke?«

»Nur kurz spinksen.«

»Und wenn er mich sieht? Dann kann ich mir die Kugel geben.«

»Ich weiß, es ist eine große Bitte, aber es machen sich viele Menschen Sorgen.«

»Was, wenn er nicht in der Badewanne sitzt, sondern auf dem Klo?«

»Bitte, Burt ist vor einer Woche am Herzen operiert worden, außerdem hatte er ein geplatztes Geschwür, er war also in wirklich schlechter Verfassung. Meine Großmutter sollte dafür sorgen, dass er seine Medikamente nimmt, und sich um ihn kümmern. Es wäre wirklich wichtig zu wissen, ob er da ist.« Meine Stimme bebte vor Aufregung.

Tom seufzte schwer. »Ich sehe es schon kommen. Ich werde für den Rest meines Lebens als Spanner von Tyler bekannt sein.«

»Du könntest sagen, du machst dir Notizen für den Verkauf!«

»Er ist also Ende fünfzig, groß, haarlos?«

»Nicht am Körper«, sagte ich aus unerfindlichem Grund.

»Allzu viel davon werde ich hoffentlich nicht sehen«, sagte Tom.

»Klar, natürlich. Ganz herzlichen Dank. Es ist wirklich wichtig.«

Eine Art matschendes Geräusch war zu hören, als würde er sich vor Gram die Augäpfel tief in ihre Höhlen pressen. »Okay. Was solls, ich bin nur ein paar Straßen entfernt. Ich kümmere mich sofort und rufe dich dann zurück.«

Mit wachsender Anspannung malte ich mir aus, wie er sich durch das Gebüsch zum Fenster durchkämpfte. In meiner Erinnerung hatte das große Badezimmer hohe Fenster direkt über der Wanne. Ein paar Minuten später rief er an.

»Okay.« Er atmete schwer. »Es ist vollbracht. Ich habe den oberen Teil von einem Kopf gesehen, das dürfte reichen.«

»Was für ein Kopf?«

»Rosa, ein bisschen schuppig. Ist er das?«

»Rosa und ein bisschen schuppig? Nicht hundertprozentig, aber wahrscheinlich schon.«

»Na dann. Die Steaks warten. Sag nicht, ich hätte nie was für dich getan.«

»Bestimmt nicht. Ich weiß deinen Einsatz sehr zu schätzen.«

»Noch was. Fährt er zufällig einen grässlichen alten Econoline? So einer parkt nämlich hinter dem Haus.«

»Oh mein Gott. Sie sind mit dem Auto gefahren! Ja, das ist seiner.«

»Sicher, dass mit dem Typ alles stimmt? Dass er kein Gigolo ist?«

»Haben Gigolos es auf Fünfundachtzigjährige abgesehen?«

»Ja, gerade!«, sagte Tom wie ein Experte. »Das ist ihre Spezialität!«

Ich bekräftigte, dass ich Burt nicht für einen Gigolo hielt, dankte ihm erneut, dann legten wir auf.

Als Erstes musste ich Dale anrufen. Wahrscheinlich würden ihn die Neuigkeiten zumindest vorerst beruhigen. Es klingelte lange, bis irgendwann die Mailbox ranging, was mir viel Raum gab, um mir sein unbeschreiblich erfüllendes Leben in San Francisco vorzustellen, das ihn zweifellos gerade beschäftigt hielt. Ich hätte gern etwas Knackiges, Geistreiches draufgesprochen, hatte aber einen Blackout und legte auf. Allein die Vorstellung, mir eine knackige, geistreiche Nachricht ausdenken zu müssen, hatte meinen Cortisolspiegel in ungekannte Höhen steigen lassen, und mein Herz raste nur so. Die Fixierung auf meine Beziehung mit Dale, wenn man es so nennen konnte, ging eindeutig zu weit. Dabei hätte ich doch bloß sagen müssen, dass Burt sich wahrscheinlich mit meiner Großmutter in Tyler befand. Was könnte einfacher sein?

Ich versuchte, mir Pincers und Burts gemeinsamen Roadtrip nach Texas auszumalen. War Burt die ganze Strecke selbst gefahren? Hatten sie in Motels übernachtet oder beide zusammen hinten im Van? Und falls Letzteres, wie hatte ich mir das vorzustellen? Ich wollte es mir eigentlich nicht vorstellen. War Burt freiwillig mitgekommen, oder hatte Pincer ihn eingeschüchtert? Warum hatte Pincer mir nichts davon gesagt, dass sie jetzt doch das Haus verkaufen wollte, traute sie mir etwa immer noch nicht über den Weg? Hatten erst die jüngsten Ereignisse in Santa Barbara sie daran erinnert, dass es da noch eine Zweitresidenz gab?

Ich versuchte es erneut. »Hi, Dale«, sprach ich auf die Mailbox. »Entwarnung, glaube ich, Burt ist anscheinend mit meiner Großmutter in Texas. Sie hat da ein Haus, und dort sind sie zurzeit. Also für den Moment wohl kein Grund zur Sorge. Ich halte dich auf dem Laufenden. Hoffe, es geht dir gut, und grüß Quetschie von mir.« Und dann legte ich auf, halbwegs zufrieden mit dem soeben Gesagten, wenn auch besorgter aufgrund der Situation, als ich mir hatte anmerken lassen.

Noch beim Sprechen war mir ein Buschhuhn aufgefallen, das am Grundstücksrand durch das Unterholz stakste, am Boden scharrte und Erde aufwarf. Es hatte einen roten ungefiederten Kopf, eine gelbe Halskrause, die an eine Ascot-Krawatte erinnerte, und ein so großes Ohrloch, dass ich es aus sechs Metern Entfernung sehen konnte. Die Buschhühner galten als leidenschaftliche Gartenverwüster, womit sie sich keine Freunde machten, aber da man sie nicht abschießen durfte, wüteten sie unbekümmert vor sich hin.

Tatsächlich bewegte das Huhn sich in diesem Moment auf das Beet direkt am Haus zu, wo Margaret einen kleinen Kräutergarten pflegte, lancierte einen scheinbar gezielten Angriff und steigerte sich in einen Gewaltrausch. Das Grünzeug flog nur so durch die Gegend. Innerhalb von Sekunden hatte das Huhn Margarets Basilikum, Petersilie, Oregano, Salbei und Dill entweder zerrupft oder zertrampelt, während ich nur tatenlos zusehen konnte. Seltsamerweise starrte es mich jetzt mit schief gelegtem Kopf an, als wollte es mich herausfordern, seinen Kreuzzug zu billigen und damit die natürliche Ordnung zu erhalten, Verluste hin oder her.

Der weitere Tag verlief ohne unzumutbare Härten: Arlo freute sich am Morgen über einen Besuch von Catherine Janssen, der er viel zu erzählen hatte. Sie schenkte ihm ein großes Trinkglas mit einem eingravierten Doppeldecker-Flugzeug, das sie bei einem Kirchenflohmarkt aufgestöbert hatte und von dem er sagte, es hätte genau die Größe, die er sich für Martini immer erträumt habe. Derweil erreichte mich eine knappe, sich jeder Analyse entziehende Textnachricht von Dale: *Alles klar, danke für die Info.* Weiterhin mussten Margaret und ich mit einem röchelnden Meerschweinchen zum Tierarzt fahren – es hatte sich erkältet! Anschließend fuhren wir zum Haus unserer Eltern, wo ich noch ein paar Sachen einpackte, die ich behalten wollte, vor allem aus den Aktenschränken und Bücherregalen. Auf der Fahrt durch die Stadt kamen Margaret und ich vom Hölzchen aufs Stöckchen, als ob wir schon ahnten, dass unsere Zeit zusammen bald enden würde: Ja, wir würden das Haus vermieten, bis die sieben Jahre vorbei waren; nein, wir würden nicht den Todeseid schwören, und sie würde nicht mehr mit der schrecklichen Viola Mitchell zusammenarbeiten; ja, sie würde den australischen Behördenkram übernehmen und ich dann, sobald es so weit war, den amerikanischen.

Irgendwann zwischendurch hatte ich das Pärchen ausfindig gemacht, dem ich in Dalby in den Secondhandladen gefolgt war – Harold und Ann Farrar. Sie wohnten auf der Jilba Street in Indooroopilly; eine schnelle Onlinerecherche verriet, dass Harold Farrar als Klimatologe an der Universität Queensland arbeitete und Ann Farrar einen Kindergarten in Mount Gravatt leitete. Ich bat Margaret, an ihrem Haus vorbeizufahren, eine Bitte, die sie befremdlich fand, auch nachdem ich erklärt hatte, dass es sich um die Rückendoubles unserer Eltern handelte. Aber ihre Neugier war geweckt und Indooroopilly kein allzu großer Umweg, also gab sie die Adresse im GPS ein.

Das Haus war von der Straße abgewandt, die Vorderseite wies zu einem dicht bewucherten Grünstreifen am Fluss. Außer einem Zaun und einem Briefkasten war nichts zu sehen. Wollte ich klopfen? Nein, wie sollte ich das erklären. Wir fuhren weiter und bogen um die Ecke, als Margaret plötzlich scharf einatmete.

Vor uns spazierten die Klone die Straße runter, der Mann in Shorts, die Frau in einer sandbeigen Tunika, und sahen unseren Eltern genauso ähnlich wie beim letzten Mal. Margaret fuhr links ran und brach in Tränen aus.

»Oh, Margaret!« Ich nahm sie in den Arm, sie zitterte. Seit unserer Kindheit hatte ich sie nicht mehr weinen sehen.

Doch sie berappelte sich schnell und fuhr im Schleichtempo weiter die Straße entlang. Ich sagte: »Aber Vorsicht – von vorne sehen sie ihnen nicht ähnlich.« In einem Anflug von Panik ließ ich mich vom Sitz runterrutschen. Auf Höhe der beiden lehnte Margaret sich aus dem Fenster. »Entschuldigung. Wie kommen wir man besten nach Fig Tree Pocket?«

Ich hörte das Knirschen von Schuhen auf Kies, und auf einmal tauchte Harold Farrars Gesicht im Fenster auf. Kein bisschen wie Hugh. Komplett anders. Während er den Weg nach Fig Tree Pocket beschrieb, bemerkte er die zusammengekauerte Gestalt auf dem Beifahrersitz.

Also setzte ich mich auf und gab mich zu erkennen. Die nächste halbe Stunde standen wir im Schatten eines Flammenbaums und plauderten mit den Farrars. Die beiden erinnerten sich an die Begebenheit in Dalby, und ich gab zu, dass wir sie gestalkt hatten und auch, warum. Anstatt sich belästigt zu fühlen, zeigten sie Verständnis. Sie boten uns sogar an, dass wir sie von hinten fotografierten! Das ließen wir uns nicht zweimal sagen! Margaret und Harold hatten gemeinsame Bekannte an der Universität, und Freunde von Margaret hatten Kinder, die bei Ann im Kindergarten waren. Die Farrars wiederum kannten einige von Margarets Kolleginnen und Kollegen im Krankenhaus. In meinem Beruf hatten sich nie neue Bekanntschaften aufgetan, weshalb ich stolz war auf Margarets Erfolge in der Wahlheimat. In Wahrheit zog ich sogar Bestätigung daraus. *Meine Schwester ist Chirurgin in wichtiger Position an einem Universitätsklinikum, folglich ist mit mir auch alles okay.*

»Dann wissen Sie vermutlich sehr gut, wie Sie nach Fig Tree Pocket kommen«, schlussfolgerte Ann Farrar.

Margaret wies darauf hin, dass die Frage auf meinem Mist gewachsen war und sie nur Anweisungen befolgt hatte.

»Schlecht war die Idee jedenfalls nicht«, sagte Harold Farrar. Er gab Margaret seine Karte und schlug vor, in Kontakt zu bleiben.

Auf dem Rückweg nach Paddington sagte Margaret plötzlich: »Harold und Ann Farrar. Ist dir klar, dass sie dieselben Initialen wie Mom und Dad haben?«

Mir war es tatsächlich aufgefallen, aber ich dachte, Margaret würde sich über mich lustig machen, wenn ich es erwähnte. Sie hatte es nicht so mit kosmischen Zufällen. »Ja, wow. Äußerst kurios und mysteriös!«

»Oh ja.«

Irgendwie kamen wir auf das Thema Palms und das Drama mit Doris zu sprechen. Margaret fragte sich, wie lange Arlos Rücklagen noch reichen würden. »Blöd, dass er direkt vor eurer Reise noch eingezogen ist. Jetzt zahlt er so viel und ist nicht mal da.«

»Aber der Umzug war der Auslöser«, sagte ich. »Vorher konnte er gar nicht klar denken. Doris hat ihn die ganze Zeit bearbeitet.«

Wir redeten über frühere unangenehme Vorfälle mit Doris und versuchten, Theorien darüber zu entwickeln, warum Arlo sie geheiratet hatte.

»Beim Tennis hatte sie immer diese superkurzen Shorts an«, erinnerte sich Margaret.

»Wahrscheinlich fand er sie nach Pincer eine gute Partie, jedenfalls am Anfang«, sagte ich.

»Dabei ist sie womöglich sogar schlimmer«, sagte Margaret, die Pincer schon eine Weile nicht mehr gesehen hatte.

»Es ist ein Patt, würde ich sagen.«

Dann redeten wir über Pincer und Burt in Texas. Und Pincers Steuerhinterziehung. Wir überlegten, ob das der Grund war, warum sie das Haus in Tyler jetzt doch verkaufen wollte, und einigten uns darauf, dass uns nicht viel übrig blieb, als die Hände in den Schoß zu legen und abzuwarten.

Zurück im Haus, verbrachte ich den Nachmittag auf einem Sofa auf der Veranda und schaute die Unterlagen durch, die ich aus dem Haus mitgebracht hatte. Besonders interessant war ein Ordner mit der Aufschrift: »Flussreisen.«

Auf diesen Trips hatte meine Mutter in kleinen Spiralblöcken Tagebuch geführt. Beim wahllosen Blättern stieß ich auf Einträge wie:

Was, wenn der Mensch dazu bestimmt ist, sich mit den physischen Problemen der Wildnis auseinanderzusetzen anstatt mit sozialem Unbehagen? Wie schön die Luft ist, der Sand, der Schmutz, die lebenden und die toten Grasbüschel. Ganz zu schweigen von dem schwer reptilverdächtigen Felsen hinter mir, heute Nacht ist mein Bett hier, und meine Seele wird jedes Quäntchen Schönheit von diesem Ort aufsaugen. Gott, diese reißende Stromschnelle! Diese Düne, der Weidenschleier. Diese private Welt.

Und:

Gegen Mittag wurde der Canyon schmaler. Wir machten Pause auf den Booten, jeder eine Dose Bohnen, köstlich mit scharfen Paprika. Dann ein Schauer, der Regen horizontal in die Schlucht. Am Nachmittag ging es durch gut geschichtete Formationen. Ein wunderschöner Hirsch ist uns fast einen Kilometer lang gefolgt. Unfassbar trittsicher! Später wurde die Schlucht enger und die Strömung schneller. Den ganzen Nachmittag die Route auf der topografischen Karte abgeglichen, um die Abzweigung des Colorado nicht zu verpassen. Unser Ziel war der Spanish Bottom. Wir hatten noch keinen Kilometer auf dem Colorado zurückgelegt, als wir von einem wirklich gnadenlosen Wüstenwolkenbruch überrascht wurden. Fortkommen fast unmöglich. Kurz auch Hagel. Aber bald zog der Sturm vorüber, und dank der heißen Luft in Utah waren wir wieder trocken, als wir am Spanish Bottom ankamen. Nachdem der Wind abgeflaut war, wurde das Wasser wieder glasglatt. In einem Weidendickicht schlugen wir die Zelte auf. Dort entdeckt: fossilreiche Hermosa-Brocken; außerdem Crinoidenstiele (drei Beutel voll), Bivalvia, Brachiopoden und durch Jaspis verdrängte Korallen. Fantastischer Blick auf Paradox-Formation mit Gipskegel.

Und:

Wir passierten ein paar schwierige Stromschnellen und hielten dahinter an, um Wasser aus dem Boot zu schöpfen und die anderen beim Durchfahren zu filmen. Otto und ich sahen zu, wie Ellen aus dem Boot geschleudert wurde, als es seitlich ins Schlingern geriet. Dann erreichten wir Stromschnelle 8, schafften es hindurch, und im nächsten Moment schoss Waynes umgekipptes Boot an uns vorbei. Wir kraxelten über riesige Brocken bis zu einer Stelle, von der aus wir bei der Rettung helfen konnten. Alle haben es geschafft, aber wir haben Proviant verloren und mussten die restlichen Vorräte erst mal zum Trocknen auslegen. Dann gefühlt ewig mit Boot an der Leine weiter, knapp hundert Meter nur, aber über zimmerhohe Felsbrocken. Phils Boot kippte sofort wieder um, und die Stimmung in der Gruppe kippte auch. Inzwischen war es dunkel, und alle waren extrem erschöpft. Entgegen allen logischen Argumenten wollten die Steeleys abbrechen, und es gab viel Getuschel. Auch Ellen Miller ging es sehr schlecht. Rick, Wayne und ich unterhielten uns, bis das Feuer ausging. Ich hatte überhaupt keinen Zweifel, dass wir es wohlbehalten rausschaffen würden – eine Weile drehte ich völlig frei und hoffte, es ginge nie mehr vorbei.

Die Zeile machte was mit mir. Freidrehen, auf welche Art? Lachen, bis der Bauch wehtat? Mit Rick rumknutschen oder mit Wayne oder mit beiden? Vielleicht meinte sie bloß, dass sie gute Laune hatte, die allerbeste Laune. Jedenfalls machte es mich froh, dass meine Mutter freigedreht war und sich wünschte, dass etwas nie mehr vorbeiginge.

Ich rief Margaret, die sofort kam. Ob ich ihr was vorlesen dürfe, fragte ich, und sie setzte sich auf einen Korbsessel auf der Veranda. Die Passagen schienen auch sie zu bewegen, ließen sie ohne Handlungsanweisung und empirischen Befund zurück, ohne ihr gewohntes Werkzeug.

»Also, was ist da draußen wirklich passiert?«, fragte sie, endlich.

Ein Geweihfarn auf dem Stamm eines mächtigen Eukalyptusbaums erzitterte, als ein großer Vogel auf seiner Krone landete. Ein Eulenschwalm! Tagsüber nur selten zu sichten. Immer wenn unsere Mutter einen erspähte, rief sie voll Inbrunst den Namen aus, genau wie sie jedes Mal *Fasanspornkuckuck!* rief, wenn ihr so einer über den Weg lief. Fast so, als würde erst der Name dem Vogel seine Bedeutung verleihen.

Ich erzählte Margaret davon, wie Arlo alle Poster einsammeln und verbrennen wollte und wie er mich hinter Camooweal, als wir südlich abgebogen waren, angewiesen hatte, von der Straße runterzufahren. Wie er bestimmt hatte, wo wir hielten, als hätte er die Stelle schon vor dem inneren Auge gesehen. Von seinen Gedenkworten für meine Mutter und Hugh, seiner Bitte um einen Moment der Stille.

»Und auf einmal ist das Auto im Erdboden versunken?«

Ich sagte Ja.

Schweigend saßen wir da. Der Eulenschwalm erhob sich in den Himmel, und ich spürte den Luftzug auf meiner Wange.

»Als wollten sie aus einer anderen Dimension Kontakt aufnehmen«, sagte Margaret zu meinem Erstaunen.

Für das Geheimnis des Outback gaben sie ihr Leben.

An diesem Abend fühlte ich mich vorübergehend vollständig, es ging mir sogar gut. Um mich herum fand Leben statt. Wilhelmus kam früh heim und spielte auf dem Rasen Fußball mit den Jungs. Arlo gönnte sich einen Martini aus seinem neuen Glas, ich entschied mich für eine eiskalte Dose Fosters. Ein sieches Meerschwein war auf dem Weg der Besserung. Zum Abendessen machte Margaret Nudeln mit Schweinefleisch und Klebreiskuchen aus einem vietnamesischen Kochbuch, das sie besonders mochte, *Green Papaya*. Und mit ihrem fancy Thermomix zauberte sie auch noch ein köstliches Mango-Eis-Dessert.

Nach dem Essen spielten wir ein altes Brettspiel namens Squatter. Ziel des Spiels ist es, am Ende die erfolgreichste Schaffarm mit den meisten gesunden Schafen zu besitzen. Mit jedem Zug rückt man auf dem Brett weiter vor und muss zum Beispiel seine Herde gegen Breiniere impfen oder gegen den Großen Leberegel behandeln, oder der Brunnen trocknet aus, oder es fallen Kosten an für eine Zaunreparatur oder für Flutschäden. Alternativ macht man einen unverhofften Gewinn auf dem Wollmarkt oder ersteigert einen wertvollen Zuchtbock. Meine Farm war die Emu Plains Station in New South Wales, Arlo hatte Coolibah Creek, Wilhelmus Wanbanalong, Margarets Farm war in Mount Mitchell, Brams in Coorumbene und die von Boaz in Warramboo. Boaz landete immer auf den Katastrophen und konnte seine Weideflächen nicht ordentlich bewässern. Bram heimste einen Pokal für Bodenschutz ein. Arlo bekam für den Verkauf eines seiner *Fetten Lämmer* einen Bonus, und Wilhelmus gelang durch umsichtiges Handeln die Ausrottung der Klauenfäule. Unfairer- oder jedenfalls karmisch unverdienterweise wurde Margaret von einem Traktor angefahren und musste zwei Runden aussetzen.

Und dann war Schlafenszeit, ich hatte ordentlich Ibuprofen genommen, meine Beine waren schmerzfrei, und so schlief ich tief und fest, bis mein Handy klingelte. Verwirrt tastete ich im Dunkeln danach. Das Display zeigte mir an, dass es Burt war und vier Uhr nachts.

»Burt, mein Gott!«

»Penny.« Im Hintergrund war es laut. »Bist du Down Under?«

»Ja«, sagte ich, noch auf der Suche nach meiner Stimme. »Bist du in Texas?«

»Woher weißt du das? Tut mir leid, dass ich mich nicht früher gemeldet habe. Ich habe gerade alle Nachrichten abgehört. Dale ist bestimmt stinksauer. Ich konnte mein Handy nicht aufladen, Fussel in der Buchse oder so. Ist jetzt repariert. Aber Mannomann, die Lage ist nicht gut.« Seine Stimme klang schwach.

»Was ist passiert?«

»Hm, wo soll ich anfangen? Nach der Krankenhaussache war ich ziemlich am Ende. Und sie hat mich überredet, von wegen, der

Trip würde uns beiden guttun. Zurück auf die Straße mit dem Nordhund, ein Ziel vor Augen. Mit so was kriegt man mich. Und die Fahrt hat Spaß gemacht. Super Essen in Albuquerque. Hammer Wetter, Sturmwolken am Horizont. Es ging mir gut. Sie hat die ganze Fahrt durchgeredet. Ihr Lieblingsthema ist die Physiognomie der Europäer. Schädelformen und so Kram. Ich bin anscheinend ein dolichocephalischer Typus und definitiv Neandertaler.«

»Ich hasse es, wenn sie davon anfängt.«

»Versteh ich gut. Jedenfalls waren wir irgendwann da, und sie hat einen Makler-Cousin angerufen, und heute Morgen sind wir noch mal los, um Glühbirnen zu kaufen, und auf einmal flippt sie total aus, nennt mich einen Verräter und behauptet, ich hätte ihr Soundso-Teil geklaut. Ich versteh nur Bahnhof. Dann zeigt sie auf den Boden unter meinem Sitz, und da liegt so ein silbernes Ding. Sieht aus wie ein prähistorischer Föhn. Penny, ich sag noch zu ihr, dass ich keine Ahnung habe, was das da soll, und dass ich es auch gar nicht haben will, aber es ist zu spät, sie dreht komplett durch. Von Jekyll zu Hyde. Ich soll sofort zurück zum Haus fahren und dann zur Hölle. Als wir ankommen, schnappt sie sich das Teil, das in so einen fies vergilbten Lappen eingewickelt ist, wirft mir einen komplett irren Blick zu und verschwindet ins Haus.«

»Oh Gott, tut mir so leid. Ich hab befürchtet, dass das passiert.«

»Ja, aber das war nicht alles. Ich will, dass du das von mir hörst, okay? Nicht dass irgendwelche Missverständnisse aufkommen.«

»Okay.«

»Also, ich stehe noch mit dem Van vorm Haus und überlege, was ich jetzt machen soll, und auf einmal ruft sie in dieser Säuselstimme, die sie immer hat, wenn sie irgendwas will, meinen Namen. Ich gucke zum Hintereingang, und sie steht da in diesem uralten Negligé. Da konnte ich nicht mehr, Penny. Ich bin losgefahren und habe mich nicht mehr umgedreht.«

»Grundgütiger.«

»Was soll ich jetzt machen?«

»Das ist alles meine Schuld! Ich hatte das Teil in das Nachthemd eingewickelt und unter deinem Sitz versteckt, an dem Tag, als du ins Krankenhaus gekommen bist. Und dann hab ich's vergessen.«

»Was zur Hölle soll das eigentlich sein?«

»Ein Szintillator, zur Strahlenmessung. Ich glaube, sie hat den früher zu Forschungszwecken benutzt. Weißt du noch, wie wir dachten, dass sie eine Waffe hat?«

»So halb. Das war vor einer gefühlten Ewigkeit.«

»Ja. Wie geht es dir denn inzwischen? Hast du Medikamente dabei?«

»Ich hatte gerade einen Haufen Spareribs, und ehrlich gesagt geht es mir nicht besonders.«

»Oh, wow. Mit deiner Magensache solltest du es vielleicht langsam angehen lassen?«

»Kann sein. Ach, Penny. Ich muss halt essen, wenn ich nervös bin.«

»Wo bist du denn jetzt?«

»An so einem Imbiss, Babe's Barbecue heißt der, war mir schon auf dem Hinweg in die Stadt aufgefallen.«

In dem Moment hörte ich eine Frau brüllen: »*Nummer achtundfünfzig!*« und Burt antworten: »Hier! Stellen Sie es einfach ab, danke.« Dann: »Ich hab mir noch einen Truthahnschenkel und einen Korb mit Okra nachbestellt.« Im Hintergrund Imbissgeräusche, Autos, Stimmen und dann wieder Burt: »Die haben hier fantastische Limonade. Es ist so heiß, mir läuft die Suppe nur so runter.«

»Burt, du klingst müde. Kannst du dir ein Motel nehmen und dich ausruhen?«

»Ausruhen kann ich immer im Van. Aber was ist mit Pincer? Ich kann sie doch nicht hierlassen.«

»Klar kannst du das, wenn es notwendig ist. Du musst jetzt an dich denken. Vielleicht Truthahnschenkel und Okra-Korb für später aufheben?«

»Ja, vielleicht. Die Ribs liegen mir schwer im Magen.«

Eine lange Stille.

»Burt? Burt, alles in Ordnung?«

»Sorry, Penny, entschuldigst du mich kurz?«

Bevor ich antworten konnte, war er weg.

22

Wieder und wieder und wieder wählte ich seine Nummer, und als irgendwann endlich jemand ranging, war es nicht Burt.

»Sie sprechen mit dem Rettungsdienst von Smith County. Wir bringen gerade einen Mann in die Notaufnahme der Uniklinik Tyler und haben bei ihm dieses Telefon gefunden.«

Ich muss einen schrecklichen Schrei ausgestoßen haben, denn irgendwo im Haus sprang jemand aus dem Bett und der Boden bebte.

»Ist es Burt Lampey?«

»Korrekt. Wir haben das Portemonnaie überprüft.«

»Was ist mit ihm?«

»Leider kann ich hier keine ärztliche Auskunft geben, aber er hat Pulsrasen und Fieber, mehr kann ich Ihnen im Augenblick nicht sagen. Wir sind gerade angekommen, wenn Sie mich entschuldigen. Rufen Sie in ein paar Stunden in der Klinik an.«

Der Anruf endete in dem Moment, als Margaret die Tür öffnete. Ihre Silhouette zeichnete sich vor dem Licht im Flur ab. »Was ist los?«

»Burt ist an einem Grillimbiss zusammengebrochen und kommt jetzt in Tyler ins Krankenhaus.«

Ich erinnerte sie an Burts Vorgeschichte und berichtete von seinem Rippchengelage.

»Vielleicht eine neue Blutung«, sagte Margaret ernst.

Ab dem Moment war ich hellwach. Es stand außer Frage, dass ich sofort abreisen musste. Andere Menschen hatten Kinder und/oder Jobs; ich hatte Pincer und Burt.

»Warte, bist du dir sicher?«, fragte Margaret.

»Soll ich Pincer allein und Burt im Krankenhaus lassen?«

»Kann sein Bruder nicht hinfahren?«

»Selbst wenn, wir können kaum erwarten, dass er sich um Pincer kümmert.«

»Und was ist mit Arlo?«

Obwohl es erst kurz vor fünf Uhr morgens war, ging ich zum Gästezimmer, klopfte und trat ein.

»Na, guten Morgen«, sagte Arlo ruhig von seinem Bett aus, als hätte er mich erwartet.

Ich setzte mich ans Fußende, schilderte ihm die Umstände und fragte am Ende: »Willst du mitkommen oder hierbleiben?«

»Wenn du mich brauchst, komm ich mit«, sagte er.

»Pincer nehme ich mir lieber allein vor«, sagte ich.

»Kann ich dann noch bleiben?«

Margaret stand hinter mir. »Natürlich, du brauchst doch nicht schon abzureisen.«

»Das passt mir gut«, sagte Arlo.

»Aber nur, wenn du mich wirklich nicht brauchst, Penny.«

»Ich bin froh, dass du bleiben kannst.«

Danach klapperte ich telefonisch die Airlines ab. Ich fand einen Flug, der wenige Stunden später in Brisbane starten und mich rechtzeitig nach Sydney bringen würde, sodass ich den Anschluss nach L. A. erreichen würde. Und es waren noch Plätze frei. Margaret gab mir ihre Kreditkarte.

Dann wurde mir bewusst, dass ich Dale Bescheid geben musste – und dass ich zitterte.

»Penny!«, grüßte er mich, möglicherweise erfreut.

Es fiel mir unerwartet schwer, ihm die Neuigkeit mitzuteilen. Ich bekam kaum ein Wort raus.

»Penny?«

»Ja, bin noch dran«, stammelte ich. »Also. Was ich vermutet hatte, stimmt, Burt ist in Texas. Aber die Sache ist nicht so gut ausgegangen wie erhofft. Kurzversion: Ich hatte das Strahlenmessgerät meiner Großmutter im Van unter dem Fahrersitz versteckt, da hat sie es leider entdeckt und daraufhin Burt des Diebstahls bezichtigt, dann aber ihre Meinung geändert und stattdessen versucht, ihn zu verführen. Burt hat die Flucht ergriffen und dann vor lauter Stress zu viel gegessen. Und jetzt ist er im Krankenhaus.«

»*Bitte?*«

»Mir tut es sehr leid, was da passiert«, sagte ich.

»Ich muss das gerade sacken lassen«, sagte Dale. »In welchem Zustand ist er jetzt?«

»Er ist in der Klinik in Tyler, UT Health. Sie meinten, ich soll in ein paar Stunden anrufen und mich nach ihm erkundigen.«

»Okay. Ich mach mich wohl mal besser auf den Weg.«

Ich sagte, ich würde mich auch auf den Weg machen, allerdings etwas länger brauchen.

»Du fliegst extra aus Australien zurück?«

»Klar. Meine Großmutter braucht eine Aufpasserin, und ob du es glaubst oder nicht, mir liegt was an Burt.«

»Glaub ich dir. Warum sollte ich es nicht glauben?«

»Ich war mir nicht sicher, darum.«

»Halten wir also fest, dass ich glaube, dass dir etwas an Burt liegt. Anscheinend werden sich unsere Wege wieder kreuzen.«

Er klang nicht besonders glücklich darüber, aber warum sollte er auch?

Wir verabschiedeten uns.

Als Nächstes musste ich die Flüge von L. A. nach Tyler über Dallas-Fort Worth raussuchen. Ich fand einen, der vier Stunden nach meiner Landung in L. A. startete. Damit wäre ich in etwas mehr als vierundzwanzig Stunden in Tyler.

Dann fiel mir Tom Beaudry ein, dem ich wohl mitteilen sollte, dass Pincer nun allein war und womöglich eine Gefahr für sich selbst und andere darstellte. Ich rief ihn an und hinterließ die Nachricht, Pincers Begleiter sei im Krankenhaus und ihre Laune schwankend und dass er sich auf alles gefasst machen solle.

Mir wurde das Herz schwer, als ich Margaret ins Zimmer der Zwillinge folgte, um mich zu verabschieden. Vielleicht lag es am jähen Gewecktwerden und hatte mit mir nichts zu tun, aber beide Jungs brachen in Tränen aus. Als ich sie an mich drückte, spürte ich ihre nassen kleinen Gesichter an den Wangen. Ich versprach, bald wiederzukommen, und meinte es ernst.

Dann kam Wilhelmus aus dem Schlafzimmer gestolpert und sagte: »Ich verstehe es nicht. Was für eine Ungeheuerlichkeit!« Ich war mir nicht sicher, was er genau meinte, aber wir umarmten uns zum Abschied.

Und dann fuhr mich Margaret zum Flughafen.

23

Die Flüge, die mich nach Kalifornien brachten, kann ich hier guten Gewissens überspringen. Verglichen mit dem Hinflug verliefen sie eher eintönig. Gut, an Schlaf war nicht zu denken, jedes Bein tat auf seine eigene Art weh, und ich hatte auf dem langen Flug einen unangenehmen Sitznachbarn, der zwar nach seinen zig Cocktails irgendwann wegdämmerte, im Schlaf aber wild zuckte und um sich schlug und mich dabei nicht selten traf, und als ich bei der Landung in LAX meine Leinenreisetasche aus dem Gepäckfach nahm, stellte ich auch noch fest, dass sie in einer Pfütze aus Chiliöl gestanden haben musste, das jetzt auf mich heruntertropfte. Wer machte seine Chiliöl-Flasche nicht richtig zu, wer wickelte keine zwei Plastiktüten drum? Ich bedachte die müden, zerzausten Menschen, die um mich herum ihre Siebensachen zusammenrafften, mit anklagenden Blicken.

Doch auch die besten Vorkehrungen hätten mich nicht auf das vorbereiten können, was als Nächstes kam. In der Schlange vor der Passkontrolle machte ich mein Handy an und hörte die Nachrichten ab:

Penny, Arlo hier. Gerade hat mich Gaspard mal wieder angerufen. Ich habe ihm erzählt, dass wir zusammen nach Australien geflogen sind, du aber abgereist bist. Eventuell hat er vor, dich am Flughafen in L.A. abzufangen.

Mir stockte der Atem.

Und noch eine Nachricht, von Margaret:

Arlo bereut, dass er Gaspard von deinem Rückflug erzählt hat. Hat ein ganz schlechtes Gewissen. Tut mir echt leid. Das hat dir ja noch gefehlt!

Und noch eine:

Halt uns auf dem Laufenden. Du hast sowieso nur ein paar Stunden Aufenthalt da, oder?

Und noch eine:

Wollte eine mögliche Begegnung mit Gaspard nicht voreilig problematisieren – vielleicht findest du es sogar gut?

Ich schloss die Augen und ließ sie so lange zu, bis die Frau hinter mir mich aufforderte weiterzugehen. Würde ich jetzt also Gaspard in die Arme laufen, wenn ich durch den Zoll war? Ich wollte ihn nicht sehen. Ich wollte zu Burt. Es war nämlich so: Bei unseren paar Begegnungen hatte er mich so nett behandelt wie Gaspard in meinem ganzen Leben noch nicht. Mir hämmerte der Kopf. Ich brauchte dringend Kaffee. Ich roch nach Chiliöl.

Mit frisch gestempeltem Pass ging ich weiter zur Gepäckausgabe und hievte meinen Koffer vom Band. Menschenscharen schoben voll beladene Gepäckwagen Richtung Zollkontrolle. Ich stellte mich mit dem Koffer an einen freien Platz an der Wand und öffnete ihn. Margaret hatte mir ein paar alte Klamotten von sich geschenkt, darunter ein langes Halstuch mit Leopardenmuster. Keine Ahnung, warum ich es angenommen hatte, aber ansonsten waren auch ein paar schöne Sachen dabei. Ich wickelte mir das Tuch mehrmals um den

Kopf, bis meine Haare komplett darunter verborgen waren. Mit dem Ding würde mich niemals jemand erkennen. Nachdem ich reibungslos die Zollkontrolle passiert hatte, setzte ich meine dunkle Sonnenbrille auf und trat durch die automatischen Türen ins Terminal.

Im Halbkreis um den Ausgang scharten sich wartende Freunde und Verwandte, und ich versuchte möglichst unauffällig, die Menge zu mustern. Und natürlich – dort drüben, an einer dieser schweren Säulen, die es an Flughäfen öfter gibt, lehnte Gaspard.

Mit gesenktem Kopf eilte ich davon, den Koffer zog ich holpernd hinter mir her. Doch schon hörte ich Gaspard rufen: »Hey! Quak-Quak! Mach mal langsam, Mädel!«

Ich beschleunigte und stolperte in die nächstbeste Damentoilette. Noch nie hatte die Gemeinschaft auf einem Frauenklo mir auf Anhieb solche Geborgenheit vermittelt. Wie sie ein und aus gingen, Frauen in allen Formen und Größen, junge und alte, wie sie in den Kabinen verschwanden, sich frisch machten, sich den Reisefilz aus den Haaren bürsteten. Sie alle betrachtete ich als Verbündete, jederzeit bereit, Gaspard, sollte er es wagen, auch nur einen Fuß in den Raum zu setzen, zu umzingeln und ihm mit ihren Taschen eins über die Rübe zu geben. Ich wusch mir die Hände, nahm das Tuch ab und kämmte mir die Haare, leicht erschrocken über den Anblick im Spiegel. Meine Augen waren verquollen und blutunterlaufen, offenbar hatte ich während der Reise Hängebacken bekommen, und sogar meine Nase wirkte geschwollen. Quak-Quak! Als würde ich darauf hören. Gaspard hatte sich schon früher immer über meinen Gang lustig gemacht.

In der Kabine zog ich mich um, rollte mein T-Shirt und meine Hose so zusammen, dass kein Chiliöl austreten konnte, und verstaute beides im Koffer. Mir blieben noch ein paar Stunden bis zum Weiterflug nach Texas. Jede meiner Bewegungen löste die Klospülung aus. Ich versuchte, reglos auf meinem Koffer sitzen zu bleiben. In dieser Echokammer aus Wasserrauschen und dröhnenden Handtrocknern holte die Vergangenheit mich ein. Ich war wieder zehn Jahre alt und saß an einem Schreibtisch gegenüber von Dr. Fountain-Goose.

»Also«, sagte er und lehnte sich mit den Ellbogen auf den Tisch. »Ich wäre so weit, wenn du es bist. Erzähl einfach von Anfang an.«

»Aber ich weiß nicht genau, was der Anfang ist.« Zu der Zeit nahm ich alles sehr wörtlich.

»Also gut«, sagte er. »Warum fängst du dann nicht mit dem Problem an?«

Damals hatte Dr. Fountain-Goose schwarze fettige Haare, die er platt gekämmt im Seitenscheitel trug, ein fahles Gesicht und rissige Lippen. Wie immer trug er einen weißen Laborkittel. Solange ich denken konnte, war ich zu Untersuchungen und Impfungen zu ihm gegangen, hatte er mir mit seinem kleinen Gummihammer auf die Knie geklopft, mit einem Eisstiel in den Rachen geguckt, einen Plastikkegel ins Ohr gesteckt, eine kalte Scheibe auf den Brustkorb gelegt und gelauscht, er hatte bei mir Mumps und Windpocken diagnostiziert, aber wenn mich meine Erinnerung nicht trog, hatte ich nie so richtig mit ihm gesprochen. Er hatte recht, es gab ein Problem, genauer, mehr als eins, und es fiel mir schwer, auf eins zu fokussieren.

Er räusperte sich und sagte dann: »Also, mein Stand der Dinge ist folgender: Deine Mutter hat mir erzählt, dass die Besuche bei deinem Vater schwierig sind, dass du danach immer sehr unglücklich bist und kein Wort rausbringst. Sie möchte herausfinden, ob ich irgendwie helfen kann. Kannst du dir vorstellen, dass ich dir helfen könnte?«

Ja und ob es schwierig war! Gleichzeitig konnte ich nichts davon begreifen.

»Penny? Gib mir eine Chance. Wie alt bist du?«

»Zehn«, sagte ich. So viel wusste ich. Aber ich war die Art zehn, die lieber noch neun geblieben wäre. Bis dahin hatte ich jedes Lebensjahr gemocht. Veränderungen mochte ich nicht so sehr.

»Dann bist du jetzt in der Vierten?«

Ich nickte.

»Zufrieden mit der Schule?«

»Ich mag die Schule«, sagte ich.

»Gut. Fällt es dir schwer, Freundinnen zu finden?«

»Nein«, sagte ich, »ich habe Freundinnen.«

»Sehr schön. Und wie sind deine Noten?«

»Ganz gut. Einsen und Zweien.«

»Gut, gut. Und wie ist es zu Hause, ist da alles in Ordnung?«

Ich nickte.

»Kein Kommentar?«

»Ich bin glücklich«, sagte ich. »Es ist alles in Ordnung.«

»Kommst du gut mit deinem Stiefvater klar?«

Ich nickte. »Ja, sehr.« Dann sagte ich, als Nachtrag: »Aber das Wort *Stiefvater* mag ich überüberhaupt nicht.«

»Nein? Warum denn das?«

Damals hatte ich keine Sprache dafür, wie einsam und verlassen ich mich fühlte, wenn er so vorgestellt wurde. Aber ich sah Dr. Fountain-Goose an, dass er meine Aussage anders auffasste, als ich sie gemeint hatte, also sagte ich: »Weil ich ihn so lieb habe und das Wort so klingt, als wäre er nicht echt.«

»Du würdest lieber einfach Vater sagen?«

»Ja, so wie meine Schwester. Und es fühlt sich immer doof an, wenn jemand rausfindet, dass ich einen anderen Nachnamen habe.« Meine Stimme verlor sich, auch das hätte ich nicht zu erwähnen brauchen. Aber ich hatte noch nie vorher die Gelegenheit gehabt, jemandem mein Leid zu klagen oder es auch nur zu verbalisieren.

»Woran liegt das?«

»Wahrscheinlich … Es fühlt sich an, als würden sie mich nur mitschleppen, als würde ich gar nicht richtig zur Familie gehören.« Als ich das aussprach, hatte ich einen Kloß im Hals.

»Aber du gehörst doch voll und ganz zur Familie, oder?«

»Ja. Ich weiß, es sollte mir egal sein.«

Dr. Fountain-Goose wirkte zufrieden, als wäre ihm gerade ein Durchbruch geglückt.

»Also. Was ist in San Diego passiert?«

Ich holte ein paarmal tief Luft, als würde ich mich darauf vorbereiten, über einen Graben zu springen.

»Okay. Also … also, wenn ich nach San Diego fahre und ihn besuche, dann ist es … es ist nicht gut.«

»Warum nicht?« Er beugte sich weiter über den Tisch.

»Es ist nicht gut, weil … weil er so wirkt, als ob er sich nicht freut, dass ich da bin«, brachte ich endlich hervor.

»Wie kommst du darauf, dass er sich nicht freut?«

Konnte es sein, dass er mir nicht glaubte? Vielleicht hielt er mich für verwöhnt und fand, dass ich zu hohe Erwartungen hatte.

»Ach, weil er sich immer über irgendwas aufregt, die ganze Zeit. Er regt sich auf, wenn er mich vom Flughafen abholt. Er macht sich über meine Klamotten lustig: ›Zieh dir die Zwangsjacke aus. Was meint deine Mutter, wo du hinfährst? Zu einem Vorstellungsgespräch?‹ So was sagt er.«

»Du liebe Zeit. Was ziehst du denn an, wenn du ihn besuchst?«

»Ähm – also, dieses Jahr hatte ich einen blauen Cordrock mit passendem Oberteil an. Er wollte, dass ich mich auf dem Rücksitz im Auto umziehe, da waren wir noch nicht mal vom Parkplatz runter. Und beim Umziehen hat er sich darüber lustig gemacht, dass ich Angst hatte, dass jemand gucken könnte.«

»Hmm«, sagte er.

»Und dann hat er gefragt, wie das letzte Jahr so gelaufen ist, seit meinem letzten Besuch. Und wenn ich dann geantwortet hab, hat er mich in so einer fiesen Fiepsstimme nachgeäfft. Er findet wohl meine Stimme dumm, oder er findet dumm, was ich sage, vielleicht auch beides.«

»Hast du da mal ein Beispiel?«

»Ja! Ich habe ihm erzählt, dass mein Lehrer ein Gedicht von mir gut fand und dass ich einen Preis gewonnen habe, ein Buch mit Gedichten von Ogden Nash. Und er so, in seiner Nachäffstimme: ›Oooooh, ich kleines Dichtergenie, schaut, ich hab einen Preis gewonnen, einen GeDICHTEpreis!‹«

Meine Vorführung war so schauderhaft, dass Dr. Fountain-Goose eine Grimasse zog.

»Okay. Und was hast du dann gesagt?«

»Ich wusste nicht, was ich darauf sagen sollte. Ich war verwirrt. Ich habe nicht verstanden, was los war.«

»Ist das das Hauptproblem, dass er dich nachäfft?«

»Nein, gar nicht. Das ist nur *ein* Problem. Dann ist da noch meine Art zu gehen. Es fängt an, wenn er mich am Flughafen sieht! Er macht mich nach und zieht mich damit auf, dass ich wie eine Ente watschele. Und dann quakt er auch noch!«

»Am Flughafen?«

»Ja. Er findet, ich sehe aus wie eine Ente in einer Zwangsjacke.«

»Kann es sein, dass er nur versucht, witzig zu sein?«

Die Erinnerung an diese Frage schnürte mir im Hier und Jetzt den Magen zusammen.

»Beschreib doch mal deinen Vater«, hatte Dr. Fountain-Goose gesagt.

»Wie er aussieht?«

»Ja, bitte.«

In dem Moment sah ich ihn vor mir, wie auch jetzt gerade, wie er am Flughafen auf mich wartete – mit seinen knapp ein Meter achtzig und über neunzig Kilo, seiner Glatze. Die dicken Arme verschränkt, aber der Unterarm mit der jadefarbenen Narbe war gut zu sehen. Der Ausweis seines Wankelmuts. Die Überreste eines Ankers, eines früheren Tattoos. Große Nasenlöcher voller strohiger Haare. Ein paar Goldzähne. Hellblaue eisige Augen. Er konnte sekundenschnell Zahlen im Kopf addieren und ließ mit seiner Boxervisage am Ergebnis keinen Zweifel. Er redete Klartext und hatte an allem was auszusetzen, in erster Linie an mir.

»Ich habe den Eindruck, dass dich dein Vater übermäßig nervös macht. Liege ich damit richtig?«

»Sehr richtig«, sagte ich. Schon vom Erzählen hatte ich Schweißausbrüche.

»Wolltest du noch irgendwas anderes von den Besuchen erzählen?«

»Ähm. Okay. Wenn ich was lese, nennt er mich Bücherwurm und sagt, ich soll draußen spielen. Letztes Mal im Sommer hat er mir sogar das Buch weggenommen und es zerrissen?«

»Wie, zerrissen – wirklich?«

»Ja. Es war *Ruf der Wildnis*. Das Buch war noch nagelneu! Er hat es einfach am Rücken durchgerissen und dann auch noch die Seiten zerfetzt. Ich habe geweint, dann hat er mein Weinen nachgeäfft, sich die Augen gerieben und ›Buuuhuuuuu! Buuuuhuuuuu-huuuu!‹ gemacht. Also bin ich zum Spielen rausgegangen, und später hat er sich aufgeregt, dass ich mit diesem Jungen von nebenan geredet habe, der ein bisschen jünger als ich ist, dabei ist der total nett und lustig. Mein Vater sagt, nur Trottel spielen mit jüngeren Kindern.«

»Hmmm. Hast du eine Ahnung, warum er so denkt?«

»Vielleicht wäre es komisch, wenn er ein Kindergartenkind gewesen wäre. Aber Winchell ist nur sechs Monate jünger oder so.«

»Verstehe«, sagte Dr. Fountain-Goose. »Wo arbeitet denn dein Vater?«

»Er verkauft Versicherungen an Marinesoldaten und gebrauchte Autos und Staubsauger. Manchmal nimmt er mich mit, meistens aber nicht. Er hat einen Freund, der im Zoo von San Diego arbeitet, und immer wenn sie da ein totes Tier sezieren, müssen wir hingehen.«

»Das stelle ich mir ganz interessant vor – stimmts?«

»Diesen Sommer haben wir ein totes Walross gesehen. Viel Fett und Eingeweide und so.«

»Hofft dein Vater vielleicht, dass du mal Ärztin wirst?«

»Glaube ich nicht. Er will bloß das Fleisch«, sagte ich bitter.

Mein Arzt runzelte die Stirn.

»Was denn für Fleisch?«

»Das vom Walross. Das gibt er der Frau ein paar Häuser weiter mit dem Riesenschnauzer.«

»Er gibt es einer Frau mit einem Riesenschnauzer«, sagte Dr. Fountain-Goose und schrieb eine Weile auf seinem Notizblock. Zum ersten Mal wirkte er besorgt. »Wie ist eigentlich die Wohnsituation deines Vaters?«

»Meinen Sie, wer da noch wohnt?«

»Ja, zum Beispiel, und die Nachbarschaft, so was.«

Ich erinnerte mich daran, wie ich ihm den Mission Beach beschrieb, den schmalen Streifen zwischen Strand und Bucht, mit Hütten, Schuppen und selbst gefrickelten Sommerhäuschen, keine Gärten, kein Rasen, weil überall Ufer war. Die Menschen aßen auf ihren Eingangsstufen, auf den Backsteinmäuerchen entlang der kleinen Höfe, die anstelle von Straßen die Häuserreihen voneinander trennten. Auf den Zäunen feuchte und sandige Handtücher, Badeanzüge, die wie Flaggen an Wäscheleinen flatterten. Die Menschen sonnenverbrannt, verwildert, barfuß. Leere Weinflaschen auf dem Picknicktisch. Dann die Biker über der Werkstatt.

»Die Biker über der Werkstatt, kannst du mir darüber mehr erzählen?«

»Also, da gibt es ein Apartment. Und so Typen aus einer Motorradgang, Pallbearers heißen die, haben das gemietet. Ich glaube, sie sind zu dritt, aber meistens sind auch Freunde von denen da und schrauben an ihren Motorrädern.«

»Fühlst du dich wohl, wenn die in der Nähe sind?«

»Am Anfang nicht, aber dann habe ich Roar kennengelernt, der gibt mir manchmal Schokoriegel und hat mir beigebracht, wie man eine Axt wirft.«

»Verstehe«, sagte er. »Also, Penny, erzähl doch mal, wie das war, als du nicht sprechen konntest.«

Das war der Knackpunkt, und es war kompliziert. »Diesen Sommer hat er sich plötzlich aufgeregt, dass ich ihn nicht Dad nenne. Mir ist das gar nicht aufgefallen, und es war auch keine Absicht. Aber als er dann plötzlich darauf achtete und richtig darauf lauerte, habe ich es nicht über die Lippen gebracht. Danach hat er mich jeden Tag deswegen angeschrien. Und jeden Tag ist es mir schwerer gefallen, es zu sagen. Irgendwas zu sagen. Nach einer Woche konnte ich gar nicht mehr reden«, sagte ich leise.

»Sehr interessant. Ich glaube, wir haben da schon eine Menge aufgedeckt. In ein paar Punkten könnten wir direkt mit der Arbeit loslegen. Vorschlag: Du tust, als wäre ich dein Vater, und fängst ein Gespräch mit mir an.«

»Ich glaub nicht, dass das funktioniert«, sagte ich.

»Einen Versuch ist es wert«, sagte Dr. Fountain-Goose.

Ich zuckte die Schultern. »Hi, Dad. Wie geht es dir, Dad? Schön, dich zu sehen, Dad. *Dad,* wow, so schön, hier zu sein.«

»Na, siehst du!« Er wirkte sehr zufrieden mit sich.

»Nein, Sie verstehen nicht. Sie sind ja nicht er, also ist es komplett anders. Sie starren mich ja nicht mit Ihren kleinen Stechaugen an.«

»Kleine Stechaugen«, sagte er und machte sich eine Notiz. »Also, ich bin zuversichtlich, dass du das überwinden kannst.«

»Kann ich nicht«, sagte ich und hätte beinahe losgeschluchzt. »Ich habe es versucht. Meine Stimme ist dann einfach weg. Egal, wie ich mich innerlich anschreie, es kommt nichts raus.«

»Und das ist nicht zufällig etwas, was du auch bei anderen Leuten machst?«

»Machst? Sie nicht beim Namen nennen, meinen Sie?«

»Ja, das meine ich.«

»Außer mit ihm ist das noch nie passiert, mit niemandem.«

»Verstehe«, sagte der Arzt. Er kritzelte wild in sein Notizbuch. Dann lehnte er sich zurück und tippte sich ans Kinn.

»Hat dein Vater je ... Wie soll ich sagen ... Hat er je etwas gemacht, was du als unangemessen empfunden hast?«

»Ja, alles, was ich erzählt habe.«

»Natürlich. Aber darüber hinaus ... Hat er dich mal unangemessen ... berührt?«

Ich schüttelte den Kopf.

»Kein Streicheln, Schmusen, Kuscheln?«

»Auf keinen Fall! Er fasst mich nie an. Er umarmt mich auch nicht oder so. Und ich bin eh nicht sein Typ.«

»Was meinst du damit, was ist denn sein Typ?«

»Na ja, meine Mutter ist sein Typ. Oder seine neue Frau Dana. Mich findet er pummelig und dass ich wie eine Ente aussehe.«

»Findest du, dass du wie eine Ente aussiehst? Und pummelig?«

»Ja, denke ich mal. Warum sollte er es sonst sagen?«

»Du bist nicht zufrieden mit deinem Äußeren, scheint mir«, sagte Dr. Fountain-Goose.

»Ich bin jetzt nicht grottenhässlich oder so, wie so ein Freak aus der Freakshow oder jemand, den alle auf der Straße anstarren. Aber ich bin auf jeden Fall nicht so hübsch wie meine Mutter. Er redet auch immer davon, wie gut sie aussah und wie sich alle Köpfe nach ihr umgedreht haben, wenn sie irgendwo reinkam, und dann sagt er mir so was wie: ›Wo warst du an dem Tag, als das gute Aussehen verteilt wurde?‹«

»Verstehe. Bist du eifersüchtig auf deine Mutter?«

»Nein, ich bin stolz. Sie ist superklug.«

»Verstehe. Gibt es da noch was?«

»Also.« Immer noch standen viel zu viele merkwürdige Momente zur Auswahl. »Okay, also, diesen Sommer musste ich mir einmal die Hände waschen, als er gerade in der Dusche war, ich glaube, Dana hatte mich ins Bad geschickt, weil ich den Tisch decken sollte, und während ich mir die Hände gewaschen habe, hat er den Duschvorhang aufgemacht.«

»Und?«

»Er hat ihn aufgemacht.«

»Wusste er, dass du da warst?«

»Ja, klar, ich hatte ja geklopft und gefragt, ob ich reinkommen und Hände waschen kann, und er hatte Ja gesagt.«

»Er hat sich dir also nackt gezeigt.«

»Ja. Und es war schlimmer als nur nackt.«

»Schlimmer? Du meinst, er war mehr als nackt?«

»Ja.« Ich hoffte, er würde es verstehen.

»Es tut mir leid, aber was ist mehr als nackt?«

»Oh«, sagte ich. »Also, er war ... Das Ding war ...« Wie hieß das noch mal, wie ging das Wort?

»Das Ding?«

Ich nickte.

»Er hat damit gespielt?«

Ich verzog das Gesicht. »Wie meinen Sie das?«

Er räusperte sich. »Hat er seinen Penis angefasst?«

Ich schüttelte heftig den Kopf. »Nein, aber es hat damit zu tun.«

»Mit anfassen?«

Ich schüttelte wieder den Kopf. »Mit, mit ...«

»Mit dem Penis.«

»Ja.«

»Es hat mit seinem Penis zu tun, aber er hat ihn nicht angefasst.«

Ich nickte.

»Abgeduscht?«

»Nein.«

»Hat er auf seinen Penis geschaut?«

»Nein.«

»Er hat ihn weder abgeduscht noch angeschaut.«

»Genau.«

»War irgendwas komisch an dem Penis?«

»Vielleicht.«

»Verstehe. Kannst du erklären, was komisch daran war?«

Ich nickte und schluckte.

»Er war …«

»Erigiert?«

»Was ist das?«

»Es bedeutet, dass der Penis geschwollen und steif ist.«

Ich nickte.

»Das nennt man Erektion.«

»Wenn er so vorne absteht?«

»Ja.«

Ich nickte.

Dr. Fountain-Goose drückte sich vom Tisch weg. »Okay. Du bist ins Bad gekommen, dein Vater hat geduscht und den Vorhang aufgezogen. Und stand dann da mit einem geschwollenen, erigierten Penis.«

Jetzt, da er es in Worte gefasst hatte, wünschte ich, ich hätte nichts gesagt.

»Und was hast du gemacht?«

»Ich bin ganz schnell aus dem Bad gerannt.«

»Verstehe. Und er hat nichts gesagt, dich nicht an sich gezogen, dich nicht angefasst, nur dagestanden und sich gezeigt.«

»Jep«, sagte ich.

»Dann brauche ich das nicht zu melden. Aber es war dir unangenehm?«

»Sehr.«

»Hat das dazu geführt, dass du auf einmal nicht mehr sprechen konntest?«, fragte er.

»Nein, das war schon vorher so.«

Mir wäre es lieber gewesen, ich hätte den Monat Juli einfach komplett aus dem Gedächtnis streichen können, aber meine Mutter hatte sich bei meiner Rückkehr Sorgen gemacht, weil ich in mich gekehrt und lustlos wirkte. Dabei hatte ich mir so viel Mühe gegeben, alles für mich zu behalten und ganz normal zu tun! Nur konnte ich halt nicht schlafen, weshalb meine Mutter irgendeinen ekligen grünen Schlafsirup von Dr. Fountain-Goose besorgt hatte. Den kotzte ich sofort wieder aus, weshalb er nicht wirken konnte. Irgendwann bekam sie dann einen Brief von Gaspard, in dem er sehr vieles verschwieg, aber nicht, dass er glaube, ich hätte psychische Probleme und solle mich möglichst bald einer ärztlichen Untersuchung unterziehen.

Dr. Fountain-Goose kaute sich die Hautfetzen von den rissigen Lippen, stand dann abrupt auf und zog ein enzyklopädisches Werk aus seinem Bücherregal. Die Uhr an der Wand tickte weiter.

»Penny«, sagte Dr. Fountain-Goose, »hast du ein Problem mit Nacktheit?«

»Wie meinen Sie das, ein Problem? Ich hänge nicht die ganze Zeit mit nackten Menschen rum, falls Sie das meinen.«

»Hast du deine Mutter und deinen Stiefvater schon öfter nackt gesehen?«

»Nein, fast noch nie! Vielleicht ein- oder zweimal aus Versehen.«

»Kann es sein, dass dein Vater sich einfach nackt wohlfühlt und einen natürlichen Umgang mit dir sucht?«

»Klar, möglich. Ich möchte nicht mehr darüber reden.«

»Wir müssen nicht darüber reden. Wir versuchen bloß herauszufinden, was schiefgelaufen ist und wie wir es schaffen, dass dir die gerichtlich festgelegten Besuche bei deinem Vater in Zukunft etwas leichter fallen. Und ich glaube, die Lösung liegt auf der Hand: Du nennst ihn ab sofort Dad. Das nächste Mal bringst du dich einfach dazu. Du bist sein einziges Kind, oder?«

Soweit ich wusste, ja.

»Versetz dich doch mal in den Mann hinein. Du hast hier ein glückliches Leben. Du hast ihn durch deinen Stiefvater ersetzt. Er sieht dich bloß einen Monat im Jahr. Wahrscheinlich möchte er einfach Bestätigung, dass er dir etwas bedeutet.«

Ob ich es schaffen würde, dass er sich beim nächsten Mal besser fühlte? Ich war mir nicht sicher, dass ich dazu in der Lage war, aber ich hatte ein Jahr Zeit, um drüber nachzudenken.

»Eine Ente in einer Zwangsjacke«, sagte ich. »Das ist schon ganz lustig.«

Mit dem Bild einer Ente in Zwangsjacke im Kopf saß ich also auf meinem Koffer in der Kabine, starr wie eine Statue, um die hochsensible Toilettenspülung nicht zu aktivieren, als Margaret anrief.

»Hi! Ich bin gut gelandet, bin jetzt in L. A.!«

»Ich weiß. Gaspard hat Arlo gerade angerufen und gesagt, dass du dich auf der Toilette versteckst.«

Ich war so müde. »Das stimmt«, sagte ich.

»Geht es dir gut?«

»Ja. Ich habe gerade nur keine Lust, mit ihm zu reden.«

»Musst du nicht bald deinen Anschluss erwischen?«

»Doch. Hat Arlo ihm gesagt, wo ich hinfliege?«

»Glaub nicht.«

»Uff, Gott sei Dank. Kann Arlo ihm ausrichten, wir können uns gerne ein andermal unterhalten und dass ich mich jetzt um einen Notfall kümmern muss? Er respektiert Arlo. Vielleicht hört er auf ihn.«

»Ich sag Arlo, er soll ihn sofort anrufen.«

»Das wäre gut.«

»Ich vermiss dich jetzt schon!«, sagte Margaret, was ich lieb fand.

»Ich dich auch.«

Nach einem kurzen Blick auf die Uhr versuchte ich, meine inneren Kräfte zu bündeln. Ich machte ein paar Dehnübungen, löste noch etwa zehnmal die Spülung aus und verließ die Kabine. Als ich aus der Tür in die Halle lugte, sah ich Gaspard gegenüber auf einer Bank sitzen und telefonieren.

Vielleicht war das meine Chance. Ich wappnete mich und sprintete los. Ich rannte direkt an ihm vorbei und schenkte ihm das, was vielleicht schon immer sein sehnlichster Wunsch gewesen war. Ich sagte: »Hi, Dad.«

Und nahm die Beine in die Hand.

24

Ich drehte mich nicht mehr um, doch die Geräusche – Keuchlunge und Kleingeldgeklimper – verfolgten mich noch ein ganzes Stück. Einmal hörte ich: »Kind, dein Koffer ist alt und hässlich!« Und dann: »Mit dem Teil siehst du aus wie eine Kriminelle!« Ich schob mich durch die Menschenmenge auf dem Bürgersteig vor dem Terminal, überquerte die Straße zu einer Verkehrsinsel, wo ich im letzten Augenblick in einen Shuttlebus sprang, der sofort losfuhr. Während ich mich zu einem Sitzplatz durchquetschte, sah ich Gaspard, wie er die Haltezone rechts und links absuchte, weil er mich aus den Augen verloren hatte. Sogar mit zwei lahmen Beinen war ich schneller als er, wie schon als Kind am Strand. Vielleicht hatte er auch Probleme mit den Beinen, wer weiß. Oder andere Leiden. Ich nahm mir vor, ihm zu schreiben, wenn sich die Lage beruhigt hatte.

Am nächsten Terminal stieg ich aus, gab meinen angeblich alten und hässlichen Koffer am Check-in auf, sah mich noch in der Securityschlange weiter nach Gaspard um und fand schließlich mein Gate. Nach Dallas würde ich mit American Airlines fliegen, nach Tyler dann mit einer Kurzstreckenmaschine von American Eagle. Weil mir noch etwas Zeit blieb, suchte ich mir einen Sitzplatz mit Blick auf das Rollfeld und die Gepäckwagen und was es sonst noch zu sehen gibt, wenn Flugzeuge andocken. Mein Telefon zeigte etliche Mitteilungen an. Margaret hatte wieder angerufen. Tom Beaudry hatte angerufen. Kommissar Storke hatte auch angerufen – wieso das?

Und Dale hatte geschrieben:

Ich habe ein Auto und kann dich vom Flughafen abholen. Gib mir Bescheid, wenn sich deine Pläne ändern.

Nichts über Burt, was ich als gutes Zeichen nahm. Wie lieb von Dale, dass er mich abholen wollte!

Als Erstes rief ich Margaret an und sagte ihr, dass ich pünktlich am Gate angekommen war und es geschafft hatte, Gaspard zu entkommen. Was sie bereits wusste, denn er hatte Arlo sofort angerufen, komplett aus der Puste.

»Was sagt Arlo dazu?«, fragte ich.

»Er sagt, du wirst deine Gründe haben.«

Ich musste ihr versprechen, dass ich mich so bald wie möglich aus Tyler melden würde. Dann wünschte sie mir Glück.

Nächster Anruf: Tom Beaudry.

»Hallo, Penny. Wo hältst du dich zurzeit auf?«

»Ich bin von Australien nach L. A. geflogen. Heute Nachmittag komme ich in Tyler an.«

»Das klingt gut. Deine Großmutter könnte eventuell deine Hilfe gebrauchen.«

»Was ist passiert?« Gefühlt mein häufigster Satz in den letzten Wochen.

»Ich bin gestern hingefahren, mit dem ganzen Papierkram für das Haus. Sie hat ihren Bekannten mit keinem Wort erwähnt, also habe ich sie gefragt, ob sie irgendwas über den Van wisse, der gestern hinten am Haus geparkt hat. Und sie meinte, sie hätte einen Handwerker dagehabt. Ich habe nicht nachgehakt, das war mir zu riskant. Keine schlafenden Hunde wecken.«

Unfassbar. Völlig irre. »Und hat sie unterschrieben?«

»Hat sie. Hat einen auf beste Freunde gemacht. Aber dann ist noch was Unerwartetes passiert. Ob wir ein Gästezimmer hätten, in dem sie übernachten könne, fragt sie. Ihr Haus sei leer und nicht so richtig wohntauglich, was ja auch stimmt. Lily hat zugestimmt, also hat sie letzte Nacht bei uns geschlafen.«

»Wie lieb von euch«, sagte ich, und mir wurde schwer ums Herz. »Und ihr Escortboy ist jetzt im Krankenhaus?«

Ich erzählte von Burts gesundheitlichen Problemen, dass es also nicht ganz plötzlich gekommen war. Ich versprach, mich nach meiner Ankunft in Tyler zu melden, und dass ich Pincer so bald wie möglich zurück nach Santa Barbara bringen würde. Tom klang erleichtert.

Als Letztes rief ich Storke an, der sofort ranging.

»Penny Rush hier, Sie hatten angerufen.«

»Genau«, sagte er. »Ich war bei Ihrer Großmutter, die aber nicht zu Hause ist. Können Sie mir sagen, wo ich sie finde?«

»Wie nett, dass Sie sich nach ihr erkundigen«, lobte ich ihn blauäugigerweise. »Sie ist verreist. Nach Tyler in Texas, wo sie ein Haus hat.«

»Ich fürchte, der Anlass für meine Erkundigung ist gar nicht so nett.«

»Was heißt das?«

Nach einem Räuspern antwortete er: »Es wäre das Beste, Sie würden mir einfach sagen, wo sie ist.«

Was war da los? »Sie können mir nicht sagen, warum?«

»Wo ist sie?«, beharrte Storke, womit er jeden Rest Liebenswürdigkeit über Bord warf.

»Sie ist bei Tom Beaudry in Tyler«, sagte ich. »Ich bin im Moment am Flughafen L. A. und lande heute Nachmittag dort. Was wollen Sie denn von ihr? Wurde bei ihr eingebrochen?«

»Wer ist Tom Beaudry?«

Ich erklärte es ihm. »Wollen Sie seine Nummer?«

»Die finde ich«, sagte Storke. »Ich muss mich um eine Sache kümmern. Sie hören wieder von mir.«

»Okay«, sagte ich. »Ich hoffe, es geht Ihnen gut.«

»Was?«

»Ich sagte, ich hoffe, es geht Ihnen gut.«

Er sagte, einigermaßen, und legte auf.

Und jetzt? Ich kam zu dem Schluss, dass ein Einbruch das wahrscheinlichste Szenario war, vielleicht auch Vandalismus, vielleicht sogar ein Brand. Oder eine Rattenkarawane auf der Straße.

Dann war Boarding.

Flugdauer nach Dallas: drei Stunden. Nichts im Vergleich zur Überquerung des Pazifiks, aber gefühlt der längste Flug meines Lebens. Während ich die Rückenlehne meines Vordersitzes anstarrte, fragte ich mich, wie lange Burt wohl noch im Krankenhaus bleiben würde, fürchtete das Zusammentreffen mit Pincer und dachte an Dale, den ich noch an diesem Tag wiedersehen würde. Dale war die perfekte Ablenkung, er hielt meine anderen Sorgen in Schach, zumal ich dazu neigte, jede unserer Interaktionen gnadenlos auszuschmücken.

Anstatt meiner verstörenden Begegnung mit Gaspard nachzuhängen, konnte ich mich ganz den Gedanken an eine idealisierte Version von Dale widmen. Sie boten Ablenkung, auch von Pincers Problemen, dem Bangen um Burt, dem Grübeln über meine Eltern, über Sherman und besonders über mich und all mein sinnloses Tun und Sein der letzten Jahre. Nur war diese Strategie dem echten Dale gegenüber nicht besonders fair. Ein Wiedersehen konnte nur enttäuschen, nachdem er in meinem Kopf so wichtige Arbeit leistete.

Davon abgesehen wusste ich ja, was für Abgründe lauerten, wenn man sich mit einem anderen Menschen einließ, und wollte nie wieder dahin.

Der Umstieg in Dallas verlief reibungslos. Ich hatte sogar Zeit für einen Snack – eine große weiche Brezel unter einem Berg Jalapeños. Dazu wurde eine kleine Schale mit heißem Analogkäse serviert, auf den ich verzichtete. Der Flug war ein Katzensprung. Beim Anflug blickten wir hinunter auf die Kronen der Weihrauchkiefern; in den Lichtungen dazwischen wippten Erdölpumpen wie riesenhafte Gottesanbeterinnen.

In Tyler angekommen, wurde eine fahrbare Treppe an unseren zweimotorigen Turboprop gerollt, und warme Herbstböen verstrubbelten uns Passagieren die Haare, während wir die Metallstufen hinunterstiegen. Ich versuchte mich in einem graziösen Gang, Bauch rein, Zehen nach vorne, für den Fall, dass Dale durchs Panoramafenster zuguckte. Der Flughafen war so winzig, dass ich meinen Koffer im Nullkommanichts zurückhatte, aber am Gepäckband war von Dale keine Spur. Also ging ich vorne raus und checkte mein Telefon. Weil ich in der Abholzone automatisch nach dem roten Sportwagen Ausschau hielt, bemerkte ich Dale in seinem dunkelgrauen Sedan erst gar nicht. Als er schließlich aus dem Wagen stieg, war er kaum wiederzuerkennen. Sein Ausdruck war komplett unnatürlich. Gerade hob ein Jet ab, und ein Taxi hupte. Ringsum blendete das grelle Licht der Nachmittagssonne in Spiegeln und Scheiben, und auf einmal zitterten mir die Beine. Jemand sprach laut in sein Handy. Eine ältere Frau hatte Probleme mit einem rosa Riesenkoffer, der umgekippt und aufgesprungen war. Dale war nicht mehr weit. Es stand außer Zweifel, dass er mir etwas Schreckliches zu sagen hatte. Und so kam es.

25

Ausgeschlossen, sagte ich, ich hätte gestern mit Burt gesprochen, und da sei er noch sehr am Leben gewesen. Was Dale als Argument nicht gelten ließ, schließlich wären alle Menschen am Tag vor ihrem Tod noch am Leben. Es könne nicht sein, beharrte ich, worauf Dale sagte, er wisse, wie viel Burt mir bedeutet habe. Das sei ja lieb von ihm, sagte ich, aber er trauere um seinen Bruder, das sei gar kein Vergleich. Ob er glaube, dass es meine Schuld sei, fragte ich, worauf er sagte, natürlich nicht, und dann fragte ich, ob er glaube, es sei die Schuld meiner Großmutter, und er sagte, es sei allein Burts Entscheidung gewesen, nach Tyler zu kommen, also war niemand schuld, und ich solle so etwas nicht mehr sagen.

Ein Verkehrspolizist pfiff auf einer Trillerpfeife und klatschte auf die Motorhaube des Sedan.

Meine Erinnerungen an diesen Nachmittag sind gleichzeitig vernebelt und gestochen scharf. Als wir vom Flughafengelände fuhren, sagte Dale, er müsse noch beim Bestattungsinstitut vorbei, ob es mir etwas ausmache. Eventuell habe ich nachgehakt, ob er auch wirklich sicher sei, dass kein Irrtum vorliege, aber Dale sagte, nein, kein Irrtum, denn er sei bei Burt gewesen, als er starb. Gerade fuhren wir ins Zentrum von Tyler ein, und ich schluchzte.

In einer Stimmlage, die weit weg klang, aber von direkt neben mir kam, erklärte Dale, dass das Graham-Patch, mit dem sie das geplatzte Geschwür repariert hatten, anscheinend zu fest eingenäht worden war. Es war nekrotisch und undicht geworden und dann gerissen. Dass Burt nicht schon früher Beschwerden geäußert hatte, war ein Zeichen seiner zu hohen Schmerztoleranz, und seine letzte Handlung, der Verzehr einer exorbitanten Mahlzeit, hatte schließlich zum Tod geführt. Giftstoffe waren in den Bauchraum geströmt, woraufhin er einen Schock erlitt, gefolgt von multiplem Organversagen. Todeszeitpunkt 10:11 Uhr.

Bei meinem Versuch zu begreifen verfiel ich in eine Art Stupor. Dale hatte unterdessen das Leichenhaus gefunden und den Wagen unter einem großen alten, dicht mit Schoten behangenen Trompetenbaum geparkt. Als er mich fragte, ob ich mir vorstellen könne, mit reinzukommen und bei einigen Entscheidungen zu helfen, war ich überrascht, sagte aber natürlich Ja.

Soweit ich sehen konnte, handelte es sich um ein typisches Bestattungsinstitut, auch wenn ich noch nie in einem gewesen war. Ein Backsteingebäude mit griechischen Säulen, die Lobby ein Verkaufsraum, in dem diverse Särge und Urnen ausgestellt waren. An der Seite befand sich ein Sitzbereich mit einem hochglänzenden Tisch, prominent darauf platziert eine Taschentuchbox, und über einem scharlachroten Samtsofa prangte ein schwermütiges Porträt des Firmengründers. Die Temperatur im Raum war so gut wie arktisch. Ein kleiner Mann mit Warzen auf beiden Wangen kam uns entgegen und stellte sich als Ewell Spach vor. Er hatte Dale schon erwartet.

»Mein herzliches Beileid, Mr Lampey«, sagte er und schüttelte Dale die Hand, wobei mir auffiel, dass er auch Warzen am Handgelenk hatte. »Mrs Lampey«, sagte er und ergriff meine.

»Das ist nicht Mrs Lampey«, sagte Dale, etwas schroff für meinen Geschmack.

Dale erklärte, dass Burt eingeäschert werden wollte. Sie hätten diese Dinge besprochen, als Burt in Santa Barbara im Krankenhaus lag. Einäschertag sei bei ihnen Samstag, sagte Ewell Spach. Ob es irgendeine Möglichkeit gebe, den Termin vorzuziehen, fragte Dale, da er am nächsten Tag nach San Francisco zurückreisen müsse. »Leider nicht«, sagte Spach mit freundlichem Lächeln. Ob es mit einer Extragebühr vielleicht doch gehe, es würde ihm viel bedeuten, wenn er Burts Asche mitnehmen könne. Spach sagte, sie seien hier nicht in Kalifornien, und hier liefen die Dinge nun mal anders. Das wisse er, sagte Dale, er habe ja nur gefragt. Als Spach anbot, ihm die Asche entsprechend den postalischen Vorschriften nach Kalifornien zu schicken, gab Dale sich geschlagen.

Dale wählte eine schlichte Holzkiste aus, worauf ich zustimmend nickte, was Spach mit den Worten kommentierte: »Dieses Modell ist normalerweise für Verstorbene, die keine Nahestehenden hatten.«

Dale protestierte: »Mein Bruder konnte sich vor Nahestehenden nicht retten, und zwei von ihnen stehen gerade vor Ihnen.«

»Für mich sieht das Modell aus wie für jemanden ohne Nahestehende, aber die Entscheidung liegt natürlich bei Ihnen.«

Worauf Dale erwiderte: »Also ganz ehrlich, die Fake-Urnen da sehen für mich aus wie für jemanden ohne Nahestehende.«

»Wir haben nur die hochwertigsten Urnen im Angebot, von *fake* kann überhaupt keine Rede sein.«

»Der Behälter ist sowieso unerheblich, weil Burt wollte, dass seine Asche verstreut wird, da brauchen wir also gar nicht weiter drüber zu reden.«

»Wie Sie wünschen, Mr Lampey.«

Dann musste Dale ein paar Formulare ausfüllen, während ich fröstelnd vor Kälte unter dem Gründerporträt saß. Nach ein paar Minuten sagte ich Dale Bescheid, dass ich draußen warten würde.

Im Garten vor dem Gebäude machte ich mich daran, die abgefallenen Hülsen unter dem Trompetenbaum aufzulesen. Manche waren noch grün und sahen aus wie grüne Bohnen, andere waren schon braun geworden, viele waren aufgeplatzt und die einzelnen

Samen sichtbar. Als Kind hatte ich solche Gratisprodukte aus der Natur gesammelt, wohl auch in der Absicht, eines Tages irgendwas daraus zu basteln, aber wahrscheinlich häufte ich vor allem gerne Sammlungen von ähnlichen Dingen an. Auf dem College hatten wir mal eine Geschichte gelesen, in der Trompetenbäume vorkamen. Der Dozent war der Meinung, dass die länglichen Schoten, die im Text bei der alten Jungfer vorm Fenster baumelten, eindeutig als Phallussymbol zu verstehen waren. Während ich sie in meiner Handfläche betrachtete, kam Dale aus dem Gebäude.

»Okay, das wäre erledigt«, sagte er. »Und jetzt?«

Ich warf die Schoten zurück unter den Baum. »Langsam müsste ich mal nach meiner Großmutter sehen, aber ich möchte dich da nicht mit reinziehen, das wäre nicht fair.«

»Ich habe lieber was zu tun, anstatt nur rumzusitzen«, sagte Dale und wirkte auf einmal sehr angegriffen.

»Also macht es dir nichts aus, mich hinzufahren?«

»Nein, lass uns fahren«, sagte er.

Tom bekam ich nicht ans Telefon, also gab ich seine Adresse ein und stellte fest, dass wir ganz in der Nähe waren.

Es war eine Gegend mit restaurierten Queen-Anne-Villen und hübschen Gärten, in denen sich das Ende des Sommers abzeichnete. Blätter, die von Gelb zu Rot wechselten. Ein paar spätblühende Rhododendren und Rosensträucher. Als wir in Toms Straße einbogen, sahen wir drei Polizeiwagen um sein schönes Haus herum geparkt. Im Garten fand gerade eine Unterredung statt. Umringt von mehreren Uniformierten sah ich meine Großmutter in einem gelben Velours-Trainingsanzug, neben ihr Tom. Gebückt und fest auf einen Gehstock gestützt, stand sie da, als wäre sie in den letzten zwei Wochen grotesk gealtert.

»Oh mein Gott«, sagte ich.

»Was meinst du – was sehen wir hier?«, fragte Dale, der noch einen Parkplatz suchte.

»Wahrscheinlich beschuldigt sie Tom, er wolle ihr das Haus klauen oder was ähnlich Schlimmes.« Ich wäre am liebsten weitergefahren, aber Tom hatte mich schon entdeckt und winkte mir eifrig zu. »Ich glaub, ich schaff das nicht.«

Dale sagte: »Es ist nicht das, was wir gerade brauchen, aber bringen wir's hinter uns.«

Der Mann hatte gerade seinen Bruder verloren und wollte mir trotzdem helfen? »Ich weiß nicht, was ich sagen soll. Danke.«

Meine Großmutter schwang eine Rede. Nachbarn verfolgten das Spektakel von ihren Veranden und Gärten. Tom seilte sich von der Gruppe ab und kam uns auf der Straße entgegen. Der erfolgreiche, dynamische Makler sah aus wie aller Lebenskraft beraubt. »Penny, das übersteigt meine Kompetenz. Ich bin froh, dass du da bist.«

Ich stellte ihm Dale als den Bruder von Pincers Bekanntem Burt vor, der am Morgen im Krankenhaus verstorben sei.

»Oh Gott«, sagte Tom und schloss Dale, ohne zu zögern, fest in die Arme. »Was ist dem armen Mann zugestoßen?«

»Erst hatte er ein geplatztes Magengeschwür«, sagte ich, »und das Mittagessen bei Babe's Barbecue hat ihm den Rest gegeben.«

Tom entließ Dale aus seiner Umarmung, der hustete. »Also, die Rippchen da sind exzellent«, sagte er.

»Tja, für Burt waren sie leider nicht gut«, sagte Dale.

»Mein aufrichtiges Beileid. Lebensmittelvergiftung?«

»Nein, er hatte bloß zu viel gegessen«, erläuterte ich.

»Gott, das kenne ich. Ich esse bei Babe's Barbecue auch immer zu viel.«

Dale stellte klar: »Babe's Barbecue trifft keine Schuld. Mein Bruder hatte Probleme mit der Impulskontrolle. Belassen wir es dabei.«

Aufgebracht fuhr ich Dale an. »Sag so was nicht! Er war total gestresst. Jeder isst mal zu viel!«

Dann tat es mir leid, und ich legte Dale die Hand auf den Arm.

Tom seufzte. »Mir fehlen ein bisschen die Worte, nachdem ihr jetzt beide so einen Verlust erfahren habt. Aber die Polizei ist hier, um deine Großmutter zu verhaften.«

»Wie bitte?«

»Vor ein paar Stunden kam ein Anruf von einem Polizisten in Santa Barbara, der mich vorwarnen wollte. Anscheinend gilt sie als flüchtig und soll nach Kalifornien ausgeliefert werden. Sie haben einen Haftbefehl dabei! Aber du kennst sie ja, sie kooperiert nicht gerne.«

Bevor wir Tom weitere Fragen stellen konnten, war aus der Runde um Pincer auf einmal Tumult zu hören. Offenbar hatte sie soeben einen der Beamten mit ihrem Stock einen Knuff verpasst.

Jetzt steckte sie in Schwierigkeiten. Der Stock wurde beschlagnahmt. Ich lief zu ihr.

»Penny!«, rief sie. »Wofür hast du so lange gebraucht? Hol mich sofort hier raus!«

»Ich versuche zu helfen«, murmelte ich.

»Sag ihnen, die sollen ihre Pfoten von mir lassen. Behandelt man so eine rheumagepeinigte alte Frau?«

»Mit Verlaub, Madam, wir haben Ihnen ausreichend Gelegenheit geboten, uns freiwillig zu begleiten«, sagte eine Polizistin.

Ob ich ihr das mit Burt erzählen sollte? Es schien nicht der beste Zeitpunkt.

»Worum geht es hier denn eigentlich?«, fragte ich.

»Hör bloß nicht auf den Blödsinn!«, brüllte Pincer.

Dale trat vor und kündigte an, Pincer als Rechtsbeistand zu beraten.

»Wer zur Hölle sind denn Sie?«, bellte sie.

»Es hilft niemandem, wenn du hier die ganze Zeit rumzeterst!«, brüllte ich jetzt, wobei ich versuchte, den Arm um sie zu legen. Sie stieß mich weg.

»Tu quoque?«, keifte sie.

In diesem Moment waren für mich Hier und Hölle nicht mehr zu unterscheiden. Mein Gehirn lief heiß.

»Könnten Sie den Sachverhalt für mich wiederholen?«, bat Dale ruhig.

»Gern«, sagte ein anderer Polizist. »Gegen die Dame liegt ein Haftbefehl vor, und zwar in Santa Barbara County in Kalifornien, wo sie vernommen werden soll im Zusammenhang mit menschlichen Überresten, die auf ihrem Grundstück gefunden wurden.«

»Noch mehr menschliche Überreste?«, platzte ich heraus.

»Dazu kann ich Ihnen nichts sagen, Madam«, sagte der Beamte.

26

Am liebsten wollte ich nur noch liegen. Ich war dem Ende nah. Ich setzte mich auf die Bürgersteigkante, den Kopf auf den Knien.

Dale kam und fragte, ob er irgendwas tun könne, kassierte ein schroffes Nein und präsentierte mir trotzdem seinen Plan.

»Ich gehe davon aus, dass Burts Van immer noch vor dem Grillimbiss steht, den sollten wir vielleicht mal wegfahren. Den Schlüssel habe ich, er ist in der Tasche mit Burts Sachen, die sie mir im Krankenhaus gegeben haben. Wie wärs, wenn ich dich da absetze und in der Zwischenzeit rausfinde, was die auf der Wache mit deiner Großmutter vorhaben?«

»Okay.«

Mir war weder dankbar noch undankbar zumute. Nur trostlos und leer. Während Pincer die Beamten anschnauzte, die sie zum Polizeiwagen führten, folgte ich Dale zum Sedan. Ich sah, dass er hübsche Wildleder-Wüstenstiefel trug, aber es war mir egal. So weit ich mich erinnere, wechselten wir kaum ein Wort, bis wir die Bretterbude namens Babe's Barbecue erreichten. Sie befand sich auf einem großen Parkplatz neben drei dampflokgroßen Grills, auf denen verschiedene Fleischstücke brutzelten. Der Nordhund stand neben einem Müllcontainer im Schatten eines alten Walnussbaums, der schon die ersten Blätter abwarf.

»Burt hat gerne neben Containern geparkt«, stellte ich fest.

»Alles in Ordnung, Penny?«

»Mir ging es schon besser.«

»Hältst du es für eine schlechte Idee, dass ich mich deiner Großmutter annehme?«

»Weiß nicht. Sag du's mir.«

»Wahrscheinlich ist es keine gute Idee, aber hoffentlich kann ich ein paar Dinge in die Wege leiten.«

»Sie fühlt sich von mir hintergangen. Völlig grundlos.«

»Sie fühlt sich in die Ecke gedrängt und schlägt um sich. Nimm es nicht persönlich.«

»Es sollte mir egal sein. Sie hat sich nicht um Burt gekümmert!«

»Burt hat sich nicht um Burt gekümmert.«

Ich zuckte zusammen, und mir fiel etwas ein.

»Quetschie!«

»Ja, Quetschie.«

»Der ist jetzt deiner.«

»Ja, sieht so aus.«

»Wirst du ihn behalten?«

»Denke schon.«

»Ist er dir ans Herz gewachsen?« Das musste ich einfach wissen.

»Von allein hätte ich mir so einen Hund wahrscheinlich nie angeschafft. Als Kinder hatten wir einen Labrador.«

Quetschie war nicht ich, warum nahm ich die Sache dann so persönlich? »Magst du ihn jetzt oder nicht?«, fragte ich scharf.

»Natürlich mag ich ihn«, sagte er.

»Okay, da wären wir.« Tränen strömten mir übers Gesicht. Dale auch, fiel mir auf.

»Vergiss nicht, der Flitzer gehört jetzt ganz dir.«

»Ich kapiers immer noch nicht. Warum sollte ich ihn bekommen?«

»Burt wollte aus irgendeinem Grund, dass du ihn hast. Aber du musst ihn natürlich nicht annehmen. Am besten fährst du ihn direkt zum nächsten Schrottplatz.«

»Ey, nichts gegen Burts Van!«, schimpfte ich.

»Oh! Hände weg von der Butterkuh?«

»Vergiss die Kuh. Die hat nichts mit Burt zu tun.«

»Na gut. Ich mach mich dann mal auf den Weg zur Wache«, brummte Dale.

Ich fischte meine Tasche vom Rücksitz und humpelte zum Van. Als ich die Hecktür aufmachte, schwebte mir ein kleines orangefarbenes Fellbüschel entgegen.

Eine gute Stunde lang lag ich hinten im Van auf dem Futon, starr vor Angst. Da ich Mühe hatte, meine Gedanken zu ordnen, gab ich den Versuch schließlich auf. Stattdessen richtete ich meine Aufmerksamkeit auf die rostigen Nieten an der Decke und die neuen Annehmlichkeiten im Van, die Burt für die Reise nach Tyler eingebaut hatte. Mit doppelseitigem Klebeband hatte er an einer Seite eine Packung Kosmetiktücher befestigt, außerdem ein paar Haken angebracht, an denen ein Dodgers-Käppi und ein breitkrempiger Strohhut hingen. Ein Stück Stoff mit kleinen mit Seepferdchen bestickten Taschen war hinten am Beifahrersitz festgebunden. In den Taschen befand sich allerlei Krimskrams, darunter eine halb volle Packung Dragees gegen Sodbrennen, mehrere Lesebrillen, lose Batterien, eine Zahnstocherbox und zu meiner Überraschung auch eine Packung Kondome. Ich weigerte mich zu glauben, sie könnten irgendwas mit Pincer zu tun haben. Ansonsten befanden sich hinten im Econoline außer dem Futon, ein paar Kissen und dem Schlafsack, den ich in Burts Büro benutzt hatte, nur noch ein grüner Plastiksack mit Burts Klamotten, eine rote Kühltruhe mit ein paar Zentimetern Wasserstand und die verstaubte Piñata, die nicht mehr stehen konnte, weil eins der Vorderbeine eingeknickt war. Ich fragte mich, was ihm die Piñata bedeutet hatte, und begriff, dass das nur eins von vielen unaufdröselbaren Burt-Rätseln war, mit denen er mich zurückgelassen hatte. Warum hatte ich ihn nie danach gefragt? So viele Fragen, die ich ihm nicht mehr stellen konnte!

So wohltuend es war, mich auszustrecken, wurde ich bald von äußerst aromatischen Düften vom Futon gelockt. Hunger hatte ich zwar keinen, aber ich musste meine Schmerztabletten nehmen, und das besser nicht auf leeren Magen. Also schleppte ich mich aus dem Van und stellte mich in die Schlange vor dem Babe's. Über Lautsprecher wurde Van Morrison gespielt, was für eine entspannte Atmosphäre sorgte. Ringsum standen Picknicktische. Ich versuchte, mir auszumalen, an welchem Burt wohl gesessen hatte, als er mich anrief. Dass ich ausgerechnet an dem Ort zu Abend essen wollte, der Burt umgebracht hatte, mochte auf den ersten Blick grotesk und pervers erscheinen, doch ich sah darin einen Akt des Gedenkens.

»Was darf es sein?«, fragte die Frau im Bestellfenster.

»Eine Portion Rippchen, dazu Macaroni and Cheese, ein Stück Pfirsichkuchen und eine große Limo, bitte«, sagte ich, bevor ich es mir anders überlegen konnte. Sie reichte mir die Nummer 35 in einem fettigen Metallhalter.

Ich setzte mich an einen der letzten freien Tische, den andere wahrscheinlich verschmäht hatten, weil er zur Hälfte mit Vogelkacke bedeckt war. Perfekt, denn ich wollte sowieso niemanden neben mir. Es war auch so schon trubelig genug – ich war umzingelt von lärmigen Familien mit plärrenden Kindern, einem Trupp bulliger Autobahnwärter nach Feierabend und einsamen Vielfraßen.

Kurz darauf blaffte eine Stimme »Nummer 35« – ganz bestimmt dieselbe, die ich gehört hatte, als Burt hier gegessen hatte. Ich konnte es nicht glauben. Ich blinzelte ein paar Tränen weg und wedelte mit dem Nummernhalter, bis mein Tablett gebracht wurde.

Richtig reinzuhauen fiel mir unter den Umständen schwer. Diese Mahlzeit war die Gelegenheit, Burt dafür zu danken, dass er in mein Leben getreten war, und die kurze Zeit, in der ich ihn kennen durfte, zu würdigen. Mit gesenktem Kopf hielt ich einen Moment inne. Burt hatte etwas an sich gehabt, das mich tief berührt hatte. Warum musste er so früh sterben? Ich hätte ihn mehr denn je gebraucht, nun, da ich langsam akzeptierte, dass meine Eltern buchstäblich vom Erdboden verschluckt worden waren. Nicht dass sein Lebenszweck darin bestanden hätte, mir Freude oder Trost zu spenden, aber warum ausgerechnet jetzt, in unserer Kennenlernphase? Ich mochte längst nicht alle neuen Leute automatisch so gern wie Burt. Burt war ein absoluter Ausnahmemensch!

Während ich das Gefühl von Einsamkeit und Selbstmitleid verfluchte, das in mir aufstieg, spießte ich mit der Plastikgabel ein Stück Rippchenfleisch auf. Keine Frage, das hier waren Rippchen von einem anderen Stern. Sogar die Mac & Cheese waren besonders. Die Limonade war, wie Burt bezeugt hatte, frisch und perfekt süßsauer. Der Pfirsichkuchen schmeckte wie hausgemacht. Was musste Burt sein letztes Mahl genossen haben!

Zwanzig Minuten später hatte ich den Parkplatz verlassen und machte einen Spaziergang, während ich die Limonade austrank. Beide Beine taten mir weh und fühlten sich steif an, und ich wollte sie vor dem Schlafen noch etwas bewegen. Nur einen Straßenblock entfernt befanden sich mehrere medizinische Praxen und Kliniken, flache Backsteingebäude mit diskreten, fast schon verdächtig schlichten Schildern. Auch die Straßen in der Gegend waren mit Backstein gepflastert. Die Luft war frisch und der Insektenchor gedämpft. Trockene Blätter hüpften über den Weg.

Als Erstes wollte ich Margaret anrufen und war sehr erleichtert, als ich sie erwischte. Ich stöhnte mitleiderregend.

»Was ist passiert?«, rief sie erschrocken.

Burts Tod, Pincers Verhaftung – ich ließ alles raus. Margaret war entsetzt und sagte, sie würde sofort rüberfliegen, wenn ich sie brauchte, und ich sagte, danke, aber das sei wahrscheinlich nicht nötig. Vielleicht um mich aufzuheitern, erzählte sie dann, wie gut es Arlo ging und wie gerne sie ihn bei sich hatten. Und dass wir in Betracht ziehen sollten, Arlos Heimplatz im Palms zu kündigen.

Eigentlich war ich davon ausgegangen, dass ich nach seiner Rückkehr für Arlo da sein und ihn regelmäßig im Palms besuchen würde. Die Vorstellung, er könnte nicht mehr zurückkommen, beunruhigte mich, so als würde Australien mir jetzt den nächsten geliebten Menschen entreißen. Dafür hätte ich gerade nicht den Kopf frei, sagte ich. Als wir auflegten, ging es mir schlechter als vorher.

Dann rief ich Storke an. In Tyler war es Abend, aber bei ihm erst kurz nach fünf.

»Miss Rush«, sagte er.

»Hallo«, sagte ich missmutig.

»Ihre Großmutter ist jetzt in Untersuchungshaft.«

»Ja. Darf ich fragen, warum?«

»Ich kann Ihnen die bislang bestätigten Fakten nennen.«

»Das wäre nett.«

Wenn ich es richtig zusammenbekomme – ich war unfassbar erschöpft –, ging Storkes Schilderung etwa so:

Auf der Wache war der Anruf einer Frau eingegangen, deren Hund von einem Spaziergang mit ihrer Tochter einen großen Knochen mitgebracht hatte. (»Bestimmt Casper!«, fiel ich ihm ins Wort. »Korrekt«, sagte Storke.) Bei der Befragung gab die Tochter zu, in letzter Zeit öfter im Garten der »Eremitin« herumgestreunt zu sein, wie man Pincer offenbar in der Nachbarschaft nannte. In den letzten Tagen war Casper jedes Mal schnurstracks zu einer Stelle am kleinen Hang auf der Rückseite des Grundstücks gelaufen und hatte gebuddelt. Heute hatte er den Knochen ausgegraben, der für ihren Laienblick eindeutig menschlich ausgesehen habe. Eventuell ein Oberschenkelknochen.

Storke hatte die Information von den Kollegen bekommen, und als er die Adresse sah, sträubten sich ihm die Nackenhaare. Sofort machte er sich auf den Weg und stellte anhand des überquellenden Briefkastens fest, dass Pincer schon eine Weile nicht mehr zu Hause gewesen sein konnte. Das Mädchen und die Mutter führten ihn zu der kleinen Grube auf dem Grundstück, wo noch weitere Knochen aus der Erde ragten.

Storke, so folgerte ich, fühlte sich betrogen. Nach dem letzten Leichenfund hatte er Pincer aus Mitleid unterstützt, und jetzt hatte sie ohne ein Wort die Stadt verlassen. Außerdem hatte es ein paar Tage zuvor eine weitere beunruhigende Wendung gegeben. Nachdem Pincer ihm die Unterlagen ausgehändigt hatte, die beweisen sollten, dass Dr. Matsumoto seinen Körper der Wissenschaft gespendet hatte, hatte Storke diese zur Prüfung an ein Übersetzungsbüro geschickt. Wie sich dabei herausstellte, handelte es sich bei dem einen Dokument in Wahrheit um die Pflegeanleitung für eine Heizdecke. Ein weiteres Dokument belegte zwar in der Tat eine anatomische Spende, nur war der Spender nicht Dr. Matsumoto, sondern jemand namens Hisato Nagata. Storke sagte, er könne sich nicht im Traum ausmalen, was das bedeute, und habe nun einen Durchsuchungsbefehl und ein forensisch-anthropologisches Fachgutachten beantragt.

Als er fertig berichtet hatte, war ich schon wieder zurück am Van und spielte mit dem Gedanken, zu Pincers leerem Haus zu fahren, um mich frisch zu machen. Den Schlüssel hatte ich noch vom letzten Mal, an einem Schlüsselbund mit dem für das Haus in Santa Barbara. »Und jetzt?«, fragte ich.

Storke hatte einen Vorschlag. Er wollte Pincer persönlich zurück nach Kalifornien bringen. Soziopathen hätten ihn schon immer fasziniert, sagte er, und da er bereits eine Beziehung zu ihr aufgebaut habe, sei er zuversichtlich, dass sie freiwillig mit ihm mitkommen würde. Außerdem könnte er auf der Hinfahrt bei einem altersschwachen Onkel vorbeischauen.

Storke klang nicht mehr bedürftig, sondern war ein Mann mit einer Mission, der nur auf seinen großen Moment gewartet hatte. Dass er mir Pincer abnehmen würde, war die beste Nachricht seit Langem.

»Ich wäre Ihnen sehr dankbar, wenn Sie das hinbekämen«, sagte ich, und wir vereinbarten, in Kontakt zu bleiben. Kaum hatten wir aufgelegt, rief Dale an.

»Penny?«

»Hallo.«

»Ich komme gerade von der Wache. Deine Großmutter ist wieder entlassen und bereit, freiwillig nach Kalifornien zurückzukehren. Ein Kommissar aus Santa Barbara wird sie begleiten.«

»Mit dem habe ich gerade gesprochen. Warum die Samthandschuhe? Warum halten sie sie nicht fest?«

»Ich dachte, du wärst erleichtert.«

»Ich weiß doch nicht, was sie angestellt hat. Wie kann ich da erleichtert sein?« Als Dale nichts sagte, fragte ich: »Wo ist sie jetzt?«

»Tom Beaudry hat sie mit zu sich nach Hause genommen und will sie dabehalten, bis der Kommissar kommt.«

»Hat sie irgendwas zu den Knochen gesagt?«

»Nein, davon habe ich ihr auch abgeraten. Wenn sie zurück ist, soll sie sich erst mal einen Anwalt nehmen.«

»Was ist mit Burt? Hast du es ihr erzählt?«

»Habe ich. Ihre Reaktion gebe ich lieber nicht wieder.«

»Oh, Dale! Und du hast ihr auch noch geholfen!«

»Im Rahmen meiner Möglichkeiten. Also, wollen wir zusammen Abend essen?«

Abend essen? Wie stellte er sich das vor? Dass wir bei Kerzenschein nett über das Zeitgeschehen plaudern? Außerdem sollte er nicht wissen, dass ich schon bei Babe's Barbecue gegessen hatte, vielleicht fände er es makaber. Und ein zweites Abendessen würde ich nicht runterkriegen, selbst wenn ich wollte.

»Penny?«, hakte er nach. »Möchtest du mit mir Abend essen?«

»Ach, weißt du, ich würde sehr gerne, aber ich weiß nicht, ob ich noch so lange wach bleiben kann. Ich habe seit Australien nicht geschlafen.«

»Wo übernachtest du denn?«

»Ich dachte, vielleicht im leeren Haus meiner Großmutter.«

»Nein! Nimm dir ein Hotel! Meins ist nicht teuer.«

»Wahrscheinlich schlafe ich eh auf der Stelle ein, da spielt es eigentlich keine Rolle.«

Dale atmete hörbar aus. »Okay. Ich hatte vergessen, wie müde du sein musst.«

»Fliegst du morgen zurück?«, murmelte ich.

»Ich wüsste nicht, was es hier noch für mich zu tun gäbe«, sagte Dale. »Was ist mit dir?«

»Ich fahre in Burts Van zurück«, sagte ich, denn das hatte ich soeben beschlossen.

»Was? Nicht dein Ernst!«

»Doch.«

»Du willst das Teil doch nicht wirklich behalten.«

»Wenn der Van tatsächlich mir gehört, doch.«

»Niemand weiß, ob er die Fahrt überstehen wird.«

»Das sehe ich ja dann«, sagte ich.

»Tja, ich weiß nicht, was ich noch sagen soll. Was, wenn er mitten in der Pampa liegen bleibt?«

»Ja, er wird wahrscheinlich liegen bleiben«, sagte ich ungeduldig. Ich wollte nichts mehr davon hören. »Du bist nicht dafür verantwortlich. Flieg zurück nach San Francisco und genieß dein Leben da!«

Nach einer Pause sagte Dale: »Dann gute Nacht.«

»Gute Nacht. Ich bin so müde.«

»Ruh dich aus.«

»Mach ich.«

»Tschüss.«

»Tschüss!«

Babe's Barbecue hatte zugemacht, und die Frau, die mir mein Essen gebracht hatte, warf gerade Müllsäcke in den nahe gelegenen Container. Sie beäugte mich misstrauisch. Dann folgte mein letzter Anruf des Tages, bei Tom Beaudry.

»Kann ich vorbeikommen?«, fragte ich. »Ich weiß, es ist schon spät, aber ich müsste mal meine Großmutter sprechen.«

Tom antwortete im Flüsterton: »Penny, die Situation hier ist gerade etwas angespannt. Meine Frau ist nicht so glücklich mit dem Arrangement.«

»Verständlich, und ich weiß eure Hilfe wirklich sehr zu schätzen. Kannst du sie vielleicht ans Telefon holen?«

»Das ginge«, sagte Tom. »Sie sitzt im Arbeitszimmer und trinkt Sherry. Ich bring dich zu ihr.«

Ich hörte, wie er mich ankündigte und Pincer ausrief: »Das wurde aber auch Zeit!«

Sie nahm ihm das Telefon ab und sagte: »Cousin Tom ist ein richtiger Gentleman. Gut, dass du anrufst. Für dich gibt es ein paar Dinge zu erledigen. Hast du was zu schreiben?«

»Aber warum hast du Knochen im Garten?«, fragte ich lediglich.

»Wo sollen sie denn deiner Meinung nach hin? Auf irgendeinen kommerziellen Friedhof, auf dem nur Fremde liegen?«

»Wer ist es denn?«

»Bleib mal locker. Ein sehr guter Freund wird mir in der Sache Beistand leisten, also brauchst du dich nicht darum zu kümmern.«

»Aber wer ist Hisato Nagata?«

»Hisato war ein Freund von Hiroshi. Das mit ihm war erst nach Hiroshis Tod. Es gibt kein Verbrechen.«

»Was soll das heißen, hatte er auch die Strahlenkrankheit?«

»Man hat mir geraten, mich in der Sache nicht zu äußern.«

»Also ist niemand umgebracht worden, willst du das damit sagen?«

»Niemand umgebracht? Ich bin Amerikanerin. Wir haben in Hiroshima und Nagasaki über zweihunderttausend Männer, Frauen und Kinder umgebracht. Und da sind die hunderttausend von den Brandbomben auf Tokio gar nicht mitgezählt. Wer ist hier frei von Schuld? Wenn du mit eigenen Augen gesehen hättest, was die Bombe diesen Menschen angetan hat, nicht nur denen, die auf der Stelle verbrannt sind, sondern den Überlebenden, die für immer vergiftet waren, du würdest dich zutiefst schämen.«

Eigentlich sagte sie noch mehr, viel mehr. Dass sie den Szintillator ursprünglich Arlo geklaut hatte, der ihn sich angeschafft hatte, um Uranvorkommen in Nevada aufzuspüren. Aber mehr Uran brauche die Welt nun wirklich nicht! Nach der Scheidung hatte sie einige ihrer Japan-Kontakte wiederbelebt, dort Konferenzen besucht und später *hibakusha* bei sich aufgenommen, die in den USA ihre Geschichte erzählen wollten. Einsame, traurige Jahre seien das gewesen, sagte sie, nachdem meine Mutter ihr den Dolchstoß versetzt und sich in der Scheidung auf Arlos Seite gestellt hatte – erst die Arbeit habe ihrem Leben wieder einen Sinn gegeben. Mein Stand war, dass meine Mutter es mit ihr nicht ausgehalten und einschneidende Maßnahmen ergriffen hatte, um von ihr wegzukommen, darunter eine jugendlich überstürzte Heirat mit Gaspard und später ein Kontinentwechsel. Ziemlich traurige Geschichte.

»Ich weiß, was ich tue, Penny«, sagte sie. »Die Polizei sitzt mir schon im Nacken, bitte nicht du auch noch. Ron will, dass ich hierbleibe, bis er kommt, und genau das werde ich tun.«

»Ron?« Ah, sie meinte Storke. »Okay, na dann«, sagte ich schließlich. »Dann sehen wir uns wohl irgendwann in Santa Barbara.«

»Jetzt, wo mit Sherman Schluss ist, kannst du ja vielleicht zu mir ziehen.«

»Mal sehen«, sagte ich und erschauderte.

Eine Stunde später lag ich in Pincers Bad im Whirlpool.

Mein eines Bein war inzwischen gelb, und das andere wies eine Zehn-Zentimeter-Schnittwunde auf, aus der schwarze Fäden ragten. Auch meine Füße kamen mir fremd vor, nachdem ich sie ein paar Tage nicht gesehen hatte. Sie waren mit gleichförmigen Dellen bedeckt wie Fleischklopferabdrücke auf einem Schnitzel. Es war erst zwei Tage her, da hatte Burt in dieser Wanne gebadet, selig ahnungslos, dass gerade Tom Beaudry durchs Fenster spannte und dass sein Körper bald runterfahren würde.

Viel hatte sich seit meinem letzten Besuch nicht getan. Die halb ausgepackten Geschirrkisten stapelten sich auf der Küchentheke. Die Kleiderkartons standen immer noch im großen Schlafzimmer. Ein paar Glühbirnen an den Decken taten es noch, Tom hatte zum Glück die Stromrechnungen bezahlt. Es war etwas kühl, weshalb ich den Thermostat hochdrehte, doch als aus den Lüftungsschlitzen ein abgestandener, kokeliger Geruch strömte, schaltete ich es wieder ab.

Meine Reisetasche hatte ich aus dem Van mit reingebracht und festgestellt, dass der gesamte Inhalt in Chiliöl getränkt war. Da es eine Waschmaschine und einen Trockner gab, warf ich alles mit einem Schuss Spülmittel, das ich in der Küche entdeckt hatte, in die Trommel und hoffte auf das Beste. Vielleicht konnte ich in der Zwischenzeit etwas von Pincers Sachen anziehen. Irgendwas Weiches und Leichtes, nur bitte nicht das alte Negligé. Aber anscheinend hatte sie für ihr Fantasieleben in Tyler lediglich kratzige Partykleider und Pelzmäntel in Kleiderhüllen eingepackt.

Das wild blubbernde Badewasser war anregend und öffnete mir neue Perspektiven. Warum sollte ich überhaupt zurück nach Kalifornien? Ich konnte ja sonst wohin! Pincer würde das Haus hier verkaufen müssen, um ihre Schulden abzubezahlen. Und wahrscheinlich das andere Haus auch. Arlo würde ein besseres Leben bei Margaret beginnen. Doris würde hoffentlich für immer aus unserem Leben verschwinden. Sherman hatte sich mit Bebe Sinatra auf ihrer Weihnachtsbaumschule verkrochen. Zeit, meine eigenen Pläne zu schmieden.

Mit einem Geschirrhandtuch, das ich in der Küche gefunden hatte, trocknete ich mich ab und räumte dann die gewaschenen Sachen aus der Waschmaschine in den Trockner. Gerade als ich nach irgendwas zum Anziehen suchte, das mich in der Zwischenzeit warm halten würde, hörte ich ein Klopfen an der Tür. Ich eilte über den Teppich und lugte durch den Spion. Es war Dale!

»Einen Moment!«, rief ich.

Im Schlafzimmer zerrte ich das erstbeste Kleid vom Bügel. Es war aus melonenfarbenem Chiffon und roch nach Schimmel. Dann öffnete ich eine der Kleiderhüllen und zog einen bodenlangen Pelzmantel heraus, vielleicht Zobel, vielleicht auch Nerz. Durch die horizontale Steppung würde ich darin aussehen wie ein Michelinmännchen, aber wenigstens roch er annehmbar, also schüttelte ich ihn kurz aus und schlüpfte hinein, bevor ich zurückging und Dale aufmachte.

Er wirkte überrascht.

»Meine Sachen sind in der Wäsche«, erklärte ich.

»Welch besserer Anlass für einen Pelzmantel?«

»Der ist von meiner Großmutter.«

»Dachte ich mir schon. Kann ich kurz reinkommen?«

Da schon Motten reinflogen, sagte ich okay.

Dann sagte er: »Ich möchte mit dir zusammen im Van zurückfahren.«

Im ersten Moment war ich sprachlos. Was bezweckte er bloß damit? »Warum?«, sagte ich schließlich.

»Weil … ich das Gefühl habe, dass Burt daran gelegen hätte, dass du sicher zurückkommst.«

»Musst du nicht zurück zu deiner Arbeit?«, fragte ich gereizt.

»Ein paar Tage kann ich mir schon noch freinehmen. Laut Google dauert die Fahrt vierundzwanzig Stunden. Wir könnten es in zwei Tagen versuchen und uns abwechseln.«

»Ich weiß nicht mal, ob ich überhaupt nach Kalifornien zurückgehe«, sagte ich.

»Oh. Wohin dann?«

»Noch nicht entschieden. Und eilig habe ich es auch nicht. Ich wollte vielleicht auf dem Weg bei den Carlsbad Caverns vorbei.«

»Das passt schon, ich habe kein Problem mit den Carlsbad Caverns.«

Während ich nackt unter einem schweren Pelzmantel dastand, trieben mich ungewohnte taktile Reize fast in den Wahnsinn. Ich hoffe inständig, Dale würde wieder gehen.

»Also, ich weiß es nicht. Ich muss darüber nachdenken.«

»Klar, aber gibt es einen bestimmten Grund, warum du nicht möchtest?«

Vielleicht hatte es mit dem juckenden Mantel zu tun, dass ich mich traute, Klartext zu reden: »Ja, den gibt es tatsächlich. Was hält deine *bessere Hälfte* eigentlich davon?«

Dale hob die Augenbrauen und lachte. »Hm, weiß nicht, was er denkt. Er fände es wahrscheinlich großartig.«

»Er?«

»Worum geht es hier?«

»Nichts, mir war nur nicht klar, dass du mit einem Mann verheiratet bist. Was natürlich toll ist.«

»Ich bin nicht mit einem Mann verheiratet«, sagte Dale.

»Und wer ist dann ›er‹?«

»Quetschie! Was dachtest du denn?«

»Der ist deine bessere Hälfte?«

»Du hast ihn doch so genannt!«

»Ich meinte deine Frau.«

»Welche Frau? Ich bin nicht verheiratet.«

»Hast du doch gesagt. Gleich am ersten Abend!«

»Hab ich nicht! Ich habe extra und bewusst gesagt: Ich bin nicht verheiratet.«

Ich zog den Mantel enger um mich und schauderte. Dale trat einen Schritt zurück und machte ein Geräusch, ob enttäuscht oder verächtlich, konnte ich nicht sagen. Der Mantel war eine grauenhafte Wahl gewesen. Ich kam mir vor wie in einem Bärenkostüm. »Dale, ich bin jetzt gerade zu müde, um irgendwie zu reagieren, mir wäre es lieb, wenn du jetzt gehst und wir morgen früh weiterreden.«

»Nur, damit ich das verstehe«, sagte Dale. »Du dachtest die ganze Zeit, ich wäre verheiratet.«

»Ich habe mich wohl verhört.«

»Entweder das, oder du tust extra begriffsstutzig«, sagte er und griff nach der Türklinke. »Ich geh dann mal besser.« Damit drehte er sich um und ging.

Extra begriffsstutzig?

»Dale, warte«, rief ich.

Er wurde langsamer.

»Dale, es tut mir leid, wenn ich begriffsstutzig war. Das ist eine alarmierende Beobachtung.«

Jetzt blieb er stehen und drehte sich um. »Wir hatten beide einen sehr langen Tag.«

»Ich weiß«, sagte ich. »Ich habe keine Ahnung, warum ich mich verhört habe. Ich muss darüber nachdenken.«

»Das klingt sinnvoll.«

»Wer kümmert sich eigentlich um Quetschie?«

»Eine nette Nachbarin mit einem Mops.«

»Es hat mich geärgert, dass du verheiratet bist.«

»Geärgert?«

»Ich dachte, du hättest ein wunderschönes Leben in San Francisco, und das hat mich abgestoßen.«

Dale stand jetzt im Schein der Laterne auf der Veranda. »Ich habe in der Tat ein schönes Leben in San Francisco. Es tut mir leid, dass du das abstoßend findest.«

»Das ist toll. Freut mich sehr. Ich habe nur in den letzten Jahren eine Aversion gegen Menschen mit einem geordneten Leben entwickelt.«

»Kein Wunder, dass du Burt so mochtest«, sagte er.

»Man muss sich überhaupt nicht wundern, warum ich Burt mochte«, blaffte ich.

»Natürlich nicht, und ich erkenne das an.« Sein Gesicht wurde schlaff. »Ich habe heute meinen Bruder verloren und werde das Gefühl nicht los, dass sein Tod vermeidbar gewesen wäre.«

»Es ist so schrecklich«, sagte ich mit einem Kloß im Hals.

»Ja, schrecklich.«

Eine Herbstbrise raschelte durch die trockenen Blätter, die auf die Straße rieselten. Ich wollte Dale umarmen, aber war nicht richtig angezogen dafür.

»Meine Gefühle für Burt waren übrigens keine romantischen«, sagte ich, warum auch immer.

»Das dachte ich auch nicht. Du hast schon eine Weile nicht mehr gedatet, oder?«

»Du weißt ja, dass ich verheiratet war. Eigentlich bin ich es noch.«

»Das läuft heute alles online«, sagte Dale. »Ich fand es aber immer schöner, jemanden durch Zufall kennenzulernen.«

Ich zuckte die Schultern.

»Tja, mein Angebot steht. Ich komme mit, wenn du dir Gesellschaft wünschst. Du kannst mir ja morgen früh Bescheid geben.«

Ich war überzeugt, dass gerade Tausende Milben aus dem Mantel auf meine Haut wanderten und ich ihn keine Minute länger anbehalten durfte, da ich sonst den Verstand verlieren würde.

»Okay«, brachte ich hervor.

»Dann noch mal gute Nacht«, sagte Dale.

Sofort rannte ich ins Haus, pfefferte den Mantel auf den Boden und brauste mich in der Dusche gründlich ab. Beim Abtrocknen mit dem feuchten Geschirrtuch dachte ich voll Dankbarkeit an meine inzwischen trockenen, heißen Sachen im Wäschetrockner. Was mich letztlich davon abhielt, die Nacht im Haus zu verbringen, war nicht das fehlende Bett, sondern der wachsartige, schwanzzuckende Skorpion, der über den Teppich gekrabbelt kam, als ich mir gerade die Haare bürstete.

Ich schlief im Nordhund. In Burts Schlafsack. Keine zehn Pferde würden mich dazu bringen, in Pincers Haus zu übernachten.

27

Die Morgensonne im Rücken fuhr ich Richtung Westen durch den Ballungsraum Dallas-Fort Worth, vor mir auf dem Highway den verkürzten Schatten des Vans, den ich am laufenden Band überholte. Knapp 940 Kilometer waren es von Tyler zum Nationalpark Carlsbad Caverns, wo ich die Nacht verbringen wollte. In Anbetracht der Strecken, die ich mit Arlo in Queensland zurückgelegt hatte, war das also bloß ein ganz normaler Tag hinterm Steuer.

Die ganze Zeit schaute ich nicht auf mein Telefon. Ich hatte schon gesehen, dass Dale mir Nachrichten geschickt hatte, aber beschlossen, sie zu ignorieren. Jeder Kilometer, den ich zwischen mich und Tyler bringen konnte, war ein kleiner Erfolg und eine Erleichterung.

Ganz bestimmt hätte Dale sein Angebot bereut, hätte er sich der tagelangen Gefangenschaft mit mir wirklich ausgesetzt. Und vermutlich hätte er es für meinen Geschmack sowieso zu eilig gehabt, nach Kalifornien zurückzukehren. Was mir vorschwebte, war eine sentimentale Reise in meinem eigenen Tempo. Wahrscheinlich hätte er die Fahrt äußerst unbequem gefunden und nur negative Bemerkungen über den Van gemacht. Ich wollte solche Bemerkungen nicht hören. Dass der Nordhund nicht in Topzustand war, war auch mir klar, aber ich hatte keine Lust, meine Entscheidung zweieinhalbtausend Kilometer lang immer wieder zu rechtfertigen. Womöglich würde er ihn auch noch die ganze Zeit Butterkuh nennen, als wäre das irgendein mächtiges Band zwischen uns. Allein die Vorstellung, sich stundenlang unterhalten zu müssen! So anstrengend! Davon abgesehen hatte ich das Gefühl, dass ich in seiner Trauersituation nicht der passende Umgang für ihn war und dass es besser wäre, er reiste zurück nach San Francisco, wo er sich bei seinen wahren Freunden anlehnen könnte. Ich hatte mit meiner eigenen Trauer zu tun und wollte mich selbstsüchtigerweise nicht seinem Recht auf die tiefere Trauer beugen.

Und dann war da das Risiko, dass er darauf bestehen könnte, sich ans Steuer zu setzen, auch wenn ich sehr wohl in der Lage war und Lust hatte zu fahren, oder dass er zwischendurch anhalten wollte, wenn mir nach Weiterfahren war, dass er Musik hören wollte, die mir auf die Nerven ging, dass er vielleicht keine Nachrichten hören mochte, ich aber schon. Und da ich jetzt wusste, dass er mich für extra begriffsstutzig hielt, wäre ich permanent auf der Hut, aus Sorge, als begriffsstutzig rüberzukommen, und würde mich auf dem Prüfstand fühlen, Urteil mangelhaft.

Und falls mit dem Van irgendwas sein sollte, würde er sagen, er hätte es gewusst, und mir die Schuld geben. Wahrscheinlich würde er unterwegs in Motels unterkommen wollen, was ich mir nicht leisten konnte (wofür er überhaupt kein Verständnis hätte). Vielleicht würde er das Ruder an sich reißen und mich rumkommandieren. Eventuell könnte ich ihn nach dem Fall mit der Mutter, die ihr Baby erwürgt hatte, fragen und ihn damit in die Defensive drängen. Vielleicht würde ich ihn über Burts Leben ausfragen, und er wäre irgendwann genervt. Alter Groll gegen seinen Bruder könnte sich Bahn brechen und in einem großen Showdown entladen. Neuer Groll gegen Pincer und genauso gut gegen mich könnte ebenfalls hochkochen.

Im Morgengrauen hatte ich ihm auf dem Parkplatz seines Hotels eine Notiz hinter den Scheibenwischer des Sedan geklemmt. Für Tom hatte ich auf der Veranda vor seinem Haus eine Nachricht hinterlassen. Dale schrieb ich, dass er nicht dafür verantwortlich sei, mich sicher nach Hause zu schaffen, zumal er selbst genug Sorgen habe. Tom dankte ich für all seine Hilfe und sagte, ich würde schon aufbrechen, um für Pincers Rückkehr alles vorzubereiten.

Dank Margaret hatte ich noch dreihundertfünfundzwanzig Dollar auf dem Konto. Sollte das Geld knapp werden, hatte ich hinten im Van fünf Pelzmäntel, die ich unterwegs verkaufen konnte. Sie waren zwar aus der Mode, aber als Kuriosität konnten sie bestimmt noch zwanzig, dreißig Dollar das Stück abwerfen. Pincer hatte sie sowieso nie getragen, und die Vorstellung, sie unterwegs an irgendwelchen Raststätten zu verticken, verschaffte mir auf vertrackte Art Genugtuung.

Den ganzen Tag hörte ich Radio, während die Kilometer langsam vorbeizogen. Richtung Westen wurde das Gelände immer trockener und staubiger, über mir nichts als gleißender Himmel. Auf NPR hörte ich einen Bericht über ein australisches Forschungsteam, dem es gelungen war, eine primitive menschliche Niere in der Petrischale zu züchten. Hurra, Australien! Wirklich eine erstaunliche Leistung. »Organoide« hießen die primitiven Nieren. Ich fragte mich, ob Margaret schon davon gehört hatte. Und ich grübelte darüber nach, wie das Suffix *-oid* jedes Wort, dem es angehängt wurde, in etwas Furchteinflößendes verwandelte, und verbrachte lange mit dem Auflisten von Beispielen. *Humanoid. Arachnoid. Faktoid.* Weiter wurde berichtet, dass Jeb Bush seinen Favoritenstatus nicht halten konnte. Die Wirksamkeit seines Jeb!-Logos wurde mit großem Ernst diskutiert, als hätte eine unglücklich gewählte Schrifttype (Baskerville) ihn aller Wahlchancen beraubt. In Texas wurde zum elften Mal in diesem Jahr ein Gefangener per Giftspritze hingerichtet. In Syrien herrschte Chaos, in South Carolina gab es nach einem katastrophalen Sturmkomplex eine Jahrhundertflut.

Als »These Boots Are Made for Walking« kam, drehte ich auf volle Lautstärke und grölte mit, als wollte ich Sherman eine verspätete Drohung schicken; dass es jemand mit Namen Sinatra sang, war mir durchaus bewusst und gab mir wahrscheinlich einen zusätzlichen Kick. Der auch dringend nötig war, denn Texas wollte einfach kein Ende nehmen. An einer Tankstelle in Abilene besorgte ich mir eine Cola und eine große Tüte Fritos und warf ein paar Ibuprofen nach, um den Schmerz in beiden Beinen etwas erträglicher zu machen. Bei diesem Halt hatte sich offenbar eine extragroße Pferdebremse zum Mitfahren entschlossen, die ein paar Kilometer verstreichen ließ, bevor sie mit den Belästigungen anfing. Wie aus dem Nichts raste sie auf mich zu und flog mir mit einer Verve in die Haare, die an ihren bösen Absichten keinen Zweifel ließ. Das Brummen an meinem Ohr ging mir direkt ins Gehirn, und ich war kurz vor dem Nervenzusammenbruch, wedelte und schlug nur so um mich und konnte von Glück reden, dass gerade nicht viel Verkehr war. Ich habe ihre Leiche nie gefunden, doch nach dem Nahkampf ließ mich die Bremse in Ruhe. Weiter ging es durch Sweetwater, Colorado City, Big Spring, Andrews und schließlich, kurz vor der Abenddämmerung, über die Bundesstaatgrenze nach New Mexico, wo ich in einem verschlafenen Kaff kurz hinter dem Nationalpark hielt.

In einem kleinen Café aß ich zu Abend – Tacos gefüllt mit diesem vorgeschnittenen, braun geränderten, in Plastiktüten abgepackten Salat gemischt mit vorgeriebenem, ausgetrocknetem, ebenfalls in Plastiktüten abgepacktem Cheddar, dazu ein Pacifico zum Entspannen. Ein einigermaßen nett aussehender Mann am anderen Ende des Raums tippte seinen Hut zur Begrüßung an, wie ein Cowboy in einem Western! Obwohl mir wirklich nicht nach Flirten war, fühlte ich mich dank dieser Geste ein Stück mehr als Teil der Menschheit. Wie ich von der Kellnerin erfuhr, war Campen im Nationalpark verboten, und sie empfahl mir den Wohnmobilstellplatz auf der anderen Straßenseite. Ich entschied mich dagegen– erstens war es zu teuer, zweitens brauchte ich die ganzen Anschlüsse nicht. Stattdessen parkte ich an der Straße neben ein paar Ocotillo-Sträuchern und kletterte nach hinten, um den Raum, den mir Burt hinterlassen hatte, voll auszukosten.

Diese Nacht schlief ich zwar gut, wachte aber am nächsten Morgen auf dem Höhepunkt eines schrecklichen Traums auf. Bei einer Höhlenerkundung war ich auf einen dunklen Schacht gestoßen, der tief ins Innere der Erde führte. In dem Moment, als ich mir der Gefahr bewusst wurde, rempelte mich jemand an und schubste mich über die Kante. Zuerst konnte ich mich an Steinen festhalten, die aus der Öffnung ragten, doch sie zerbröselten beinahe auf der Stelle unter meinen Fingern. Gerade als ich begriff, dass ich in einen ewigen Abgrund stürzte, wachte ich auf.

Schwer atmend, schreckte ich hoch, auf einmal fassungslos angesichts meines verqueren Plans. Zu den Carlsbad Caverns hatte ich zwar schon immer gewollt, aber nicht bedacht, dass ich dann in eine unterirdische Höhlenformation hinabsteigen müsste, ganz wie meine Mutter und Hugh womöglich in ihren letzten Augenblicken, und dass es darum inhärent traumatisch sein könnte. Warum sollte ich mir das freiwillig antun, wo ich doch gerade erst einem Erdloch entkommen war? Vorher waren die Carlsbad Caverns für mich bloß etwas Abstraktes gewesen, aber jetzt? Es wäre in etwa so, als würde man sich sofort nach dem tödlichen Verkehrsunfall der Eltern ein Autorennen reinziehen oder, kaum dass sie von Haien zerfleischt wurden, in den nächstbesten Aquazoo stürzen.

Und doch hatte ich direkt nach Burts Tod bei Babe's Barbecue gegessen. Es gab also einen Präzedenzfall für dieses Verhalten. Ich schien gefangen in einer Dauerkraftprobe zwischen Vergangenheit und Gegenwart. War ein Höhlenbesuch trotz meiner persönlichen Verbindung zu bröckligen Sandsteinformationen zu rechtfertigen?

Wäre er – wie die Rippchen – eine Art Tribut? Was mich wohl am meisten erschreckte: dass ich bis zu dem Zeitpunkt nicht über die Verbindung nachgedacht hatte – als wäre meine Psyche hoffnungslos zerstückelt und würde sich nie zu einem harmonischen Ganzen fügen, was ich auch tat.

In diesem Zauderzustand kletterte ich aus dem Van, um mir einen Kaffee zu holen und in einem Café auf die Toilette zu gehen. Ich staunte nicht schlecht, als ich hinter mir geparkt einen dunkelgrauen Sedan entdeckte und auf dem Fahrersitz einen schlafenden Dale.
und auf dem Fahrersitz einen schlafenden Dale.

Als ich gegen die Scheibe klopfte, konnte ich die einzelnen Phasen seiner Schreckreaktion genau beobachten – das Zucken der Gliedmaßen, das Schleudern des Kopfes, das Blinzeln. »Was machst du hier?«, rief ich durchs Fenster.

Er nestelte am Türgriff und stand kurz darauf vor mir.

»Hallo, Penny.«

»Was ist hier los? Warum bist du hier?«

»Ich freu mich auch, dich zu sehen.«

»Warum fliegst du nicht nach Hause?«

»Können wir uns erst mal einen Kaffee holen?«, fragte er und rieb sich die Augen.

Wir besorgten uns zwei kleine Kaffee to go, nahmen sie mit raus ins Morgenlicht und setzten uns unter ein Windspiel. Das Gebäude war mit roten Chilizöpfen dekoriert, und in Pflanzkübeln voller Lavendel drehten sich Windrädchen in Form von Rennkuckucken und Kardinälen. Die Luft war kühl und trug den zarten Duft von Wüstensalbei und Pinyon-Kiefer zu uns herüber, unser Atem stieg in Wolken auf. Während wir dasaßen und Kaffee tranken, erklärte Dale, er habe sich nach Auffinden meiner Nachricht an der Windschutzscheibe direkt auf den Weg gemacht. Er sei das Gefühl nicht losgeworden, ich könnte mich mit dem Van in Gefahr begeben, und er könne nicht so tun, als würde ihm das keine Sorgen machen. Ganz uneigennützig sei die Entscheidung aber auch nicht gewesen – er fühle sich noch nicht bereit, die Arbeit wieder aufzunehmen, und habe sich gedacht, die lange Fahrt könne ihm helfen, das mit Burt zu verarbeiten. Als er durch den kleinen Ort gefahren war, war ihm der Van sofort aufgefallen.

»Ich habe dir den ganzen Tag Nachrichten hinterlassen. Die du dir aber anscheinend nicht angehört hast.«

»Warum hast du denn nicht geklopft, als du angekommen bist?«

»Kurz vor Mitternacht? Du hättest dich zu Tode erschreckt. Und geschrien.«

Ich zuckte die Achseln. Stimmte vielleicht sogar. »Okay, und warum hast du vorne geschlafen?«, fragte ich. »Warum nicht auf dem Rücksitz?«

Dale blinzelte und starrte vor sich hin. »Macht es dir wirklich etwas aus, wo ich schlafe?«

»Es ist bloß – ich kann im Sitzen nicht schlafen«, sagte ich, beide Hände um die warme Tasse.

»Für mich kein Problem«, sagte Dale. »Willst du sonst noch was wissen?«

Ich fragte ihn, wie er die Fahrt gestern empfunden hatte.

»Lang.«

»Hast du Radio gehört?«

»Kurz.«

»Hast du das mit den primitiven Nieren gehört?«

»Primitive Nieren? Ich glaube nicht.«

»In Australien züchten sie die in der Petrischale.«

»Habe ich nicht gehört. Sind dir in Australien primitive Nieren begegnet?«

»Nein!«, entgegnete ich. »Die liegen da ja nicht einfach so rum.«

»Stimmt, warum auch. Ich habe ein Wildcard-Spiel gehört, Cubs gegen Pirates. Die Giants haben es nicht in die nächste Runde geschafft, aber dafür Burts Team. Die spielen morgen gegen die Mets.«

»Die Dodgers?«

»Ja, ich muss mich noch entscheiden.«

»Ob du für die Dodgers bist?«

»Es würde mir äußerst schwerfallen. Aber versuchen sollte ich es wohl. Fahren wir zusammen in den Nationalpark?«

Er wollte das hier wirklich in die Länge ziehen? Dieses Wiedersehen erschöpfte meine knappen Kräfte. Mein ohnehin fragiles Gleichgewicht wurde durchgeschüttelt.

»Dale, heute Morgen beim Aufwachen ist mir klar geworden, dass ich vielleicht doch nicht in irgendwelche Höhlen hinabsteigen möchte.«

»Oh. Warum?«

Ich war noch gar nicht dazu gekommen, ihm von der Reise mit Arlo nach Mount Isa und Camooweal zu erzählen, was ich jetzt nachholte. Er hörte aufmerksam zu und schien beeindruckt vom großen Finale mit der zeremoniellen Plakateverbrennung, dem autoschluckenden Erdloch und dem Hubschrauberflug über die Wüste.

»Wow«, das sagte er. Zur Sicherheit, damit er die Tragweite des Ganzen auch wirklich verstand, erklärte ich, dass das Permbecken, auf dem wir uns befanden, genau wie die kreidezeitlichen Meeresböden in Queensland, voller Exoskelette und anderer organischer Ablagerungen war, die Riffe gebildet hatten und unter dem Sand der Zeit begraben wurden, aber halt porös und voller Hohlräume waren.

»Interessant.«

»Als meine Mutter noch am Leben war, habe ich mich nie besonders für Geologie interessiert, aber jetzt, wo sie nicht mehr da ist, hole ich das nach.«

»Das verstehe ich«, sagte Dale gerührt, vielleicht überlegte er gerade, welche Leeren in seinem Leben jetzt zu füllen waren. »Also. Willst du dir die Höhlen ansehen oder lieber nicht?«

Erst musste ich dringend von meinem Gespräch mit Pincer erzählen, wobei ich andeutete, dass sie von dem Bedürfnis geleitet war, Strahlungsopfern zu helfen, was auch Bestattungsdienstleistungen einschloss. Dale schien wie Storke von den rechtlichen Aspekten des Falls überfragt und sagte, da sei einiges offen.

»Vielleicht sollte ich noch sagen, dass ich heute direkt vor dem Aufwachen einen Albtraum hatte, bei dem ich in einen Höhlenschacht gefallen bin, weil mich jemand angerempelt hat.«

»Falls wir zu den Höhlen fahren, tue ich mein Bestes, dich nicht anzurempeln.«

Ich fügte mich dem ursprünglichen Plan, und wir beschlossen, zusammen im Van in den Park zu fahren. Der Eingang zur Höhle befand sich in der Nähe des Besucherzentrums. Dank Dales weiser Voraussicht hatten wir zwei Tickets für einen eigenständigen Rundgang durch den »Großen Raum« und stellten uns dafür in die Schlange. Es hatte etwas Rührendes, wie viele bunt zusammengewürfelte Menschen sich hier eingefunden hatten, um ein geologisches Wunder zu bestaunen. Ich hoffte, ich würde nicht plötzlich in Wahnsinn verfallen wie einst Adela Quested angesichts der Marabar-Höhlen in *Auf der Suche nach Indien*, noch so eine Tragödie kolonialer Arroganz, und Dale Angriffsabsichten unterstellen. Natürlich würde ich das nicht tun! Wobei die Umnachtung nicht allein Adela betraf; auch ihre Begleiterin Mrs Moore war durchgedreht. Sie hatte sich den Kopf gestoßen, war in Panik geraten und hatte dann ein Echo vernommen, das so grausig war, dass es ihr die sinnlose, allumfassende Leere im Zentrum des Universums offenbarte.

Leider wurde ich vom Schlangestehen in der Sonne etwas wacklig auf den Beinen. Um uns herum redeten so viele Menschen. Mir war es schon immer schwergefallen, bei parallelen Gesprächen noch irgendwas zu verstehen, außerdem erfüllte mich die Tatsache, dass sich hier Fremde anscheinend mühelos miteinander unterhielten, mit Neid auf ihre sozialen Fähigkeiten. Dale machte auch noch mit. Um mich abzulenken, studierte ich die Höhlenkarte und las mir die Namen der Formationen durch, die wir bald zu Gesicht bekommen würden. Eine hieß Baby-Nilpferd, eine andere Weihnachtsmann. Dann gab es noch den Fels der Ewigkeit und das Märchenland und den Saal der Riesen und den Sonnentempel und schließlich: den Bodenlosen Abgrund. Von dem würde ich mich fernhalten. Doch irgendwann waren wir drin und kamen tatsächlich heil wieder raus. Die Formationen waren noch eindrücklicher als erwartet, wirklich spektakulär. Ich fragte sogar Dale: »Ist es besser, als du dachtest?«

»Viel besser«, sagte er. Als wir zurück ans Licht traten, schmiedeten wir einen Plan; wir würden im Tandem nach Tucson fahren. Dort würde er den Leihwagen am Flughafen abgeben, und wir würden die restliche Strecke im Van zurücklegen.

Und so geschah es. Am Abend buchte er ein Zimmer in einem Wüstenresort an den Ausläufern des Santa-Catalina-Gebirges, mit Riesenkakteen ringsum. Beim Abendessen in einem schicken Restaurant in Tucson kamen meine Gefühle für ihn wieder hoch, doch diese Reise war nun mal Burt gewidmet, was bedeutete, dass ich die ganze Zeit beim Hund des Nordens bleiben wollte und ihn nicht gegen eine Nacht im Hotelzimmer eintauschen würde, selbst wenn man mich dazu eingeladen hätte, was eventuell, aber nicht sicher passiert war, meine Antennen waren da etwas verkümmert. Am nächsten Tag quatschten wir die ganze Fahrt bis nach Santa Barbara durch, und es war weniger anstrengend als befürchtet. Dale war sich nicht sicher, was er mit Burts Asche machen sollte, wenn sie dann eintraf, und ich schlug vor, damit zu den San-Juan-Inseln zu fahren, und Dale fand die Idee großartig, und am Ende vereinbarten wir, es gemeinsam zu tun. Keine einzige Beschwerde über den Van. Einmal bot er an zu fahren, und da meine Beine schon müde waren, nahm ich das Angebot dankbar an. Er bezahlte beim Tanken, und ich musste keinen einzigen Nerz verkaufen. Über die Butterkuh verlor er kein Wort.

Die Zukunft sah immer aufregender aus, je mehr wir uns Santa Barbara näherten, wo bald Pincer mit all ihren Problemen eintreffen und Doris weiter die Straßen mit ihren ZU VERKAUFEN-Schildern verunstalten würde und ich wohl über kurz oder lang Arlos Sachen aus dem Palms würde abholen und das weitere Vorgehen planen müssen. Doch mit aufregend meinte ich, dass ich trotz der etlichen unangenehmen Aufgaben, die mir bevorstanden, in Dale einen neuen Freund gefunden hatte, der mich auch schon eingeladen hatte, ihn und natürlich Quetschie sobald wie möglich im Norden zu besuchen. Und wenn ich an einem Freitag käme, sagte er, könnten wir im Matterhorn Fondue essen und danach im Fort Mason ins Improtheater gehen. Aber er drängte mich zu nichts, das gefiel mir.

Danksagung

Ich danke Jory Post für seinen Großmut und seine Freundschaft – er wird immer fehlen. Mein tiefer Dank gilt allen Freundinnen und Freunden, die den Roman während des Entstehungsprozesses gelesen haben, für ihre wertvollen Einsichten und all die Unterstützung, darunter Kathleen Founds, Karen Joy Fowler, Liza Monroy, Micah Perks, Melissa Sanders-Self, Susan Sherman, Tatjana Soli, Peggy Townsend, Meg Waite Clayton, Jill Wolfson, Patricia Stacey, Catherine Segurson, Wallace Baine, Jessica Breheny, John Chandler, Clifford Henderson, Richard Huffman, Richard M. Lange, Dan White, Farnaz Fatemi und Paul Skenazy. Ich danke von Herzen auch Emily Forland für ihren Enthusiasmus und ihre zahllosen Talente und Virginia Smith dafür, dass sie nach den allerersten Seiten an den Roman geglaubt und ihn mit ihren klugen Anregungen bis zur Druckreife begleitet hat, ebenso Caroline Sydney und dem restlichen großartigen Team von Penguin Press. Mein Dank gebührt auch Donka Farkas für ihren beispiellosen Beistand und die Bereitschaft, in unseren Durchläufen über alles Mögliche und Unmögliche zu diskutieren, außerdem meinen lieben Feiermenschen Deborah Hansen, Terry Miller, Diana und Kellogg Fleming, Syed Afzal Haider und Roberta Montgomery; ich danke Pal, dem besten Hund, den die Welt je gekannt hat, meinen Söhnen Nick und Stuart und meiner Schwester Emily, in Liebe, und schließlich Steve, für alles.